岩波現代文庫／文芸 252

幻の朱い実（上）

石井桃子コレクション I

石井桃子

岩波書店

目　次

第一部

1

やっときれいに刈りこまれた生垣にはさまれた道に出、明子はほっとして足をゆるめた。

自称「スケッチ遠足」と名づけ、休日ごとにおこなっているひとり散歩で、秋のはじまりかけた林の中や、大根、さつま芋、山東菜などの収穫最中の畑のあいだを、足に任せてかなりの時間、うろついてきたあとであった。時計が三時をさしてからは、降りた駅より一つ新宿寄りの荻窪に出ようとして、見当をつけて歩きはじめていた。どうやら目的の駅に近づいていることは確かなのだが、この新しく開けた住宅地のはずれは、まだ家々のあいだに疎林や畑地が残っている上、道は湾曲し、不規則にぶつかりあっていたから、ことによると、かなり遠まわりしているのではあるまいかという懸念があった。

が、いま、新しく整理されたと見えるかなり広い道路が目の前にあらわれ、明子は、さっそく、自分の所在を確かめるため、ハーフ・コートのポケットから地図を取りだし、角の、新築したての家の表札の番地を地図と照らしあわせた。彼女の見当は、さして狂ってはいなかった。道は曲りなりにもそのままついてゆけば、まもなく線路にぶつかるとわかって、彼女は足早に広い道を渡った。が、渡ると同時に、足は止った。

道は、前方で二叉路になり、明子のはいろうとした横丁から左にもう一本、より細い道が分れていた。そして、わざわざ目をやるまでもなく――というより、向うから強引にこちらの目をひきこむように――細道の左側、四、五軒めの門口に、何百という赤、黄の玉のつながりが、ひょろひょろと突きたつ木をつたって滝のようになだれ落ちていたのだ。明子は、小走りにそこまでいってみた。

のびすぎた木は檜葉《ひば》で、それにうす緑の蔓が縦横無尽にまつわりつき、あるものは銀鎖りのように優美に垂れ、入り乱れてからまりあう蔓全体からぶらさがっているのは、烏瓜《からすうり》の実であった。

しばらく息をのんで見あげていてから、明子の目は、自然に、道端のすがれはじめた薄《すすき》の中に、卒塔婆然として立っている門柱に移っていった。白ペンキ塗りのフェンスの一ばん端の、四角い棒切れのようなその門柱の上部には、じかに黒ペンキでぶっつけるように「大津蕗子」と書いてあった。

風雨にさらされ、薄れかけてはいたが、確かにそう読めた。

「あら！　あの大津さん？」

明子は、とっさに、女子大学時代、美人として学校じゅうに知れわたっていた上級生の顔を思い浮べ、思わず声に出していいそうになった。

檜葉の後方、程よく左右に植えこまれている灌木の奥に、いわゆる「和洋折衷住宅」というものの小さい見本が見えた。玄関のガラス戸は暗く、その上の尖り屋根にだけ午後の赤い陽があたっていた。玄関前のわずかな部分が、左右、目かくしの竹垣になっていて、その竹垣の右側は途中で折れ曲り、斜め奥につづいているところは、台所口らしかった。

明子は、足音を忍ばせ、烏瓜の蔓をくぐるようにして、そろそろとはいっていってみた。訪れる気もない家の玄関までゆき、だまってもどってくるという、生れて初めての冒険に彼女の心はくすぐられた。

家の中に物音はなかった。

「おるすなんだわ。」

もどりかけて、台所の方をふりかえると、入口の鴨居《かもい》から小さな黒板がさがり、何か書いてあった。明子はそっちへ回りこみ、そこだけ低くなっている竹垣の上からのぞいた。

梅干五銭

十七日の午後四時までに必ず！

やっぱりありませんでしたよ

犬も猫も梅干は食べません
清水屋どの

黒板のわきにさがっている籠に、清水屋がおいていったと思われる小さい紙包みが、ちょこんとのっていた。

突然、明子の胸もとから、おさえきれない力で圧搾空気が噴きあげてきた。彼女は笑うというより、はげしく咳きこんだ。

「だれ？」

まるで待っていたように、女にしては低い声が鋭くいって、腰から上、曇りガラスになっている戸が、がらっとあいた。台所の上り口から上半身をのりださせて外をのぞいたのは、まぎれもない、あの大津蕗子《ふきこ》だった。いつもながら細身のからだを黒ずんだ着物でぴちっと包み、面長な額にたらした前髪の下のうるんだ大きな目を見開いて、明子を見すえていた。

明子はただあえぎ、咳きこみながら、しばらく口もきけずに、その目をまともにうけなければならなかった。

しかし、蕗子は、ちょっとの間、信じられないように明子を見つめていてから、「あら……村井さんじゃない？」とつぶやくようにいうと、見る見る表情を和らげて笑った。

彼女の足もとから、まっ白い猫が、ぽとんと下に降り、明子に近づいてきた。

「どうしてお勝手の方へいらしったの？　玄関あいてますよ。あたくしね、いま、外から帰ってきたとこなの。猫に御飯やってたんですよ。ね、あっちへお廻りになってよ。」

蕗子の口からは、「まあ、驚いた」も、「何の御用？」も出なかった。明子には、蕗子が、麗和女子大では科もちがい、二年も下だった自分の名を知っていることさえ意外だったのだが。

明子は、急いでハンカチを口のあたりに押しあて、ようやく表情をたてなおしてから頭をさげた。

「失礼しました！」と、まだ笑いのすっかりおさまらない声でいった。「あの……あたくし、この前通りかかっただけなんです。そしたら、烏瓜があんまりきれいだったので、見てたら、お名前出てましたでしょう？　それで、ついふらふらと……。そして、この黒板見たら、もう我慢できなくなってしまって……」

明子は、また危うく噴きだしかけた。

「ああら、よかったのよ、笑ってくださって。だって、こんなことでもなければ、あなたとは、お話しするチャンスもできやしないじゃないの。」といいさして、蕗子は、明子から見れば意外なことだが、顔の造作などどうなってもいいというように、大口をあけて笑った。「あたくし、いまね、とてもとても腹をたてて外から帰ってきたとこなの。だから、胸のつかえのおりるまで話してらして。お願い。」

この奇妙な成りゆきをどう考えていいかわからないまま、明子はおとなしく木かげの玄関にとって返した。蕗子の言動は、それほどさばさばとしていて、学生時代に、遠くからながめた、どこか構えているといった雰囲気など、みじんもなかったのだ。

玄関の二畳の奥は、居心地よさそうな居間兼書斎といった洋間であった。丸いテーブルをはさんで、太い横縞の布をはった肘かけ椅子が二脚。その片方の背に掛けてあったコートやショールを、蕗子はいそいで左手の襖の向うへ放りこんだ。

つきあたりに大きな出窓。その下にデスク。その右手に本のいっぱいつまった回転本棚。テーブルと台所の中間には煉炭ストーヴがあたたかくなりかけていた。あたりが程よく散らかっていて、ゆったりした感じをあたえるのは、諸道具がどっしりしていて、左手の寝室らしい部屋とのしきりの幅半分に、ざっくりとした麻袋のような地の、大きなカーテンがかかっているせいだろうか。その麻布には、毛糸で、単純な、気のきいた幾何学模様の刺しゅうがしてあった。しかし、明子が、そのようなものを次々に頭にとり入れて、その一つ一つにおもしろさを感じたのは、二人が椅子にかけ、話しはじめてからのことであった。

部屋に入ったとたん、彼女の目にとびこんできたのは、デスクの端の支那風の黄いろい壺いっぱいに挿してある、丸い、絹のような白いピラピラしたものだった。それは、曝した骨のようなまっ白い茎についていて、月のお姫さまのうちわのように見えた。

「あら、これ、何ですの？」明子は挨拶も忘れて、まっすぐデスクに近づき、半透明のピラピラにさわった。「植物ですか。」

「そうよ。ルナリアっていうの。」

蕗子は明子のわきに来て立った。ほのかな香りが明子の鼻をついた。

「これ、葉っぱですか？」明子は聞いた。「生きてるときから白いんですか？」

「いいえ。」と、蕗子は笑った。「実なのよ。これに種がついててね、枯れると、表面がはがれてこうなるの。花はね、濃紫《こむらさき》っていうのかしら。アブラ菜に似た花なんですよ。」

「そう……。ちょっと見たとき、月のお姫さまのうちわって気がしたんですけど、そしたら、やっぱり、ルーナって名がついてますのね。」

二人は、顔を見あわせて笑った。

外国人の息の半分かかっている彼女たちの母校では、大学部一年生は、どの科の学生も、初歩の英文法と発音原理という科目をとることになっていた。そして、それを教える名物老教授が、毎年、「ルーナ、ルーナティック」という言葉をアクセントの練習のときに使うのであった。学生たちはふざけて、かげでその先生を「ルーナティック先生」とよんだりした。そのような共通の思い出を持つ同窓生という誼《よし》みのせいか、明子は、在学中、遠い存在であった蕗子に、自分がいま、ふしぎなほど自然に話しかけていることに驚いた。

「あの烏瓜、きれいですのねえ！　あんなの、あたくし、いままで見たことありませんわ。それに、烏瓜の蔓って、まるで銀鎖りみたいですのね。」

「ええ、あれ？　あたくしね、ひそかにあれは日本一だと誇っているの。どんな王侯貴族といえども、あんなりっぱな烏瓜持ってるひといませんよ。」蕗子は会心といった笑みをもらした。「でも、おもしろいわよ。あの美しさが見えないひとには見えないのね。一軒おいて隣りが大家なんですけどね。烏瓜が色づきだすと、烏瓜は木を枯らす瓜だから、取れ、取れって騒ぎだすの。あたし、おかしくて仕方がない。」

が、蕗子は、突然、話題を変え、彼女よりちょっと背の高い明子の髪を見あげるようにした。

「あなた、お切りになったのね。それで、さっき、あたし、ちょっとお見それしちゃったんですよ。でも、長いときもよかったけど、短いのも、とても素敵。さわらしていただいていい？」

明子が思わず肩をすくめるようにしている間に、蕗子はその長い指を明子の頸のつけ根から入れ、おかっぱ風に切ってある髪を鳴らすようにした。

「やっぱり、さらっとして張りがあるのね。あたし、いつかこの髪にさわってみたいなあと思っていたんだ。きみわるがらないで。」と、蕗子は笑い声をたてた。「ほら、朝の合同体操のときね、あたし、いつも見学組だったでしょう？　だから、見学してるとき、後ろからあなたが見える位置に腰かけて、あの髪、いつほどけるか、いつほどけるかってたのしみに待ってたのよ。」

一陣の風のようなものが、明子の顔にあたってすぎた。桜の木に囲まれた広い校庭。まだ木蔭には夜のあいだに生れた酸素が充満していそうな朝の時間。体育係の学生が台の上から声をはってかける号令。それにつれて、付属女学校と大学部の若い女の体が、のびたり、ちぢんだり、とんだり、はねたりした。もう一年半ものまえにおいてきて、思いだすこともなかった光景が、木の葉のにおいさえ伴って明子の心に甦った。

「ほんと！」と、明子は、その頃の自分に眉をひそめるようにしていった。「あたくし、合同体操のたんびに髪をふりみだしてたんですわね。木曜日は、いつもよりきちんと編んで、きっちりまいていったんですけど……。太田先生からいつもだらしがないって叱られました……」

「とけたあなたの髪が波うって、背中でゆっさゆっさゆれるのが、とてもよかった。髪自体が踊ってるようなの。でも、あそこの先生たち、そういうことわからないのね。」

「大津さんが、そんなふうに見てらしたなんて、あたくし、夢にも知りませんでした。」明子は、ちょっとはじらいながらいった。「あたくし、髪のことでほめられたことなんかないんですもの。少しちぢれてて。」

「でも、あなたはどうなの？　御自分の髪きらいだった？」

明子は、ちょっと驚いた。

丸いというより逆三角形に近い顔に、少しはなれぎみの、とろんとした目がついているという自分の容貌に、彼女は、特にひとに自慢できるようなものがあると思っていなかった。色だけは、小さいときから貧血のせいか、きわだって白かった。そこへごくゆるく波うっている髪というので、幼い頃、純粋な日本人かと聞かれたことがあったと、母から聞かされた。しかし、そのような容姿のなかで、一ばん好ましく思っているのが、髪なのだった。

「あたくし？……ほんとはこの髪すきなんです。」

小声で仕方なく白状する明子がおかしいらしく、蕗子はくっくと笑って、

「そうだと思ってたわ。あなたが、あまり誰もしてないような形に髪結ってらしたから。でも、よく思い切ってお切りになったわね。」

「ええ、やっぱり、仕事してますとね……髪ふりみだすってわけにいかないでしょう？　あたくし、いま、世界婦人協会ってところに勤めてますのよ。あの五回生の門倉

米子夫人が日本の支部長してらっしゃる……」

「そうですってね。」

「あら、ご存じでした？」

「ええ、あなたのことは、わりによく志摩子さんから聞いて。」

「ああ、志摩子さんから……」

二人は、また声をあわせて笑った。安倍志摩子は、明子と同級で、寮が蕗子とおなじであった。そして、いま明子は、志摩子の手引きで、彼女とおなじ女子アパートに住んでいる。

「あのひとにかかったら、何だってしゃべられちゃうから……。もっとも、この頃、あまり来なくなったけど。でも、どうしてあなた、髪お切りになったの？　ねえ、腰かけましょうよ。あたし、くたびれちゃった。」

明子は、なぜともなく、一本ひきぬいて、まだ手のうちでまわしていたルナリアをあわてて壺にもどすと、蕗子と向いあって腰をおろして、話しはじめた。

「協会の事務所、門倉さんのお宅にありますのよ。あの方の御主人、門倉進之介さん、実業家の。ご存じでしょ？　だから、お家、大きくて、外国のお客さまなんかいらしても、広い応接間でお茶の会もできるんですの。あたくし、いつかそんな会のとき、お茶のサーヴィスしてる最中に、髪がばさっとおちてきちゃったことがあるんです。そのとき、はっとして、髪切っちゃおうと思ったんです。人間て、現金ですわね。あたくし、仕事なくしたくなかったんですもの。米子夫人は、あたくしを気に入ってくださってるし、いまの仕事してれば、英語の勉強にもなるし、タイピングも上手になれるし、何とかひとりでやってかれるんじゃないかなんて考えてたもんですから。そりゃ、志摩子さんなんかが、あんな仕事、有閑夫人のお道楽だっていってるの知ってますわ。でも、あのおくさま、とても本気で女の自立や平和のこと考えてらっしゃるんですのよ。ちょっと無邪気だってことは、あたくしも認めますけど……」

「お話の途中で失礼ですけれど、」おかしさをかみ殺すような顔で、蕗子がいった。「あたしが伺いたいのは、あなたのその髪、どこでお切りになったかってことなのよ。」

「あら、ごめん遊ばせ！」思わず学校にいたときの上級生に対する常套語がとびだしていた。「あたくし、志摩子さんが協会の悪口、さんざお聞かせしたんじゃないかと思ったもんですから。」

「あのひとも、そこまでは手がまわりかねたみたいね。」

彼女たちは、ここでまた、椅子に背をおしつけるようにして笑ってしまった。

「あの、それでね、あたくし、夫人から髪のことで何もいわれないうちにと思って、次のお休みの日に、樫山メリさんのとこへいって、ぱっさり、切ってもらったんです。」

「ああ、樫山メリさんとこ……そう。じゃ、あたしもメリさんのとこへゆこうかな？

あたし、髪切りたいのよ。」

明子は目を見はった。

「その髪を?」

「ええ。だめ?」

「だめってことないでしょうけど……。でも、もったいない。」

蕗子の衿《えり》もとに重く束ねられている髪は、在学当時、ほどくと、腰までくると噂されていた。

「もったいなくなんかないの! いまね、あたしの体力は、髪に栄養とられる余裕なんかないらしいのよ。あたし、肺病よ。ご存じでしょうけど。」

蕗子はそういうと、とまどっている明子をからかうように見すえた。蕗子が結核だということは——どの程度かはわからないにしても——学校では、彼女の美しさと共に誰もが知っていることであった。

「でも、ほんとうにもったいない。」と、明子はくり返した。「同窓会の名物が一つへっちゃいますわよ。」

「ふふふ。」と、蕗子は自嘲的に笑い、「もう学校とは縁が切れたわ。あたし、学校で評判わるいでしょ?」

明子は、すぐには返事が出なかった。

蕗子は、在学中から有名な作家たちとつきあっていたという噂だったし、卒業すると間もなく、新進作家溝口秀樹と同棲し、すぐまた別れたと聞いた。しかも、溝口が蕗子をモデルに小説を書いたというので、同窓生のあいだでは、彼女は伝説的な存在にさえなっていた。明子にとっては、いままでのそうした噂そのものが、蕗子を自分とはちがう世界の人間と考える原因になっていたのだが。

「あなたに聞かなくたってわかってるのよ。いろんなひとがニュースをもってやってきてくれるから。」と、学校の話になると、蕗子はきゅうに味気ないという調子になって、「もうやめましょう。お茶をいれるわ。」

煉炭ストーヴの上の薬罐《やかん》が、さっきからちんちん鳴っていた。

明子は、その日の郊外散歩でのどがかわいていたから、蕗子のいれてくれた熱いリプトン紅茶を口にふくんだときには、思わず「ああ、おいしい！」と、不謹慎な声をあげてしまったし、目の前に、銀座で有名な店のチョコレートの箱が出ていれば、その甘みは口じゅうにしみわたり、遠慮がちに「もう一ついただいていいかしら？」といって一つならず、あと二つも口に運ばずにいられなかった。

のちに親しくなってから、蕗子はそのときの明子の様子を童唄でも口ずさむように、「誰かがチョコレート食べすぎた。だけど、それはわたしじゃなかった」とからかったが、そのときは、蕗子自身、明子の飲みっぷり、食べっぷりを芯からたのしんだらしく、どちらかというと、ガラガラ声というのにもなりかねない地声をあげていった。

「そうして食べてくださると、こっちまで食欲が出ちゃう。あたし、コロンバンのチョコレートなんか食べてて、贅沢してるとお思いでしょ？　ところが、事実はさにあらずなの。もうこの頃は、胃をなだめすかしてるって状態なもんで、いよいよ疲れきっちゃうと、こういうもので食事の代りにするの。正直よ、舌って。でもね、ほんとは赤貧洗うが如しなの。志摩子さんたちには、そのけ《ヽ》も見せないようにしてますけどね。」そして、また屈託なさそうに笑い、「どうしたんでしょう、きょうは。学校に縁のある日。あたし、さっきね、あなたを小林千鶴さんだと思って、ぞっとしながら台所の戸あけたんですよ。知ってらっしゃる？　あたしとおなじ回生で理科のひと。ちょっと狐みたいなとこあるけど、険のある美人。」

明子は首をかしげた。

「あたしね、あのひとのおかげで、きょう、大恥かいたのよ。あのひとね、あたしのことでひどいことといって歩いているんですって。」蕗子はうるんだ大きな目をまっすぐ明子に注いでいった。「あたしと溝口さんのことや……」

明子は、目のやり場に困った。

「それから私が、大河内先生から――」大河内国士は、文壇の大御所といわれている作家であった。「毎月三百円もらって暮してるなんて、いいふらしてるって話なのよ。

そんなけっこうなお話があったら、お世話願いたいところよ、こっちは。」

　蕗子が病人とも思えない勢いで、ぱっぱと吐きだす生きのいい言葉を、明子はだまって、しかし、日頃、門倉夫人からひとと相対で話すときの礼儀として仕こまれている習慣から、相手の目を見つめて聞かなければならなかった。

「そしたらね、四、五日まえに千鶴さんから葉書が来たじゃない？　折り入って頼みたいことがあるから、きょうの祭日、午後御在宅願いたいって。あたし、もうかっときちゃって……」しかしそのことさえ、いまとなっては蕗子自身にとっても滑稽としか思えないらしく、彼女は、噴きだし、噴きだし、言葉をつづけた。「だって、あのひと、ちょっと山師的な男と結婚してるから、てっきり、借金の申し込みだと思っちゃったのね、自分ながらあきれるけど……。それで昨夜は二時までかかって、長い手紙書いたんですよ。そして、『とにかく、あなたは口ひとつで、私に何千金かをお恵みくださいました。そのお礼として私が少しでもあなたのお役に立つべきだとお考へとしたら、とんだ心得違ひといふものです。あいにく私の財布はカラッポでございます。あらあらかしこ』と結んだの。切手二枚貼るくらいの分量よ。

　そして、顔を見るのも癪《しゃく》だから、けさ、留守の旨、玄関に貼り紙して、手紙はすぐ先の煙草屋――あたしのまた従姉にあたるひとなんですけどね――そこへ頼んで、せっかくのお休み、疲れたからだに鞭打って近所の友人のところへ出かけちゃったんですよ。

そして、何時間かつぶして帰ってきたら、千鶴さん、大風呂敷さげてやってきたっていうじゃありませんか。そして、あたしの手紙見て、変な顔して、『蕗子さま、何か思いちがいしていらっしゃるんじゃないでしょうか。わたし、きょう、主人のスウェター編むの教えていただきにあがったんですけど』って従姉にいったんですって。」

明子は、いつの間にか自分のひざの上で丸くなっていた猫を押しつぶしそうに、からだを二重に折って笑っていた。

「もうあたし、かっと赤くなってしまって……家にとんで帰ってきて、それこそ、どうしてくれようかと思ってたら、これがニャゴニャゴいうでしょう？　だから、御飯におかかかけてやって、ぼんやり流しの前に立ってたら、外で妙な声がするじゃありませんか？」

ふざけて睨むような目で、蕗子は明子を見た。

明子は、まだはあはあいう息の下から、芸もなく、まえとおなじように、「ほんとに失礼しました。」をくり返すほかなかった。

しかし、蕗子は、まだ小林千鶴への怒りがおさまらないらしく――というよりも、興にのってしまったように、

「いいえ、そんなことで、あなたとお目にかかれたことは、とてもうれしいの。にくらしいのは千鶴さんよ。編物なら編物と、なぜひと言書いてよこせなかったの？　そう

すれば、お互いに恥をかくことも、かかせることもなかったのに。」

「あら、大津さん、編物なさらないんですか？」

「ええ、あたしと編物って組合せも、千鶴さんの発明。編物は、あたし、肩がこりそうで、こわくてできなかったの。ほかの手仕事は、わりとすきなんですけど。このカーテンなんか、みんなあたしのデザインよ。千鶴さん、いつもこれ、タペストリーみたいだって羨しがってたから、お得意の想像力で、勝手にあたしを編物の大家に仕立てちゃったんだわ。」

「でも、大津さん、これ、全部なさったんですか？」

明子が驚いて、その臙脂《えんじ》と黄と焦茶の毛糸刺繡の幾何学模様を見ていると、蕗子はさっきから気になっていたらしく明子のカーディガンに目をやり、

「あなたのカーディガン、とても素敵。お編みになったの？」

「ええ、でも、大昔。三、四年まえかしら？」

「むずかしい？」

「いいえ。はじめに型とゲージきちんときめて、本に書いてある通り、ごまかさないでやってゆけばできます。」

「ふん、ごまかさなければばか。はじめに釘さされちゃった。」と、蕗子は笑った。「そりゃ、そうでしょう。でも、あたし、ほんとにこの冬は、あったかあい物着ないと、年

を越せないって気がしてきたのよ。だから、家にいるときだけでも——たとえ、西洋乞食みたいな風体でもですよ——洋服にしてしまおうかと思ってるの。あなたみたいな方が、おひまなとき、教えに来てくださると、ほんとにいいんだけど。」

蕗子は、いたずらっぽく明子を見た。

大津蕗子と洋装……は、ちょっと考えられなかったが、簡単なスウェターやカーディガンなら、明子にも教えられないことはなかった。

「あたくし、お休みの日には、自由なら——たまには、内職もするんですけど、」と、明子はいった。「この頃、半日は外歩くことにしてるんです。だから、時どきなら……」

「ほんと?」と、蕗子は、ぱっと顔を明るくしたが、すぐまた声をおとした。「ただし、最初にお断りしておかなくちゃいけないわ。月謝さしあげられないのよ。きょうみたいにお散歩の帰りに寄っていただくっての、どうかしら。そして、夜、いっしょに食事していっていただいて。でも、肺病やみとじゃ、おいやかな? あたし、開放性じゃないっていわれてるんですけど。」

こうした言葉に、明子はかえって自分の方でとまどいながら答えた。

「大丈夫だと思います。」

現に、目の前の蕗子は、やつれてなどいないで、化粧っけなく見える顔はなめらかに艶やかだった。

「あたくしの家じゃ、結核で死んだもの、一人もいないんです。父は胃潰瘍。母は脳溢血。結核にはかかりにくい体質なんじゃないかしら。」

明子が真面目くさってこんなことをいうのが、蕗子にはよほどおかしいらしいことが、その表情から想像できた。

その夜、明子は、蕗子が驚くほど手早くつくったおいしいライスカレーを御馳走になり、門限ぎりぎりに女子アパートへ帰った。いそいで翌朝の出勤の準備をし、寝床にはいってからも、彼女はすぐには寝つけなかった。その日の午後おこった、おこる直前まで予想もしなかった一連の出来事は、まるで流れる水の表面に浮ぶ木片や落葉のように、彼女の眠りを妨げた。

蕗子は、いま数人の支那の留学生に日本語を教えて、「辛うじて生計をたてて」いるということだった。教えはじめて三カ月めという生徒の、びっくりするほど達意の――そのくせ、おかしい――日本語の手紙を蕗子は見せてくれた。彼女は、作文の代りに、手紙を書かせるのだといった。もっとも、彼女の生徒は、大方、知識階級に属し、中の一人は本国では大学教授だということだったが。

「時どきね、帰国するひとができて、ぽかんと穴があくでしょう？　そうすると、新聞広告だすんだけど、アメリカ人なんかも、時には来るのよ。でも、白人はながくつづかない。あたしが結核らしいと見てとると、ぱっとやめる。その点、支那人は、気がつかないのかどうか、平気。それどころか、友だちをつれてきたりするの。日本じゃ、軍人や政治家が『満洲国独立宣言』だの、なんだのやってる御時世に、よく日本へ勉強にくるわね。何か、支那人て、ぬうとしていて大きいのね。でも、ケチよ。二人いっしょに来るから、月謝一人分に負けろなんていうひともあるの。でも、一人と二人じゃ、こっちの使うエネルギーがちがうし、お菓子だって二人分出さなくちゃならないじゃない？」

こうした話も蕗子の口から出ると、少しも苦労話らしくなく、明子は、食事中、何度も噴きださなければならなかった。じっさい、明子は、この数カ月ほどのあいだ、蕗子といたあの数時間ほど気持よく笑ったことはなかった。

明子が手伝って、食事のあと片づけをすませてしまうと、蕗子は駅までの近道を教えるといって、膝かけほどもあるショールをからだにまきつけて送ってきた。

その道は、午後、明子がゆこうとした方向とは逆のように思えるのに、先にゆけば、どっちみち、駅近くで合流するのだという。蕗子の家の前の道に立つと、左方、二十メートルほど先のところで、その道がもう一本の道路に突きあたっていることが、角に位置する店から流れ出ている明るい光で見分けられた。その角店が、蕗子のいう「よしおばさん」の煙草屋であった。

蕗子は、いきなり、がらっとその店のガラス戸をあけ、そこの土間に明子を引き入れた。

「おばさん、お客さま。煙草のじゃないんですけれど。あたしのお友だちで、ちょっとお願いしたいことあるんです。」

店では、煙草のほかに何かと細かい物も売っていて、せまい畳敷きの店の間を囲む棚には、塵紙《ちりがみ》やら石鹼やらが並んでいた。奥との境の、横に細いガラスのはいった障子をあけていそいで出てきた初老の婦人は、蕗子とはかなり近い血縁だというのに、蕗子とは似てもつかぬ丸顔の、どこも鈍角の面だちで、何ともいえないあたたかい感じをあたえるひとだった。

夕食のライスカレーにはいっていた馬鈴薯《ばれいしょ》があまりおいしかったので、明子がほめると、それは、信州にいるおばさんの知人が送ってよこしたものなのだということがわかった。そのとき、明子が、自分が親代りにして、小父とよんでいるひとにたべさせたくなって、一俵とりよせてもらえないだろうかというようなことを呟いたのを、蕗子は覚えていたのである。

いま、蕗子がそのことを乱暴な郷里言葉で伝えると、おばさんは終始笑顔で明子にうなずきながら、「お安い御用」とひきうけてくれた。借金ぎらいの明子が、およその代金をおばさんに渡そうとし、おばさんは、あとでいいといい、日本人らしい押し問答がはじまると、蕗子は癇癪《かんしゃく》をおこしていった。

「ええ、めんどくさい。あたしがあずかっとく！」

そして、明子の手にしていた札をさっさと懐中した。

さっきから、奥からこの騒ぎをのぞいていた十五、六の女の子、いかにも北国から出てきたばかりといった頰の赤い子も交えて、四人でひと笑いしてから、明子は蕗子とまた暗い道へ出た。

五分とかからずについた荻窪の駅は、その沿線のどの駅ともおなじく、古びたさびしい木造の小駅で、線路をへだてて向うにあるプラットホームへは、切符売場の小さい駅舎からブリッジでつながるようになっていた。蕗子は、改札口からブリッジの上り口までを囲っている柵によりかかり、彼女の前を通りすぎる明子に手をふって、「気をつけてらっしゃいよ。」と、ねえさんらしくいった。明子は、階段の途中でふりかえり、もう一度おじぎをしてから、走ってブリッジを渡った。間遠な夜の電車が向うのホームにはいってくるところであった。

あの最後の一瞥《いちべつ》で見おろした蕗子のかっこうは、と、明子は、いま、コンクリートの穴のような、女子アパートの自室で天井を見あげて思うのだった。幼いとき、夏、どこかの店の景品にもらったうちわに描かれていた、武男を見送る浪さんにそっくりだった。それにしても、この自分が、きょうはじめて口をきいた蕗子に浪さんのかっこうで見送られるとは。

麗和女子大の校庭ではじめて蕗子の姿を見てから、数えれば、七年半余。その最後の五年ほどを、蕗子が、どこでどうして暮してきたのか、明子はまったく知らないといっていい。蕗子は卒業するとすぐ、作家の大河内国士が社主である雑誌社で働きだしたと聞いていたが、とにかく、彼女は明子からは遠い存在であった。

それが、きょう、この晴れた秋の祭日の午後から夜にかけて、明子は、それまで想像したのとはまったくちがった蕗子を発見したのだ。あの数時間は、最近のどの時間とも切りはなされたようにたのしく、おかしく、そして、充実していた。そして、それが実際におこったことの証拠として、明子の部屋の本箱の上には、蕗子からもらってきたルナリアが二本、さしてあった。

それから三、四日後の夕、明子は事務所からもどって女子アパートの郵便受けに、思いがけない蕗子の手紙を発見した。黄みがかった和紙の角封筒の上の文字は、あのあでやかな烏瓜の実の滝の下の門柱に書かれていたのとおなじ、肉太の達筆であった。

明子は、自室にはいるなり、デスクの前に坐りこんだ。封筒の中も揃いの便箋で、

先日は。
お変りありませんか――この二日ほどのあひだに。

いろいろ考へて――あなたの髪の影響大――やつぱり髪を切ることにしました。御都合のいい時、メリさんのところへつれていつてくださいませんか。

できるだけ早く東京に出たいと思つてゐるのですが、入るものが入らず、出るものは出るので、窮乏の極に達すれば、すこしのびます。申し兼ね候へども、先日あなたが馬鈴薯代としておいていらした金子にも手をつけ兼ねまじく候。但し、今度いらつしやる時までには必ず手もとにあるやうにいたします。

すみませんが、断髪の型を少し集めておいて下さいませんか。確か四、五ヶ月前の婦人画報(?)にたくさん出てゐたやうでしたが。アパートの誰か持つてないかしら。私はとにかく、中の方はできるだけそいで、ぴたつと頭の地にくつつけて、先きは、さあ、それが考へ中なんですがね。どういふ風なのがよささうか、見ておいて下さいませんか。前はあまり(殆ど)こてをかけたくないのです。

東京へ出たら、お電話してよろしいでせうか?

では。

二十日あさ

蕗子

明子さま

まゐる、と、この紙の手前、優にやさしく

明子は読み終えると、しばらくぼんやり、暗い窓外に目をやっていた。が、ややあって気がつき、いつも帰るとやる手順通りに、勤め先からもってきたものを始末し、地下の食堂に降りた。

蕗子の手紙は、ちょっと見には、必要以上になれなれしく思われるが、明子には、それが、あの日、蕗子が何度か口にした、「優等生」であった自分に対する揶揄《やゆ》でもあるように想像された。もちろん、あのときの蕗子の態度からもわかったように、それは決して悪意あるものではなかったが。あのひとには、自分はどう見たって、「優等生」なんだわ、と明子は思った。明子は在学中、宣教師もまじえた教職員会議の席で、教師たちに眉をひそめさせたことなど恐らく一度もなかったろう。しかし、蕗子は、まったく彼らの評価からは別の世界にいた。

やりたいことはいいことだ、たのしいことが生き甲斐だというのが蕗子の信条らしいことは、先日の何時間かの対座で見てとれた。そして、そのとき、いわゆる「優等生」の自分が、それに反発をおぼえるどころか、むしろ、小気味よくさえ感じたのはなぜだろう。明子自身にそういうところが欠けていたためだろうか。

明子は食事をすますと、二、三人の友人から遊びに来いと誘いのかかったのを断り、部屋にもどって、すぐ蕗子にかなり長い手紙を書いた。

髪を切って、それがどのくらい蕗子の健康に益があるのか、自分には判断する資格はないが、はっきりいえるのは、それが安あがりにならないということである。現に明子がいい例なのだが、髪を切るまえ、彼女は髪洗い粉と年に一瓶ほどの油のほか、一文も髪のために使ったことがなかった。ところが、いまは、一月に一度、土曜日の午後という貴重な時間と美容院への支払いという、彼女にとっては少なくない費《つい》えに耐えている。また毎度の美容院ゆきの結果が、その度にちがうため、自分らしい形にするのに二、三日はかかる。美容師は髪を切り終える毎に、「さあ、きれいになりました」とにっこりしていってくれるけれど、これはまったく意味のない彼らの常套句なので、明子にしてみれば、「元の姿にしてかえせ」といいたくなることも度々云々……。明子としてはあまり書いたことのない軽妙な手紙を、そこにいない蕗子につられて書きあげ、蕗子から来た手紙は、何ということもなく「保存」と記した状差しの方へ差した。

そして、翌朝、その手紙を投函し、ちょっと気がすんだつもりで、夜など、古い余り毛糸を取り出して色どりを考えたり、時どき買うフランスのファッション雑誌の、蕗子もたのしめそうなのを選びだしたりした。髪を切ることだけは、とにかく極力とめるつもりだったが、門倉夫人から月おくれでもらうアメリカの婦人雑誌から、これはと思う髪形を話の種に切りぬいて封筒にいれたりもした。

次の荻窪ゆきの約束は一週間以上も先だったから、こんなことをしていると、ゆくときには大荷物になってしまうと、自分のしていることを滑稽に考えていると、こちらの返事がついたかどうかと思ううちに蕗子から事務所へ電話だった。用事で築地まで来ている、五時ごろには自由になるという。明子はちょっと面くらいながら、彼女の指図通り、帰りに銀座に出る約束をした。

二人は、蕗子の知っている銀座裏の「スコット」というレストランで食事をした。今度は、明子が御馳走した。世間の苦労など知らぬ気に――紺地にあたたかい黄色の毛糸が水玉模様に刺してある洋服地でつくったコートを脱いだ蕗子の服装は、わざと目だたないくすんだ色合いでありながら、明子の死んだ母なら、「おかいこぐるみ」と批評しそうなものであった――しゃれた手つきで好物だというマカロニ・チーズをたべている蕗子の懐が、自分のより豊かだとは、明子には思えなかったのだ。

蕗子はその日、まえから頼まれていた調べ物を、明子も名を知っている歴史物の作家、青木に届けにいって、ついでに口述筆記をしてきてしまったのだといった。

「青木先生ったらね、待合《まちあい》で仕事してらっしゃるのよ。というより、先生の二号さんが小さい待合を出しているといった方がいいのかもしれないけど。今夜締切りの随筆書けないって蒼い顔して寝ころんでらっしゃるから、ちょっと口述筆記手伝っちゃったの。」

蕗子は、マカロニ・チーズを口に運ぶ合間合間に、先日とおなじような調子でざっくばらんに青木先生とのやりとりを声色まじりに話してきかせた。

「しゃべってらしって、途中でいきなり『二ジブンボウ！』なんておっしゃるの！何かと思ったら、字にして二字分の棒、つまり長いダッシュのことなのよ。」などといって、彼女は笑いこけた。「四枚の随筆、たちまち書けちゃったの。でも、いま、お手許不如意《ふにょい》らしくて、『獲物』はなし……。でも、あなたなんか、そんな待合の帳場の奥の部屋の炬燵《こたつ》で、どてらで寝ころがったりなんて光景、想像つかないでしょう？」

明子にはまったく想像もつかなかった。そういうところには、彼女の知らない匂い、雰囲気が漂っているにちがいない。そして、そういう世界は、恐らく自分とは生理的に相容れないものではないだろうかと、彼女は考えた。

しかし、蕗子にとっては、そうではないらしく、むしろ、いま彼女は、青木先生と何時間かすごしたことを息をはずませて快げにしゃべり、随筆四枚筆記し、そのまえに準備した「調べ物」に対しても、何の「獲物」もなかったことに、少しの不満も抱いていない様子であった。

「二号さんにおいしい紅茶いれていただいてね、失礼してきたの。書く方のこともそのひとに手伝ってもらえると、先生、大助かりなのにね。もっとも、そうなったら、先生の出る幕なくなっちゃうか……」

明子も思わず笑った。

「あなたは、どういうふうに仕事なさるの？　門倉夫人の手紙代筆なんかなさるの？」

似たようなことかもしれないが、代筆ということはしないのだと明子はいった。明子の扱う手紙は、協会から支部や会員へ用事で出すもので、夫人がこうこういう趣旨でといって、明子が下書きし、それに夫人が手を入れて仕あげる。

「でも、あたしたちの手紙は、大津さんたちのお書きになる芸術的なものとちがって、事務ね。」

蕗子は、その「芸術的」にまたひと笑いして、

「でも、そういう手紙、今度一つ見せていただきたいわ。」

「ええ……でも、それ、協会の中のことですから。」

「あなたなら、そういうわね。あなたがたは良識の中に住んでらっしゃるのよ。」と、蕗子は、ちょいちょい浮べる、好意的ではありながら、からかいの要素十分という表情でいった。「あたしなら、肩こっちゃう。やっぱりあたしなんか、青木先生のような風来坊みたいなひと相手の方が気が楽だ。きょう、久しぶりに口述筆記しててね、文章の流れや句読点の打ち方ひとつにも、はっとすることがあって、ちょっと興奮したのよ。」

明子はテーブル越しにそんな話を聞きながら、蕗子と自分をへだてているのは、いわゆる「良識」と、自分が愚かしくも「芸術的」という言葉であらわした面もあるのかもしれないが、「獲物」が確実であるか、ないかという点にもあるのではないかと思わな

いわけにいかなかった。門倉夫人にとっては、自分が雇った者に給料を支払わないとか、またはその人間が夜、残業などをした場合、それ相応のものを支払わないことなど、思いも及ばないことであったろう。そのようなことをちらち考えていたせいか、食事中、明子の頭にはあまりにも実際的な思いつきが雲のようにわいてきて、とうとう省線の駅までいっしょに歩くあいだに、彼女はその思いつきを蕗子の前に並べずにいられなくなった。

これから編物をはじめるにしても、冬は目の前だった。何かを仕上げるまでのあいだ、明子のものを持っていって間に合わせに着てみてはどうだろうか。明子には小さめになって、この二、三年、茶箱から出したり入れたりしているだけの衣類がかなりあった。その中から、いくつかを当座用に持っていったら、「あたたかあい」冬を過すのにいく分でも役にたつのではないだろうか。

「ほんとに、こんなことといって失礼でなかったら。」と、明子はいった。

「あら、どんなもの？　見せて、見せて！」と、蕗子は顔をかがやかせた。

約束の日、明子は、このまえの祭日、小林千鶴というひとがさげていったという大風呂敷に負けまいと思われる包みを抱えて荻窪に降りた。

焦茶のボックス型の上着とスカート、それに合うクリーム色のフランネルのブラウス。

その上に羽織る、ざっくりしたホームスパンのチェックのハーフ・コート。丸テーブルの上に衣類が一点ずつ拡げられる毎に、蕗子は歓声をあげた。

「あなた、ほんとうにきれいにして取っておおきになるのね。新しい物みたいじゃない？」

「そうなんです。あたし、物もちがよすぎて、よく志摩子さんたちから、もう見あきたなんていわれるんです。だって、このスーツ、大学部のとき着てたんですもの。」

蕗子は待てないで、すぐさま、全部、風呂敷に入れて隣りの部屋へ抱えてゆき、「寒い、寒い」といいながら、ごとごとやりはじめた。が、やがて、衿に絹の大型のハンケチなどまいて、いかにも無造作に着こなしたという恰好で襖のかげからあらわれた。

「ああら、まるでオーダー・メイドよ。いつも着てらっしゃるみたい。」

「ええ、これでも、着ることは着るんですよ、夏はアッパッパを。ああ、でも、これでわかった。つまり、これからは、あなたのおさがりが、あたしのオーダー・メイドになるってわけね。」蕗子はうれしさをかくしきれずに、冗談をとばした。「これで安心だ。あたしは、ただ『立って待って』ればいいんだもの。これで、あたしが、学校でたまには朝の修養会にも出たってことわかるでしょう？　あらたかなもんね。」

蕗子が、大学部の朝の感心な講話のある会合の席で、イギリス人の教師がたどたどしい日本語で飽きるほどくり返し引用した、ミルトンからの言葉を口にしたので、二人は声をたてて笑った。

「それに、このハーフ・コート。これ着て市場へ買物じゃ、もったいないんじゃない？」

「それね、去年、門倉夫人から、幅が合わなくなったっていただいたんです。スコットランドの生地で末代物ですってよ。あたしが、よくタイプの仕事なんか、アパートに持って帰って夜やるでしょ？　羽織がわりに着なさいってくださったの。」

「ああ、日本でいえば、結城《ゆうき》みたいなものね。」そんなことが、無性に蕗子を喜ばせるらしかった。「でも、ほんとにこれ、みんなただでいただいちゃっていいの？」

蕗子は、わざとただだに力を入れた。

「ええ、使ってくだされればありがたいんです。あたしの部屋、もう古物でいっぱいなの。ただね、毛の服って、ドライ・クリーニングでないとだめなのが、玉に瑕《きず》ね。だから、あたし、時どきね、ぬるま湯にアンモニアを二、三滴たらして、その中で堅くしぼったタオルで、よごれたところ、きゅっきゅっと拭いて、アイロンかけるんです。そうすると、きれいになりますよ。」

明子は、思わず出てくるこんな細かい注意を並べながら、一方ではテーブルの上へ編物の教則本や余り毛糸の数々を拡げていた。色の取りあわせや型を選ぶことなら、蕗子は何の迷うこともなかった。直線の身頃《みごろ》に、いくぶん扇型に拡がる袖のついている、いかにも着やすそうなラッパーの型はすぐきまった。明子は型紙を裁ち、ゲージをきめ、蕗子に練習編みをさせた。それから、後身頃の裾のゴム編みの部分だけを自分で編み、あとは蕗子に渡した。そこまでの段取りがつくと、彼女自身も余りもののスコッチ・ヤーンで蕗子のための長いソックスを編みはじめた。

蕗子は驚くほど勘がよく、明子が、あとで疲れることを心配して、「ゆっくり、ゆっくり」と何度も注意したのに、夕食の支度に取りかかるころには、ヨークの横縞を入れるところまで編みあげていた。食後、明子が、その先の縞と肩を編んで後身頃は終った。前身頃二つ、それが、次の日曜日までの蕗子への宿題であった。

おもしろくなると、夢中になるらしい蕗子に、あまり普段の日には根をつめないようにと注意して、明子は、蕗子のたのしみのためにフランスのファッション・ブックを二、三冊おいて帰った。

蕗子から二度めの便りが来たのは、その週のうちのことだった。夢二描く、炬燵《こたつ》による女の絵のまわりに、

この葉書、デスクの抽出しから出て来たといふだけで他意ありません。夢二、友人でした。身頃出来上りました。私が急いだのでなく、糸が太かつたのです。次のお出でおんな待ち申上げ候。あたりにひとなく、手も口も動かしてゐないとき、所在なさに頭

に浮ぶは形見分けのことなど。でも、このラッパー編みあげるまでは死にません。と、乱れ書き風に書いてあった。

明子は、その葉書をこのまえの手紙とおなじ状差しに入れた。もうすぐ荻窪へゆくのだしと思い、返事は出さなかった。

次の日曜日は、朝から風雨であったが、予定通りにいけば、蕗子のラッパーが出来上る日であったから、明子は重装備で出かけた。このまえ、あれほど華やかに美しかった烏瓜は、したたか風に打たれて濡れていた。

その日の蕗子のいでたちは、すでに「洋装」であった。二人が席につくやいなや、ラッパーの袖がはじまった。それも片袖を明子がひきうけ、蕗子の編目とあわせるために、二、三十分おきに両方の袖をおっつけ合って寸法をためすので、二人は外の風雨をまったく無視して、午後じゅう笑ってすごした。

そろそろ夕食の支度というころ、蕗子はいった。

「おばさんに晩御飯たのんできちゃう。こっちでやってたら、今夜は、縁どりまで終らないでしょ？」

そして、まだ明子が何ともいわないうちに出てゆき、またすぐもどってくると、仕事の先をつづけた。

小一時間して、「どうぞいらしてください」という、いく分訛《なまり》のある若い声がして、明子は蕗子といっしょに、迎えに来た、先日も会った頬の赤い少女についておばさんの煙草屋へいった。

おばさんは店先まで出て待っていた。店の奥の茶の間の炬燵の上には、田舎式の大きな朱塗りの台が載っていて、その上には、蕗子が注文してからつくったのだろう、烏賊《いか》のくるみ和え、里芋と鶏の煮つけ、それにおばさんの故郷からの漬物が何種類か、台にのり切れないくらいな皿が並んでいた。

迎えに来た女の子は、小萩というういい名を持っていて、おばさんが養女にもと思っている親類の子で、近所の夜学に通っているという。おばさんが郷里で夫を亡くし、思い切って何代もつづいてきた生薬屋《きぐすりや》の店と田地田畑を売りはらって上京し、新開地のその辺りで煙草屋を開こうとしたとき、親類じゅうが反対した。しかし、彼らの予想を裏切って、おばさんの店は「当った」のだと、蕗子は、食事中、賑やかに明子に説明した。

「それで、いまじゃね、郷里で旗色が悪くなった連中が我も我もとおばさん頼って出てきちゃ、ほとんど中央線沿線に住みついてるのよ。そんなわけで、あたしも、自分の家の門柱に名前書かなくちゃならない。郵便が兄のとことまちがって来ちゃったりするから。だからね、あたし、いってるの、『中村屋には及びもないが、せめてなりたや、おばさんに』って。」

「ほんとに、ふうちゃんにかかっちゃ……」

おばさんは、その福々しい顔をほころばせて笑った。

明子は、久しぶりに心豊かな食事をしたという気持で蕗子の家にもどり、蕗子のラッパーはその夜のうちに仕上った。明子がラッパーの形を整えてから、帰るまえのお茶をのんでいたときだった、蕗子は、ちょっときまりわるそうにうす笑いをうかべていった。

「ほんとは、きょう、あなたがいらしったら、間髪を入れず白状しようと思ってたんだけど……あなたの無邪気な顔見たら、いえなかった。あたし、あなたの詩、読んじゃった。読むまいと思ったんだけど。ファッション・ブックのページ繰ってたら、出てきて、そのとき、あたしひとりだったから。」

ひとりでいたことが、少しも正当な理由にならないこと、その滑稽さを十分知っている顔で蕗子はいった。明子は、ちょっとの間、何をいわれているのか見当もつかず、蕗子が後ろのデスクの上から取って差しだした紙をうけとった。


「母さんの手、なほるまでに、きつと宮様の手みたいになつちやうわね。」

母は、熱いタオルで手を拭いてもらひながら、につと笑つた。

母は、暗い夜、そつと私を呼んで、

「明ちやん、おしつことつてくれる?」とたのむ。

私は、赤ん坊のとき、母にしてもらつたやうなことを母にする。
何でもします、何でもします、母さん。
私は、母の屍を、この世の塵ひとつ止めないやう、拭き浄め、
口や鼻に綿をつめた。
できるだけ痛くないやうに、
できるだけ共にすごしてきたときの
面影を変へないやうに。
何もかも、私の前になげだしてしまつた、あどけない母。
何でもしてあげます、母さん、何でも。

父が死に、
姉が死に、
母が死に、
私はいま、ひとりで庭の桜の花を見てゐる。

読み終ってしばらく、声の出なかった明子は、「まあ、いやだ！」と怒ったようにいうと、そのリポート用紙を折りたたんで手提げのなかへつっこんだ。

「こんなもの書いたこと、忘れてたわ。きっと兄嫁とまずいことあったときかなんか、憂さばらしに書いたんでしょ。」

蕗子はそのとき、明子の突然の見幕に驚いたのか、微笑みをふくんだまま、「詩」の話題にはそれきり触れず、二人は次に会う日と手仕事の予定に移ったのだが、明子が恐れたのは、なかなかおさまらない自分の動悸が、蕗子の耳にとどきはしまいかということだった。まったく思いがけなく、自分の生の一ばん奥底にあるさびしさをのぞかれてしまった。しかし、なぜかのぞいたのが蕗子であってみれば、腹もたたず、また、それをほかの者に話すだろうなどと少しも考えなかった。

そしてまた明子は、そのとき思わず口走ったように、自分がわざわざそのようなことを紙に書き散らしたことなど、じっさいにおぼえていなかった。娘心から何かと書きつけたノート類はほとんど、女子アパートに引越すとき、生れた家の庭でぼんぼん焼きすててきた。しかし、それらは焼きつくしても、母の死後、いつも彼女のからだに住みついていたのは、自分はひとりという思いだった。そして、その思いは、二人の兄に話して解ってもらえる性質のものとも思われず、また話したいなどとは、さらさら思わなかった。ただただ、母の死後のこの半年、からだは機械的に動かしながら、臍の緒を切られた嬰児が裸で放りだされたような孤独感が明子の心の芯に巣くっていた。

その一片が、ファッション・ブック の「ジャルダン・ド・モード」のページのあいだにかくれて、蕗子の目の前に運ばれていったというのは、どういうことだろう。そして、明子は蕗子と出会って以来の二十日ほどの間、彼女のために古物の服を出したり、しまったりしているとき、いつの間にか「自分はひとり」という気持を忘れていたことも事実のようであった。その夜の小降りになった雨の中を、おばさんの家の前を素通りして駅への暗い道をゆきながら、明子は、これはどういうことなのだろうと考えた。

2

十一月、十二月は、明子にとっては超多忙な月であった。年末年始を控えて、世界婦人協会の仕事は日本のメンバーのあいだだけならいいが、クリスマス休暇のある外国との関係を早めにすます必要があり、それと毎日の事務とを支障のないよう調整しようとすると、息つくひまもない日々になる。明子は、事務所にいるかぎり、昼の食事の時間も惜しんで動いた。しかし、こうしたてんやわんやのうちにも、明子の荻窪ゆきが規則正しくつづけられたのは、まったく、門倉夫人が公私の別をはっきりさせるひとで、土曜日の午後、日曜、祭日は、完全に明子の時間であったからであった。

この頃は、事務所にいる間があわただしいものである反動か、明子の胸は、夕方、門倉家の門を出たとたん、花開くようにふくらんだ。次に計画した蕗子の正月用のカーディガンの用意に、本郷の毛糸輸入店、「谷沢」にまわり、フランス毛糸の色見本をもらったり、夜寝るまえしばらくの時間、自分の古い外套をひっくり返して、どこをどう直したら、蕗子向きの部屋着になるかと思案したりする。

が、そのまた一方、いつの間にか、二人のあいだには、まったく会う日のことは度外視しての通信がゆきかいはじめてもいた。明子は事務所から帰ってアパートの郵便受けをのぞく度に、蕗子の筆跡のある封書や葉書を期待して、ちょっと胸をときめかせる。もしあれば、部屋に入るなり、読み、いそいで下に降りて食事をすませ、また部屋にもどってくり返し読む。

十六日。

大荒れのいやなお天気でしたね。考へることまとまらず、あたま一ぱいに「蛭《ひる》」を吸ひつかせてみようかと本気で思案しました。

私がこの居間で、埃と果物の皮(それもオレンヂならぬ酸《す》いみかん)と紙屑(原稿用紙ならぬ鼻紙)の中で、汚い顔してぽつねんとしてゐる光景を御想像ください。でも、支那のひとたち、案外そんなことに頓着しない。

何をよんでもツマランです。『中央公論』、成沢武夫、どうしたつて原稿の送り先をまちがへたとしか思はれません。即ち『令女界』と。

先日もお願ひしたけど、こなひだ、あなたのお話にでた、アパートに御同宿の矢野女史とかいふ新聞記者の小説の載つてる地方新聞一部手に入つたら、お送りくださいませんか。「勉強」のためには、万金を費やすも可なり。

万金で連想したんですが、あなたが、生れてから必ず毎晩見るといふ様々な夢の話、さう見ては忘れ、見ては忘れではもつたいないですね。

「もしもそれが寝言で語られるなら、私が書きとつてあげるのだが。」

右、英訳せよ、か。

十七日。

いま五時。あなたはお帰りの支度の最中かしら。あなたがきびきびした動作で、机の上など整理してゐる姿が見える。心の中のうそ寒い日には、身に沁みてあなたのことを考へます。あなた、こなひだ、夜中に気がつくと、曲げてゐる腕の先がしびれると云つてらしたわね。気にしてゐます。誰かに肘を枕にさせてゐるのなら、ともかくも。ぜひお医者にいつてらつしやい。

ゆきちがひに送つてくださつた――といつても、気がついてみたら、私のこの手紙は昨日、少し書いて、まだ出してなかつたのでした――矢野女史の小説の切抜き、さつきいただきました。「安心させる品といふのはもう少し上等だよ」といふところ。さつきここまで書いたところへ清水屋の御用聞きがきて、この先き何と書くつもりだつたか忘れました。

ストーヴが朝から晩まで、かすかな音――まさに最低限度の――をたてて燃えてゐます。でも、あなたがこの間、ちよつとお会ひになつた私の友だちの加代子のところよりは、ましですよ。「家に大きなストーヴがある」と云へば、聞えはいいけれど、どの部屋にと云へば、物置きにですつて。

十八日。

つまらない手紙何日越し？

飛躍。林芙美子が生れながらに何か持つてゐるといふ意味で、矢野女史、何も持つてないと思つた。かういふどうにもならないこともあるのね。

寒くなつてきたから、本当にお大事にね。でも、お天気がいいだけ、あなたの為にも喜んでゐます。そのくせ、憎らしいことに、日曜日になると、悪いのね。

ではまた。お待ちしてゐます。

というような、いく日かがかりの便りをよこすかと思えば、
実に索漠と暮してゐます。ひとは入れ代り立ち代り来るけれど。
早く日曜が来ないと、そのまへにどうかなつてしまひさうです。

とだけ、ぽつんとある葉書のこともあった。

　手仕事の方は、例の極太毛糸のラッパーの成功以来、蕗子はすっかり気をよくして、正月用のカーディガンとして、焦茶と栗色と黄の三色でデイジー（花型）をつないでつくるのを、早々と「ジャルダン・ド・モード」から選んで編みはじめていた。これは蕗子も幼いころに試みたという鉤針編みであったから、ちょっとの暇にデイジーを一つ二つと編んで貯めておき、つなぐのは明子がゆくときを待つことができるからと、蕗子は喜んだ。蕗子の勘というのか、工夫の才というのか、明子はこのときも驚かされたのだが、彼女は明子のいない間にフランス語の雑誌を相手に、ほぼ自分の寸法に必要なだけの数のデイジーを編んで、きれいに色分けして別々の箱に入れ、明子のゆくのを待っていた。

「大津さん、フランス語なさるんですか？　大体、あなたの寸法に合うだけできてるじゃありませんか？」明子は聞いた。

　蕗子はいつも、英語もできない、できないといいながら、じつはラジオの岡倉由三郎の英語講座を愛聴していて、支那人に教えるとき、かなり有効に使っているふしがあった。

「あたし？」蕗子はとぼけた顔でいった。「フランス語は英語よりだめ。でも、ふしぎね、どういうことかなってにらんでると、わかっちゃうの。だけど、もったいなかった。

フランス語、麗和でやっとけばよかった。そうすれば、こういう雑誌、とてもたのしめたのに。フランス語やっといて、編物とか洋服のデザイン勉強すれば、いまごろこんなにピイピイしないでいられたかもしれない。学校でなら、フランス語、ただで習えたんですものねえ。」ここで、またもや蕗子は、ただに力を入れた。「でも、あのマダム・尾崎って先生ね、何だか暗い感じだったでしょう？　日本人の子ども産んで、夫に捨てられて……。校庭ですれちがうときなんか、辛かった。」

　麗和女子大では、そのマダム・尾崎というフランス人の教えるフランス語教室には、何科の学生でも自由に入ることができた。明子も何カ月かその教室に出、やめてしまった組だった。

「でも、あのルイ・尾崎って坊や、きれいだったわね。そうお思いにならなかった？」型紙の上にデイジーを並べながら明子がいった。

「えっ……」と、蕗子は声をあげ、興味津々という顔で明子を見た。「あなたもそう思った？　じつは、あたし、あの子をはじめて見たときびっくりしたのよ。お母さんが授業してるあいだ、よく校庭で遊んでたでしょう。色はあさ黒くて、目鼻だちはヨーロッパ人。あたし、混血児はじめて見たでしょう？　ああいうのが世界一ハンサムなんじゃないかと思ったの。これは、あたしが知らなかった魅力だなって思ったわ。へえ、あなたもそういう御趣味でしたか。」

明子はうろたえて、

「趣味だなんて……。きれいな子だって思っただけよ。」

「でも、いまのあなたのルイ・尾崎についての言及は聞き捨てならない。あなたがあたしの前でなさった、男性の容姿についての最初の御発言ですよ。」

「それはそうかもしれないけれど……」明子は、あまり好まない話題に閉口ぎみでい返した。「いけませんでしたか。」

「いけないなんて、とんでもない。大歓迎よ。あたし、ずっと待ってたんだもの。あなた、どんなひとと恋愛するんだろ、または、したんだろって。」

明子がちょっとつまっていると、蕗子はけしかけるように、

「そうら、何かあるんだ。誰か好きになったか……好きになられたか……」

明子は考えて、もしこれまで生きてきた二十二年何カ月という年月が過去といえるなら、自分の過去は蕗子のに比べて、何とさびしいくらいさっぱりしたものだろうと思った。

「あたし、恋愛なんかしたことありません。」

「一度も？」

「一度も。」

「こんなこと聞いて、へんに思わないで。なぜって、あたしね、こないだっから、あ

たしが男なら、あなたを好きになるんじゃないかなと思いはじめてたから。いまも好きだけど、女同士じゃ、ちがうでしょう?」

「あの……恋愛って、お互い好きになることでしょう?」明子は、おずおず聞いてみた。

「そうら、そう来なくっちゃ!」と、蕗子はうれしげに笑った。「片思いだって、りっぱな恋ですよ。あたしなんか、その方の名人だけど。十七のときから、あたし、結城久男が好きだった。」

「えっ!」明子は小さく叫んだ。

結城久男は純文学作家で、俳人でもあり、また半分通俗的な作品も書くが、その作風は好ましく、明子も雑誌に載るものなど愛読していた。ただ、その名を聞いて、思わず叫んだのは、結城が、ハンサム型を好む蕗子が思いをかけるには、およそ似つかわしくなく、むしろ醜男《ぶおとこ》の部に入れられていたからである。

「結城さんのどこがよかったの?」明子は思わず聞いていた。

「どこもかしこも。」と、蕗子はほほ笑んで答えた。

明子が、それ以上、結城のことについて蕗子を問いつめなかったのは、蕗子の態度があまりゆったりとさばさばしたものであったからでもあったが、もう一つの理由は、明子の脳裡に、そのとき突然、自分に関係ある一人の青年の像が浮んでいたからでもあった。それは、ここ数年忘れていた――というより、心の外に押し出していた人物であった。彼女は、その青年のために男性恐怖症のようなものを心に植えつけられていた。

「あたしね……男のひと、好きになれない人間かもしれないわ。」

「どうして？」

「どうしてでも。」

そして、話は、それから本気ではじまったデイジーつなぎの仕事のため中断されたが、明子は、その後、二度ほどの荻窪ゆきのあいだに、説得上手な蕗子に解きほぐされて、自分の「過去」を、とりとめもなく、それでいて、ほとんど全貌の解る程度に彼女の前にさらけだしていた。

それは彼女が女学部三年の、蒼白い貧血少女のときのことだった。

そのころ、明子の一家は、下町と山の手のはざまのような牛込の一画に住んでいた。明子の家自体、家の前の道を左にとって少し奥までゆけば、お邸といっていいような家々の並ぶ閑静なところに出るし、右にゆけば、三軒通りこしただけで店屋の並ぶかなり賑やかな通りに出る。そして、その角の小さな煙草屋から右に折れて、ごくごくゆるい坂を二丁ほど下ると、市電の往来する大通りであった。しかし、広い通りからちょっとはいったというだけで、明子の家のあたりは昼も森閑としている忘れられたような一画だった。

明子の父は、彼女が四歳のときに死に、あとに残ったのは母と子ども四人であった。

黒板塀の様子もよく似たすぐ左隣りには、関という家族が住んでいて、そこの主は、明子の父より二、三歳年下で、父とは「義兄弟」の間柄——これは、どういうことなのか、明子はいまだに聞きただしたこともなかったが——だと小さい頃から聞かされていた。この小父が、父親のない村井家の後見人の役を果たしていた。関家には、明子より四つ上の多美子、一つ上の一郎がいた。村井家の子どもは、長女が明子より八つ上の優子、長男がそれより一つ下の康、康より二つ下の潔、そして少しはなれて五つ下の明子であった。

しかし、村井家では、主人の死後、半年ばかりで、優子が小学卒業のまぎわに、遊び時間の校庭でボール蹴りをしていた男の子に突き倒され、内出血で死ぬという悲劇に見舞われ、子どもは三人になっていた。死ぬ子見目よしで、亡き娘を惜しんでやまない母を四歳から見てきたことが、明子を母思いの子にしたのかもしれない。

二軒つづきの黒板塀についている二つの門は、りっぱに二つの家を分けていたが、間の生垣は申し訳にあるだけで、木戸はあけはなし、両家の子どもはいつも両方の庭を共通の遊び場にして育った。幼くて父をなくした明子は、関の小母にはあまりなつかず、小父には半分親のようにまつわりついた。また長女の多美子と仲よくする代りに、その弟の一郎とはいつも手をつないで近所を遊びまわるという育ち方をした。

一郎が中学にはいると、田所という秀才の一高生《いちこうせい》が、一郎の家庭教師として関家に出入りしはじめた。田所は柔道何段とかいうことで、よく腕まくりをして力瘤《ちからこぶ》をつくって見せた。その腕が太いわりに色が白く、冬になると、魚屋の店先に転がる棒鮫《ぼうざめ》という魚を明子に思いださせた。夏など、一郎の勉強がすんだあと、庭の縁台で潔兄なども交じって腕相撲がはじまると、明子は恐ろしいものに吸いよせられたように、こわごわ、田所の力瘤をのぞくのであった。

「でも、そのひとね、」と、明子は、自分には珍しいことでもない村井家の事情に、とにかく興味を持ち、「それで？　それで」と先を促す蕗子にうまく釣られて、彼女の少女の頃の歴史を語りつづけた。「少し舌が長かったみたい。百人一首なんか読むのも上手だったんだけど、『散りぬるを』なんて札読むとき、口の中で舌をこねまわすような気がしたの。『つらぬきとめぬ玉ぞちりける』なんかもおかしかった。あたし、わるかったけど、『しらつゆに』ってはじまると、からだがもぞもぞしてにげだしたくなった。」

蕗子はきゃっきゃと笑って、

「あなた、その頃から相当わるかったのね。あたし、見ぬいてたわ。そのポーカー・フェイスで、ひとのことちゃんと観察してるんだから。でも、あなたが、あまりもぞもぞするもんだから、彼、自分に気があるんだと思いこんじゃったんじゃない？　それで、どうしたの？」

　自分の希望で九州の高等学校に行っていた康兄が夏休みで帰ってくる日、小雨が降った。明子は母にいわれて、傘を持ち、省線の駅まで迎えに行くまえ、母のつくった兄の好物の白玉を丼いっぱい、関の家にとどけにいった。明子が縁側から小母に話している声を聞き、一郎が部屋からとびだしてきた。

「おれもいっしょにいく。」

たいした雨でもないので、一郎は明子の傘にはいり、二人は並んでぶらぶらと歩きだした。ぼんやり者の明子が、一郎の息づかいが何か不自然なのに気がついたのは、駅までの道をよほどいってからだった。

　ひょいと明子が一郎を見あげると、目がカチンと合い、彼は押しだすような声でいった。

「おれ、困っちゃったよ、明ちゃん……」

「どしたの？」

明子は驚いて聞き返したが、一郎がさっと顔を赤らめたので、こっちも胸がどきどきしだして、いそいで目をそらした。二人のあいだで、かつてない光景だった。

「おばさんに叱られちゃうな……」一郎はあわれな声でいっていた。「あの……田所さんから、これ、明ちゃんに渡してくれって。」

一郎は白絣の懐からとり出したものを、明子の手に押しつけようとした。まっ白い角封筒のまん中に、見たこともないほどりっぱ楷書で「村井明子様」と書いてあった。

「いやあ！」と叫んで、明子は傘からとびだし、ひとり走るように歩きだした。もう一本、自分の手に傘があることに気づいたのは、駅についてからだった。一郎もすぐわきに来て、並んで立った。しばらくして、彼はいった。

「ね、どうする？」

「返して。」

「だけどな、明ちゃん……」一郎は、もういく分落ちつきをとり戻したらしく、明子の様子をおかしげに見た。「おれ、責任上いっとくけどね、あのひと不良じゃないよ。返せっていえば、返す。だけど、おれ、あのひと、あんまりまじめな顔してたんで、断れなかったんだ。まだ大学卒業してないから、明ちゃんにだけ見ておいてもらいたいんだって。おばさんや康ちゃんたちには、いわないでくれな。誤解されるといけないから。おとなって、変にとるからさ。」

しかし、明子は、もう何をいわれても無言で、次々にホームから上ってくる乗客を待つばかりであった。三十分もたって、やっと人の群の中に黒く焼けた康兄の顔を見出したとき、明子は生き返った思いがした。

小学五、六年の頃から夏季はひどい貧血に悩まされだした明子は、兄たちの休暇がはじまって、一家そろって五、六日をすごしたあとは、母につれられて、母が幼児から少女時代まで養われた埼玉のいなかの農家、木崎村の木崎家にゆき、そこで八月をすごすことになっていた。

その夏も、母といっしょに十日ほどを木崎家ですごし、母が帰ると、入れ代りに潔兄と一郎がやってき、この二人が帰ると、康兄がやってきて、いっしょに家に帰るという順序は、それまでの年と変りなかったが、その間も、いつかの小雨の降る夕、一郎とのあいだにあった小さな出来事とまっ白い封筒の上に黒ぐろと書かれていた自分の名の記憶は、間歇熱《かんけつねつ》のように思わぬときに彼女を襲って苦しめた。

二学期がはじまって、まだ暑さの残っているある午後、明子は学校の帰り、省線の駅から家までの十五分ほどの道を、日陰の多い裏道づたい、まったく無心に歩いていた。と、不意に目の前に田所が立っていた。人通りはなかったのに、あまりに不意を打たれたためか、明子は恐怖を感じないで、その汗をかき、荒い息を吐いている青年の顔を、理科の実験の実物ででもあるように見あげて立っていた。

田所の目は異様に輝き、唇のあたりには、きみ悪いうす笑いのようなものがまつわりついていた。

「ちょっとそこまでいっしょに歩いてくれませんか。」田所は太い、そのくせかすれた声でいった。

それは、彼の地声でもあった。

明子は無言で首をふった。

「ぼくの気持、お話ししときたいんです。」田所はせきこんでいった。

明子は口がきけず、ただ立っていた。

彼もしばらく棒立ちだったが、やがて、せかれていたものがほとばしりでるように、

「一郎君から聞いてくれたと思いますが、ぼく、不真面目な気持でいっているんじゃありません。ぼく、明子さんの気持さえわかったら、ちゃんとあなたのお母さんにも関さんにもお話しするつもりです。もちろん、いますぐなんてことじゃありません。まだ学生ですし。明子さんが女学校出るまで待っていいんです。」

彼は、鼻の頭にポツポツと汗の玉を浮かせ、一郎に数学を教えるときのように熱をこめて明子にいいきかせていた。

ひと区切りついたところで、明子ははっきり首をふり、くるりと向きを変えて、もと来た方へひき返した。途中で角を曲り、自分の後姿が彼に見えなくなったろうと思ったとたん、明子は足下から寒くなり、体じゅうの力がぬけ、ひょろひょろと家に帰った。

母がそのことを明子から聞きだしたのは、その翌日であった。せっかく、夏のいなか暮しで息を噴き返して帰ってきた娘が、またしおれるようになったのを見て、母は、お

く手の彼女に生理的変化がおこったのだと勘ちがいをし、問いただした結果、真相を知った。母はすぐ隣家に出かけて、関の小母に田所の所業を告げた。しかし、関夫婦も、その出来事に驚いたとはいえ、小母には、まれに見る有能な家庭教師を断るつもりはなかった。小父も、田所は間もなく大学を卒業することではあり、今後は、若い者同士、直接話しあわないよう、厳重に注意するという意見だったようである。

その後の半年、明子は、田所の来る土曜日は関の家に近づかず、また、母も兄たちも、彼女の前で田所の名を口にしなかった。

田所はその翌春、大学を出て役人になった。もっとも、そのまえに、彼はすでに高等文官という試験も通っていたそうである。しかし、そうしたことは、明子にとって田所と自分のあいだの事態を変える何物でもなかった。

兄たちが結婚し、母が逝き、明子ひとり残されてから、彼女は、ごく時たま、関の小母から、「とんでもないいいお婿さん捕まえそこねたね。」と冗談にいわれることがあった。だが、もうその頃には、彼女も、田所の名を聞いても、おぞけをふるうことはなくなっていた。とはいえ、幼くさえ思えた自分が頑として彼を拒んだ原因を、おとなになったいまも、ひとにわかるように説明することはむずかしい。

「あたしって、妙な人間だとお思いにならない？」

明子は、そのいきさつを、ぽつりぽつり語ったあとで蕗子にいった。

「あら、あたりまえのことじゃない？」と、けろっとした顔で蕗子はいい、「いやなものは、いや。あなたにきらわれたことは気の毒ではあるけれど。さて、その田所という御仁のことは、まず片づいたと。で、お次は？」

明子は、椅子の背にのけぞるようにして笑った。蕗子が相手では、どんな話題もおかしく思え、笑わずにいられなかった。しかし、明子は実際に、蕗子のに比べれば、さびしいくらいさっぱりしていると思っていた自分の「過去」に、もうひとりの青年が淡い影をおとしていたことを、田所の話をしながら、思いだしていたのだった。

3

重松信之は、女子大での同級生、重松みどりの兄であった。みどりたちは、九州の素封家《そほうか》の子女で、麗和女子大の近くに兄妹二人で家を借り、婆やをおいて住んでいた。みどりは地方から出てきて女子大に入り、明子は付属女学校からまっすぐいったのであったから、大学部ではじめて知りあった間柄だった。しかし、図書係としていっしょにクラスの蔵書を整理するうち、一学期の終り頃には、もうクラスで一ばんというほど気の合う友人になっていた。

みどりはピアノに堪能で、よく大学部全体で早朝に催す「修養会」などの集りのときなど、学生の数が揃うまで会にふさわしい曲を弾かされていた。そのみどりの家へ、明子は時どき学校の帰りに寄った。時には、兄の信之も出てきて、雑談に加わった。明子は、物心ついてから兄二人に一郎という、男の子のあいだで育ったから、十八にもなった頃には、若い男と話すにも、そうはにかんでばかりいないですんだ。

いかにも秀才らしい、涼しげな目をした信之とも、ただ友だちの兄として雑談の種に困ることはなかった。明子が何となく、彼をみどりの兄としてだけでなく意識しはじめたのは、ある頃から話の途中で、彼の視線が、右から左から、彼女を計っているように見えはじめたからであった。その目は、何を意味していたのだろうか。例えば、興味ある異性として？　それにしては冷たすぎた。

そのうち、信之は、まえほど明子の前に出てこなくなった。卒業まぎわで忙しいのであろうと、明子は考えた。その後、出版社に勤めだしたと聞いていた信之が、左翼運動家として逮捕されたというニュースをみどりから聞かされ、大きなショックをうけたのは、大学部四年になったばかりのときであった。

「家、いま、父なんか出てきて、大さわぎ。あなたにだけはお話ししとかなくちゃいけないと思ったの。あなた、あたしと親しいっていうんで、先生か誰かに何か聞かれるかもしれないから。」みどりは、ある日、学校の帰り、二人だけで葉桜の下を歩きながら不意に打ちあけた。「学校にも警察からひとが来たらしいわ。あたし、きのう、四、五人の先生につめよられ、いろんなこと聞かれたの。だけど、何も知らないもの、何もいえなかったわ。でもね、村井さん、あたし、あの兄の信じること、わるいことだと思えないのよ。」

それは、悲痛な叫びに聞えた。

明子は、しばらく何もいえずに、みどりと並んで桜並木の下を歩いていった。みどりの口にしているような世の中の動きがあることは知っていた。が、いまそれが、不意に身近に迫っていることに気づかされ、鳥肌のたつ思いがした。しかし、何かいうには、明子は無知でありすぎた。みどりの腕をとって、ぎゅっと自分のからだに押しつけてやりたかった。

「あなた、どうなさるの？　学校やめちゃ、だめよ……」と、明子は、ようやくこれだけのことをいった。

「やめないわ！」みどりは、いつものよく響く、きれいな声でいった。「とにかく、何とか自分ひとりでもやっていけるようにしとかなくちゃいけないから。」

何カ月かして、あの涼しげな目をした信之の顔が無残に歪み、醜く写されて、某重大事件の一環に属する不逞の輩《やから》として新聞に載り、みどりは全校学生の前で共産党員の妹という〈汚名〉を着ることになった。しかし、もうその頃には、彼女の覚悟はとっくにきまっていたらしく、彼女は、それこそ涼しい顔で毎日学校に出てきた。

おかしかったのは、志摩子が今度の事件について、明子を咎める口調で、「あなた、共産党事件のこと、みどりさんから聞いて、まえから知ってたんでしょ？　あたしたちにだまってて、水くさいじゃないの。」といったことだった。

しかし、それより明子を驚かしたのは、その事件が新聞に出た日、学校から帰った彼女にいった母の言葉であった。

「重松さんのお兄さん、たいへんだったんだねえ。重松さん、いまあのお家にひとりかい。」

「いえ、もうとっくに御親類にひっこしたのよ。」

「そんなら、いいけど。もし何なら、家にいらしったらと思ってさ。部屋があいてるし……」

明子は、びっくりして、はにかみ笑いをしている母の顔を見た。明子が女学校に上るとき、母が豊かでもない家計のなかから、関の小母の反対など耳もかさずに、彼女を大学部のある私立学校に入学させたのは、いつかみどりがいったように、娘を「自分ひとりでもやってゆけるように」という心づもりであることは察していた。しかし、その母の考えと、共産党員の妹を家に預かろうという気持とは、どこでつながっていたのだろうか。

みどりは女子大を出ると、大学生たちのやっている本所の託児所で働きはじめた。

卒業直前まで、明子は、学校が自分に与えてくれた一ばん貴重なものは、みどりとの交友だと考えていた。あのただひたすら真面目一方の授業のつまった四年間に、みどりといっしょに音楽会にゆき、絵の展覧会にゆき、映画を見、本のまわし読みをするということがなかったら、自分の心はいまよりずっと貧しかったにちがいない。

明子の世界婦人協会への就職は、卒業の三カ月まえにはきまってしまっていた。門倉夫人は、それまで勤めていたひとが結婚でやめるについて、後の者を求めて母校にやってきた。そして、一度の面接、それも二十分ほど、明子と話しあっただけで彼女を選んだ。明子自身、まず収入の道を得ることは母を喜ばせることであろうと、うれしくその仕事にとびついた。同時に門倉夫人が、最初に会った彼女をたちどころに採用する気になったということに、いく分かの誇らしさをおぼえた。しかし、明子の就職先を聞いたとき、みどりの胸にまず浮んだ正直な感慨は何だったろう。若い大学生と共に本所の託児所で働くことは、みどりが早くから心に決していたことだったから、もしみどりが彼女の気持をありのままにいうとしたら、「あなた、どうしてああいうところで？」ではなかったろうか。

こうして、二人は卒業を境に、分れた道を歩きはじめた。とはいっても、それからも時どき会った。みどりは、用事があって市の中央に出てくるときなど、電話をかけてよこした。二人は互いに都合のいい場所でおちあい、つつましい夕食を共にし、一、二時間仲よしらしく話をして別れた。みどりは、いっしょに働いている学生たちのこと、また母親たちが働いているあいだ、彼女が面倒を見る子どもたちの様子などを、持ち前の澄んだ声で、あとからあとからわいて出るように話して聞かせた。恐らく、みどりには、彼女にとって胸のおどる新しい経験を遠慮なく吐きだせる相手が、明子以外にいなかったのだ。おとなしくみどりの話にうなずきながら、彼女の語る幼くて世知にたけた子どもたちの話は、明子の心を刺した。みどりと別れてから、明子はいつも暗い気持で家に帰った。みどりは明子を責めているのではないとわかっても、その子どもたちは責めていると思った。

三カ月もたった頃には、みどりと自分がかなりちがった世界に住んでいることを、明子は否応なしに感じないわけにいかなかった。身なり、言葉つきからして、二人はちがってきていた。そして、明子を一ばん驚かしたのは、その頃、みどりが最初の借金を申しこんできたことだった。みどりは、それをきょう会えるかと聞いてきた電話のまっ先にいった。額は十円だった。ちょうどその日、明子の財布には、それ以上のものが入っていた。

みどりは、それをうけとるとき、「ごめんなさい。あなた以外にお願いするひと考えつかなかったから。」といったが、何に使うのかは説明しなかったし、明子も聞かなかった。

みどりの借金の申しこみは、それからもつづいた。たまには返すが、すぐまた次があった。明子の家が裕福ではないことを知っているのにと、明子はふしぎに思った。だが、この金銭の問題が、大学部の四年間、培ってきた二人の友情にしこりをつくったと、明子は思ったことはない。しかし、会わないときは、だいじな友だちとして胸にしまっておけるのに、会ってみどりの熱っぽい話を聞いていると、気がめいってきて、自分たちの友情は長く使わずにおいた氷嚢のように、柔かくほぐすのに時間がかかるという気がしはじめるのだった。しかし、表面は終始、興味ありげにみどりの話に耳を傾けながら、最後まで心の芯がとけずに苦しかった日、明子は、家に帰るとすぐみどりに手紙を書いた。

あなたにとつて、この頃、私といふ友だちは理解しにくいものになつてきたのではないでせうか。私といふなまぬるい人間も、また私の関係してゐるマダムたちのやつている仕事も。
もうあなたに何ももたらさなくなつたものを、あなたはさつさと卒業なさつていいのですよ。私には、あなたが元気でゐてくださり、あなたらしいお仕事をしていらつしやると考へるだけで、十分なのです。

みどりは、その絶縁状めいた手紙を無視し、二人のつきあいが、つかずはなれずつづくうち、明子の母の死がやってきた。みどりは事務所へ電話して、門倉家のひとからそのできごとを知ったといって、悔みに来てくれた。その後、明子が兄夫婦と住んだ二カ月ほどのあいだにも、みどりとは、一、二度会ったが、しかし、明子が女子アパートに移ったあと、彼女からの便りは途絶えた。


明子が語る重松兄妹との交渉の話が尻すぼまりに終ると、蕗子は、さりげなくいった。

「あたし、その重松みどりさんのお兄さんのこと聞いたことある。」

「ほんと?」

「ええ、さる筋から。それで……何てったっけ、あのひと? ああ、そうだ、田所ってひとと重松さんのことはわかりました。そのお次は?」

「いませんよう、もう。」明子は、暗い話のあとで、はっと胸が晴れ、噴きだした。

「一ちゃんてのは、何?」

「ああ、あれは弟分。」

「でも、年は上でしょう。」

「そう、一つ。」といって、明子はいま自分にとって一ばん身近な男性である一郎のことを考えてみた。「でも、どうしたって、年上って気がしない。あたし、小さい頃はね、正直な話、大きくなったら自然に一ちゃんのお嫁さんになるんだって気がしてたのね。二人とも幼稚園へもいかないで、朝から晩までいっしょに遊んでたんだから。それが、女学部の上級生の頃は、もう断然、あたしがねえさんぶってたのよ。それ、初めは主にね、お小遣いの関係だったんじゃないかしら？」と、明子は笑った。

近くにいい「活動写真館」があり、見たい「活動」がかかると、一郎から目くばせがある。一郎は、たいてい彼の小遣いを使いはたしている。二人いっしょに映画を見にゆくとすれば、明子の奢《おご》りであった。母は、そのことを知ってか知らずか、一郎がいっしょであることで、映画館ゆきを許してくれた。しかし、一郎とのつきあいが対等というより、明子がはっきり姉貴ぶった気持を持ちだしたのは、一郎に家庭教師がついた頃からというのは、滑稽ながら本当のことだったろう。村井の家の子どもで、勉強をひとに手伝ってもらった者など、ひとりもなかったのだから。

明子が手と口をいっしょに動かしながら、こんな述懐をすると、蕗子はただおかしいらしく、

「ほんとうに何ていうか……あなたのお家の家風っていうか……。それに関さんとの関係、おもしろくってしかたがない。」

蕗子にそういわれてみると、明子は、これまで何の変哲もないと思っていた「我が家の家風」というようなもの、また関家との関係が、いわゆる世間一般とはちがっていた

のかと、あたりを見まわす気持になるのであった。

4

自分の父は、いったいどういうひとであったのか。数え年四歳のとき死なれた明子には、口髭をはやしていたこと、抱きかかえられて頬ずりされると、髭が痛かったこと、そうしたとき嗅いだ何となく安心を思わせる男くさいにおい、このようなものを一ばん身近なものとして覚えているにすぎない。あと、目鼻立ちのはっきりとして美男子といってもよかったひとであったとは、写真と母の述懐が明子の記憶に上塗りをしてくれていることである。

それから、父の友人がよく出入りした。支那服を着てくるのは、山路さんというおじさんであった。そのひとの顔をよく覚えている気がするのは、時どきやってくるせいで印象が鮮明だったからか、そのひとがあばたであったからか。幼な心にも威厳あるひとに思えた。「夏みかんのおじさん」というのが、明子が山路さんに贈った渾名《あだな》であった。何をしていたのかわからない山路さんやその他二、三人の友人は、「運座」というものを組みにやってきたので、父とこの友人たちとは、肝胆相照す間柄であったということである。このひとたちの親は皆、徳川の家臣のはしくれだったということだから、世襲的な深い誼みがあったのかもしれない。明子の父は学校の教師をしたのち、やはり昔の縁故で兄事していたひとに誘われて、関の小父をつれ、教科書なども出版する会社にはいっていた。

母は孤児で、どういうわけかで、埼玉のいなかの木崎家という農家に預けられて育った。母は、その家の女主人のばあちゃんに、彼女自身の子ども以上に愛されて大きくなった。幼女だった母には親はなかったのに、婚約者はあった。それは、母の親が死ぬときに、親同士がきめたことだという。その婚約者が、明子たちの父、村井順であった。父は長じると、学校の休みに、時折、木崎の家に明子の母美代に会うためにやってきた。

父は木崎家を訪ねるまえ、必ず葉書で何月何日何時ごろ着く予定と、ばあちゃん宛に書いてよこした。ばあちゃんは、いつもその字の上手なことを我が事のように自慢した。予告された日が来ると、母は、「きょうは順さんが来る日」と、家の仕事を手伝いながら、ひとにかくれて、ちょいちょい長屋門の外をのぞくのだった。すると、父はちゃんと予定の時刻に向いの森のかげからあらわれた。

このような話はみな、母が張り物などをしながら、小学校へゆくまえの明子に――恐らく、明子には理解しえないだろうと考えて――したことである。もうその話を聞いた頃、父はいなかったから、若くて夫をなくした母はまだわけもわからないと想像した娘を相手に、過去をもう一度取りもどそうと、「順さんの来る日」や、「向いの森のかげから」をくり返したのだろう。明子は、分別がついてから、母から「父の思い出話」なるものをほとんど聞いたことがない。また明子自身はといえば、自分でもはっきりわかるくらい、並みはずれて詮索癖のない人間なのであった。

順さんとその母親は約束通り、彼が学校を出、職につくと、母を迎えに来た。ばあちゃんの秘蔵っ子は、木崎家のひとたちと泣き別れして東京に出た。村井家がどういう考えの家であったのか、明子は母に問いただしたことがない。ただその頃の常識と変っていたのだろうと思われるのは、母が東京に出てから二年間、女学校に通わされたことである。そして、学校を中退してから結婚し、子どもを産んだ。明子が生れた頃、村井家にはもう老夫婦はいなかった。

木崎家と村井家の縁は、それからも長いこと切れなかった。村井家の子どもたちにとって、木崎家は母の実家同様であった。ことに明子は、小学五年から女学部最後までの夏を木崎の子どもになってすごした。大人になってから考えると、自分ひとりの貧血症のために、いかに多くの人たちを煩わせたことよと驚くのだが、その頃はそれが村井家と木崎家の年中行事で、案外、ばあちゃんにとっては、手塩にかけた美代の子どもたちを、夏のあいだだけでも面倒を見られるのは、大きなたのしみであったのかもしれない。それに、美代は、木崎へ来れば、ばあちゃんには母のように仕えたのである。

このように蒲柳《ほりゅう》の質だった明子が立ちなおって、どうやら普通に生活できるようになり、勉強もいそがしくなってからは、彼女と木崎の家とのつながりは、いく分薄れた。しかし、母だけは、年に二、三度、子どもたちに火の用心をくどいほどいいつけて出かけてゆくのを、兄や明子たちはおかしがって見送った。「大盤《おおばん》」とか、「お日待ち」とか、ばあちゃんが自分を心待ちにしているのがわかっているとき、自分の家の火鉢のそばに坐っていることなど、母には考えることもできなかったのだ。

ばあちゃんは長生きして、自分の子や孫、曾孫だけでなく、養い子の子どもたちの成長まで見とどけた。そして、八十を越して倒れたのは、明子が職について一年すぎてからだった。

ある夜更け、木崎の村役場から関家へ、「ばあちゃん、危篤」の電話がかかった。この恐ろしいニュースをうけたとき、明子と母は二人きりで住んでいた。長兄の康は、関家の多美子と結婚して家を出、あまり遠くないところにいた。潔兄は学生時代に、神戸の病院長の娘で、自身も女子医専の学生であった早苗と知りあい、一人前の医師になるには長い順番を待たねばならない大学病院勤めに見切りをつけたか、早苗の卒業と同時に結婚して、関西に移っていた。

「明ちゃん、明ちゃん！」という一郎の声といっしょに、廊下の雨戸をはげしく叩かれ、母と二人には大きすぎる家の一室で、母と並んで寝ていた明子はとびおきた。寝巻で立っている一郎から伝言を聞いたとき、彼女は鋭いもので胸の内を刺された気持で、茫然とした。しかし、一郎の後ろからは、もう小父が近づいてき、明子の後ろにも、寝巻に羽織をひっかけた母が立っていた。母の顔は、夜目にも麻のように白く見えた。

一郎がすぐ康兄を迎えに走った。

母と兄は、次の朝早く、木崎へ立っていった。

母は、意識のないばあちゃんが息をひきとるまで一日看とり、ただ泣くことができるだけだった。兄だけがもどってきて、喪服を持って、また出かけた。

葬式がすんで母がもどってきたとき、明子は母の憔悴《しょうすい》ぶりに驚いた。母は、一人、家にいる明子を気づかって、いそぎ、家の様子を見に来たのであった。明子は、自分のことは気にしないように、近いうちにこちらから迎えに行くから、それまで無理をしないで向うにいるようにといって、また母を送りだした。一週間ほどして、明子は自分も木崎に出かけ、ばあちゃんの墓参をすませると、母といっしょに家にもどった。

その後の母が、つとめて普通らしくふるまっているものの、明子にはいつも何となく息ぎれしているように思われてならなかった。

五月も終り近い夜半、母は、わきに寝ている明子をおこした。小用に立とうとしたら、思うように立てないというのであった。明子は母を抱きおこして、肩にすがらせ便所までつれてゆき、用をたさせると、また抱えてもどり、寝かせた。母の体は軽かった。

「母さん、こないだっからのことで疲れちゃったのよ。貧血よ。木崎って今度いってみて、ほんとに不便なとこだと思った。それを何度もいったり来たりしたんだもの。明日から少し寝てなさいよ。」

母は頷いて、そうしようといった。

母の痩せぎすな体に、べつの病気があろうとは、明子には到底考えられなかった。明子は台所へゆくと、いつか二人で何かのお祝いの印にのんだ葡萄酒の残りを少しつぎ、水で薄めて母にのませた。

外が明るくなるのを待って、明子は母の反応のはかばかしくないのに不安を感じ、まだ人通りのはじまらぬ道をつっきって、筋向いの小堀医院に走った。

先生は、ワイシャツにズボン、その上に白衣という恰好で来てくれた。診断は、軽い脳溢血であった。血圧がそれを示していたし、右半身に軽い不随が見られた。幸い、言うことはわりにはっきりしていて、たいしたことはあるまいというのだった。

「先生、あたし、葡萄酒のましちゃったんです。ほんの少しですけど。貧血だと思ったもんですから！」と、明子は叫んだ。

「いや、たいした影響はないでしょう。何よりまわりで静かにしてること。明ちゃん、あんまり心配するんじゃないよ。しかし、ともかく、康君にもすぐ知らしてね。それから、きょうは用心のため、誰かついてた方がいいな。」

先生は、血圧をさげる注射を打ち、また、随時、様子を見にくるからといって帰っていった。

明子は、先生と話しているうちから、もう心の内で母の看護の段取りを組みたてていた。多美子と関の小母に、半日の看とりを頼むと、大至急、協会に出かけ、門倉夫人に三日間の休みを願い出た。脳溢血は、最初の二、三日が勝負だと聞いていたからである。

協会からの帰途、いままでひとの厄介になったことのない母に気を遣わせないよう、下のことは全部自分が世話するつもりで、便器、油紙、吸い呑み、その他思いつくかぎりの看病用道具を荒物屋と薬局で買いこみ、タクシーでもどった。帰ると、母は朝より小康をとりもどしたらしく、小母や多美子に、何かしてもらう度に礼をいっていた。

明子はその日から、一日のうち二十四時間、身も心も母と共にいた。もちろん、長兄や多美子も交替で傍らにいてくれたし、神戸からかけつけた次兄夫婦も、部屋を出たり、はいったりした。しかし、整形外科の次男や小児科の嫁より、母は小堀医師と明子に頼るほうが安心らしかった。そしてまた、母は、大学病院からえらい先生をよぼうかと聞かれたとき、それを望まず、そのことは沙汰やみになった。明子が、ただただ願ったのは、母の頭をできるだけ静かな状態におき、小堀先生がいった、母の脳の出血の吸収を待つということだった。明子がそばにいれば、母は子どものように安心した顔で、うとうと眠り、目をさませば、眠った間につくっておいたお粥やスープをすった。人間は、一日二〇〇〇ｃｃの水分をとれば生きていかれるといった小堀先生の言葉を明子は金科玉条にした。

おなじような病状が三日ほどつづいたとき、小堀医師はちょっと憂わしげな表情になった。忙しい小兄夫婦は、母の最初の病状が軽そうなことに安心して神戸に帰っていった。薬の効果があるから、血圧や脈はおちついているが、予想より長期戦になるかもしれないと先生がいうのを聞き、明子はすぐ仕事のことを考えた。すでに、休みは一週間のばしてもらってあったが――協会には、結婚してやめた八重樫さん、いまの沢田さんが代理で来てくれていた――まだおなじ状態がつづくようなら退職、と思いさだめた矢先、母の死が来た。

母は、発病八日めの夜半、明子を呼んだ。

「明ちゃん、おしっことってくれる？」

明子は、すぐ便器をあて、母のにくっつけて敷いた自分の寝床にもぐりこんだ。そばで起きて待っていられると、母がいそいで、いきんだりしては困るというのが明子の心配だった。

「母さん、ゆっくりしてね。あたし、横になってても眠らないから。いいときに呼んで。」と、明子は、夜、小用のある度にくり返した。

母はおとなしく明子のいう通り、すむと、「明ちゃん、もういい。」と声をかけてくる。

ところが、その夜、明子は、不覚にもとろとろとしたらしい。何か母の咽喉からの物音がしたらしいので、はっとしてとびおきると、母は、うつろな目を天井に向けていた。

「母さん!」と声をかけたが、答えはなかった。

母は苦しそうにはしていなかった。ただ、いびきに似た声をたてていた。

明子は、母の体をゆすぶらないようにして脈をとった。弱くて、早くて、数えられないほど乱調子だった。

明子は、用心のため、ここ数日、鍵をかけずにおいた玄関からとびだし、関の家へ走った。玄関わきの小部屋にまだ電気がついていた。はげしく出窓の戸をたたくと、すぐ開いた戸のすきまから一郎の顔がのぞいた。どこかで飲んできたのか、服をぬぎかけだった。

「ああ、一ちゃん!」明子は叫んだ。「いま、母さん、おかしくなって……。小堀先生よんできて! それから小父さんたちにもいって!」

明子は、母の危急を告げる相手が一郎ですんだと思ったとたん、その先は、何もいうことができなくなり、それなり家の方へ走りだした。

「なに? なに?」というようなことをいっている一郎に、彼女はおこったように叫び返した。

「家にいま、誰もいないのよう!」

そして、ほんとうに家にはもう誰もいないともいえた。枕元にかけよってとった母の脈は、もうなかった。呼吸もしていなかった。母は目をあけ、思いなしか、さっきよりずっとおだやかな顔になって、いつも明子に向ってするように、ちょっと口をつぼめ、こと切れていた。微笑みかけているようにさえ見えた。あまりとっさにおこった死は、娘によびかけようとした表情を全部消さずにしまったのだろうか。

「母さん！」

明子は、母の胸にじかに耳を押しつけ、心臓の音を聞こうとした。

刻々に冷えてゆくらしい、しかし、まだ温かい皮膚のふしぎな感触。母が生きていたあいだは、意識的には一度もしたことのなかった、この親しい恰好で母を抱きしめたとき、明子の頭に、「便器がはいってる」という考えがひらめき、彼女はとびあがった。床の中をのぞくと、母はもう用を足したか、その途中であった。明子は、用心のため母の股間に厚くおむつをあて、腰の下に新しい油紙をさしこんだ。

こうして、とびまわっている最中、まず小父がかけこんでき、すぐ小母と一郎がやってき、一郎は、またすぐ、康夫婦をよびにかけだしていった。

そして、兄夫婦がかけつけた頃には、すでに小堀先生が母の枕頭から少しはなれて坐り、看護婦と明子に母を浄める指図をはじめていた。見たこともないほどけわしい顔をした兄が部屋にふみこんできて、二人の目がぱっと合った瞬間、明子はとめどない涙を噴きださせるところだった。顔をくしゃくしゃにしかけた明子に、兄は低く、「泣くんじゃない！」といった。いわれたとたん、涙は明子の胸の奥へひっこんだ。

のちのちまで、明子は、兄のあの言葉は、ふしぎな言葉だったと思う。兄は、妹が人前で取りみだすのを戒めたのだろうか？　誰も遠慮する者はいないのに。明子には、考えれば考えるほど、せめてこの夜、母のそばにいなかったという妙なひけ目が、兄にあんなことをいわせたと思われてならない。

兄の言葉に従ったというわけでもなかったろうが、母の葬式のすむまで明子の涙は出てこなかった。姉が生きていたら、母は実際にすごしたよりももう少し満足な生活を送ったことだろう。しかし、姉ほど優れたものをもっていなかった娘として、明子は、母の望むかぎりのものであろうとし、二人は二人だけでお互いを充たしていたと自負していた。明子と二人での静かなこの二年ほどを、母は不満に思っていなかったと信ずることができた。

葬式は親戚知人集まって、型通りに行われた。木崎からも人が来た。その木崎でも、母を驚かせ、病気の一因になったのかもしれないばあちゃんの死を見送って、ひと月しかたっていなかった。

人々のあいだで忙しく頭をさげたり、挨拶を返したりしながら、また柩といっしょに火葬場へ運ばれながら、明子はもうひとりの自分が柩の中の母によりそっているような気がした。しかし、ふしぎに、あの鉄の扉の中へは母ひとりがはいっていった。再び、鉄扉が開かれて、まだ熱い母の骨が出てきたとき、明子にはそれが非常に清浄なものに見えた。母の胸にひそやかにさびしさや愚痴がたくわえられていたとしても、それは火に焼かれたと思った。あとに母が何か残したとすれば、それは、母がいつも「明ちゃん」と呼びかけたとき、「なに、母さん？」と答えた明子自身なのであった。明子には、愛するひとの骨壺を抱いて寝る者の気持がわかった。

葬式がすむと、関家との合同家族会議のようなものがあり、長兄夫婦は急拠、借家をひき払い、明子といっしょに住むことになった。兄にも、明子にも勤めがあり、事は早く運んでしまわなければならなかった。

そのごたごたの最中に、兄二人に関の小父と、男三人だけが村井の家にいて、女二人は隣家で食事の用意をしている短い時間に、明子はそれまで誰にもいわないでいた話をもちだした。母が寝こんでいく日かして、明子の名義に書き換えさせた定期預金のことであった。金額は三千円であった。

男三人は、その銀行通帳の金額を見て驚いたようだった。銀行員の康兄は、ちょっと気をわるくしたようにも見えた。

潔兄は、むしろおもしろがっているようにいった。

「あの母さんが、小父さんも知らない、こんな金、へそくってたなんてねえ。でも、これ、もちろん、明子のものだろ、小父さん？　母さんの気持なんだし、明子だって、これからいろいろあるんだから。それに、これ、結婚費用とは別だろ？」

この際と思ったのか、長兄の前でこんなことまで持ちだす潔の言葉に、小父は何の意見もいわず、別のことを明子に聞いた。

「お美代さんが寝てから、これを明ちゃんによこしたんだね？」

「そうなの。ああ、そうだ、小兄さんと早苗さんが神戸に帰った日よ。」と、明子は思いだしていった。

「じゃ、母さん、またすぐ来るからね。小堀先生に毎晩電話する。」と、潔兄がいったとき、母は何か思いがけないことを聞いた子どものように、ぽかんとした面持ちだった。そして、二人が去って暫くすると、明子に呼びかけたのだった。

「母さんが、『箪笥《たんす》、箪笥』っていうのよ。だから、あたし、何かいりような物出すのかと思って箪笥のそばにいって、……あまり口をきかしちゃいけないと思ったから、上から一段一段指さしていったら、三段目かで、『そこ』ってうなずくの……」

明子は、まだ口をきいていた頃の母を思い、涙があふれそうになるのをおさえ、その三段目から貯金通帳が出てきて、母はそれを明子の名義に直せといっているのだとわかったいきさつを説明した。

その日はもう時間がおそいから、つぎの日ということにしたところ、つぎの朝になって、母は、案外そういうことははっきりしていて、早く銀行へいくようにと催促した。そこで、明子は少し遠い銀行まで小走りに出かけた。そして、明子名義の新しい通帳をつくってもらって、また小走りにもどり、二つの通帳を並べて見せると、母は安心したのか、「うん、うん」というように頷き、ぐっすり寝こんだ。そのあとは、何だかんだで、貯金の話どころではなくなった……。

相手が男だけで、明子が話している間、口をさしはさもうとする者もなかったから、彼女は、ともかくも三千円という大金が、自分名義になったてんまつを一度で語り終えることができた。

問題の貯金通帳は、順ぐりに三人の男たちの手に渡ったが、日付、金額ともに、明子の話とくいちがうところはなかった。三人とも明子の言を疑う気はなかったろうから、ただしげしげと帳面を見比べるほか、することはなかった。

「ふふふ。」と、潔兄はいった。「何だかおかしいみたいだね。」

「何もおかしいことないじゃないか。」康兄はいい返した。

「いえね、あの母さんがそんな早業やってのけたってこと。卒中で倒れて三、四日というのに。明子、おまえのこと、ほんとに心配してたんだぞ。いっそいっしょに連れてきたかったんじゃないか。」

「縁起でもない！」小父は吐きだすようにいった。

「あたしも、いっしょにいきたかった！　母さん足ひきずって、一人で三途の川渡ってったのよ。三千円なんか、誰にでもくれてやるわよ！」

明子は、兄たち二人に、胸に秘めていたことを初めてぶちまける思いで叫ぶと、滂沱《ぼうだ》として涙を流した。体じゅう、蛇のようにのたうちまわる痛みで身をよじらせた。

「まあまあ、明ちゃん。」隣りに坐っていた小父がうろたえて、明子の背をさすった。

「何てったって、お美代さんが亡くなって、一ばんこたえるのは明ちゃんなんだからな。わかってるよ……。だけどな、兄さんたちもいることだし、わたしも、及ばずながら父親代りのつもりでいるんだから……。それから、この通帳はな、しばらく、わたしが預かっておく。いいね？」

明子は頷いた。それを機に、口もきけなくなっている明子をその場に残して男たちは立ち上り、家具の移動作業にかかった。

5

母の初七日には、すでに大兄夫婦は階下に、明子は二階の上り口の部屋にという、三人同居の生活がはじまっていた。

兄夫婦と明子の共同生活はうまくすべり出したように見えた。が、うまくゆきそうにないと、明子に思えてきたのは、いく日もたたないうちのことであった。

明子が朝、事務所に出かけ、夕方帰ってくる、そして、また翌朝、出かけていく。これは、母のいた頃と相手が変ったというだけで、さして違いのない生活のようでありながら、実際にやってみると、大違いなのであった。多美子は、じつにつまらないことでいつも兄に口小言をいっていた。というよりも、喧嘩をしかけ、兄が相手にならないでいるうち、もうそのことを忘れた。そしてまた、彼女の話題というのが、ほとんど彼ら夫婦や明子の身辺のことに限られ、明子に話しかけることも、門倉夫人はどこで服をつくるかという類のことから出なかった。

初めは明子も、なにげなく門倉家へ出入りする横浜の張《ちゃん》さんという支那人の婦人服屋のことなど面白おかしく話して聞かせ、たまに張さんが明子にも余りぎれをもってきて、「あんた、これでスカートつくらないか。安くしとくよ。」などと、相手かまわず一切敬語ぬきの〈張さん語〉で、まったくの親切からいってくれる様子をまねして見せたりした。が、多美子が相手では、こうした話もそうそう気軽にしてはいけないのだと、明子はすぐ気づいた。

多美子は、たちまち顔を輝かした。

「明ちゃん、いつも気が利いてる物着てると思ったら、そのひとにつくってもらってるのね。あたしもほしいわ。ね、あなた、いいでしょう?」

「でもね、多美ちゃん、張さんに、ここまで仮縫に来てもらってごらんなさいよ。目の玉とび出るくらいとられちゃうわよ。」

このようなことをいう明子を、多美子は「意地悪」だといった。

また多美子は、整理の能力に欠けていた。何事も小まめに片づけてしまう兄に、「明子の部屋を見てみろ。」などといわれると、いわれたことをそのまま実行するふしが見えた。事務所からもどり、自分の部屋の押入れの襖が一、二寸あいたままになっていたりすれば、ああ、またと、明子はうとましく思う。

何度目かに自分の部屋をいじられたとき、明子は兄にいった。

「大兄さん、『明子の部屋を見ろ』なんて、多美ちゃんにいわないでよ。」

兄は、実際、自分のいったことなので、それには文句がつけられず、ただむっとした顔をして見せただけだった。

いっしょに住みはじめて半月もしないうちから、明子は自分が、協会での事務の間ですら、どうしたらこの環境からぬけだせるかと思いめぐらしているのに気づくことがあった。この嫌悪は、自分の小姑としての多美子への偏見からくるのではない、と、明子は自省した。何かもっと本能的なもののようであった。

明子は覚えている。明子自身が、田所の気持など想像もしていなかった頃、兄たちが関の家の縁側で、田所からその頃流行っている学生歌などを教わることがあった。そのようなとき、仲間に加わる多美子の声が、普段と全然ちがったものになるのが、明子にはちょっと気味わるかった。

多美子が年頃になってから、小母は多美子を医者に通わせて、顔のほくろをとらせたり、色を白くする美顔術をうけさせたりしていた。

大兄が就職して、母がやっとひと息ついた頃のある夜、食事がすむと、兄は明子に席をはずさせた。そして、ほかの三人はかなりおそくまで、話しあっていた。ひとり先に寝かされた明子は、何事がおこったのかと心配した。あとで聞いたところでは、その朝、関の小母が大兄を市電の停留場まで追いかけてきて、多美子をもらってくれと口説いたというのである。母は、まえから何度かそのことを匂わされていたのだが、「あまりきょうだいみたいに育ってきてしまって。」と、取りあわなかったのだという。母にしてみれば、村井家では、ようやく稼ぎ手が一人できたところで、もうひとりの息子は、金のかかる医学部にはいっていた。母も兄もまだ、嫁どころではなかったのではあるまいか。しかし、その頃でも、大兄に、どうしてもと望む女性がいたら、母は決して「否」とはいわなかったろうと明子は思う。だが、兄は、そういう性格のひとではなかった。

結局、大兄と多美子が夫と妻として結びついたことの裏には、兄が人身御供《ひとみごくう》になった面があるのだと明子には思えてならない。村井家では、主をなくしてから、関家からひとかたならぬ世話になっていた。父が残したいくばくかの財産をうまくやりくりして、三人の子どもが、ともかく独り立ちするところまでこぎつけさせてくれたのは、関の小父であった。そうした小父にとっては、村井家と関家が結ばれるのは、何よりも望ましいことであったろう。しかし、その話がすぐばたばたと運ばなかったのは、兄――または、母――の側に、何か簡単に決めかねるものがあったからではないか。だが、このような話しあいが、何カ月か生垣一重を境にしている両家の間を往来している間に、多美子は見る見る、ある雰囲気をもった若い女になっていた。

式は潔の独立後ということで、話はまとまった。

明子に夫婦の機微がわかるはずなどなかったが、母の死後、いっしょに住むことになった兄夫婦の仲は、誰でもいい者同士の結びつきという感じが多分にするのであった。本人同士がそれでよければ、それはそれでいいはずなのだ。しかし、だからといって、明子も彼らのそばにいて、多美子と一つ家でうまくやれといわれると、明子としては耐えがたいのであった。

そこへ降ってわいたような兄の転勤話だった。兄と同期に銀行にはいって、水戸に勤めていたひとが急に亡くなり、兄がその後釜に指名されたのだ。明子は、兄が、彼自身もうろたえながら、東京をはなれたくないといって泣いている妻を叱咤《しった》し、汗をかきかき、つい先だって移したばかりの世帯道具を、またまとめているのを見て、気の毒とも滑稽とも見ないわけにいかなかった。

大兄にとっては、何といっても一人残してゆく明子が気がかりであるらしく、しばらく関家に同居するよう、ほとんど命令的に指図されたが、明子にはまえまえから内偵していた目当てがあった。明子がまっすぐ出かけていったのは、麗和女子大で同級だった安倍志摩子のところであった。

志摩子は、卒業後、ある出版社の辞書部に勤め、その頃、日本でも珍しく働く女のために建ったアパートメントに住んでいた。まえに二、三度、そのアパートを訪ねたことはあったのだが、今度少しも早く家を出たいのだという希望を伝えると、志摩子はすぐに管理部に手をまわして、わずか一週間後にあくはずの表通りに面した三階の部屋を確保してくれた。そういう点で、志摩子はじつに役にたった。明子は数日、関家に厄介になっただけで、母といっしょに育てた鉢物を二、三と、自分ひとりの生活に必要なものだけを持って女子アパートにひき移った。明治からのにおいのしみこんだ家は、父の残した書籍類を二階に押しこめて、兄の友人夫婦に住んでもらうことになった。

6

明子は、自分がそこに住もうなどと思いもかけなかった頃から、女子アパートについてはいい話をたくさん聞かされていた。志摩子や、彼女を通して知ったいく人かの友人は、そこで自由を謳歌していた。だが、煉瓦造りのなかなか重厚な外観、また自分である程度模様替えのできる部屋の内部はまずまずとして、刑務所のそれに似ているように思われるコンクリートの廊下には、いつ訪ねたときも、なじみかねた。しかし、今度、自分の居場所をさがす立場になってみると、食堂もあり、共同ながら風呂もあり、安直、便利に暮せることは大きな利点であったし、出るにも入るにも自由、文句ひとついう者がいないのだという事実は、明子には夢のように思われた。

しかし、実際に住みこんでみると、そこが天国というわけにはいかなかったのは、当然のことであったろう。彼女の友人の多くは、アパートのほかに帰るべき家や故郷があり、いわば、勝手に出てきている者が多かった。けれど、明子は、いかに関の家というものがあり、土曜日の夕食は、必ず関家でという約束があったとはいえ、結局、ここを安住の場にしなければならないのだった。

晴れた日曜日など、母の丹精したデンドロビュームの鉢の手入れをしている明子に、ある友人はいった。

「あたし、グラジオラス、あまり好きじゃない。」

「そういうことをいわれると、とても憂鬱なもんですよ。」蕗子にアパートのなかのことを話すようになってから、明子はいった。「でも、人が集まると、することは、みなするのね。ひとりひっそりこもってるひともいることはいるけれど、たいてい、三、四人か、五、六人でグループつくるの。あたしなんか、すぐ志摩子さんの輩下に入れられちゃったけど。でもあたし、それまで早寝早起きだったでしょ？　それが、夜、もう寝ようと思ってると、こつこつ、ドアを叩かれるの。時には、ノックもなしよ。それから、誰かの部屋で夜中の一時二時までおしゃべり。あたしなんか、しまいにはいつ腰あげよう、いつ腰あげようってむずむずしちゃうのに、みんな悠々たるもの。まあ、志摩子さんなんか出版社勤めだし、場所も神田で、九時きっかりに出ることもないからいいけど……。でもね、そういう集り、出ると、おもしろいんですよ。それこそ、抱腹絶倒するときが多いの。」

実際、明子は、女子アパートに移ったばかりのころは、彼女らの談論風発ぶりに目を見はった。集まるメンバーは、志摩子、女傑タイプの小川清子という小学校教師、ある大商事会社の経理部に勤める山内由紀、地方新聞の東京支社詰めの記者の矢野道子などで、みな、何事にも一家言を持っていた。矢野道子は、自分の勤めているのでない地方新聞に中篇小説が当選し、いまそれが連載中とのことで、二、三年のうちには作家として立つことまちがいなしと、彼女自身も友人たちも認めていた。山内由紀は彼女の勤め先で、このどちらをむいてもきなくさい、たとえば、満洲事変、五・一五事件など、異常な出来事が次々におこり、その裏側を見聞することが多いらしく、もう宮仕えはばからしいと嘆いていた。ここでみんなでつまらない仕事をやめて、一旗あげれば、大儲けできるよというのであった。そして話が熱してくると、彼女らの想像の事業は満蒙にまで及び、口にのぼる金は億という、明子には考えられない額に達した。

初めてそうした話を聞いたとき、明子は、正直に、自分の知らぬ間に日本にもいままでの常識で計れないスケールの大きい女が生れてきたと驚いた。しかし、そのような夜の会に二、三回出るうち、明子の熱は急速に冷め、彼女たちの計画は誇大妄想ではあるまいかと考えるようになったことも事実であった。話はいつも堂々めぐりで、具体策は一つも出てこなかった。

その年の八月後半、明子はまだ協会の休みのあいだ、ばあちゃんの新盆《にいぼん》の墓参がてら久しぶりに木崎に逗留し、志摩子たちの夜の会議には御無沙汰した。そして、九月に、またアパートにおちついてからは、画の夜学に通うという名目をつくって、自然に彼らから遠ざかった。彼らに捕まりそうな日曜日には、早く午前の洗濯、掃除をすますと、そのころ起きだす志摩子の部屋をのぞいて挨拶する手をおぼえ、午後はスケッチ散歩と称して、ひとり東京の郊外を出歩くようになった。そして、十月のあの日、朱い烏瓜《からすうり》の実の下で、蕗子に出会った。

明子は後年考えて、蕗子と会い、それから休日毎に彼女の家へ通いはじめ、いつの間にやら自分の「過去」のあらましを彼女の前にさらけだし、また蕗子のことも、自分が知る必要があると思うほどのことは知るようになるまでのあいだ、二人のそばには、いつも煉炭ストーヴがとろとろと燃え、二人だけが手仕事にはげみながらそれといっしょに口を動かし、時は笑い声をたてて流れていったように思えるのだが……実際は、そんなはずはなかった。「大津さんと村井さん」の並んだ姿が、当然のことのようにまわりから承認されるまでには、蕗子の側にも、明子の側にも、小さな波がいくつか立ったはずであった。

明子の側の小波は、あの秋の日のすぐあと、志摩子が例によりノックもなしにアパートの部屋のドアをあけ、さっと本箱の上のルナリアに目をとめて、部屋に踏みこんできたときにはじまった。

「まあ、ルナリア！　どこで？」

「大津蕗子さんにいただいたの。」明子は、志摩子に先をいわせないで説明していた。そして、三日まえにおこったこと、また明子が夕食まで蕗子と共にしてきたことを知ると、志摩子はいった。

「へえ、蕗子さまとあなた、みょうな取りあわせね！」

この麗和女子大の寮生に特有なさまづけ、さりとて相手を尊重しているわけではなく、その逆に、どこかに毒がある志摩子の口調は彼女の持ち前のものなのであった。だが、明子は大学部四年間のつきあいから、志摩子の気持が、口ほどに悪くないことを知っていた。

「そういえば、ほんとにそう。あたし、自分でもびっくりしてるんですもの。」と答えて、明子は笑いださずにいられなかった。

しかし、相手が蕗子では、志摩子も、もうひと言つけたさねばならなかった。

「あの方、お元気だった？　あたし、このところすっかり御無沙汰してるけど。でもね、あなた、どう思う？　あの方、少し生きすぎたと思わない？　華やかなときもおありになったのにね。」

また、と、明子は思った。表情も変えず、うすい唇が機敏に動くと、そういう言葉がすらすらとすべり出てくるのであった。明子は思わず、志摩子の目でなく、その唇の動きに見とれながら答えた。

「さあ……あたしにはわからない。あの方のこと、それほどよく知らないもの。」

女子大時代に、明子のクラスメートの多くは、蕗子とおなじ寮であることを特権のように、「蕗子さま、蕗子さま」をふりまく志摩子から蕗子の噂をうけとった。そして、大部分の者がその噂を真実と信じて日本じゅうに散っていった。明子はといえば、志摩子のいうことを信じるでもなく、信じないでもなかった。ただ志摩子が、蕗子を「生きすぎ」と評したとき、明子は、蕗子の過去は知らないまま、ひとの生死をこうまで軽々しく口にできることに、あとあとまで消えない衝撃をうけた。

明子は、その後も志摩子の思わくなどおかまいなく、荻窪に通いつづけ、時には、志摩子やその友人たちの最近の言動を遠慮会釈なく蕗子に報告して、二人で大笑いするまでになったが、ついに「生きすぎ」という言葉だけは口に出さずにしまった。

もう一つの波——蕗子の側の——に明子が気づいたのも、彼女とつきあいはじめて、間もなくのことであった。ある日、二人で手仕事に熱中していると、玄関があき、中からの返事も待たずに、「こんにちは」と居間にはいってきたのは、蕗子とおなじ年頃の、小柄なきゃしゃなひとだった。

「お客さまなのに、失礼だったかな？」

客は、冗談めかしていって、明子のわきに立った。眉のきれいな、抜き衣紋の様子などがちょっと粋な感じのひとだった。

「村井さんよ。」と、そのひとに向って蕗子のいう口調で、明子のことは、もうそのひとに伝わっていることがわかった。

明子は立って、椅子をゆずろうとした。

「いいの、いいの。あたしは、すぐ帰るから。こっちへ掛けます。」

そのひとは隣室をあけると、折りたたみ式の——とはいっても、とてもかけよさそうな——椅子を取ってきて、蕗子の後ろをまわって、ストーヴのそばにかけた。かけるとすぐ、袂《たもと》から巻煙草の箱を出して吸いつけた。

「村井さん、このひとね、」と、蕗子は明子にいった。「あたしの同級生、佐野加代子。すぐ近所に住んでて、しょっちゅう来るのに、ふしぎにいままでかけちがったわねえ。」

「あなたのこと、お聞きしてましたよ。」蕗子と並ぶような位置から、加代子も明子に話しかけた。「ふうちゃんが、あなたのこといろいろ説明してくれたんだけど、どうしてもはっきり思いだせなかったの。でも、お顔見るなり、思いだした。あなた、よくテニスしてたでしょう。お昼たべにいって寮から帰るとき、いつもテニスコートのそば通ったから覚えてる。」

明子は、そのひとを覚えていなかった。しかし、彼女たちの話しぶり、また加代子の夫らしいマサオさんというひとや、幼いらしいショウちゃんという男の子の名が自然に二人の口に上る様子から見て、彼女たちは姉妹のようにつきあっているのだなと感じた。加代子は、二、三本巻煙草を吸い終え、最後の吸がらをストーヴに押しつけて消してしまうと、「じゃ、またね。きょうは買物の途中。どうしてるかなと思って寄ってみたの。」と蕗子にいい、明子には愛想よく「お邪魔しました」といって、帰っていった。

「ふん！」と、蕗子はいった。「なぜあんなに吸がらをストーヴにこすりつけなくちゃ、煙草消せないのかしら。」

ストーヴの角の白い灰のあとを見ながら、明子も、なぜこの部屋で煙草を吸わなければならないのかと思った。

　このときの加代子の出現を手初めに、明子が、彼女の夫の雅男、子どもの尚ちゃんと、この家に集まる人々に知りあうのに、時間はかからなかった。彼らは、いつもふらっとやってきて、蕗子と気のきいた、一種独特の話をしていった。彼らは、少しも明子に気がねすることなく、さりとて彼女を仲間はずれにすることは一層なかったから、その態度はまことに気持がよかった。

　その思いは、加代子一家よりひと足おくれて、吾郎さんという二十七、八歳の男がやってきたとき、特にはっきり感じられた。古びてはいたが、しゃれたソフト帽を手に、普通の背広ではなく、衿のつまった変り型の上着の胸もとには、マフラーがたれていた。長身、蒼面のそのやさしげな青年はかなりの無沙汰のあとで来たらしいのだが、たちまち、蕗子のひやかしの速射をうけた。

「まだ生きてござらしゃいましたかね。」

「ほっほっほっ……」と、彼は笑い、折りたたみ椅子をとってきてかけると、とぼけた顔で明子を見て、「この方は？」

　蕗子が説明すると、「ほう。」と頷き、明子と会釈しあったあとで、蕗子に、

「またあんたが、自分の着る物つくるなんて、珍しいことになったもんや……」

　明子は、二人の応酬を聞いているうちに、その若い男が蕗子とどんな関りのある人物

か、すぐ見当がついた。彼は、志摩子から何度か聞かされた、蕗子を学生時代から愛して、ひと財産(?)を使いはたしたという亘利《わたり》という画家志望の青年にちがいなかった。蕗子が明子に紹介した名は、単に「吾郎さん」だけであったが。

彼は、自分の貧乏話を、蕗子にともなく、明子にともなく、ぼそぼそと、まるで他人事のように語り、いっしょに食事をしていった。

食事がすむ頃、その日は、佐野夫妻も子どもづれでやってきて、吾郎は彼らともしばらくぶりの長話になった。明子は彼らの話から、美術畑の雑誌記者である雅男は、結婚まえから吾郎とは友人であり、恋人同士の吾郎と蕗子、雅男と加代子は、親しい四人組であったらしいことを察した。吾郎は最近、ある私立小学校に就職し、自由画教育に熱中しているのだということもわかった。

明子は、何を考えたわけでもなかったが、ふと聞いた。

「いまの学校のまえは、どこで教えていらしったんですか。」

「それまで? それまでは、家で近所の子どもに教えるほかは、もっぱらエンゲンドウ。」

ほかの聞き手が、どっと笑った。明子も釣られて笑ったが、じつは、その「エンゲンドウ」が何なのか、彼女にはわかっていなかった。辞書をひき、袁彦道という、彼女には初見のめずらしい言葉の意味を知って、ひっくり返って笑ったのは、その夜アパートに帰ってからであった。

そのあと、佐野夫妻ほど度々会うわけではなかったが、明子は、そのひとを亘利さんとはいわず、いつも「吾郎さん」という名でよぶようになった。そして、吾郎も、二、三回会ううちに、明子のことを「明子ちゃん」というようになっていた。

「ちっ……」と、舌を鳴らすようにして、蕗子は明子に文句をいった。「吾郎さんが来ても、自由画の話は絶対にしないでよ。やりだしたら、きりがないんだから。あなたが真面目な顔して聞くもんだから、喜んじゃって。あなたの引力でちょいちょいやってこられたら、あたしの損害、大なんですからね。何よ、明子ちゃんだなんて！」

「あたしのこと、子どもだと思ってらっしゃるのよ。」といって、明子は笑った。

「あなた、無邪気に見えるもの、そのポーカー・フェイスで……。いや、失礼、ほんとに無邪気なんでしょうよ。でもね、あたしとしちゃ、吾郎さんやその他某々から解放されたくて、この侘《わ》び住居《ずまい》をはじめたんですからね。ああ、ちょっと、吾郎からの隠れ家っての、英語でいうと、どうなるの？」

明子は、しばらく考えて、

「The shelter from Goro かな？」

とたんに、蕗子は、うっと咳きこみ、いそいでちり紙をとろうとして立ち上り、よろけながらデスクの方へよっていったので、明子はうろたえた。が、咳は、案外すぐおさまり、蕗子は涙をふき、あらあらしい息をつきながら、また椅子にかけた。

「ごめんなさい。いえ、じつはね、いま短い物を書きかけてるのよ。その題のことで、こないだっから考えてたんだけど、いま、できた。『フロム爺さん』ての、どう?」

明子は、蕗子といっしょになって笑いこけながら、電光のように閃めくらしい蕗子の頭の動きに驚いた。その日から、二人だけでいるとき、吾郎さんの名は、フロム爺さんになった。

7

こうしてわずかの間に急速に親しくなってゆきながら、明子の心中に、蕗子に聞きただしたいことが、ちらちら浮きつ沈みつしたことも事実であった。

たとえば、アパートで志摩子がふらっと明子の部屋にはいってきて、蕗子の筆跡の葉書を明子のデスクの上に見つけたときなど、彼女のうすい唇は自在に動いて、こんなことをいった。

「あなた、溝口さんの書いた『化粧する女』って短篇読んだ?」

明子は読まないといった。

「読んでごらんなさいよ。どうしても、蕗子さま、変態だって気がするから。」

そして、親切にも、志摩子は、勤務先の書庫から『化粧する女』の載っている古い雑誌を借りてきてくれた。

「お貞は、私の妻が死んで半月後、すでに私の家に寝起きしてゐた。」と、その小説ははじまっていた。

蕗子がお貞？　明子は、ちょっととまどった。その小説には、電話で美容室に特別の美容法を依頼して自動車で乗りつけ、輝くように美しくなって帰ってくる女のことが書いてあった。そして、お貞は、主人公の「私」に「愛して、愛して。女は愛がなければ生きてゆかれないのよ」と迫る。彼女の追求を逃れるために、「私」は「愛する」といってしまおうかと思う。しかし、それをいえば、あとに結婚生活がくる。しかも、お貞は肉体的な関係は拒否しているのだった。「愛して、愛して」とくり返しながら、ついに征服できなかった男を憎んで、お貞は家を出てゆく。

明子は、埃くさい雑誌を寝床のわきへ放りなげながら、この小説はどう読むべきなのだろうかと考えた。ちょっと抽象的な書き方で、あちこちに、いかにも蕗子のいいそうな警句がちりばめてある。若い男と女は、激しく警句でやりあう。しかし、その小説が、蕗子という女の面目、または真髄を描きだそうとしたのなら、どこかでまちがっているのではあるまいかと明子は考えた。

明子は、その作家との同棲生活について、何も蕗子から聞いていなかった。しかし、蕗子が、明子の見ている蕗子である以上、「愛して。愛してくださらなければ死にますわ」とか、「男と女がそんなことするなんて考えられないわ」とかいうはずはないとしか思えない。それに明子の見る蕗子は、化粧したとしても、化粧したことを極力見せず、贅沢な物であるらしい着物を普段着のように着ていた。

そんなことが数日、頭の中の煩いになっていたある日、蕗子の家にいたとき、偶然、このことについて質問するのにいいきっかけを明子は見つけた。

蕗子の家では、冬期だというのに時折、藪蚊《やぶか》がデスクの下あたりからとびだしてくる。その日も、二人がふざけて「制作」と呼んでいるものにふけっていたとき、蕗子は、突然、叫んだ。

「あ、やられた！　すみません、あなたの後ろの棚からアンモニアとって。」

蕗子は、そのとき、着ていた着物の裾をちょっとまくりあげていた。ふくら脛にぷつんとふくれた跡があった。

「にくらしいったら、こんなに刺して。ほとんどストーヴつけっぱなしだから、藪蚊が一年じゅう絶えないのよ。もっとも、家自体『藪《やぶ》の中』なんだから仕方がないけど。藪蚊さん、あたしはおまえさんをつぶさないで、あたしの顔をつぶします。」

アンモニアの瓶をうけとると、蕗子はふくら脛のふくらみに爪をたてるようにしてから、瓶のふたをそこに押しつけた。

「しみる！　いい気持！　あなた、こういうの好きじゃない？　少し傷つけといて、アンモニアつけるの。」

「すきじゃないわ、そんなこと。」明子はびっくりしていった。

「だって、バケ学的にいったって、こうするのが一ばん理屈にあってるんじゃない？　すぐかゆいの、なおっちゃうわよ。」

「何だ、蚊に刺されたときのことといってらっしゃるの？」

「もちろんよ。何のことだと思った？」

明子は笑いだした。

「刺されないときも、そうするのかと思ってびっくりしちゃった。だから、大津さん、いよいよ本物かな、なんて思っちゃった……」

「何の本物？」

「変態。」明子は思いきっていった。「だって、志摩子さん、大津さんはアブノーマルだっていってるんですもの。」

蕗子は、アンモニアをつけたあとをなでながら、

「ほら、すぐやったから、もう大分かゆいの、なおっちゃった。」そして、自分を誹謗《ひぼう》しようとした相手のことなど歯牙にもかけないという顔で、「あのシャマ子輩が何をいいだすことやら……。まだそんなことという癖なおらないのね。あたしくらいノーマルな

人間、いやしないのに。」

明子は、このいく日か、心やましく思っていたことを、ややしばらく黙していていてから、編物から目をあげずにいった。

「……あたし、志摩子さんに借りて、溝口さんの『化粧する女』読んだんです。」

「なんだ。だから、さっきからおかしなことというと思ってた。」

「あたし、あれ、大津さんのこと書いたなんて思えませんでした。」

「あたしじゃないもの。」蕗子は、あっさりいった。

「でも、よくわからないけど、物を書くひとの間じゃ、大津さんだと思えるように書いてあるんでしょう？　あんなふうに書かれて、公表されていいんですか？」

「いいってことはないわよ。そりゃ、あたしだって、あれが出たときは怒りましたよ。だって、あのひと、死んだおくさんの家族への言いわけに書いたとしきゃ思えないもの。おくさんが死んでひと月もたたないうちにあたしを好きだっていいだしたんだから……。あのひとね、いつか二人で映画見てたとこを亡くなったおくさんの兄さんに見られちゃったの。そしたら、とてもあわてたの。つまりあたしたちいっしょに暮してても、何でもないってこと、書かなくちゃならなかったんだと思う。」

「でも、小説って、そういうものなんですか？」

「さあ……。ただあのひとたちの世界、油断もすきもならないものだってことはいえるわね。何かちょっというと、すぐ書かれちゃう。ちょっとおかしいと思ったこともあった。あのひと、何か思いちがいしてたかもしれない。いく人かのひとにね、結婚してくれっていう女がいるっていってたらしいの。」

しかし、それはともかくとして、蕗子のいう通りだとしたら、なぜ何日かでもの間、一つの家に暮すことができたのだろうか。胸にわだかまるその不可解さを、必死の思いで解こうとして、明子はいった。

「志摩子さん、いってましたよ。大津さん、雑誌社に溝口さんが泊りにきた最初の晩、溝口さんの部屋にいって寝たんだって……」

明子は、がむしゃらにこういう言葉を口から押しだしてしまい、蕗子の大きな目に見返されたとき、自分はいま、清水の舞台からとびおりたと思った。しかし、二人の目は、互いに少しびっくりして見あったと思うと、一瞬ののち、蕗子はぷっと噴きだした。

「なに、その顔。いろんなこと聞かされてくるのね。いいわ、みんなまとめておっしゃいよ。もうそんな話、世間から消えたと思ってたのに……。その話ね、半分うそ。でも、あなたなら、どうする？　くわしいことは省きますけどね、あたし、その頃、ゆきどころなくて、雑誌社にもうひとりの女のひとと泊りこんでたのよ。そしたら、あのひとも、おくさんなくして、そこへ転がりこんできて、隣りの部屋から、小声でボソボソ、愛の言葉ささやくじゃない？　あたし、初めは『え？　え？』っていってたんだけど、どなってばかりいるのもわきに寝てる友だちにわるくなって、『それじゃ、そっちへゆくわ。』っていって、そっちの部屋へ布団《ふとん》ひっぱっていったんですよ。あたしが、夜、どこででもよく眠れること、もうあなたも知ってるでしょう？　あたしが、眠くてうとうとしてると、あのひと、『ぼくとあなたと暮したら、どんなに素晴らしいだろう』みたいなことというの。

あたし、郷里へは帰れないし、そうそう先生の御厄介になってもいられないってところへ来てたから、あのひとについてって、あるところに部屋借りたんですよ。そしたら、あなた、あのひと、どういうわけか、着物は着たきり雀。布団は、あたしのひと組あるっきりよ。あのひと、あたしの浴衣《ゆかた》着て寝たんですよ。ちっとも素晴らしいことなんかありゃしない。」

明子は聞いているうちに笑いだし、胸のもやもやが、見る見る晴れてゆくのを感じた。

「いつか、あたしが外から帰ってきたら、机の上に、あたしのように思える女のことを書いた原稿がのってるの。『なあに、これ？』って聞いたら、『ぼくだって、食わなくちゃならんじゃないですか。』っていうのよ。あのひと、訛《なまり》ひどかった。訛のあるひとって、同郷の人にしか恋がささやけないと思わない？」

ついに明子は大笑いしていた。

「よくも、あたし、がまんしていく日でもいっしょにいたと思うわ。でも、いくところがなかったのよ。でも、とうとうあたしが姿くらましたら、ずいぶん探したらしくて、『ああ、あなたは、いま、どこにいるのですか』なんて手紙がまわりまわって、よしおばさんとこへ届いてね……」といって、蕗子はきっとした目で明子を見、「そんな文献、どっかに押しこんである。あなたに形見に残そうか。ああ、いやだ、いやだ、思いだしたくもない。」

しかし、すでに明子は蕗子が気の毒になってきていたから、形見の件には無言のまま首をふった。

蕗子はひとりで先をつづけた。

「あの頃、毎日喧嘩してた。だって、先生のところで、ただでいられる部屋と職業、棒にふっちゃったんだもの。知らない、新しいことにとびついて、へんな小説書くほか、わるいひとでもないと思ってたんだけど……。あたしが、もしあのひとをモデルにした小説書くとしたら、『押した男』って題つけるわ。結局、書けやしないだろうけど。いまや、あたしは、おばさんに看とられて死ぬのが、一ばんの望みということに立ちいたっちゃってるんだから。でも、この頃じゃ、あのひと、すっかり大作家になりすましたみたいね。あたしは、もとのアモウですけど。」

「何、もとのアモウって？」明子は、やっと合の手を入れた。

「デスクの上の辞書ひきなさい。あたしは、重くてとれないから。」

蕗子は、テーブルの上の紙きれに「旧阿蒙」と書いて、明子によこした。明子は立っていって辞書をひっくり返したあげく、くすくす笑いながら、自分の椅子に戻った。

「わかりました。」

そして、それ以後、二人の間で溝口秀樹の名の出ることはほとんどなくなった。たとえ、蕗子の過去にどんなことがあったとはいえ、自分にとっては、いま目の前にいる蕗子でけっこうなのだと明子は思った。それに、明子には、大学部一年のとき、熱心に出席したバイブル・クラスの時間に得た、「汝の神を試す勿《なか》れ」という、大げさにいえば、一つの哲学めいたものがあった。蕗子は、もちろん、神ではなかったが、自分自身がうけとめたものを信ずるかどうかという点では、神も人もおなじであった。

8

あとから考えれば、何が先で、何が後だったかわからない、こまごまとした出来事の交錯した出会いから三、四カ月ほどの間に、明子と蕗子は、二人でたのしむのに必要なほどのこと、たとえば、のちのちまでも彼女たちの笑い草になった自分たちの滑稽な口癖や、まわりの人びとの生活への手ひどい批評の言葉などは、二人の間にたっぷり蓄えられてしまったのではなかったろうか。休日に彼女たちがいっしょにすごすのは午後早くから夜八時すぎまでであったから、その間には、蕗子がふと頭に浮ぶままに歌を朗詠するとか、明子が愛読するイギリスの子どもの本の断片を語ってきかせるなどする余裕も十分にあった。そういうことからも、渾名《あだな》や隠語がたくさん生れた。渾名の例でいえば、明子がきかせた「お話」のなかに、学者ぶった、ぬいぐるみのフクロウがいて、自分の名のOWLの綴りをまちがえて、WOLと書くのであった。その話に抱腹絶倒した蕗子は、加代子の夫の雅男にウォル、時にはもじってウォルターという渾名をつけた。また隠語としては、「朝ぎりまだき」という言葉があった。これは蕗子がかつて雑誌記者をしていた頃、ある作家が使ったのだという。明子はそれを面白がって、何かといえばまねをしているうち、しまいには、それがまちがった言葉かどうかわからなくなってしまったほどであった。

こうして二人の心を結びつけるものが、彼女たちのまわりをかいこの糸のように囲いはじめたとき、よりいっそうその絆を強めた出来事が二つ起った。その一つは、二月に出かけた千葉の海辺への一泊旅行であった。

一月終りのある休日、明子は、その日の夕食は、荻窪市場から生きのいい鰯《いわし》を買ってきて、という心づもりで、新聞の切抜きをもって蕗子のところに出かけた。その切抜きには、鰯の刺身、つみ入れ、その他取れたての鰯の料理献立がいくつか載っていた。しかし、料理は添え物で、その記事の眼目は、千葉の外海での鰯の豊漁のニュースなのであった。漁船の甲板で、股までとどくゴム長をはいた漁師たちが、下半身を山づみの鰯の中にもぐりこませて突ったっている写真が出ていた。

「あら、いってみたいじゃない。」切抜きを読むと、蕗子は、見る見る顔を輝かせていった。

「この寒いのに？」明子は呆れて聞き返した。

「だって、あそこら、お正月に菜の花咲くっていうじゃない。」

蕗子の思いつきの冗談だろうと、明子はその場はそれなり聞き流したが、その夕、彼女が市場にかけつけ、買ってきた鰯の刺身が予想外においしかったのであった。蕗子は、夜、明子を玄関で送りだしながら、彼女独特の執拗《しつよう》さでいった。

「念のため、新聞社に聞いてみてよ。あの船の写真とったとこどこか。」

結局、明子はその翌日、蕗子にいわれた通りのことをし、例の写真の場所は、勝浦と御宿の間の小さな港であることを突きとめた。電話に出た新聞社の係のひとは、熱心な読者の反応に喜んだのか、あちこちの机に聞き合せ、そこには釣人相手の宿もあるらしいということまで教えてくれた。

ちょうどすぐくる二月の祭日が土曜にあたり、蕗子も明子も丸々二日、自由であった。曇った寒い日の午前、彼女たちは飯田橋のプラットフォームで待ちあわせ、両国で煤けた汽車に乗りかえた。二人とも初めての房総線は、海につき出ている県という印象に反して驚くほど内陸的な、山あり、トンネルありといったところを経めぐったあと、三時間ほどして行手はるか左手に海が見えかくれしはじめた。しかし、今度が勝浦ということで二人が降り支度をはじめたとき、海側の丘と丘の間がぱっと開け、眼下に砂浜にくだける波と浜辺にかたまる部落が見えた。二人が「あっ！」と叫ぶ間に、丘はまた海をとざし、トンネルが来、それをぬけると、潮風にさらされ白茶けた小さい木造りの駅舎であった。右手は田んぼをへだてた低い山。駅を出て左手にだらだらと町に連なる道がついていた。

駅前にあったたった一台のタクシーは、まったくのぼろ車であった。運転手は、明子が口にした「飯塚旅館」の名前を聞くと、すぐ心得て、荒波の打ちよせる入江のつづく海ぎわの道を、御宿方向に車を走らせた。蕗子は全身ショールに包まれているとはいえ、横なぐりの海風をもろにうけるでこぼこ道をゆられにゆられ、宿についたら、座敷に倒れこむのではあるまいかと、明子は内心びくびくものだったが、その心配はまったく無用であった。

蕗子は、タクシーの窓にガラスの代りにセルロイド様のものがはめこまれ、そのところどころのひびわれを黒い糸でかがってあるのを見れば、「このタクシーの窓、クロス・スティッチがしてある！」と笑い興じ、入江に荒波がくだけ散っていれば、「コンクリートの壁がくずれるよう！」と叫んでたのしんだ。

ついに辿りついた宿屋は、いかにも釣宿らしい魚くさい二階家で、とってもらった部屋は二階の波打ち際の崖の上。写真に出ていた港はすぐ窓の下に見おろせた。気流の関係か、時折、さっと風花が舞うというのに、目の前には、朝早く出たのであろう。いく艘《そう》かの船が鰯を満載して帰ったという祭りのような景色があった。新聞の写真そっくりの光景ながら、違うのは、人びとが叫び、はげしく動いているということだった。ゴム長の男たちは、船の胴の間に銀色にもり上っている鰯を深い竹籠にしゃくいこむ。船端では、ぴちっと皮膚のように身についた紺絣《こんがすり》の仕事着に身を包んだ海女たちが、腰まで海水につかって、その竹籠を「やっしゃ、やっしゃ」の掛声かけてリレー式に砂浜まで渡してゆく。

道路には、「馬力《ばりき》」が何台か待っていて、満載になったのから勢いよく走りだす。明子たちは、炬燵《こたつ》をできるだけ海ぎわの出窓のガラス戸のそばによせ、外にいるときとおなじほどにショールや外套を肩にひっかけ、活気あふれる港の動きに見入った。それは、その頃、世の中で見ききする、心に重くのしかかる、多くのこととは程遠い、いかにも豊穣という言葉を絵にしたような光景であった。

夕食は、体裁かまわず、船方さんたちが船でたべるようなものをと頼んでおいたところ、刺身、鮑《あわび》の酢の物などは予期していたものだったが、味噌汁の実に異様な赤いものがはいっているので、何かと思えば、伊勢えびの打《ぶ》つ切りなのであった。彼女らは顔を見あわせ、ちょっとの間、言葉も出なかったが、女中がさがると、げらげら笑いだし、それこそ体裁かまわず、両手をつかってえびにかぶりついた。さっとひと煮たちしただけの身、またその味のこっくりしみだしている汁には、さすがの蕗子も、「あ、おいし！　あ、おいし！　薬！」と小さく叫ぶことができるだけであった。

すっかり満腹し、満足し、そろそろ横になる話などをしあっているところへ、廊下を鉤《かぎ》の手に曲った部屋に、どやどやと人がはいってきた。荒々しい、乱暴な物いいから漁師たちと想像された。彼女たちの布団を敷きにきた女中がいうには、船主が、オッケどん(船頭)と船方たちに一杯のませにやってきたのだが、先日から二度ほどやっているから、今夜は早く切りあげるだろうとのことだった。

しかし、三部屋だけの二階のこと、宴席の方から胴間声《どうまごえ》でがなる声は、明子たちの部屋にまで筒ぬけに聞えてきた。明子たちにもその言葉が半分くらいは理解でき、笑いださずにはいられなかった。「東京から『きれいなねえちゃん』が鰯漁を見に来ているなら、ここさ来てもらって、いっしょに祝ってもらうべじゃねえか」といっているのであった。

明子はいそいで女中に、一人は病人で、もう寝たからといってもらいたいと頼んだ。女中は心得て出ていったが、声の主はそのくらいのことでひっこむ相手ではなかった。足音荒くやってくると、日頃、波に向ってどなりつけている声で、それでも神妙に障子の外で「もしもし」といった。

二人は顔を見あわせ、ちょっとの間、だまった。が、すぐ気をとりなおし、「はい」と答えたのは蕗子であった。

障子がちょっと開いて、まっ黒く、てかてかに焼けた、驚くほどの大男が立っていた。しかし、短い八の字がすべりおちそうについている眉の下の小さな目は象を思わせ、いかにも人がよさそうだった。

言葉が一つ一つわかったわけではないが、控え目にしても大きくなってしまう声でいうことは、「大漁祝いの仲間にはいってくれ。」ということだった。

「どうする？　いってみる？」と、思いがけず、蕗子はささやいた。

「あたしたち、お酒呑めません。それに、このひと、からだの工合わるいんです。」

今度は、明子が大男にいった。

呑まないでもいい。ちょっと祝いの席に坐ってくれ。先日は新聞に出て、きょうは東京からわざわざ弁天様が二人見物に来てくれたのだから、いっしょに坐ってもらうだけでいいのだと、大男はいった。

蕗子がもうすっかりその男の様子に興味をもってしまったことは、その表情でわかった。立ち上った蕗子の用心のため、明子は、彼女のショールをもってあとにつづいた。

二間つづけてお膳の並んでいる部屋は温気にあふれ、二人が一歩ふみこんだとたん、

十五、六人ほどの黒く潮焼けした男たちの目が、一斉にぱっと彼女たちを射た。凱旋《がいせん》将軍のようにして部屋にもどった大男は、床の間を背にした、二、三人の筆頭船頭と見える中年の男と自分との席をずらさせて、彼女たちを坐らせた。部屋のまわりを囲む若い男たちは、オッケどんの部下、舟子たちであるらしかった。

すでに差しつ差されつは始まっていた。しかし、声の大きいわりに座は乱れていなかった。ことに若い者たちは年上の者の前で畏まり、話が沸きたつのは、その日の漁のあのこと、このことを話題にするときだった。

蕗子が、大男の質問に答えて、彼女たちがここに来たいきさつや今夜の伊勢えびの味噌汁にはびっくり仰天したことを話すと、彼らの間から満足げな笑い声があがった。蕗子が機をのがさず、ここらで一ばん早く咲きだす春の花は何か、水仙は？　菜の花は？と水を向けると、若い者までが幼い頃のことを思いだして、「水仙はもうすんだ。」「いや、どこか、まだ咲いてるとこはねえべか。」と、賑やかなやりとりになった。

ひとり、「ウバラ」の氷川様のわきに、おそく咲きだす水仙があるといった若者がいた。

「んだ、んだ。」と、井沢と名のった大男がいった。「あそこは、日射しの関係だべか、毎年、ほかんとこが終った頃咲きだすのよ。」

井沢は、「新家のだんな」とも呼ばれ、まだ四十ちょっとすぎと見えたが、いばりちらしているようでありながら、オッケどんや舟子たちにも気をつかっているところが、話に加わらずにただ傍観するよりほかない明子には、すぐ見てとれた。網元という商売のたいへんさが察しられた。

彼女たちが、翌日の予定を口実に、手際よく井沢に礼をのべ、その席をぬけだしたのは、こうしたわんわんいう音声の中で、三十分ほどすごしてからのことであった。手際よくといっても、明子はあっけにとられてその温気のこもった場所に坐っていただけで、ひとを追い払うのも、にげだすのも、それは蕗子のお家の芸なのであったが。

部屋にもどると、蕗子は「ああ、おもしろかった。ああ、くたびれた！」と投げだすようにいい、宿の寝巻きに着かえて、さっさと寝床にもぐりこんだ。そして、五分もすると、酒盛りの部屋の騒ぎも、枕の下にぶつかる波音も知らぬ気に寝息をたてていた。明子は、その双方に妨げられて眠れずにいる間に、たのしみを得るのに貪欲な蕗子が、たのしみを得るためにはかなりの労苦に耐える力を持っていることを改めて知らされた。

翌日は、まだうす暗がりから、浜は騒がしかった。早起きの蕗子が、雨戸を細目にあけ、外をのぞくけはいがした。

「ああ、船が出る。あちこちで焚火してる。」というようなことを蕗子がいうのを、明子は半ば眠りながら聞いた。

朝は物憂い貧血性の明子がようやく起きだし、二人で熱い若布の味噌汁で朝食をとる頃には、外の戦場のような騒ぎは、うそのように静まり、その小さな入江は、何の蔽いもない天からふり注ぐ日光で包まれていた。彼女たちは、食事の間にその日の予定をきめた。明子は、翌日の勤めの関係から、午後早くの汽車で立ちたかった。だから、荷物は宿にたのんで、食事がすんだらすぐ、前夜、漁師たちから聞いた水仙をさがしに出かける。そこからもどって、タクシーで駅へというのが、明子の希望のプランであった。

女中の話によれば、氷川様は、宇原《うばら》の浜の一ばん先のはずれとのこと。明子たちの足では二十分はかかるだろうという。

二人が、風除けのため、あるだけの物を身にまとい、頭はスカーフでしばりあげ、潮風の中を歩きだしたのは、九時半であった。しばらくは曲りくねった崖下の海沿いの道だったが、やがて、山あいの切り通しにはいり、その先は短いトンネルであった。明子は蕗子の腕をとり、二人ひと塊りになって、向い風の中にはいっていった。が、トンネルは予想外にらくにぬけられ、またすぐ、切りたった崖の間の道に出、その先十数メートルで道が海ぎわに曲ったとき、二人は、いっしょに「うわあ！」という声をあげた。

一望、日に輝く大洋が右手に開け、水平線は長く宙に浮いていた。それまで見てきた入江や港は、どれもこれも、ちまちまと小ぢんまりとしたものであったが、これは、アメリカまでじかにつづく太平洋を抱えている大きな湾であった。だが、よくよく見ると、この湾も、右から左へ目のとどくかぎり広いには広いが、それはたった一つのものではなく、湾曲の浅いいくつかの入江が手をつなぐように、半円を描いて連なっているからだ、ということがわかってくる。そして二人がいま立っているところは、その一つの浅い入江の最初の入口なのであった。

「ここが宇原なんだわ……」と、蕗子は大きく息をついていった。

「あの、汽車から、海に浮いてるように見えたとこよ。」明子も興奮していった。

まず、左側のとっつきの家が、こうした部落にはありそうもない男の洋服屋であったのも、彼女たちの意表をついた。山肌をくりぬいたところに割にかっちり建っている家は、まともにあたる日射しを防ぐため、半分以上、天竺木綿のカーテンで閉ざされていたから、中の様子はわからなかったが、軒の上の看板には、明らかに、Hoshi Tailer とあった。

「スペリング、まちがってる!」と、明子が噴き出だした。

「はいっていって、教えてやんなさいよ。」蕗子がいった。

「いやだ、初めての家。」

そんなことをいいながら、その家をすぎると、それから先の、広い砂浜の上の街道筋には、両側に四、五列ずつの家が立ちならびはじめる。といっても、海寄りの家々の間のすき間からは、波立つ海が透けて見える程度であったが。

それから、角々に酒屋だの、駄菓子屋だの、よろず屋だのをおさめている道を迷うことなくまっすぐ進んでいくと、道の左側にせり出してきた丘で家並は終り、丘の下に、氷川様の大きな鳥居が立っていた。風の中、神社参拝は失礼して、前夜教えられた通り、鳥居の下の細道を左に折れ、丘の裾をまわった。

何十歩とゆかず、そこだけ、神社側の山が崩れてできたらしい急斜面の草原があり、早朝は日かげでありそうな日だまりに、坂をかけおりてくるように白い花の群落がゆれていた。早く咲きだした一部は真盛りをすぎていたが、黄いろい小さな杯を一つずつまん中につけた白い小花は、ふさふさとした塊りになって、芳香を潮風の中にまきちらして踊っていた。まわりが茶っぽけた芝生ばかりのせいか、その白い小人たちの踊りは、いっそひそやかで、しかも賑やかだった。

「きれい！　根を掘る道具持ってくればよかったわね。」

いいかけて、明子は口をつぐんだ。恍惚として花に見入っている蕗子の歓喜の表情。丘をまわってくる風が、蕗子のショールやコートの裾をはためかせ、とけかかった髪が彼女の顔にまつわりついていた。その中で、彼女は凝然として立っていた。

「ね、少しとっていく？」

早くその状態から蕗子を解きはなしたくなって、明子は、くり返した。

「そうね、少し。」と、蕗子は上の空でいい、「ちょっとこれは、不意打ちだったわね……」

明子は、根もとからちぎった数本を、ポケットのハンケチでくるみ、二人はしばらくその花の下の道を徘徊《はいかい》してから、元来た道をもどりはじめた。なにぶんにも、丘をまわってくる風が身にこたえたのである。

「ね、また、来年、来てみない？——いのちあらば……」と、蕗子は、ごろた石もまじるでこぼこ道をゆっくりもどりながら冗談めかしていった。「でも、考えてみれば、何も来年まで待たなくてもいいんだ。あたし、ここの景色、とても気にいった。あなたは？ 田舎なのに、ちっとも陰気くさくないし、それでいて、ほかの場所から隔絶されてる。こんなとこだと、何か書けそう……」

蕗子は、そのあとも何事か考えているようだったが、部落の中央あたりまでもどったとき、いかにも急に思いついたようにせきこんでいった。

「ね、井沢さん、ここに住んでるんでしょう？ 寄ってみない？ 名刺に確か『新家』と書いてあった。」

知らない家へなどゆきたくないという明子の抗議などおかまいなく、蕗子は、ちょうどそのとき二人の立っていた細い横丁の角にある、間口二間ほどの小さい駄菓子屋のガラス戸をあけてのぞきこむと、菓子箱を並べた奥で炬燵《こたつ》にはいっている老婆に新家の所在をたずねた。そして、「あっは、あっは」笑いながら、往来に立っている明子のところにもどると、「この横丁はいったとこだって。つまり、この店の後ろ。」といった。

明子も、蕗子のあまりの勘のよさに思わず笑いださずにいられなかった。

横丁といっても、奥行きは三、四軒で、その先は、だらだらと下って砂浜になっていた。白くくだける大きな波が何十メートルもない先に見えた。左手のまん中、がんじょうな板塀の中の二階家が新家であった。あたりの家々とちがって、その家は、板塀がまん中で切れているところが入口で、道は直角に曲って、農家の仕事場のような土の庭の奥にはいりこんでいた。その右側に、台所、風呂場などの見える一棟。そこの戸は、しんばり棒で持ち上げ、庇代りにする揚げ戸式になっていた。それと庭をはさんで左に二階家。二人は、そっと庭にはいってゆき、左手の家の玄関をのぞいた。がっしりした格子のはまったガラス戸は素通しであったから、式台ほどもある上りかまちと、その奥の障子がすっかり見えた。そしてまた、その障子にも、横に一段、ガラスがはいっていた。しかし、もうそこをのぞきこむまでもなく、その部屋で誰かを相手に話しているのが、まえの日に会った井沢幸一であることは、声でわかった。だが、その声は、前日ほど元気いっぱいのものではなかった。

そのあたりではあまり見かけない女衣装の彩りに、井沢は目ざとく明子たちに気づいたのであろう。乱暴に障子、ガラス戸を押しあけて、頭をつきだすと、破顔一笑した。

「あ、水仙見てきたか。」と、彼は明子の手にした花を目にとめ、いった。「いがった。さ、へえれ、へえれ！」

結局のところ、なかなか女丈夫らしい内儀《ないぎ》も出てきて、話がはずみ、先客と明子たちは、また刺身つきの昼食まで御馳走になるはめになったのだが、先客は、六十ばかりの渋い顔をした、関西弁の男であった。蕗子は、誰とも如才なく話し、ここらで、夏、部屋か、家を貸す家はないだろうかというような、明子にとっては思いがけないことまでいいだした。

井沢は、先客との話しあいが途ぎれるのが都合のいいけはいで、すぐその話にのってきた。

「うん……部屋なら、いくらもあんべけんど、家なあ……」と考え、「本家の隠居所、去年も、夏は使ってねがったなあ。」と、細君に声をかけた。

「そう、だけど、貸すかねえ……」と、細君はいって、どのくらいの期間借りたいのかと聞いた。

「まあ、八月のひと月だわねえ?」と、蕗子は明子をかえりみた。

明子は、あいまいな表情でしか答えられなかった。

「聞いとくべえ。」網元はいった。「本家がわからずやでなあ。家は帰りに見てってみな。表さ出て、むこっかわの広場の奥だから。煮干しの製造場が並んでるが、今年は鰯がとれすぎで、現物で手放してるから、工場は使ってねえ。」

蕗子は、彼女の住所氏名を紙に書いて網元の内儀に渡し、彼女たちは礼をのべて、その家を出た。

街道は、家にして十軒とゆかないうちにまたもう一つの十字路になっている。その横丁を目で右手山側にたどれば、高く高く山の中腹まで上り、木々の間に寺の屋根が見えた。だが、寺への参道を越した向いの角地は、井沢のいった通り、かなり広い空地になっていた。空地の奥には、煮干し製造工場だと思われる横長の倉庫のような建物があり、その隣りに小ぢんまりした家が建っていて、どちらも目をとじたように戸がとざされていた。井沢の話だと、前の広場は煮干しの干し場だということだった。

ただ一途に水仙の咲く氷川神社までといそいだときは、二人とも気づかなかったが、いま、道を逆に来てみれば、広場の奥は石垣になっていて、石垣の左寄りに重々しい石段がついていた。その上には、まるで城門のようないかめしい門があり、そのわきに野武士の要塞の物見の塔のような櫓が、朽ちかけて立っていた。門の奥は、後ろの山の黒々とした木々が見えるだけで、家は見えない。

「あれが『本家』なんだわ。」蕗子はいった。「まるで昔の豪族の砦みたいね。」

食事ちゅうの井沢の内儀の話によれば、本家は昔、樺太にまで密猟に出かけた勢いであったとのこと。話の含みから察すると、本家のまえの主人が死んだあと、宇原近辺の漁業権は井沢のような地元の網元数人に握られている様子であった。

彼女たちは工場のわきの小さい家の前までいってみた。正面のまん中に玄関。玄関をはさんで、黒い肌のこぶこぶした枝ぶりの木が一本ずつ、番兵のように立っていた。玄関の両側に部屋があり、全体が四角くできていた。三部屋か四部屋はあると見えた。煮干し工場との間には、屋根のついた細長い土間が通り、工場が活動しているときは、そこから工場と家との間をいったり来たりするらしかった。

その潮風に白茶けて、使われているときは、忙しく立ち働く人たちが出たり入ったりするにちがいない、四角いかっちりした家は、ふしぎな魅力で明子の心を捕えた。

宿への帰路、蕗子はいった。

「ねえ、さっき井沢さんとこにいたひとねえ、あたし、借金取りだと思う。あたしたちがいったら、井沢さん、とても喜んだじゃない？　こんなとこで船持って、仕事していくなんて、きっとたいへんなことなのよ。確かに金貸しだって、あたし、賭けてもいい。」

「あのときの井沢さんの様子じゃ、そうかもしれない。」と、明子も笑った。「日本じゅう、いろんなとこにいろんな人生あるのねえ。」

そんな話のうちに、彼女らは宿にもどったのだが、すでに宇原も、井沢という人物も、初めて出会ったものでないような親しみをおぼえはじめていた。

東京に帰ってまた初めて会った日、蕗子の健康があの寒風の中で少しも損なわれず、かえって活気が出たようなのを知り、明子は喜んだ。蕗子の心は、もう八月の宇原に向けてとびたっているようにさえみえ、あの家を借りることなどは、きまったことのように話したりした。しかし、明子は、はっきりとした反応は示さなかった。というのも、彼女の頭には、八月の休みよりも、それまでにすまさなければならないさまざまなこと、五月、ばあちゃんの一周忌。六月、母の一周忌、七月のお盆のことなどがひらめいていたからだ。

9

しかし、その後、蕗子は興のわいたとき、井沢幸一に手紙を出したにちがいない。彼からの返事だといって一通の葉書を明子が見せられたのは、それからひと月ほどのちのことであった。なかなか達意達筆の文面で、本家では八月ひと月なら、貸してもいいといっている、家賃は十円程度ではどうか、しかし、本家と貴女様方との直接交渉では面倒がおこりかねない、「失礼ながら私の親戚」として事を取りはからっておこうと、話はもうかなり動きだしていた。

明子も、これでは、夏まえの生活は、万事この海での休暇をもとに計画をたてなければならないのかと覚悟をきめかけた四月初めのある夕方、アパートの郵便受けに、三銭切手を三枚貼った蕗子からの分厚い手紙を発見した。まえの休日、明子はアメリカから来た協会の客を案内して山の桜を見に伊豆にいくというようなことがあって、蕗子の家にいっていいなかった。それにしても、三銭切手三枚とは、何事か。彼女は自分の部屋にかけ上って、封を切った。

四月二日午後四時

ベッドの上に坐つて。熱まさに八度三分。

これほどの身心の疲労困憊を、私はかつて知りません。

四月一日　私の年まはりの者　諸事運び悪しく不愉快の日なるべしと予言した新聞の八掛見《はっけみ》は実におそれうやまふべき千里眼ですよ。何から書きませうか。私は四月一日だから、十一時になつたら、今や外国のお客や門倉夫人ともども、賑やかに伊豆へむけて御出発まぎはのあなたに、「蕗子、倒れた」とをばさんに電話してもらはうかなど、よからぬ考へを朝のうちは持つてゐましたが、十時ころともなつて、どうしてもをばさんの店の留守番をしなければ義理のたたぬ破目となり(鍋屋横町に住んでゐたをばさんの義兄卒中死――これはほんと)咳をしいしい、小萩ちやんといつしよに店に来る客に愛想をふりまきなどし、疲れ切つてひと先づ午後七時ごろ帰宅。ルルの食事を見て、ベッドへ転がりこまうとしたところへ雅男氏、サラリーマンスタイルで来訪。

「あたし、借金返済の方法として、十日ほどのうちに、郷里へ一先づ引上げるの」とだまして笑つた時、灯をつけはなした台所の戸をたたき、「御免なさい」といふ男の声。「どなた？」「大津さんですか。私らは怪しいものではありません。あけていただきませう」

その押しつけるやうな低い調子は、はつと思ひ当る人種の声でした。すぐ表の戸をあけると、ぬつと入つて来た二人男。出された名刺は小石川区大塚警察……かへらせようとした雅男氏も所持品全部しらべられた末やうやく「では君はかへつてもらはう。又、呼び出すこともあるかもしれぬが」といふことになり、玄関の戸がしまるや、「小野キクヱからあづかつた荷物を全部出し給へ」とかうです。「そんなものはありません」「うそを言つてもだめだよ、もうちやんと小野が白状してるんだから」「でも、ないものはないんです、どうぞ御自由にお探し下さい」で、実に厳重なる家宅さうさく。（いま、その狼藉のあとをながめて、この後始末はカクトウなどといふ言葉ぢや言ひあらはせません。もしこのあひだの尚ちやんたちの散らかしたあとと比較すれば、あれはまだまだ「震災前」です。）その中で不注意にも先日、焼きすて残した茶色の一封を机の抽き出しからすばやくぬき出して、「ともかくこの辺一先づ片付けませう」とベッドの上の普段着にくるんで、もう見終つた箪笥の前の一隅へ投げやり、その上へ毛布だの、肉屋の通ひだのを無造作になげてかくしてしまつた手際は我ながらあつぱれなものでしたが、とどのつまり、一物も得ず、「とにかく署に同行」といふことになり、けちくさくも西武電車で新宿まで四十分、あとはちうちよしゆんじゆん約五分間。清水の舞台からとび降りる顔つきでエンタクを呼びとめ、あごで私を先にのせました。

大塚署につくと、すぐ裏口から二階へ。二階のそのへやには一人の青二才がゐて、(まあ、そいつの態度かほつき、どうしたつて、田舎の市のゴロツキ新聞の恐喝記者といふところでした)「へええ、どこからひろつて来たんだい」とぬかしました。「れいの小野キクヱの親友なんだよ」といふと「ふうん、さては秀才だな」とぬかしました。それから雅男氏について、実に癪に障ることを二人の一人が言つたので「さういふ冗談はお断りします」と言つたら、少してれた顔をして「でも女一人でゐたら、誘惑が多いだらうからさ」ですと。そして主任がかへつてしまつたからといふ理由で、「保護室で今夜は休んでくれ給へ」といふことになりました。新聞で見る保護室といふものが、女の留置所の別名にすぎないことをはじめて私は知りました。

首をくくられては大変だからと、(但し誰でも、の話)帯、腰ひも全部、ひもはとられ、かはりにルンペンの十年使つたとおぼしき手ぬぐひを五十すぎ位に裂いた、その一条を与へられました。それでも、高等係りの「からだがわるいから特別に」といふ言葉で、えりまきはとられませんでした。破格の由、同室の女が教へてくれました。さて、

「ぢやここで風邪ひかぬやうにねなさい」と入れられたるへやたるや。高いところに細い窓が一つあつて、北にあたるときかされました。けさ方、そのすりがらすと細い鋼鉄のあみ目を透して入つて来る朝のいろは、なにか寒々とした曇天をおもはせましたが、「しやば」は大晴れだつたのね。

さて、その鈍い光でみた同室の面々は、行き倒れの老婆、お目見得《めみえ》どろばうの田舎女、そしてそれを私にはなす、もうすでに七十五日ほどゐるといふ、どうやら夫と共謀して何やらしたらしい強《したた》かなる若い女。お目見得君《くん》は、でも人は好ささうでした。太つた、ほんとの女中型。七十五日の牢名主君は皮膚がどす黒く脂切つてゐて、何ともいへない濁つた精力を私にさへ感じさせせました。

うち二人は眠つてゐ、残りの一人が何かと親切でしたが、「あなた、とてもほがらかね、よくお泣きにならないわね」と言はれたには、低い声をあげてわらつてしまひました。こいつを夕ネに儲けないでおくべきかと、のみとり眼であたりを観察した結果、実に得るところ多でした。

私のあと「お客さま」(用語らし)三人。そのうち一人は、よつぱらひで私の前のへやへ入れられ、私起きあがつてながめてゐたら、をりの戸口へつかまつて、しくしく泣いてゐました。三十三、四の男。

へやには電燈なく真中の廊下に二つ。その赤い鈍い光を格子の中からながめると、何だか幼いころ行つた郷里の温泉の「士族の湯」といふ自炊の古風な湯どのを思ひ出しました。起床六時、女から先に洗顔、便所ゆき(日に何度ときまつてゐる由)。私の洗顔中にへやの掃除はすんでゐました。

それから男友だち、丁度二十人ゐる由、そして男たちが廊下の掃除。私たちの格子をばかにていねいに拭いてゐて怒られた男を、きいたら「どろばうよ」とのことでした。彼等の「赤」を尊敬することは並々でないやうでした。裏には裏があつて、向ひと合図をして、牢名主は正面の壁に指で一字一字分かつたかどうかをふりかへつてしらべながら、大きな字で報告しました。曰く、

ユフベノヒトハ　アカ　ヨ

私は廊下側の一隅にすわつてゐたので、男の方は見ませんでしたが、名主がそつと「ドウシヨ(どう仕様ではありませんよ、同志よ)カホヲミセテクレ、と向ふの赤の人が云つてます」と報告しました。私は「見せるやうな顔ぢやありません」と断りました。いくつかときくから、二十六だとこたへたら、「アラまあ、何てお若くみえるんでしよ。あたし、二か、三だと思つてたわ」と云はれましたぞ。皺が目だつなんていふ人、恥ぢなさい。

牢名主はとても私にていねいで、お目見得君にはとてもそまつで、行倒れのことは便所に行つた留守に「あのくそばばあ。この方がいらしたから少しそつちへ寄つてつて

いふのに、しらん顔してねてゐくさるのさ」等々。

朝食がさし入れられた時、老婆が先きに受けとらうとしたら、「あの方に先にあげなさい」と叱りました。私は、おみおつけを渡されたあとで、弁当箱のたくわんの仕切りのわきの妙な空所へなにか充たしてくれるのかと思つて居りましたところ、格子は、きしみつつ閉ざされ終はんぬ。

麦めしも熱かつたから、そしてたくわんは荻窪市場のと伯仲。おみおつけは、それでも大根がちやんといてふに切つてありました。麦めし二口、たくわん一切、味噌汁一口で朝食終り。「まあ、ほんとにしつかりしていらつしやるわ。誰でもはじめての御飯をみると、わつと泣きだすのに」と又ほめられました。妙に涙もろい人ばかりゐるものだと呆れました。

そのうち「オツ、デロ」と云はれて出ました。きのふの若い方が立つてゐました。二階の主任といふ奴は実に好かん奴でした。

先づ「さ、さつさと小野がオマへのうちにずつと泊つてゐたことを白状して、かへれるやうにしなさい」ですと。私が無事にかへれるに至つた私の答べんの巧妙さは筆紙につくし難いから、又後日のおたのしみに。最後に(又一度ヲリにかへされ　又呼び出されて)「実は当局の取りしらべの都合上さう云つたのだが、小野はあんたの信じてゐた通りの人間で、あんたが小野と親しくしてゐるといふことはほかの口から出たのだ」と白状しやがつたのよ。

ああ、死にさうに疲れた。この事件でもしも一文も得られないとしたら、かへりの車代一円五十銭どうしてくれると云ひたくなります。

かへると殆ど同時に雅男氏がやつて来て、感きはまつてすこし抱きあひました。あの刑事には見せられない図だと思ひました。夫婦でゆふべ、夜中に三度も見に来た由。そのうち加代子も尚ちやんも来ましたが、疲れてゐるので、かへつてもらつてねました。

去年の四月一日には——棚ボタ式にある不時の収入あり——爪を磨いてもらつたり、シャンプーしてもらつたりしてゐた——これ、ほんたうですよ！——のに、と感慨無量でした。

ああ　実に疲れた。

くさい飯を一口たべた厚かましさをもつておねがひ。今度の時、五円ばかり、ちよつとの間お貸しいただければ、天国にのぼります。今週の予定はめちやくちや。

蕗　子

一入おしたはしき
明子様まゐる

前の手紙出さないうちに、三日あさ七時
風の出ない朝のうちに掃除をと思ひながら、どうしても起きあがれません。

あふむけになつてかいてゐます。

きのふのお手紙ありがたう。

夕刊と共に玄関に落ちてゐた一通は、全く肝油のあとの焼き海苔でした。（今月、新聞とつてゐます。少し稼がなくちやならないから）

でも、読み得たのは、何と、拾ひあげてから二時間後でした。あなたの封筒の「四月一日」のわきについてゐた〇〇で、警戒してよみましたが、疲れた頭には一つもだましてゐるとおもはれるところはありませんでした。あれは何でもないんでせう？　特別手当三十円がうそかな？　伊豆に着ていつたといふ「制服の処女」服（へんね）見たし。

今度の日、なるべく早くから来て下さいよ。

きのふかき落したこと、かへる時刑事の「からだを大事に養生して下さい。ヒカンすることはありませんよ。きつとなほりますよ」ですと。

それから留置所内では、めいめいかくし持つたえんぴつでちり紙に、新入りがニュースをもたらしたり、看守のわる口をかいたりする日刊（？）があつて、その名は一丁目新聞。その中に、×日、東劇焼けて宝塚の草笛ら焼出さる、なんてのがありましたよ。

ふとんが重いのにルルが胸に乗つて来てよけいかきにくい。

どうしても掃除をせねばなりますまい。けふは趙さんのくる日です。

おんヤレヤレのヤレヤレのヤレヤレです。

手紙はこれで終っていた。

読み終えてしばらく、明子は身動きもできずにいた。

二日にわたって書かれたとはいえ、最初の部分は一気呵成に書きなぐったものらしく、彼女愛用のウォーターマンの太い字は、ざら紙——蕗子は、どこからそんな紙をひっぱりだしてきたのか——の上に流れるようにつづられていた。三日の日付のは、いかにも仰向けで書いたらしく、所どころ、インクはかすれ、字もつれ、判読しなければならない個所があった。明子は、蕗子の肺と肋膜の癒着の場所が、咳の度にぎしぎしきしむのを聞くような気さえした。

いますぐ清水屋へ電話をして、蕗子に伝言をたのむには、明子にとっては時間がおそすぎた。じっと空をにらんでいた何十秒かの間に、頭におどり出てきたさまざまな工夫のなかから、彼女はようやく一つを選びだした。翌朝、電報を打ち、夜、食料を持って荻窪にゆくということだった。

明子は、地下に降り、夕食もそこそこにすますと、翌日、門倉夫人とアメリカから来た会員とに渡すことになっているシャムや仏印方面のアドレスのタイプにかかった。

蕗子に手紙で知らせた、三月末に夫人からもらった特別手当三十円のことは、「うそ」ではなかった。四月一日の日付のわきに○○をつけたのは、いつも蕗子が、エプリル・フールに手ひどいうそをついて友人を驚かせ、怒らせるということを聞かされていたので、その手にのりませんよという合図であった。いつの年か、蕗子は、自分が自殺したという電報を、ちょうど実家に帰っていた加代子宛に打ち、ひと騒動おこしたのだという。

翌夕、明子が荻窪についたとき、時刻はもう七時をすぎていた。家の中は、その日、小萩ちゃんに手伝ってもらったといって、いつもとさして変らない程度に片づいていた。蕗子は、前夜、正体なく眠ったからといい、また興奮しているせいもあったのだろう、にぎやかな声をあげて明子を迎えた。そして、二人は、三十分後には、ふうふういいながらビフテキにかぶりついていた。

テーブルの上のたべ物が片づくと、明子は、前もって用意していった二十円のはいった封筒を、「はい、これ、貸します」といって蕗子の前におき、よけいなことはいわずに後片づけに立った。

蕗子は椅子から、台所にいる明子の背に向けて警察に対する揶揄をとばし、熱があるというのに、明子よりも意気盛んにさえ見えた。しかし、明子が帰れば、ベッドに転がりこむことは目に見えていたから、明子は、せめて二週間、日本語教授を休むことその他、心に貯めてきた注文をいくつか手短かに述べ、早々に蕗子の家を出た。「おいしかった！」という感じが、まだ蕗子の舌に残っているうちに、ベッドに送りこみたかった。

いつものことながら、帰りの電車の中で、さまざまな思いが明子の脳裡を去来した。これからの四、五、六、七月をどうにか乗りきってさえしまえば——蕗子が、どう乗りきるかはわからないが、とにかく、時は流れてゆくのだから——彼女は望み通り、獲りたての魚をひと月たべて暮すことができるだろう。そして、そのひと月は蕗子にとって、何にも替えがたい時間となって残るのではあるまいか。そうとなれば、明子は明子で、いまからそれなりの計画をたてなければならなかった。とにかく当分は、関の家へいっても、できるだけ小母の意向に逆らわぬよう、上手に立ちまわらなければならない。

五月、六月とそれぞれに、明子にとっては大きな行事がつづき、その最後のもの、母の一周忌のすんだ折、最後に関の家での客も帰り、内輪の者だけになったとき、明子は雑談の間に、「千葉の海岸での休暇」の話をさりげなくすべりこませた。小母は案の定、村井家の男たちが集まった機会にと、あちこちから掻き集めておいた明子の見合相手の写真を膝のわきに用意して、いまにも出しかけようとしていたところだったから、出鼻をくじかれて、怒った顔をした。

「明ちゃん、そんなことより、きょうはもっと大事な相談をお兄さんたちとしようと思ってるのよ。あなたひとりだと、いつもはぐらかされるばかりだから。いったい、あなた、いくつだと思ってるの。」

明子の隣りに坐っていた潔兄は、半ば困ったように、半ばおかしそうに妹の顔を見た。

「明子のことじゃ、ほんとにしょっちゅう小母さんに心配かけっぱなしなんだなあ……。おい、明子、おまえ、いくつになったんだ？」

「小兄さんより五つ下よ。」

「そうか……」といったところで、べつに兄にいい知恵が出るわけはなく、声をおとして、「早く自分で好きなの、さがしてこいよ。」

「ええ、そうするわ。」と、明子もしおらしく目を伏せた。

康兄は、いまでは義母でもある小母が、話しだせばきりのなくなることを身にしみてわかっているらしく、弟が自分の代りに謝るのに委せて、彼自身は脇で小父と一郎を相手に話していた。多美子は、結婚後二年でようやく妊娠し、つわりで別室に寝ていた。

こうした村井兄弟の妹に対する生ぬるい態度が、小母には腹にすえかねるものであることは、明子にはよくわかり、気の毒にも思うのだった。明子にしても、妹ひとりを東京において、ほとんど自分たちからは便りらしいものもよこさない兄たちは、妹をどう思っているのかと、時には考える。しかし、父のない家で睦みあって育った気持は、いまも彼女のなかに少しも変らず残っていた。ただこうして、いわゆる婚期というのに達した妹を考えるとき、兄たちの頭には、まず田所事件のときのことが思い出され、ちょっと処置に困るのではあるまいかという気がした。

なにはともあれ、明子は小母に礼をのべ、彼女のさしだした数葉の写真と履歴書のようなものを兄たちにも見せ、自分も見、封筒に収めて預かった。

こうしたことの一方、明子は夏休みに向けて、機会ある毎に持っていく品々の名を書きだしたりしていたのだが、どうしたことだろう、夏が近づくにつれ、何となく渋りだしたのは珍しく蕗子の方であった。

彼女は、まえまえから、八月の休暇になれば、ただでさえすでに時世のせいもあって、人数の減りぎみである支那の生徒の月謝が全然はいってこなくなるのを苦にしていた。それに加えて、自分が東京にいないひと月、荻窪の家の家賃を払わなければならないのが、癪にさわると、他人のせいででもあるようにこぼしていた。

「でも、ひと月引っ越すってわけにもいかないわね?」明子は笑っていった。

八月分の家賃を何とか稼ぎだす工夫はないものかと、二人であaこう言いあったあげく、明子はふと思いついて、女子アパートの住人、矢野道子女史の新聞に何か書かせてもらったらといった。蕗子はすぐ勇みたって、料理記事なら今日にも書くといった。じっさい彼女は料理はうまいし、新聞や雑誌からの切抜き記事は山ほど持っていた。

明子は、次に矢野道子に会ったとき、忘れずにその話をしてみた。道子は蕗子に会ったことはないが、興味は持っていたから、すぐ話にのってきた。

「大津さんにお料理記事？　あの方なら、随筆かコント書いていただきたいわ。」

その返事を聞くと、蕗子は言下に「だめ！」といった。

「そういうものはね、何かもっとちゃんとしたものを書くときの一ばんおいしいところなのよ。大根なら、風呂ふきにするとこ。矢野女史、わかってないんだな。ね、ぜひお料理記事って頼んでよ。」

そこでまた、その返事を道子に伝えると、道子はむしろ蕗子の出方に感心し、

「大津さん、潔癖なのねえ。えらいわ。いいわ、じゃ、八月の旬のもので、一週に一回二枚半ずつで四回。実用記事は一枚一円五十銭でお安いんだけど、それでよかったら。ただし、半枚の分も一枚に数えますから。」

こうして、「食欲の出る真夏のお惣菜」は難なくまとまり、明子が道子から渡された原稿料は、十五円の家賃に余ることとの三円という額だった。家賃の心配が片づくと、蕗子は「ああ、矢野道子様々」といってありがたがり、その後も確か、二、三度、道子の好意で原稿料にありつく機会をあたえられたはずだが、だからといって、道子の書いたものにいい点をつけたことは一度もなかった。

10

明子たちは、七月末日、宇原へ立った。

明子が予期しなかったのは、冬と夏の両国駅のちがいであった。両国駅は、何れも夏姿の人たちでぎっしりいっぱい、改札口の前ははじけるような騒ぎであった。それでも明子は粗い木綿のワンピースに、一郎から借りた小さいリュックという勇ましい姿であったから、蕗子の後ろに立ち、彼女の帯の両脇をひっつかむようにして押したて、行列からはじき出されるのを防いだ。ホームから列車に乗りこむ際も、「並びましょう、並びましょう」と周囲のひとに呼びかけ、今度ははじき込まれるように車内にとびこむや、その勢いで窓ぎわの向いあいの席を確保した。ひと先ず安心と互いに顔を見あわせた瞬間、彼女たちは、どちらからともなく腹の底から噴きだしたのであった。

夏の旅は煤にまみれるものというのを身にしみて確認したのも、両国を出ていくらもたたないうちのことであった。山地にかかると、トンネルにつぐトンネルであることはまえの旅でわかっていたが、窓あけ放しの夏であってみれば、ピーポーの汽笛を聞くや否や窓をしめなければ、車内は煤煙でいっぱいになる。明子は、機関車に背を向けた方の席へ蕗子を坐らせようとしたのだが、蕗子はガーゼ・タオルで頭から顔の大方をおおい、煙にむせながらその席に頑ばった。明子より数秒先に林間の百合、土手の河原撫子《かわらなでしこ》を見つけて、「ほら、山百合！」「ほら、撫子！」というためには、そこでなければならないのであった。何カ月か苦労した結果のたのしい夏は、もう彼女にははじまっていたのだ。

おばさんの心づくしのお弁当を開く頃になって、蕗子は満足げにいった。

「ゆうべは、うれしくて、よく眠れなかった。あたし、あなたがとても好きなんだ。」

そんなことをいわれ、はにかむ時期はすぎていた。明子はいった。

「じゃ、今夜は、お掃除よくできていようが、いまいが、早く寝なくちゃね。」

山野をぬけ、左手にようやく海が見えてきて、次が勝浦になったとき、突然、低い丘の切れ目から見えるあの紺碧の海原に浮ぶ部落を、彼女たちは待ちうけ、そして、見た。

「あっ、井沢さんの家！」と蕗子は叫んで、明子に指し示した。

瞬時に、丘はまたその景色をかくしたが、あまりにも鮮やかにあらわれた白波のよせる浜に並ぶ一群の家々。そして、そのまん中に、ただ一軒の二階家。そこは、彼女たちが、この三、四カ月、日夜、心に描いてきた夢の場所以外のものではなかった。

駅のすぐ右手に迫る耕地は涼しげな青田に変っていた。駅を出て、彼女らの乗ったタクシーは、すでになじみの、窓にクロス・スティッチのある車で、きょうも汽車の来た方向をもどり、夏の日を浴びた入江伝いに宇原にはいった。

冬来たとき見た、本家の石垣の前の広い空地の左半分は、いま、畑に変り、トウモロコシ、茄子《なす》、胡瓜《きゅうり》その他の野菜が、鬱蒼という感じで茂っていた。

煮干し工場と家は畑の横の残りの地面の奥に納まっていた。玄関の両側に一本ずつ立っている、黒い幹の、趣きある枝をのばした木は、細かい葉をつけ、部屋の前にひさしのように影をおとしていた。これが栴檀《せんだん》という、南国を思わせる木であると知ったのは、二、三日してからのことであった。

家は井沢の女主人が掃除をさせておいてくれたと見え、すっかりあけ放され、もう玄関口から、家の後ろの本家の石垣がすぐそばに見えた。早く出したチッキの荷物は、でんと座敷においてあった。

入口の二畳の左手に六畳、右に四畳半。四畳半と二畳の奥には、みんながたむろするらしい横長の六畳。そこには小さい囲炉裏《いろり》が切ってあった。囲炉裏のところから煮干し工場寄りに一段降りると、台所と湯殿。台所の水甕《みずがめ》、湯槽にはすでに水がはってあった。台所の外、工場との間の細長い土間には七輪が一つ。小さいかまどが一つ。薪炭まで、きれいにつみあげてあった。

「何、これ？　これだけ揃ってて、あなたの荻窪の家より、家賃五円やすいのよ。」と、明子はいった。「あたし、お湯わかすから、顔洗いなさいよ。」

彼女は土間の七輪に火をおこし、二人には大きすぎる薬罐《やかん》をかけると、湯のわく間にと、自分だけ菓子折をもって、小走りに新家に挨拶に出かけた。

新家の「庭」には、もう船から上ってきたばかりと見える漁師が二、三人集まっていた。各々、その日の収穫らしい鮑その他を入れた網を足下においてしゃべっていた。主人公は見えず、女主人と中年の海女がひとり、漁師たちの獲物を種類別に仕分けはじめていた。天びん秤、台秤、さまざまな秤が並び、帖つけをする帳面がそばの台にのっていた。

明子が女主人に挨拶や礼をのべる間も、女主人はじっとしてはいず、立ち働きながら、「あんもないけどよう、七時ころ、晩御飯に来なさいよう！」といった。明子はそれを辞退し、今夜の分は何かかんか間にあうし、それに友だちも疲れているからといいわけした。

そう聞くと、女主人は台所にはいってゆき、氷のつまった箱から鰹を一尾ひきだし、タンタンという音をたてたと思うまに、半身におろしたのを笊《ざる》に入れて、明子によこした。

明子はそれを、優勝旗のように高く掲げて、家にもどった。

「ねえ、これ、見て？　もう少しすると、あの家、戦争みたいな騒ぎになりそうだったから、あした、ゆっくりうかがうっていったら、これ、くれたの。」

「まあ、おいしそう。それあれば、あたし、もうほかに何もいらない。お刺身と御飯だけでいい。」

「そんなの、だめよ。おみおつけとつけ物くらいつくりましょうよ。畑のもの、何とってもいいっていってたから。」

「まるで、魔法の森に迷いこんだようね……」

蕗子はふざけたようにつぶやいたが、それはまさに本音であった。

蕗子が風呂を焚きつけ、明子は畑を見にいった。畑には茄子《なす》、胡瓜《きゅうり》、いんげんは勿論のこと、南瓜《かぼちゃ》、西瓜《すいか》まで勝手に這わせてあった。どの作物もまるで化物のように肥えふとり、茄子や胡瓜はそのトゲが痛くて、明子のやわな手では千切れなかった。彼女は包丁と笊をとりに家に帰った。

彼女たちはかなり用意周到に、二、三日分ずつの米、味噌、醤油、砂糖、塩の類をチッキの荷物にいれてきたから、蕗子はすでにそれを台所の棚に並べ、御飯を炊きはじめていた。

明子が畑からの収穫物を台所の板の間にもりあげ、風呂から上ってみると、もうちゃぶ台の上には鰹のぶつ切りの載った大皿、焼き茄子、いんげんのみそ汁がいいにおいをあげていた。蕗子は、いつも料理が手早かった。それに、その日は盛りつけ方や、五郎八茶碗の柄などに、彼女らは気を使わなかった。ただ、ぎゅっとなるまでたべるだけであった。そして、苦しい苦しいといいながら、後片づけもそこそこに、六畳と四畳半に、各自の寝床を敷き、蚊帳《かや》をつった。もう何をするのも面倒になっていた。

戸締りは、道路に面した縁がわの簾だけにし、枕もとまで打ちよせるような波の音も物かは、二人がとろとろとしかけたとき、「おうい、来たかあ！」の大音声に彼女らはたたきおこされた。床からはねおき、寝みだれ姿を何とか整えて玄関にとび出すと、暗い玄関先に立っていたのは、自転車のハンドルを握ったまま、仁王様のように立ちはだかった井沢だった。どこかで飲んできたと見え、顔はてらてらと光り、全身から酒のにおいが立ちのぼっていた。

「まあ、井沢さん、そんなに酔って、あの崖の道、自転車で帰ってらしたんですか？」

明子は叫んだ。

「ガキの頃から漕いでる道だ。目えつぶってもつっ走れるさ。そうか、来たか。よし！」

一人はパジャマ、一人は長衣の西洋寝巻きの女にまともに見つめられて、井沢は、女たちよりも身の処し方にこまったらしく、もう一度、「そうか、よし！」というと、自転車をまわして、よろよろと暗い中へ消えていった。

蕗子は笑い声と文句を交互に吐きながら、また蚊帳にはいこみ、一分もたたぬうちに前後不覚という様子で寝いっていた。明子は、その少しあとまで波の音を聞いていたが、ここにくるまでの細かい画策からの解放、それに鰹の飽食は、抵抗できない睡魔になって押しよせて、やがて彼女も何もわからない世界にはいっていた。

明子が次に目をあけたとき、朝日は、表の簾ごしにほとんど水平に家の中に射しこみ、波の音は、前日同様、あたりの空気をふるわせていた。しかし、じっさいに明子の目をさまさせたのは、台所の方からきこえてくる、ざあーっ、がたがたという音だったのだろう。そして、誰かに「あ、すいません！」といって話しかけている蕗子の声もした。

明子も、いそいで台所にいってみた。土間に立っているのは、赤銅色に焼けた中年の女だった。きのう、新家のおかみさんに手伝って、鮑やさざえを秤にかけていたひとだと、明子はすぐに気づいた。小ぶとりの体にきりっとした紺絣《こんがすり》の仕事着を着こみ、両脇に空になった水桶をおき、天秤棒を地面にたてて、彼女は二人に笑いかけていた。

「おつねさん。」と、蕗子は明子に紹介した。「この家のお掃除もしてくれたんですって。いまね、水甕へ水を足してくれたんだけど、お風呂もすっかり替えるかっていうから、足すだけでいいっていってたとこ。あたしたち、きれいに使ってるから、それでいいわね？　汲むの、たいへんじゃない。」

「御苦労さまです。」明子もいった。「お風呂、水替えるの一日おきでいいんじゃないかしら。少したっぷりにしといてください。洗濯するから。」

では、用事ができたら、ちょっくり、声をかけてくれれば、ひまを見つけて来るからとおつねさんはいった。飲み水は寺の下の井戸から汲んでくるのだが、風呂のは、工場のポンプので間にあうのだということだった。

おつねさんがいってしまうと、蕗子はいった。

「何て体してるの。筋肉質でたくましいっていったって、筋骨隆々ってわけじゃなし、あんなになめらかで……」

「ほんと。あれ見ると、あたしたち、ひょなひょなね。とても裸であのひとたちと並ぶ勇気ない。」明子も答えながら、くっくと笑えてきた。

その日から二日、明子は午前の時間を使って、クレゾール液をほんの少したらした石鹸水で家の中の雑巾がけのできるところは、全部ふき、柱やガラス戸の、手をかけるところにすりつけられたよごれまでまめにこすりとって歩いた。その間、「とうとうやって来た」という思いと、一刻の休みもなく浜に打ちつける波の音が彼女の身心をゆすりつづけた。

一応の掃除がすむそばから、蕗子の所有物は南側の六畳へ、明子のものは玄関わきの四畳半へと運びこんでおいたので、どうやら拭き掃除が終った頃には、蕗子はすでに自分に都合いいように六畳に住みつき、何か書きたければ、いつでも書き出せる態勢になっていた。そして、明子もいそいでそうした状態に追いついた頃には、波の音は、それと気をつけなければ聞えなくなっていた。

朝五時に起きれば、ちょうど前日の夕方、漁師たちが少し沖におろしたえび網が、宇原の南端、この入江での唯一の船つき場で、みんなが「港」とよんでいるところに上る時刻であった。二人は、おつねさんからそのことを聞いた次の日から、起きぬけにそこへ通うのが日課になった。港では、砂浜まで持ちあげられた二、三艘の船の上で、もう二人ひと組みで網をたぐりながら、網についた伊勢えびや魚や貝や海草などをはずしていた。明子たちは、そうそう毎日、えびを買うわけではなかったが、えび網には漁師たちがガネと呼んで目の敵にしている、小さい殻の堅い蟹《かに》がいつもひっかかっていた。蟹は網を破るので、漁師はそれが多い日は渋い顔をし、ただ同様で彼女たちに売ってくれた。蟹のすり身の味噌汁は珍味であった。また、そのときいっしょに買ってくる雑魚で、昼や夕の惣菜は間にあった。

しかし、明子たちの借りた家は、ほぼ部落のまん中にあったから、港まではちょっとした距離がある。少しするうちに、明子はよほど蕗子の体調がよい日を除いて、自分一人で砂浜を波打ち際までかけおり、浜づたいに港に通うようになった。食後は、二人でざっと掃除、洗濯。そして各々の部屋にはいる。昼食は、ごく簡単。そのあと昼休み。午後のすごし方は、その日の天気、気分次第で、散歩に出たり、読書だったりした。

宇原のひとたちは、彼らにとって変り者に見えたであろうこの女二人に対して、「新家の客」として一種の遠慮をもって接した。海女たちにとっては、いつ何時でも二人の家の台所をのぞきこんで水甕の様子をしらべられるおつねさんは、いわば特権をもっているように見えたかもしれない。しかし、明子たちの方では、誰彼の区別をするわけはなかった。それに、好奇心の強い蕗子は、相手かまわず話しかけ、ことに港近くで潜る海女の体の美しさにはすっかりまいってしまい、彼女たちを嘆賞する態度を少しもかくさなかったから、たいていの女たちとはたちまち親しくなり、道で会っても気楽に挨拶する間柄になった。

彼女らの家の裏、本家の石垣の上には老松が生い茂り、そのまた奥が山なのであるから、山かげのこの家に日暮れは早く来、藪蚊がひどかった。そのため、二人はおつねさんから教えられ、午後四時すぎると、あたりからとってきた蓬《よもぎ》の生干しを家のまわり二、三カ所に盛りあげ、むすむすと燃やした。――地面にお灸をすえるのだと、蕗子はいった。そして、煙が家のあたりをたゆたっている間、部落のあちこちを散歩し、そのぶらついでに港にでも出かければ、そのとき上った船か、一人で潜っていた漁師から蕗子のすきな魚を買うこともできた。家に帰ると、すぐ蕗子の部屋に蚊帳をつってしまう。

それから、風呂にはいり、食事をすまし、東京ではまだ銀座に人の出さかるころ、各自の蚊帳のなかにはいる。そして蚊帳ごしに話しあったり、本を読んだりしているうち、蕗子から返事がなくなれば、彼女は眠ったのであった。

この最初の年、明子たちはごく自然に宇原という部落にとけこんでしまったように思えるのだが、しかし、よく考えてみれば、毎日が驚くような発見でなかったわけでもない。二人で浜の散歩の途中、素裸の人たちとゆきあえば、直接知りあっていなくても会釈するのであったが、あまり相手が当然の顔をしているので、明子には、自分たちが衣服をつけているのがかえっておかしいと思われることが度々だった。男たちは、裸も裸、一糸まとわず——いや、そうではなく、何の都合か、性器を一本の藁で毛ごと縛っているのが多かった。初めて、そうした男とすれちがったとき、彼女たちは無言のまま、かなりの距離をいってから、顔を見あわせ、胸底から押しあげてくる笑いを声にしないで始末してしまうのに、それこそ胸の中を痛くした。それほど、その男たちは悠然と歩いていた。

海女たちが水にはいるときにはくパンツは、肌にくいいるほどぴちっと身についている。前で合わせるようになっているらしいのだが、皺など一つもなく、しかも自在な動きを許す形に見えた。

「あのパンツの裁ち方、教えてもらいたい。」蕗子はいった。

「おつねさんに頼んだら？　あなたの寸法ぴったりにつくってさ、港へ着ていってみたら？」と明子はからかい、二人は涙をこぼして笑った。

初めのうち、本家のひとたちが下に降りてきて、「庶民」と交わるのを、明子たちは見たことがなかった。いつか、若い女学生くらいの娘が二人、門のところに立ち、下を見おろしているのを見かけたことはあったが。

例外は、東京の私立大学にいってる次男の井沢伸二であった。(この部落では、大方の家の姓が井沢であった。)明子が、ある夕、枯れ草に火をつけていると、家のすぐ後ろの石垣の上に、ひきしまった顔つきの若い男が立っていた。ちょうど草の山の横穴から煙の立ちかけたときだったので、明子ははっと思いあたり、いそいで石垣に近づき、聞いた。

「すいません。煙、お宅までとどきますか?」

「いや、家まじゃとどかねえが。」と、若者は、半分土地言葉でいった。「あんで草燃すのっしょ?」

「蚊がひどいんです。こうして、二、三カ所でいぶしておくと、少しはいなくなるらしいんです。あと、火の始末はよくしときますから。」

青年が出てきたのは、家の者にいわれて、火の用心にやってきたのかもしれなかったが、彼は、そのとき、それ以上何もいわずにそこを立ち去った。

しかし、ほんとのところ、彼は新家の井沢からでも、蕗子が小説家たちを知っている種類の人間と聞かされて、好奇心をもったのだったらしい。ある日、明子が宇原の浜で子どもたちと水浴びをしていると、褌姿の、小きみよく日焼けしている若い男が近づいてきて話しかけた。よく見ると、伸二であった。そんな波の荒いところで遊んでいても、泳げるようにはならない。港の波の静かなところで教えてやるといって、彼は二日間、一時間ほどずつかけて、明子が犬掻きよりはましな程度の平泳ぎができるようになるまで面倒を見てくれた。磯に出ているたくさんの海女の目の前で公然と行われたことであったから、彼の態度は公明正大なものであったと、明子は自分自身を納得させた。

「それにしたって、あんたに気があるんだ。」などと、初め蕗子にからかわれはしたものの、明子が海をおそれなくなったのは、まったく仲二のおかげで、彼女はまもなく、つねさん夫婦が舟で、沃度《ヨード》の材料であるという海草、カジメを取りに出る日などいっしょに乗せていってもらい、途中で海女が浮きに使う樽をもって水に降り、一人で浜に戻ってこられるまでになった。

そんなこんなの間に、仲二は、玄関からはいってくるようにもなり、また夕方、蓬《よもぎ》の蚊いぶしをする頃、家の表に出す縁台には、井沢や、こんな部落にはめずらしい洋服屋の星テーラーなどといっしょに夕涼みの常連として加わるようになった。蕗子は、いわゆる「仕事」をしているとき以外には、来る者は拒まずであったから、縁台のあたりからは、いつも笑声が絶えなかった。ことに、この地方の方言が蕗子を喜ばせた。

明子が特に親しくなったのは、部落でただ一軒、電話のついている星テーラーであった。彼女が星テーラーと誼みを通じておく必要を感じた理由は、門倉夫人と連絡する場合、その電話のお世話になるかもしれないという功利的な必要以外何もなかったが、TAILERという看板のつづりがまちがっているのを知らせてやったのをきっかけに、いち早くつきあいはじめられたのは、まことに都合よかった。

しかし星テーラーは、つきあってみれば、おもしろい人物で、明子はすぐに興味がもてた。年の頃はまだ三十歳台、東京の洋服店でかなりの腕をみがいたところで、漁師をしている父親が片足を失うという大怪我をしたのが原因で郷里にもどり、いまは網の修理などをしながら浜をはなれようとしない両親の面倒を見ているという変り者。部落で唯一の電話をつけた意味も、一種の社会奉仕で、いわばこの小さい集団のインテリであった。彼はよく男子服専門語――それもまったく耳からはいった――の英語を質問して明子を閉口させた。彼が丁稚《でっち》奉公した目黒には、アメリカン・スクールもあり、外国人のお客もいく人か店に来たそうであった。大きな英和辞典を持ちだして、その何とも知れない言葉と格闘する明子を見て、蕗子は大笑いするのだった。

それに比べると、伸二の興味は文壇の噂話という、ごく常識的なことに限られていた。そして、それまでの蕗子とのつきあいで、明子自身、そうした文壇関係の話題を彼女から聞きほじったことがなかったから、伸二とおなじ程度の聞き手になって、驚いたり、笑ったりした。たとえば、文壇の大御所、大河内氏の応接間には、午前中、数人のちがった出版社の社員が詰めていて、それぞれ雑談したり、将棋をさしたりしながら、先生の原稿を待っている。昼近くなると、先生が着流し、兵児帯《へこおび》姿であらわれて、誰には三枚、誰には四枚とできた原稿を渡す。

「〇〇君、君のは、きょうはだめだったよ。」というときもある。

もちろん、その日もらった短い原稿は、それで完結している短い随筆などのこともあるけれど、続き物で少しずつもらい貯めるひとは、毎日通ってくるのであった。

「そうやって、一度に何種類かの話、書いてるわけ？」明子は聞いた。

「そうよ。」

「よくごちゃごちゃにならないわねえ。」

「先生は、感心にそれがないのね。だけど、たくさん連載小説引き受けてるひとなんか、人名、入れ替ったりすることがあるって話。」

「あははは！」と、伸二は大笑いした。

「あなたも、そういう原稿とり、やらされたの？」

「そう、ちょっとの間。といってもね、初め、社に居候して、秘書役してる頃は、『先生、あれ、もう、締切りです。』っていうようなことで原稿いただけばよかったんだけど、あたし、あすこを出て、少しのあいだ、仕事を休んだのよね。」と、蕗子は明子にだけわかるような視線を送ってよこした。「それから、また、お願いして、二度めのお勤めしたときはね、やっぱりちゃんと原稿いただきに通わなくちゃならなかったの。まあ、いまから思えば、それがあの社を正式にやめるきっかけになったんだけど。あたし、原稿とりなんてへたなのよ。冗談はいえるけど、見えすいたお上手はいえないし。そしたら、ある日、先生が、『大津さん、ぼく、忙しいから、あんた、これから代筆しなさいよ。』っておっしゃるじゃない？　『できません。』っていったら、『それくらいできなくて記者勤まらないよ。』っておっしゃるの。そのとき、あたしたち、部屋に二人っきりだったのね。あのときのあたしの気持、なんていったらいいのかな。ほんとにそうなんだろうかって気持と、でもあたしには、そんなことできないって気持と……。それより何より悲しかった。あたしが知りはじめた頃の先生は、そういうひとじゃなかった。だから、あたし、だまってお辞儀して先生の家を出て、とても社まで電車に乗ったりする気持になれなかったから、通りかかったタクシーに乗ったの。そしたら、もうぱあっと涙が出てきてとまらないのね。あたしが、ハンケチで一生懸命、涙かくそうとしてたら、運転手がね！」蕗子は、声をはずませるようにしていった。「だまって、ぱっとバックミラーを上へはねあげたの！　そういう運転手もいるのよね。そして、そのひともあたしも、だまったまま社までいったんですよ。あたし、そのひとの名前おぼえるどこじゃなかったけど、あたしがいままで会った男のなかで、一ばん好もしい男のひとりだった……。それから少しして、あたし、自分に見切りをつけて、社をやめたんだけど。」

蕗子はその話をしたとき、そばに伸二のいることを忘れ、いつの間にか彼女の家で明子と二人でいるような気持になっていたのかもしれない。しかし、たとえ、伸二がどのような気持でこの話を聞いたろうと、それは問題ではない。蕗子が、それまでの生活と別れようとしたことを自分に語ったことが、自分にとって意味のあることなのだと、明子には思えた。

八月半ばに、一郎が泊りがけでやってきて、盆おどりにも交じったりして遊んでいったころには、もう明子たちはすっかり村の生活にとけこんでいた。明子はおつねさんの指導で、潮の干く日には港の近く、または宇原の湾の北の尖端である「オカ」の磯にゆき、引き潮と共に逃げそこなった岩間の小魚や蛸を手づかみにできるくらいの浜っ子になっていたし、水にはいれない蕗子さえ、波打ち際に打ちあげられるさまざまなものの中から、ホグロとよばれる紫色の厚手の海草を目ざとく探しだせるまでになっていた。ホグロは真水に晒して筵の上で天日にほすと、その紅をさしたような紫色があせ、その工程を二、三度くり返すうちにべっこう色のふのりになる。本職の海女たちは海にもぐって、ごわごわの博多帯のようなやつを刈ってきてそのまま組合へ持っていって売るのであったが、さすが明子たちにはその芸当はできなかった。彼女たちは、浜で拾う千切れたのをだいじに持って帰り、東京への土産物にするのをたのしみに、からからに干した。この海草は高く売れたから、海で遊ぶ漁師の子どもたちさえ、拾えば、親たちの取ってきたのに加えて暮しの足しにするのであった。

こうした宇原の、自然と真向いの生活のなかで、明子が初めていっしょに寝起きした蕗子について発見したこともいくつかあった。その一つは、彼女が時折、なりふりかまわず、机の上に蔽いかぶさるようにして何かを書きはじめることだった。これは、勿論、蕗子が荻窪にひとりでいるときにもおこったことなのにちがいなかった。だが、東京で休みの日に出会うとき、二人はしゃべってばかりいて、蕗子はそうした素ぶりを明子に見せたことはなかった。

だから、蕗子が無口になり、明子の話しかけるのさえうとましそうにして何か走り書きしはじめ、首をふったり、ペンを握る指で机を小きざみに叩いたりするのを初めて見たとき、明子はちょっとびっくりした。しかし、明子はすぐ気づいて、蕗子がそうした状態になると、自分も自室にこもるとか、外へ出かけるとかした。しかし、残念なことに蕗子のなりふりかまわずは、いつも長くはつづかなかった。二、三日、それも、一日には、二、三時間、そんなことが続いたあと、彼女はすぐ、「あああ！」と体を後ろに倒し、床の間に積んである本に手をのばしたりしてしまう。

蕗子が物置代りにしている床の間においてある、大きな茶封筒から出したり、入れたりしていたものは、結局、夏の終りまでに完結しなかったか、ものにはならなかったらしい。しかし、明子は、そのことについてさえ、何一つ聞かなかったし、心中で注文をつけたこともなかった。

「あなた、あたしの書いたもの、読んでみたい？」と、いつか蕗子がいったことがある。

「そうね、でも、できあがってからの方がいいわ。」明子は答えた。

そして、明子は、とうとう東京に帰るまで、そして、そののちも、蕗子の書いたものを、たとえ未定稿の短いものでも、見せてもらうことがなくてしまった。蕗子の荻窪の家の押入れにも、かなりの量の原稿がはいっていることを明子は知っていた。その一つ一つを彼女の納得する形にまでまとめるために必要なのは、結局のところ、体力と時間と、生活の苦労からの解放だったのではないだろうか。このむずかしい三つのものを、何とか蕗子に得させたいというのが、明子にとってこの夏の生活のひとつの目標であったのだが。

彼らの夏休みの打ちあげは、もう秋の荒波もさかんにうねっているというのに、荷造りの手伝いということを名目でやってきた一郎、やっと蕗子の許しが出て、尚ちゃんをつれて出かけてきた佐野夫妻、それに二、三日入りびたりになった伸二も加わって、賑やかにすぎた。井沢家からも、気ばっていろいろな魚といっしょに井沢そのひとまで顔をだし、飲んでいった。明子たちは、道で会う部落のひとたちとも、「また来年ね!」をくり返して挨拶し、蕗子いうところの「波荒き」という枕言葉のつく宇原の浜を後にした。

11

休暇後はじめて、荻窪の蕗子の家の前に立ったとき、明子はまず、ひと月見ないまのその家の前庭におこった変貌に驚かされた。薄《すすき》はフェンスを蔽いかくして生いしげり、木々の間の雑草は夏の水々しさを失い、ひざの高さにとどくかと思われるところで黄ばんだ実を結んでいた。それは八重葎《やえむぐら》茂れる宿……と、蕗子が何度か口ずさんだでもあろう光景だった。

だが、その一方、あの檜葉《ひば》からは、前年ほどの華やかさではなかったが、やはり無数の烏瓜《からすうり》の銀鎖りがたれ、そこから、美しく赤らんだ実に交じって、まだ白と緑の縞を描いた小動物めいた若い実もぶらさがっていた。まったくの偶然から、そこに立ちどまって、そのひょろ長い檜葉を見上げてから、じき一年であった。

しかし、どうしたわけか、明子がそうして八重葎の前に思わず茫然と立ちどまったとき、明子の体をしめつけるように襲ってきたものは、もう秋だ！　というせっぱつまった思いであった。烏瓜の実が熟せば、それから先、年の暮れまでの日々は、釣瓶おとしだ。若い女は、新しい年がくれば、また一つ年をとる。

先日、帰ってすぐ関の家にゆき、せいぜい磯料理など、小父小母の喜びそうなものをつくってごきげんをとったのだが、小母は一向にのってこなかった。もともと、心臓のあまり丈夫でない小母は、明子とおなじく夏負けするたちなのだが、小母のふきげんが、それだけではないことは明子にも察しがついた。夏まえに渡されたいく枚かの写真、履歴書風のものは、あれからまもなく、鄭重に礼をいってみな返してあった。

縁談、見合写真の話が、小母の口からひんぱんにとび出すのは、例年、年の後半であった。母がいるうちは、うまくそれをかわしてくれたし、去年は、母の死、明子の引っこしなどのごたごたが、どうやらこの関所をうやむやのうちに越させてくれた。だが、ぼうぼうと茂る薄の前に立ったとき、明子は、はっきり、自分の二十四の年は、もうすぐ終ると考えた。

とはいえ、いまは、関の家の隣りに住んでいるわけでもなし、土曜日毎に関家へゆくという、女子アパートに移るときの約束も、いつのまにやら、忘れられた形になっていた。何とか今年は、心豊かにすごした夏のあとをうけて、いい秋をすごしたいものだがと願いながら、明子は八重葎の中にはいっていった。

しかし、この甘えた予測は、無残にはずれ、その秋、明子を待っていたのは、あまりにも理不尽に思えた、不愉快な経験であった。

蕗子の家の門口に明子が初めて立ってから、満一年の秋の祭日になろうとしていたころの土曜日、関の小母から、今夜は、必ず来るようにという電話が事務所にかかった。ゆくと、お茶の友だちで、「『ぜひ明ちゃんに会いたい』というひとがあって、再三いわれているから、神嘗祭《かんなめさい》の日、午後一時、赤坂の市電の停留所で待ちあわせましょ。」と、小母はもう明子にはひと言もいわせず、用意してあった簡単な地図を彼女に渡した。服装は和服で、髪には髷《まげ》をつけてと、小母は念をおした。地図といっしょに書きつけてあるひとの名は、明子もよく小母から聞いて知っている、小母の女学校のクラスメートであった。関家へは、秋になってからゆくのを避けていた負い目もあって、明子はいわれた通りにすると答えた。

翌日曜日、蕗子に会ったとき、明子はみょうに重い気持で、十七日の祭日の午後の小母との約束を彼女に伝え、荻窪へ来るのは夕方になるだろうから、何か夕食の材料は調えてくるといった。

「あたし、その日、着物で来る。」

「あなたが着物で？　たのしみ！　どんなふうになるのかな？　考えたこともなかった。」蕗子は、すぐに事情を察したらしく、明子の気をひきたてるようにいった。

蕗子にたのしみといわれたからでもなかったが、その夜、明子はアパートに帰るとすぐ、押入れの箱に入れっぱなしにしてあった着物類を畳の上に並べた。どうせ着物は何枚も持っていなかったから、着てゆくべきものはすぐにきまった。母が明子の卒業祝いにと買ってくれた紺と紅の縞が不揃いに走っているお召の着物、それに、まるで洋服地のタフタのように見える木目模様の明るい色の羽織。帯は、父が幼い姉の帯解《おびとき》にあたえたという、うす黄の地に朱の小菊の散っている時代模様の繻珍《しゅちん》だった。それに襦袢《じゅばん》だ、帯止めだ、絹の半コートなどとやっているうちに、明子は小母のためというより、去年の秋、蕗子と会ってから満一年を記念する日に見せる和服姿を、できるだけ「たのしい」ものにしようという気分にさえなっていた。

約束の日の前日の午後には、協会の会合があり、美容院にいっている暇がなかった。明子は当日の朝、少しのびすぎた髪を自分で時間をかけてまとめ、衿《えり》もとに髱をつけた。

その日、天気は晴朗だった。約束より少し早く明子が指定された停留所に降りると、小母はもう先に来ていて、日射しをさけて前のどっしりした老舗《しにせ》の軒下に立っていた。

「すっぽかされるんじゃないかと思って、心配したのよ。」

そんなことをいいながら、それでも小母は、ちらと明子の服装に目を走らせ、満足の色を浮べた。小母が気どって衣紋をぬいて掛けているリスのストールを見ても、彼女がこの日の訪問をだいじに考えていることが見てとれた。

「あら、あたし、約束すれば来ますわよ。」明子はいった。「誰なの、あたしに会わせたいひとって。」

「まえから明ちゃんをぜひお世話したいっていってくださってるご親切なお年寄り。」

小母は、大通りからなだらかな坂道に曲りこみながらいった。

わざとらしい敬語を使い、それ以上説明もしない小母の口調には、もう文句はいわせない、という意気ごみが感じられた。木立ちの多い屋敷町にはいったというだけでないうすら寒さが、なれない和服の裾からたちのぼってくるようだった。こういうことになるとわかっていながら、おとなしく出てくる自分の煮えきらなさは、やがて、「あら、あたし、約束すれば、結婚しますわよ」に通じることになるのではあるまいかと、明子は心もとなかった。

人通りのない道を、小母は黙ってもいられなかったのだろう、しきりに彼女から話しかけた。

「ね、明ちゃん、礒部さんのおくさま知ってるわね？　わたしの里見のクラスメート。」

「ええ、お名前だけはね。」

由緒ある里見女学校を出ていることは小母の自慢で、彼女はよく女学校時代の話をした。

「まえには、ちょいちょい家へもいらしったから、あなたもお会いしてるはずよ。なかがいいこと里見の先生してらしってね、十年ほどまえに、二人のお嬢さんのあるところへ後添いにいらしったの。御主人様、須賀宮様の事務官なのよ。明ちゃんをどこかへお世話したいって、何度かお話かけてくださったんだけど、小父さんが、その度に、そんなきゅうくつなところとか何とかっていうから、あなたに話さなかったんですけどね。今度、親切なお年寄りで、お知合いの多い方がいらっしゃるから、ぜひ明ちゃんを紹介したいっていってくださるの。」

老木を囲いこんだ静かな黒板塀の道は、曲りながら長くつづいて、思いがけないところに交番があった。近くの宮家の警備のためだということだった。

小母が、礒部の表札のかかっている、小作りながら上品な冠木門《かぶき》をくぐっていったあと、明子は、ゆっくりそのあとにつづいた。すぐ女中が出てきて、たいへんていねいな言葉で中に入るようにといい、そのまま小走りに交番の方へおりていった。

女中と入れ替って、しっとりとみがきこまれた玄関の畳の上で出迎えてくれたのは、器量はむしろよくないといいたいのに、ふしぎにはでやかな感じのする、恰幅のいい女主人であった。

「あら、やっぱり。」と、彼女は、賑やかに笑みを浮べていった。「お小さいときの感じそのまま。笑顔がとてもお可愛らしくて、モダンなので、よくおぼえてたんですけど、お変りにならないこと。どうぞどうぞ。」

明子はつるつるに磨かれた廊下から座敷に導かれ、床の間を横に見て、もったいないようにふくらんだ座布団の上に、小母と向いあって坐った。

家具のすべてが、趣味よく落ちついて、違い棚の上の黒木のわくのガラス箱には、貴重なものらしい古い男の子の人形が飾ってあった。ガラス戸の外の割にせまい庭も、苔が美しかった。

磊落《らいらく》のひとらしく、朗々としゃべっては笑う礒部夫人に対して、明子は小母とおなじ時に笑い、おなじ時にお茶を飲んだ。

「お小さいときを存じあげているせいか、ほんとにお若い。」と、夫人はくり返していった。「この方なら、はたちか二十一にお見えですわ。先日、お話しした三十九の方ね、どうして御不満なのかしらって三島さまともお話ししていたんですけれど、この方なら、やっぱりね……」

三十九のひとのことは、明子は初めて聞くことであった。多分、小父から文句が出た口なのだろう。

女中が急ぎ足で戻ってきて、三島様はすぐお出でになりますといった。

まもなく、ベルが鳴り、小母と礒部夫人が走るようにして出ていった。明子は、することも思い浮ばず、布団からすべりおりて障子ぎわで坐って待った。目がわるいらしく黒眼鏡をかけ、そのくせしゃっきりした、切りさげ髪の老婆が、賑やかにしゃべる二人を従えて入ってきた。明子に軽くうなずき、床の間を背にして坐った。それから、眼鏡をはずした。

様子も顔つきも、ちょっと男じみていて、修験者という趣きがあった。小母たちの挨拶がすんでしまうと、そのひとは、骨ばった手を紫檀《したん》の机につき、ぱっちり、まともに明子に視線をすえた。梟《ふくろう》のような目だった。

ひとしきり、「先日」の話、「——さん」の話がつづき、矛先はだんだん明子の方へ向いてきた。

「先日の写真、あれはだめ。」と、はっきり、老三島夫人は明子に宣告した。「あんな洋服の普段着ではいけません。まず訪問着ですね。頭もやはり美容院へいって、こてをかけてね。それが普通なんだから。あなたは、あれでいいとお思いかもしれないが、男のひとが好きません。」

「でも、いつも洋服召してらして、よく髪をお切りになりませんわね。」礒部夫人がとりなした。

最近の普段着の写真が向うの手に渡っているのなら、その明子はおかっぱ風のはずだった。いま小さい髷が辛うじてひっかかっているざんぎり髪を意識して、明子はうつむいた。

「二十四？　四でしたね？」老婆が念をおした。

「はい。」明子は答えた。

「もうゆっくりはできませんよ。なぜまた、あなたがついてて、どうして？」と、老婆は小母をかえりみた。「すぐ明日にも写真をおとりなさい。あといく日です？　七十日ですよ。二十五となってごらんなさい、また遠のきます。それにどこの親だって、死に物狂いで子どもの相手をさがしているんだから。」

「ほんとにわたしたちも、」小母がようよう口をさし入れた。「やいやい言ってまいったんでございますけど。このひと、まだ女学校を出ませんうちから、どうしてもほしいと言ってくださった、りっぱな方がいらしたんでございますよ。でも、何しろ、片親でございましたでしょう、何やかや言ってますうちにねえ。そして、いまは、ひとりで自由にやってますものですから、つい……」

「それがいけません。それがいけません。」

しかし、明子に親がないことを思いだしたらしく、梟の目はいく分やさしみをおびて、彼女を見た。

「わたし、少し勝手を言うかもしれませんが、あなたが、それ聞いて怒るなら、それも仕方がない。しかし、わたしも頼まれてするんでね。頼まれれば、わるいようにはしません。いやな婆あと思われても、わたしは、いっこうかまわない。」

老婆は、ちょっと見えをきる恰好をした。

「まあ、そんなこと、ねえ？」と、小母が明子の賛同を強要した。

「だから、写真をね。明日にもとって届けてください。」

「はい、そうさせます。」

「何なら、わたくしが、」と、礒部夫人が横からいった。「美容院へお連れしてもけっこうですわ。これでも、見合写真のこつは、すっかりおぼえこまされましたから。何しろ、娘二人で苦労しましたでしょう?」

「まあ、そういえば、今度、きく子さんがおきまりだそうで、おめでとうございました。」小母は深々と頭をさげた。

「ええ、まあ、おかげさまで。まだ本ぎまりではございませんのですけれどね、大体……」

「ほんとによろしゅうございましたわねえ。」と、小母は、羨望にたえないようだった。

「おかげさまで。主人も、二人とも赤門出のお婿さんになりそうで、喜んでおります。自分じゃ、娘のことで、手だしもしなかったくせに。」

礒部夫人は、はだけてきた衿《えり》をかき合わせ、幸福そうに笑った。目頭に涙さえ見えるように明子には思えた。

しばらく、自分の功績を他人に語らせるという面もちで口をつぐんでいた三島老夫人が、この一瞬のすきをつかんで、明子に向きなおった。

「あなた、学校はたいへんいい御成績だったようですが、お琴ですか、三味線ですか？」

「は？」あまり急な方向転換に、明子はとまどって、まっすぐ老婆の顔を見返した。

「あたくし……どちらもいたしません。」

「じゃ、ピアノですか？」

「ピアノもいたしません。」明子は笑って、打ちけした。

「あら、なさるわよ。」と、礒部夫人がいった。「この頃の若い方、みななさいますわよ。」

老婆は思案げに、皺のよった口をきゅっとすぼめて聞いていたが、

「こないだもね、きく子さんのお見合いのとき……相手のひとがね、直接、きく子さんに、趣味は何ですか、お琴ですか、お三味線ですかって聞くんですからね。この頃はみな直接談判。すっかりわかっちゃう。」

「でも、この頃のお嬢さんは、一応何でもおできになる……」

「このひとね、主人も感心してるんでございますが。」と、小母がひきとった。「ほんとに母親によくして、見送りましたんですの。頭もいいし、やさしいし、働き者なんでございますよ。それから、父親譲りで御らんのように色白でしてね、家の娘なんか羨しがってたんでございますよ。明ちゃんといっしょにお風呂にはいるの、はずかしいって。からだじゅう真白だっていうんですの。そのくせ、髪はまっ黒でね。たちですわね、や

っぱり。」

「ええ、そういう方おありですのね。」

老婆はだまって、小母たちのいうことに一々賛意を示しながら、紅茶にカステラをしめしてたべた。

老婆の家の女中が来たと、果物をもってはいってきた女中が告げた。

「どりゃ、何の用かな？」

老婆は立ちあがった。儀部夫人もついて出た。が、すぐ夫人だけもどってくると、いきなり、明子の耳もとへ、

「三島様もね、なかなかいいお嬢さんじゃないかっておっしゃってましたよ。あなたじゃ、やっぱり三十五以上じゃ釣りあわないだろうって。せいぜい三十二、三の方で見つけましょうっておっしゃってました。」

明子は軽く会釈した。

老夫人はもどってくると、自宅に来客で、すぐ帰らねばならないといった。

八畳の間をゆるがすような別れの挨拶がかわされた。

「お忙しいところを。」と、小母が平伏した。

「こちらさまね、」と、儀部夫人が明子にいった。「五つも六つもの団体に関係していらっしゃるんですのよ。その上、先日あった防空演習のときなんか、若い男そこのけの

活躍をなさったの。」

「では、写真をね。」

「はい、早速とらせます。」

「そこの豊川様の信者でもいらっしゃるのよ。」

「みな御信心の御利益ですわね、こうしてお元気に世のため、人のためにお働きになれるのも……」

しっとりとした庭から門の向うへ老婆が姿を消してしばらくのちまで中年夫人たちは、彼女をほめそやしていた。

十分ほどの後、人通りの少ない黒板塀の通りを電車道の方へ下りながら、明子は無言だった。三人の女に囲まれている間、自分が、幾語、まともな言葉を吐いたか、そのおぼえもないし、いま、小母に何を言えばいいのかもわからなかった。

「ああ、ちょっと寒くなってきたわね。あなた、絹のコートで大丈夫？　ほら、あぶないよ、その石。あなた、草履はきつけないから、気をつけて。」

小母は、ほとんど一人でしゃべっていた。

小母に牛込へと誘われたが、明子は約束どおり蕗子の家へゆくからと断り、途中までいっしょに市電でゆくため、小母と並んで電車を待った。小母は、まだ一人でしゃべっていた。

「世の中には、ああいうひともね、いないと困るのよ。ふふふ……。ああいうひと、ただこういうふうにして、持ちあげとけば、いいの。」と、小母は、紙風船をつく真似をしてみせた。「そうすれば、一生懸命やってくれるの。じゃ、写真とってね。着物なんか、借着でいいから。誰かお友だちで持ってるひといるんじゃない？　美容院だの、写真だので、ちょっとお金かかるかもしれないけれど、あなたは心配しなくていいのよ。ちゃんとあとで康さんからいただきますから。わたし、いま上げといたほうがいいかしら？」

明子は大丈夫だと断った。

礒部家を出てから、そして市電に乗ってからの明子の沈黙で、彼女の気落ちを少しは察してくれたかと思ったのだが、それは当てはずれであるらしかった。

だまって上っていった明子の初めての和服姿に、すでに台所にはいっていた蕗子は、ふりむきざま、歓声をあげた。だが、その声は、すぐ止んだ。

着くずれた着物に、テーブルの上に投げだされた肉の包みと大根一本。そして、明子は言葉もなく、椅子に沈みこんでいた。

その有様は、いつもなら、蕗子を噴きださせる体のものだったにちがいない。しかし、彼女は、さっと明子から目をそらすと、テーブルに近づいてきた。

「あら、バタ焼き？　すごい。ちょうどいま御飯炊けたとこ。」

こんなわざとらしいことをいって、大根と肉の包みを取り上げる蕗子に、明子はかすかにうなずいただけだった。

台所にもどった蕗子から、またすぐ声がかかった。

「疲れたんなら、ちょっと休んだら……」

「ええ、そうするわ……」

明子はそれ以上、余分のことはいわずに隣室にはいった。つけ髷をもぎとり、羽織と帯をベッドのあいているところに積みあげると、まさにどさっとベッド・スプレッドの上に身を投げた。胴をしめつけていた鉄のたがが、ぷつん、ぷつんと断ち切れてベッドの上に散らばるようであった。

人の数ほどある違った世界が、明子の頭の中でくるくる回転した。小母や黒板塀の中に住む人びとの住むあっちの世界、それらを大きくまとめて向うの極だとすれば、蕗子と草木、あまり声をたてない猫——猫はいま、だまって明子のそばによりそってきていた——のいる世界は、こっちの極だった。明子は、いまこちら側にいた。そこから出るつもりはなかった。それだけの話だった……。

「用意できたけど。」

蕗子の声がした。パッと目をあけると、目の前に蕗子の顔があり、それは、すぐ遠のいた。

「それとも、もう少しねる？　いま、あなた、悩める仏様みたいな顔して眠ってた。」

まだ蕗子は、いく分おかしさをこらえているような表情だったが、明子はおとなしくいった。

「起きるわ。」

すっかり用意のできたテーブルの前の椅子に、恰好だけつけた、だらしない着物姿でまた沈みこむと、明子はいった。

「もう骨の髄までくたびれた……。若い男出てこなかった。その代り、梟みたいなお婆さんが来たけど。でも、その話は、きょうはやめるわ。」

蕗子は、バターを厚い鉄鍋の底にしきながら、若い男のことにも、婆さんにも触れず、

「あなた、その帯、素敵ね。だけど、バタ焼きするのに、そのかっこうじゃ……。羽織ぬいで、帯とって、割烹《かっぽう》前掛けかけなさいよ。もし、あたしの方が命が長かったら、その帯もらいたいから。やっぱり、脂の散るような、あったかいものたべるには、『洋装』の方が勝ちね。」

蕗子はロングスカートの上に、明子のお古のカーディガンを着、その上へ巻きスカートのような大きなエプロンをかけていた。

明子は、この家に一つある、掃除用の割烹前掛けを持ってきてかけ、二人は二人の好

むバタ焼きの牛肉の上へ、大根おろしをたっぷりかけて貪り食った。
食事がすむと、蕗子は皿洗いも自分がするといいはって、ラジオをつけた。ラジオは、世界でも著名だというチェリストの演奏を放送していた。明子は、その曲を知らなかったが、チェロは、原人の腹の底からのうなり、喜び、歌で部屋じゅうの空気をゆるがせた。椅子の背に頭をもたせて目をとじている明子の胸中を縛りあげていたものが、まだ少しでも残っていたとしたら、それは、うなりの重なる毎に、一本残らず断ち切られていった。

12

翌晩、明子は、事の顚末《てんまつ》をかなりくわしく——蕗子仕込みの悪口雑言もまじえて——蕗子に書き送り、また、小母には、まことに申し訳ないが、その気になれず、写真をとれないこと、先日の方々にお詫び申し上げてもらいたい旨を、できるかぎり言葉をつつしんで謝って出した。蕗子は、明子のいってやったことをほとんど無視した返事をよこし、小母からは何ともいってこなかった。

協会に勤めだして三度目の年末が近づきつつあった。十一月初めから、どっと重なった雑事と小母の沈黙をいいことにして、関家を訪ねることもせず、その日その日をくるくると動きながらすごしていると、月半ばになって、案外きげんのいい声で小母から夕食の誘いがあった。あれっきり知らん顔というのが気にかかっていた明子は、次の土曜日にゆくと答えた。そして、小父の好物の塩鰤《しおぶり》などを土産に少し早めに出かけると、小母は、にやにやしていった。

「明ちゃんにどなりつけられるんじゃないかと思って、きょうはびくびくして待ってたのよ。」

頬に伝わる涙を拭い拭い、書きつづった断り状が、小母の心にどのくらい通じたかは覚つかなかった。しかし、小母は小母で、それなりの骨折りをしていることには感謝しなければならないと、明子は思った。彼女は、台所を手伝いながらいった。

「小母さん、ご免なさい。礒部さんたちにずいぶん工合わるい思いなさったでしょう？　でも、ああいうこと、あたし、どうしても我慢できないのよ……」

明子が殊勝に出たので小母は勇気づけられたのか、間もなく、一家そろっての食事の卓袱台《ちゃぶだい》の上が片づくと、早速はじめた。

「また縁談で怒られそうだけどね、明ちゃん、女のひと、そうそう、ひとりでいられるもんじゃありませんよ。今度のは、わたしでなく、小父さんが、ぜひって頼まれてらした話なの。油屋さんて知ってるでしょう？　停留所前の大きな呉服屋さん。あすこの息子さんですって。御長男。それがね、ちょっと工合がわるいのは、あすこのだんなさん、正妻に子どもさんがなくてね、みな、あれなんですって、もうひとりのひとの子どもさんでね。でも、その長男の方だけは、小さいときから、そのひとの叔父さんが継いでる油屋さんに来てて、大学も慶応ですってよ。そして、どこかへお勤めしてたんだけど、少しまえにやめて、いまは何か勉強してらっしゃるんだって。でも、お店は全部叔父さんがやってるから、差し支えはなくて、財産、その他、ちっとも面倒のないようにきまってるんだって。あなた、そうでしたね？」

そこまで小母に代弁させて、明子の隣りのいつもの席にじっと坐っていた叔父は、からだをひねって長火鉢の抽出しから封書を取りだすと、「そうら。」といって、明子の前に放りだすようにおいた。

これは、いつもとは調子がちがっていた。いつもは、小父のもってくる話は、小母が難癖をつけ、小母に気に入る縁談は、小父が渋って、それで明子に届くまでに件数は減り、おかげで彼女はいままで見合というものを経験しないでこられたらしいことは想像がついていた。明子は、そうした小父夫婦のいざこざをおかしく思いながら、それでも、自分の娘でもない者の将来を案ずる二人には自分なりの感謝はしているつもりであった。しかし、今度は、どうしたわけか気をあわせている。それが意外だったが、一郎も聞かぬふりをして正面で新聞を読んでいることだし、明子は、わりに軽くうけ流すことができた。

「あら、小父さん、ずいぶん手廻しいいじゃないの。」

区役所の印のあるハトロン紙の封筒からぬきだして見た戸籍簿は複雑なものだった。明子は、しばらく見ていてから、

「あたし、庶子って書いてある謄本初めて見た。五人も……揃うと見事ね。」

「失礼なこというもんじゃない。」小父がいつになくきびしい声でいった。「それぞれの家に事情があるんだ。その父親というひとはね、わたしもちょっと知ってるけど、りっぱなひとだ。何も無理にというんじゃないよ。わたしは、その父親とも、叔父というひととも、若いころから顔見知りというだけだ。その息子が、ぜひ明ちゃんをほしいといってるってことはまえまえから聞かされてたんだ。だけど、まあ、明ちゃんにはどうかと思って、ほかにも話があるなんて断ってたんだが、先日、区役所でその叔父さんてのにぱったり会って、またその話なんだよ。先方は、おまえさんのことよく知ってるそうだよ。」

「あら、どこで知ったのかしら。」

「あちらは知ってなさるんだって。」小母が口をはさんだ。「あなたが学校へいってるころ、よく電車でいっしょだったんだって。」

明子が封筒を小母に返すと、小母はまじめに、

「どう、一応進めてみたら？　庭の離れに書斎もあって、ほかのひとたちと別に暮すこともできるそうだから。明ちゃんもわりに自由にできるんじゃないかと思ったのよ。」

「……進めるって、どんなことするの？」

「だから、調べるのよ。興信所にも頼むし、小父さんにも、あちこち、聞いてもらってさ。そして、会うくらいなら、会ってみたっていいでしょう？　近所だし。」

小父の説明によると、当人の父親というひとは、子どもたちの母親と住むことになったとき、きっぱり財産を正妻と弟と自分たちとに分けて、店は弟に譲って家を出たというのである。そのようにして、一人の男が、身辺をさっぱりさせて自分の選んだ生活にはいったことに、小父は好意をもっているらしかった。いま、その呉服屋には、子無しの弟夫婦と兄の長男が、使用人五、六人と住んでいる。

「どう？」小母はいった。

「どうって……あたし、庶子ってことに決してこだわってるわけじゃありませんよ。そんなこと、そのひとのせいでも何でもないし、好きなひと同士で子どもができること、わるいことと思わないから。」明子は、誰かがいいそうなことを先廻りして断った。「でも、あたし、気が進みませんわ。いまの仕事、もう少しのあいだ、一生懸命やりたいし、そのひとのことちっとも知らないし。」

「だから、調べるのよ。」

「これから先、おまえさんの好きなことしていいそうだよ。」

小父と小母が両方からいった。

「あたし、気が進まないわ……。調べたりでわかることだけじゃないもの。わるいけど、やっぱり早くお断りした方がいいと思うわ。ぐずぐずしてると、先方のひとにわるいでしょう？」

小父と小母はだまった。明子は、自分が案外頑強なのにちょっとびっくりし、小父が珍しくこのような縁談をすすめるのは、油屋の財産のせいなのだろうかなどと、ふと思った。しかし、何よりも二人の胸にあったのは、明子が来年は二十五歳になるということではあるまいか。

そのとき、突然、さっきから立ち上るきっかけを失ったように夕刊をひっくり返していた一郎が口をだした。

「その話、断った方がいいよ。」

小母が、じろっと一郎を見た。

一郎は知らんふりしてつづけた。

「おれ、その男知ってる。髪の毛のばして、のそっとした、妙な男だよ。もうかなりの年だろ？　明ちゃんとじゃ、合わなさそうだ。」

「無理にというんじゃない。」小父は小父で、一郎のいうことを無視するために、力をこめていった。「しかし、こんなに近所にいて、いきなりお断りってのも何だから、わたしが、もう一度先方の叔父さんに会ってみる。」

それじゃ、そちらのいいようにという顔で、明子は関の家を出た。

夜、ひと通りが少なくなってからは、もしその時に一郎が家にいれば彼が停留場まで送ってくることになっていた。

「小父さん、どうしたの……。油屋に義理でもできたの？」

表に出ると、明子は、ぽつんといった。

「おれも、今夜初めて聞いたんだよ。何だろね。油屋の親父に泣きつかれたんじゃないかな？」

そして二人は、停留場につくまで、もうそれ以上その話はしなかった。それにしても、小父、小母があんなに気を揃えているところを思いだして、明子は、すいた市電の片隅でゆられていきながら気が沈んだ。

一週間して、また呼ばれていってみると、小父が、当人――この言葉のでるたびに、明子はぴくりとした――の叔父から聞いてきたことは、おかしいほど間がぬけていた。当人のことより、当人の弟二人のいっている会社、学校、妹たちの婚家先、学校や稽古事の方がくわしいくらいであった。みな相当な勤め先、相当な暮し向き、相当な学校であった。もっとも、当人は、何か明子に見せるため、彼自身のことを特別に認《したた》めたとのことであった。そして、小父は、その渡されたという、わりに分厚い紙袋を卓袱台《ちゃぶだい》の上においた。

袋の中にはいっていたのは、つくり柾目《まさめ》の紙を貼った、贈り物にする風呂敷を入れるような箱だった。まん中に、村井明子様と墨で書いてあった。明子は、ひと目見るなり、田所のときのことを思いうかべ、陰鬱な気分におそわれた。

その晩も、一郎と門を出、しばらくゆくと、彼は、うなだれている明子をあわれに思ったのか、いった。

「早く誰か見つけた方がいいよ。そうしないと、切りがないから。」

「何であたし、こんなに男運わるいの？」

情ない声で、明子がぽろっともらした独白のようなこの言葉が、一郎にはとんでもなくおかしかったらしく、彼は、静かな通りで、突然、途方もない声で笑いだした。明子もいっしょにおかしくなり、二人は、小さい頃したように体をぶつけっこせんばかりに笑いこけながら、停留場までいった。

翌日は、蕗子のところへゆく日だった。彼女の前で例の箱を初めて開くのもどんなものかと、明子は、すっかり寝支度をしてしまってから、床の上に坐って、膝の上に箱の蓋をあけた。

中には、原稿用紙を何枚か貼りつけ、それを折り畳んだものがはいっていた。本なら表紙といいたいところに、村井明子様、星本恭之助とあり、それを開いた扉には、黒いラシャ紙の小さいのが貼ってあり、その上に写真が一枚。その下に、「書斎にて」と書いてあった。写真の中で大きなデスクに向っているのは、もちろん、「当人」の筈であったが、カメラをどういうところにおいたのか、斜め後ろから撮ってあって顔はよく見えない。額の角が禿げあがっているように、深く頭部にくいこんでいた。デスクの左には、本でいっぱいの書棚があった。

ページを繰り、まず目にとびこんできたのは、右ページの上半分に、

永遠に　女性なるもの
我等を引きて　往かしむ
ゲーテ

と、ぱらっと散っている文字であり、その下には住所と電話番号つきの名刺が貼ってあった。

次のページから、ペン書きの「略歴」らしいものがつづいた。括弧まじりの複雑な組合せの文字がびっしり紙面を埋めていた。

略　歴（簡単な私のプロフィール）

太古蒙昧時代 ｝一、明治三三年九月一日　東京　神田に生る。

基礎教育の時代 ｝一、同四一年四月一日　牛込誠心小学校入学。言ふまでもなく首席にて通す。
一、大正四年三月　東京府立一中及高師中に入学。優等及精勤、青藍七宝入賞牌を受ける。

教育の時代 ｝一、大正九年三月　東京商大予科及専門部に入学。慶大理財科首席入学。

ウィルヘルムマイステル修学時代 ｝一、大正十年七月　高文予備試験に合格。
一、大正一一年一月一五日　上野の山に入る。入山の太子、図書館生活始まる。綜合文化科学の建設に急ぐ。

読み進むにつれ、明子の胸には、不吉の感が重くたれこめてきた。文字はまだ延々としてつづいていた。

彼女は、紙の一ばん最後のところをのぞいてみた。

表現の過程｛昭和八年一一月村井明子様との結婚問題始まる。

　　　　　　東郷元帥も三五才にて結婚のこと想起する。

続行　以上。余は拝眉の上にて！


明子はぞっとしてその書き物を手からおとした。が、ようようそれを畳み、箱に入れ、寝床にはいった。どうしても寝つかれないときにだけ使う眠り薬カルモチンをのみこんで、目をつぶったときには、翌日、それを蕗子に見せ、笑い話にできるようにということだけが心の慰めだった。


次の日、蕗子の家の自分の「指定席」へつくや否や、明子は切りだした。

「ちょっと珍しいもの持ってきたんだけど、見てくださる？　例の関の小父が持ってきた話のひとがよこしたものなんだけど……」

言っているうちに、身内から力がぬけてゆくのがわかった。

蕗子は驚いたように、「え、何？」といった。が、箱にはいっていたものを読みはじめるが早いか、体をふるわせて笑いだし、時どき「えっ？」とか、「何だって？」というような言葉をはさんで、またまえへ戻っていったりした。そして、驚くほど早くその細字のつまった紙の端まで読み終えると、椅子の背に頭をもたせ、病人にしてはふっくらした顎をつきだし、まえからのつづきの笑い声をふた声、三声ひびかせたと思うと、突然、心にもない笑いを断ち切るように、にべもなくいった。

「あなた、腹立たないの？　隠しても、隠しても、めっきのはげが見える。それとも、気がおかしいのかな？」

「あなたも、そう思う？」明子は、さっと元気をとり戻していった。「あたしも、そうとしか思えない。でも、小父たち、そんなこと考えてもいないらしいのよ。もっとも……」といいかけて、彼女は、もう冗談も出るくらい強気になっていた。「この傑作読んだの、あたしとあなたと……御当人だけらしいんだけど。」

「この男、胸が悪かったたっていってましたっけ？」蕗子はいった。

「うん、何だかこのまえの、小父の話じゃ……」

「あなたは、どう思ってるかしらないけど、それなら問題外よ。あたしのは、もし伝染したって故意じゃないけど、こやつのは、コイですからね。用心しなさいよ。消毒した？　きたならしい。だけど、ま、とっとくんでしょう？　珍なる記念物だから。」

「いやよ、返すわ。」

「あら、だって、くれたんでしょう？　村井明子様って、墨痕淋漓《ぼっこんりんり》と認めてある。」

「だって……とっとく義務ある？　なぜだか、この箱見たときから、いやな予感があったんだ。あげるわ、材料に。」

「あら、ありがたいけど、でも、あたし、これ持ってなくちゃならないほど悪いことしてませんよ。それに、あたし、どうしたって許せないのは、この男の不正直な点。そんなにたくさんの中学や大学へ入学して、いったいどこを卒業したのよ。そんな見栄はらないで、学校は向きじゃありませんが、あなたが好きです、あなたにひかれましたって、なぜ正直に書けないの？　そう書いたって、恥でも何でもないんだから。かえって、りっぱなんだから。それをそういおうとしない。いやな野郎だ。そして、右に、左にゆれ動き……ヒットラー・ユーゲントがどうのこうのって。やっぱりおかしいのよねえ。関の小父さんてひとも、何よ。当人に会ってこなかったのね？　当人のたっての望みということで頼まれたんでしょ？　とっくり首実検してきて然るべきだったんじゃありませんか。」

「そんな、そんな……」

明子は、「あなたにひかれました」などといわれたことにあわてて後から追いすがり、おそまきながら打ち消そうとしてみたりしたのだが、蕗子は、よほど腹にすえかねたらしく、一気に言うだけのことを言ってのけた。

ようやく蕗子の言葉がとだえると、明子は力なくいった。

「そう、小父って、ひとがいいのよね……。あたし、小母のこと好きじゃないけど、あれで案外、小母がいるから、あの家もってるのかもしれないわ。でも、この文書に関しては、ほんとうに変だってこと、小父によく話すわ。あたしが、いやだっていえば、無理におしつけるひとじゃないから。でもね、あたし、途中を読まなかったけど、そのおしまいのとこね、そんなふうに書かなきゃよかったのにね……ほら、何か双方で言いだしたみたいに書いてるでしょう。それ、失敗だったと思う。少なくとも、こちらに少しでも好意を持たれたいなら。」

「誇大妄想狂じゃない?」蕗子は、切ってすてるようにいい、「どうしたって、朱を入れて返してやりたくなる。ラヴ・レターは、かく書くべしとね。初めに、あたしのとこへ書き方教わりに来ればよかったんだ、たんまり月謝払って。でも、真赤にして返してやったら、焼きもち焼いて直したんだと思うような御仁ですよ、これは。」

二人で、二十分ほどああこういいあったころには、ありがたいことに椅子はいつもの居心地に戻っていた。明子は、前日からの胸の重さが吹きはらわれたのがうれしく、いそいそとそのときやりかけていた正月用のカーディガンに心を向けた。

13

自分のように激情的でない女は、少女期をぬけだしたいまでは、小説に出てくるようなロマンチックな恋愛にめぐりあうことなどないのだと、明子は考えだしていた。しかし、もし結婚が、どうしても小母たちの使うような手段で運ばれなければならないのなら、独りで生きてゆくことを、本気に考えはじめた方がよいのかもしれなかった。明子は、夜寝つくまえの何十分か、木目のない天井を見あげて、いままでよりもつきつめて将来のことを思いめぐらすことが多くなった。

偶然見つけた蕗子との交友を絶つ気はないから――というよりも、これこそは、何にもまして、守ってゆかなければならないものであったから――蕗子には、できるかぎり生きのびてもらわなければならなかった。何とか、彼女の生活苦を少なくするために、お互いに干渉しあわないようにして、いっしょに住むことはできないものか。たとえば、明子が荻窪あたりに安い土地を買うか、借りるかする。食事だけいっしょにするような間取りにして家を建て、小さい畑もつくり、畑の一部には苺《いちご》を植える……。

苺畑のある家という考えは、ある歌人が友人の農園にゆき、朝食が丼いっぱいの苺だったという随筆を明子が新聞で見つけて、それを蕗子に見せて以来の二人の理想になっていた。しかし、土地を買うには、金が必要だった。明子はすぐ母の遺産を考えたが、いま彼女の考えていることを話したら、小父はその金を素直に彼女に渡すはずがない。

明子は、年末のボーナスをもらったのを機に、いままでのとは別の、新しい貯金通帳をつくった。これまでも不時の収入のある場合はいくらもあったが、それは、みんないっしょにして一つの通帳に入れていた。しかし、今度から、それらの細かい収入は、皆新しい帳面に入っていくはずだった。そして、入れたら、ある額に達するまでは出さない。明子は、その新しい通帳に「苺貯金」という名をつけた。

しかし、その明るい名の貯金にもかかわらず、時は、明子の上を重苦しく流れていって、新しい年がやってきた。明子は二十五になった。

長兄からは十二月半ばに、正月は関家でいっしょに過そうという葉書が来ていた。正月を関で過すのは、母のないあとは当然のことに思っていた。それをわざわざ兄がいってよこしたのには、小母の差しがねがあったにちがいない。それに、多美子は出産を控えていて、兄は正月休みが終れば、多美子を残してひとり勤め先へ帰り、また出産となれば、出てくるという忙しい新年になりそうなのであった。兄も、せめて休みのうちにとっくり妹に言い聞かせて、という考えであったかもしれなかった。

こんなことまで先まわりして勘ぐっていた明子は、クリスマスずっとまえから、正月休みのスケジュール——暮れの二十八日からは関の家、三十一日の晩は荻窪のよしおばさんのところでの年越し、正月四日からは蕗子と伊豆、という予定——を組み終えていた。そして、その予定通り、休暇のはじまった二十八日、自分の部屋の掃除をすますと、関家へいった。

正月休みはスキーにゆき、留守になる習慣の一郎が、汽車が混まないうちというので、すでに二、三日まえに多美子を迎えにゆき、つれてきていた。銀行屋の兄は、元日の朝一番でなければ来られないのであった。多美子は、二、三カ月見ない間に二倍にもふくれて、大儀そうに炬燵《こたつ》にあたっていた。

明子はひと目見るなり笑いだし、すぐ隣りの席に並ぶと、多美子の顔をのぞきこんで、

「まあ、お姉さん、そんなにふとって、苦しくない？　はちきれそうじゃない。」

「だから、もうじきはちきれるところなのよ。」

多美子も、自分でもおかしそうな笑顔を返してよこした。

最近、明子は、出会う折にも、手紙にも、つとめて多美子を姉と呼ぶことにしていた。それが礼儀であろうと思い、そうすることが多美子や小母の心をなごませ、兄の生活をそれだけ穏やかなものにすることになればと考えるようになっていた。

明子は、早速、小母の手伝いをはじめながら、早目に自分の休みの予定を伝えておいた。

元日、小父と小母にはさまれて、二倍にふとった多美子が、ゆっくり初詣でに出かけてしまうと、明子は、やっと着いた兄と日の当る縁側で二人きりで、ほんとうに久しぶりにしみじみとした気分で相対した。

「大分、手紙で聞かされた。」と、兄は寝不足の顔で、欠伸《あくび》をまじえながら苦笑していった。

明子は、仲人婆さんの話、また油屋事件の顚末を、できるだけ私情を交えないように報告した。

「大兄さん、自分が女だったらと想像してみてよ。その星本恭之助ってひとの作文、まだとってあるから、持ってきて見せればよかった。」

兄は笑って、

「いいよ。おれも、その男、顔だけは知ってる。確か『誠心』へ途中から転校してきたんだ。何も我慢して気の向かないとこへいくことはない。だけど、おまえ、今年あたり、何とか自分で始末するっていったって、一郎から聞いたけど、誰かいるのか。」

「いれば、いままでこんないやな思い、我慢してませんよ。少し静かにしててもらいたいから、一ちゃんにはそういったまで。」

「いつまでそんな呑気《のんき》なことといってるんだ……。こんな時世で、おれだって、潔だって、いついなくなるかわからないんだ……。女独りで年とってみろ、さびしいぞ。銀行なんかにいってるんでよければ、おれも考えるけど。銀行勤めってのもなあ。」

どんな感慨がわいたのか、兄は、そこで口ごもった。

明子は急いでいった。

「ありがと、大兄さん。お願いする気持になったら、すぐ相談にいくわ。」

「関にはあんまり心配かけないようにな。適当そうなのがあったら、会ってみろよ。

おまえの結婚は、誰より、母さんが一ばん喜ぶんだから。」

明子は、いままで彼女に荒い言葉ひとつかけたことのない兄に頭をさげ、うなずいた。

そして、しおらしい様子のままで三カ日をすごし、四日朝にはアパートに帰った。部屋には、かねて用意のリュックサックがあり、明子は服に着かえるや、それを背負って飛ぶ鳥のごとく荻窪にかけつけた。

蕗子は、出かける支度をして待っていた。彼女は、まえの冬に見た千葉の荒海をなつかしがったのだが、あれから一年たったいま、明子は蕗子をあの寒風にさらす気はなかった。そこで、アパートの友人に教えられて、正月客の去ったあとの四、五、六の二泊三日を伊豆の山の温泉ですごす計画をたてていた。

蕗子の小さい荷物も全部リュックにつめ、彼女をショールでくるみ、電車に乗せ、汽車に乗りかえさせ、また電車に乗って、彼女たちは夕方早く、伊豆の丘のかげの古い温泉宿に着いていた。あたりは土地の起伏も樹々も多かったから、昼でも陽光さんさんというわけにいかなかったが、空気は柔かく、気温は東京とは五、六度ちがうのではあるまいかと思われた。ほかにあまり泊り客もなく、東南の角の部屋に通された二人は、廊下のガラス戸の外に、にょきにょきと突っ立つ、びっくりするほど太い孟宗竹に見とれてから、「あーあ！」と炬燵に足をつっこみ、ひっくり返った。

温泉につかり、出てくると、炬燵のわきの机は食膳に変っていた。

女中は、女二人の客に自分は用はないと見てとって、食卓を調えると出ていった。

「これ、みんなたべられる?」蕗子は、明子の顔と並んだものを交互に見くらべ、笑いをこらえるようにしていった。「ねえ、お弁当箱持ってくればよかったって気がつくときは、いつもあとの祭りなんだから、くやしいわねえ。」

「いいから、時間かけてゆっくりたべましょうよ。」明子がいった。

それからの二日、蕗子は、夜も昼も、じつによく眠った。明子も眠った。しかし、眠り疲れて目をさまし、蕗子の方をのぞくと、笑いのけはいもない、睫《まつげ》が頰にかげをおとしている彼女の顔はひどくさびしく思われた。

幸い好天がつづいた。中の一日、二人はあまりほしくもない昼食をとりがてら、小さな町を通りぬけ、日のあたる低い、ゆるやかな丘にのぼった。南面の土手のあちこちに、水仙がのんびりとゆれていた。しかし、群れるという点では去年の宇原のそれには比ぶべくもなかったが。ゆっくり、ゆっくり、丘の中腹までのぼり、眼前に幾重にも低い丘が重なり合う、その向うに春の海の見えるところまで来て、彼女たちは腰をおろした。東京では、かなりきびしい寒さだったのに、もう枯草の根元に青い草も萌えだしている。その光景に明子は、眠気さえさそわれた。しかし、明子がそうして自分ひとりの世界に沈みかけたとき、蕗子は蕗子で別な方向へ思いをめぐらしていたことが、彼女の次の言葉でわかった。

「熱海通ったとき、ちょっとぞっとした。世の中には、こんなのどかな風景もあるというのに……」

熱海で共産党の大量検挙があったのは、明けて、まえのまえの年の秋。明子が初めて蕗子に出会って、すぐあとのことだった。そして次の年の四月一日、蕗子が警察にひっぱられることになる間接の原因になった友人は、蕗子の言葉でいえば、まだ「はいって」いた。

蕗子は、普段、あまり聞こうとしない明子の事務所の様子などを尋ねた。

「門倉夫人なんか、なんていってらっしゃるの？　外国からの風あたり強いんじゃない？」

「そう、おくさま、とても心配してらっしゃるわよ。こないだなんか、委員の忘年会みたいなのがあったときね、まえに反戦論者で、協会から満洲まで派遣されて、あっちに住んでる日本人のおくさんたちに、日本は満洲をとるようなことはしませんていってきたひとがね、『闘え、闘え』なんて聖書の言葉ひいて、演説ぶつじゃない？　あたしも、びっくりしたんだけど、おくさま、見る見る顔が真赤になって、あたし、脳溢血でもおこしやしないかと思ってはらはらしちゃった。会が終ってから、とても怒ってらしった。この頃、夫婦喧嘩もずいぶんなさるらしいわ。御主人だって外国のことよく知ってらっしゃるから、こんな戦争、勝てないっていってらっしゃるらしいんだけど、ほら、お仕事が商売でしょう？　おくさまが、平和、女権運動じゃね……。ああ、少しまえにね、おくさまのアメリカのお友だちから手紙が来たの。あたし、おくさまに来る手紙のうち、私信はすぐわかるから、それ用の箱に入れておくのよ。そしたら、その中の一通、つっとあたしの前につきだして、『読んでごらんなさい』って顔なさるの。読んだら、『あなたの国で満洲がそれほど欲しいのなら、なぜ買わないのか』って書いてあるのよ。あたし、ああ、そういう考え方もあるのかと思って、ほんとにびっくりした。でも、アメリカが土地買って、どんどん大きくなっていったときと、もう時世がちがうものね。」

蕗子は、茫然と目の前の丘々に目をさらしながら、

「ほんとに……あたしたちが、いまこうしてのんびりやってるとき、どこかで鉄砲打ち合ってるのね……」しかし、蕗子のそうした物思いは、いつも長続きしたことがなく、彼女はつづけていった。「『何人も、その能力以上のことをする義務はない』——ローザ・ルクセンブルグ……」これは、何か困ったときに、彼女が好んで引用する言葉だった。「わるいけど、せっかく、こんな静かなところに来たんだから、あたし、ここにいるあいだは、御馳走たべて寝させてもらう。」

ちょっとはなれた黒々とした常緑樹の根元に群生している赤い実をつけた藪柑子《やぶこうじ》を、蕗子の庭にと思って数本ひきぬいていた明子は、思わず笑った。

とにもかくにも、二人は、伊豆にいるあいだ、かなり食いだめ、寝だめして東京にも

どった。

一月中旬、多美子は、男の子を産んだ。勤め先と東京のあいだを忙しく行ったり来たりしながら、兄は、それでもうれしさに疲れも知らぬげだった。赤ん坊が一週間みないまに、見ちがえるほど一人前の顔になってゆくことは、明子にとっても驚きだったが、土曜日毎にかけつけて、多美子と小さい息子の枕もとにあぐらをかいている兄を見ると、彼女は心から兄のために喜び、母にも見せたかったと思うのだった。そして、もう一つこの赤ん坊の誕生に付随しておこったいいことは、関の小父、小母が初孫の出現で、明子のことをしばらく忘れてくれたことであり、またその間に、明子のなかに去年の秋にうけた痛手《いたで》から立ちなおろうという意欲の出てきたことであった。

勤めはじめて三年、およそ「粗相早し」というのとは反対の性格の明子に、門倉夫人は、もう事務の大方を任せてもいいように思っているらしく、余程忙しいときでも、臨時の助手を頼むことはなくなった。その分、明子の手に入る収入も多くなり、彼女のためには都合のよいことであったが。

14

この年は、春がおそく、せっかく、日曜にあたった四月一日——前年のことを思いあわせて記念すべき四月一日——は雨に明けた。しかし、明子は、やはりいつも通り早くおきて、同宿のひとたちの動きださないうちに洗面所で洗濯をすませ、自室の天井に渡した綱に洗濯物をはりめぐらした。朝食をすましに下に降りたついでに、一階の志摩子の部屋をのぞいて最近の無沙汰の義理をはたすことを忘れなかった。やっとそこでのおしゃべりも切りあげ、受付の横を曲って急ぎ足にエレベーターの方へゆきかけたときだった。後ろから受付のおばさんの声がかかった。

「ああ、村井さあん！　ちょうどよかった。御面会。」

明子は、からだをひねってふりかえった。すると、このアパートにはちょっと見なれないトレンチ・コートの衿《えり》をたてた若い——といったところで、勿論、明子より年上の——男が、おばさんの声で、面会用紙から顔をあげ、やはり首をひねるようにして明子を見ていた。シンニュウの最後の画をさかさにして一気に引いたような眉、その下の、切れ長の目。頭は恰好よく左七三に分けられていた。髪形は別として、その眉も、目も、いつかかなり見なれたものだった。

相手は明子を認めると、こちらがはずかしいくらい、驚きとうれしさで顔をぱっと明るくした。

誰だ、誰だ、このひとは？　明子はうろたえて、記憶の中をかきまわした。はるか遠くのことなのに、ごく近しい者に結びついていた。大兄、小兄、一郎……田所、そんなとんでもない名前までがつながって頭に浮んだ。

その混乱のさ中に、彼は片手に奈良漬の樽のようなものをぶらさげて近づいてきた。

「チャボ……ね？　すっかり大きくなっちゃって！」相手は、思わずとびだしたような名を口にして笑った。

「あ。」というような声を明子は出した。

彼女の目の前に、忽然として母や兄たちと住んでいた古い家の松の木の下のピンポン台が浮んだ。母がばあちゃんの家から板をもらってきて、大工さんにたのんでつくった折りたたみ式のピンポン台であった。

球を思い切り遠くへとばしてしまうと、兄たちは「チャボ、御苦労！」といった。それをまねして、ほかの中学生たちも、「チャボ、すいません」とか、「チャボ、あとでいっしょにやろうね」とかいって、彼女に球拾いをさせた。

チャボとは、小さくて、冬になると着ぶくれ、首に真綿などをまいていた明子に兄たちがつけた渾名《あだな》であった。どうせ中学生の仲間入りはできないと覚悟の上で、明子は彼らの勇壮活発な競技を見物するのが好きだった。そのようなとき集まってきた中学生の中に、このひとがいた。潔兄の仲よしだった。

そうだった。みんなが「ワン・ツー」と数えるところを、彼だけが「ワン・チュー」というようなことをいい、みんながまねしてからかった。家の仕事が外国人とつきあう「貿易」とかで、そのせいでそのような発音をするのだということだった。家も確か、明子の家の前の通りをずっと奥までいった、大きな邸のあるあたりにあった。

「こんなに大きくなると思わなかった！」

まだ驚いている彼を見あげて、明子はあいまいな笑顔でいった。

「でも……あれから十何年かたったでしょう？」

小学校にあがったとき、ビリから三番目だった明子が、急にのびはじめたのは、女学校三、四年からであった。

彼女は、彼の名を思いだせないのがもどかしく、手土産らしいものをぶらさげている以上、何か用があってのことと思われ、また二人の左右を往来するアパートの住人たちの目も気になって、とにかくいそいでいった。

「あの、こっちにみょうな応接間あるんですけど、ほんのちょっと待っていただけませんか？　じつは、あたくし、これから出かけるところなんです。すぐ支度してまいります。」

明子が先に立って歩きだすと、彼はついてきながら、まだいく分小さい子をからかう調子で、「いいんですか？　ぼく、だれだか、ほんとにわかったんですか？」

「ええ、わかってると思うんですけど……」と明子は、笑いをこらえていった。

「じゃ、だれだかいってごらんなさい。」

「でも……おぼえてるの、渾名だけなんです。」

相手は頭をそらして笑った。昔、ピンポンでスマッシュをうまくやってのけたときなど、よくやったように。兄たちは、なぜか彼をセッチンと呼んでいた。

「ま、まちがいないでしょう。」と、彼はいったが、明子が「応接間」といったものに足をふみ入れたとたん、浮かぬ表情になった。

そこは応接間とはいっても、中庭に向いて廊下の右側をくりぬいた空間で、廊下からは丸見えであった。そこにテーブルが三つ、それに見合う椅子数脚。

しかし、ともかくも、このアパートで二人が向いあって坐すべき所はほかになかった。そこで、二人は坐り、笑顔を見交しあった。

「突然で、びっくりしたでしょう。じつはね、」と、彼はぬれた雨具をわきにおくと、はじめた。「ぼく、用事で神戸へいって、ゆうべ帰ってきたんです。それで、久しぶりにケツに会ってきたんです。」

彼女は微笑をひっこめ、目を伏せた。中学生仲間で、兄の潔はケツで通っていた。明子もその頃は、その音がおかしいので笑わされていたのだが、いま、セッチンにつづいてケツとくると、当惑が先に立った。

しかし、相手は明子の思わくなどには気づかず、つづけた。

「お互い、今度、欠席裁判で『誠心』のクラス会の幹事にされちゃったんですよ。それで、どうしたもんだろうって、久しぶりに飲みながら、相談したんですがね……」

それで、小兄から牛肉の味噌漬を明子にとことづかってきたというのであった。彼がテーブルの上に載せているのは、それであった。

「まあ、兄が？　御迷惑でしたでしょう。」

ひとに物を頼むより、自分でするたちの明子は恐縮した。それに物など送ってくれたことのない小兄が、いま突然、友人を使って、こんなことをする気が知れなかった。

「いやあ、御都合きいてからと思ったんだけど、ぼく、きょう、出るついでがあったもんだから。それに、あのチャボが、どんなになったか、という興味もあった。」と、彼は笑った。「そうしたら、ひと目でわかった。おばさんそっくり……。だけど、背がこんなにのびてたのには、びっくりした。」

明子は、つとうつむいた。

彼のいう「おばさん」が、母であることは、電気のように速く彼女の芯にとどいた。若い頃、母は、いく分でもいまの自分のようであったのだろうか……。

とかく、父親のいない家庭には、近所の男の子がたむろしたがるもので、母も、兄たちの友人からまるで親類でもあるかのように「おばさん」と親しく呼ばれ、つましい生活ながら、少年たちの集まるのを喜んだ。だから、いま、目の前にいる兄の友人から、「おばさんにそっくり」といわれて感じたのは、悲しみよりも、ショックにも似た母へ の思いと、母の娘であることのあかしを示されたことへの感謝のようなものであったのだが。

しかし、相手は、明子の表情をべつの意味にとったらしく、

「お亡くなりになったとき、ぼく、こっちにいなくて、お送りもしないで、失礼しました。」

明子は頭をさげた。そして、話が自分の望まぬ方へゆくのをさけるため、立ち上った。

「あの、失礼して、支度してまいります。」

客も、話している間じゅう、あたりに人の目のあることに辟易したらしく、「ええ、どうぞ。」とかんたんにいった。

明子は自室に走りこんだものの、やはり、上からぶらさがる洗濯物をよけよけ、身支度をし、蕗子のところへ持ってゆくもの万端を調えて降りてくるまでには、しばらくの時間がかかった。明子のもどってきた顔を見ると、客は心からほっとした面持ちでレーンコートを羽織り、明子が、さっき持って上った牛肉の樽をまたさげているのを見て、

「それ、持っていくんですか?」

「ええ、友だちのところへ持ってって、いっしょにたべることにしました。きょうね、友だちのところでちょっとしたお祝いがあるんです。」

「ああ、そう。」

そこで、明子の客は結局、彼女といっしょに市電に乗り、飯田橋で省線へ乗りかえ、新宿で別れるまで、またその樽を持たされるはめになった。彼は、世田ケ谷の親戚へゆくのだといって乗りかえていった。

「ごめんなさい。わざわざ雨の日にいらしってくださったのに。あんなところに住んでるものですから、おかまいもできなくて。」

明子は、何度も謝った。

「何だか、とてもおかしな具合だったの。気の毒で困っちゃった。」明子は、蕗子に事の顚末を話してからいった。「いつもなら、あたしももう少しおちついて名刺くらいもらって、お礼出せるようにやれたのにねえ。だけど、まず最初にセッチンて名前思い出しちゃったでしょう? そしたら、もう名前の話できなくなっちゃったのよ。それに母のこと、おばさんていわれたり……。そこへもってきて、そのひとが電車から降りぎわに、『じゃ、失礼します。』って、この樽さし出したでしょう。そしたら、樽があたしのこうもりの柄にぶつかって、先のところ、ぽろっと折れちゃったの。」

「あら、それで、そのひと、どうしたの？」

「何かあわてていってたけど、あたしが、『かまいません、かまいません。』て首振ってる間に、電車動きそうになって出てっちゃった。」

「そりゃ、あなた、名刺もらっとかない手はなかった。またということもあったのに。」

「すぐそういうことをいう。」

「電車ん中で、何話したの？」

「そりゃ、話はいくらでもあるのよ。あたし、おかしかった。小兄さんのこと、あたしの方が聞き手なんですもの。セッチンの話によると、整形外科ってのは、若いうちでなくちゃだめなんですってよ。だから、兄、朝から晩まで手術、手術で血だらけになって、ばりばりやってるんだって。兄のほうもあるかもしれないけど。でも、自分の兄のこと、他人から聞いて、『あら、そうなんですか、そうなんですか』って感心してるってのも、おかしな図じゃない？」

何はともあれ、その日の夕早くからよしおばさんの煙草屋の奥座敷ではじまった、四月一日厄除け祝いの大盤振舞に、神戸からの牛肉は目玉的な役割を果したのであった。

明子は、その夜、女子アパートに帰ると、すぐ兄に葉書を書き、肉の礼と同時に、「セッチンさん」には、名前も住所も聞きそびれ、たいへん失礼してしまった、よろしくお礼を出しておいてもらいたいと頼んで、その兄の同級生との、ちょっと締りのつかなかった交渉にはけりがついたという気持になっていた。

ところが、次の日曜日、例によって朝早くすました洗濯物のぶらさがっている下で片づけ物をしていると、ドアを叩かれた。廊下に立っていたのは、おなじ階の住人、物静かな、人と徒党を組まないということで明子が好意をもち、親しくしている玉井礼子であった。「御面会よ。」と、彼女は受付のおばさんに頼まれたという面会用紙を渡してくれた。「用件　面会。氏名　相良節夫」と走り書きしてあり、住所欄は無視して何も書いてなかった。ああ、あのひと、潔兄が、しょっちゅう「サガラ、サガラ」と呼んでいたっけ、と、明子はいま頃になって思いだした。

明子は、片づけ物をそのままにし、いそいで外出の支度をすませると、笑いながら応接間に降りていった。その日は晴れて寒かったが、彼はトレンチ・コートでなく、春のコートだった。「おしゃれなんだわ。」と、明子は思った。

しかし、先日のことを考えると、ほんとにただ申し訳なく、明子は何度も頭をさげた。

「先日はありがとうございました。兄に御礼申しあげてくれるようにいって出したんですけど、つきましたかしら？」

しかし、彼は、そんな挨拶はふり払うように、まえのときよりずっと心安げに、

「いやいや、そんなことより、あの傘ね。どうしました？」

「傘……ああ、接着剤でつけときました。つけて、まだそのままにしてあるから、大丈夫だと思います。でも、もう一本、代りがあるから、差し支えないんです。」

「だめですよ、あんなとこから折れたの。御都合よかったら、これから、見にいきましょうか？」

明子は驚いて、固辞した。

「いや、だって、ぼくの気がすまないもの。」

彼の気持は、じっさいにそれだけのことだったのかもしれない。だが明子は、いくら兄の友人とはいえ、彼に物を買ってもらうことなど考えることもできなかった。勧めて間もなく、門倉夫人からアメリカの「エティケット」という本を読まされた。それにも、たとえつき合っていても、深入りする気もない男から、チョコレート、花以外の物をもらうべからずと書いてあった。

「あたし、じつは、きょうも約束があるんですの。」

「きょうは、どこ？」

「このまえのところなんですけど……」

「じゃ、新宿通るんでしょう？　新宿に百貨店か何かないんですか？」

「あります。」

「じゃ、そこへゆきましょう。約束、何時なんです？」

明子は、こういうとき、うそがつけなかった。

「……午後早くつけばいいんです。」

「じゃ、ちょうどいい。すぐ出かけましょう。」

目の多い応接間で、そうそう言いあっていることもできなかった。相良節夫自身、一刻も早くこのアパートを出たい様子であったし、彼は知らないことであったが、志摩子一派には、彼が明子の兄の友人であることはすでに知れわたっていた。

明子は、そのまま相良節夫と出かけて、電車の中での押し問答の末、三越で傘を買ってもらわなければならなくなった。しかし、傘のような持ち物になると明子はなかなか気むずかしく、わるいわるいといいながら、結局、選ぶのに時間をとった。そして、やっときまりかけると、「どう考えたってこんなことしていただくわけがありません。」などと言いだして、また時間をとった。

「ぼくがこわしたから、ぼくが買う、そうあっさり考えてもらえませんか。」

彼は少しきげんをわるくし、とうとう包装された傘を持たされ、うなだれぎみに立っている明子を見ると、半分「チャボ」をはげますようにいった。

「さあ、すんだ。これで、よし。」

「ごめんなさい。」

「それは、ぼくがいうことです。」

「じゃ、あっさり考えます。」

「そうしてください。」

二人は、まだかなり冷たい風の吹く外に出ると、それでも人の出ている通りをぬけて、裏通りの小さいレストランにはいった。食事がすむと、もういつもなら荻窪についている時間になっていた。

カウンターで勘定を払っている彼の肩のところで、明子は、

「御馳走さまでした。あたくし、もうそろそろ失礼しなくちゃ。」といいさして笑いだし、「あっさりしてますでしょう？」

「いや、それでいいんですよ。」

ふりむいた節夫は、明るく笑っていた。

しかし、その日は、駅まで歩くのが面倒になり、百貨店のそばからバスに乗ることにした明子を見送るといって並んで立った彼は、いった。

「礼状なんかいいんですよ。よこしちゃいけないんですよ。わかりましたか？」

「出せませんわ。お所わからないもの。まだ牛込？」

「いや、あそこは、とっくの昔売っちゃった。いい家だったけど。村井と来たことありますか？」

「いいえ。あの兄、あたしをお友だちの家へつれてったことなんかありませんわ……。

ああ、でもお所、電話帳見ればわかる。」

「電話帳見ちゃいけません。」

二人は、声をあわせて笑った。

「ねえ、ちょっと変でしょ。兄に聞いてやろうかしら。」

明子は、その日のことを蕗子に報告しながらいった。

しかし、蕗子は、そっちの方へは返事をしないで、傘を開いてみて、

「あら、これ、いい傘じゃない？　誰が見立てたの？」

「二本選んで迷ってたら、セッチンがこっちがいいだろうっていったの。こっちの方が高かったの！」と、明子は笑った。

それから、十日ほどたち、「セッチンの傘」という名前が蕗子との間に残り、その贈り主との縁は切れたであろうと考えていると、ある午後、事務所に電話がかかってきた。

「きょうね、少し仕事が予定より早く片づくんですが、きょうも、友だちと約束ですか？」

電話口で明子は笑った。

「きょうは、火曜でしょう？　約束は、日曜と祭日なんです。」

「じゃ、いかがでしょう、きょう夕方。もしお差し支えなかったら。」

明子は、頭の中で何かの差し支えをさがしてみたが、思いつくことができなかった。

明子が言いよどんでいる間に、相手はさっさと、六時に銀座のある角で会うのはどうかと提案してきた。結局、明子は出かけ、彼らは食事をし、映画を見た。

食事をしながらの話の中で、セツオだと思っていた彼の名がミサオであることを、明子は初めて知った。彼の家系では、男の子には夫をつけるのだが、亡くなった彼の祖父あたりの趣味で、彼はミサオになり、弟は信夫と書いて、シノブとなったとのことだった。

若い男と並んで映画を見るのは、子どもの頃から兄たちや一郎との関わりでほとんど日常のことになっていたから、相良節夫との場合もたいして気になることではなかった。それどころか、彼は英語が非常によくわかるらしく、明子などは字幕が出てようやく笑うところも多いのに、俳優が何か口にしたとたんに笑いだし、大いに映画をたのしむのを見ると、明子まで気持がよかった。一郎や蕗子といっしょのときのように、一々「いま、何ていったの？」とささやかれなくてすむことは気がらくだった。

ただ一郎とのときとちがってとまどうのは、「きょうは割り勘といくか？」でもなく、「今度んとき、おれが払うからね」でもなく、金銭はすべて相良節夫がポケットに手をつっこんで取りだし、明子はおとなしく後ろに控えていなければならないことであった。明子はそのような事務がすむと、きこえないくらいの声で「ありがとうございました。」というのであった。

帰りは、彼がタクシーで送ってきて、アパートの近くで運転手に先払いして、彼だけが降りた。

明子は、まさかと思っていた節夫の誘いが、次の週の火曜にもう一度会ったとき、やはり潔兄に知らせておくべきだと思い、手紙を書いた。例の牛肉の樽以来の彼との交渉をありのままに記し、彼の好意をこのように漫然とうけているのは、気が重い。どうしたものだろう。自分は、こちらからいろいろ聞きだすことの下手な人間だから、話は、いつも表面的なことだけで、冗談を言いあって別れるのだけど、そのうち、話の種も尽きはててしまいそう……などと書いているうちに、急にあることが明子の頭にひらめいた。かっとなった拍子に、ペンはみょうな方向にすべりだした。

いま急に変な気がしてきました。もしかして、小兄さんと早苗さんで私のために何か考へて下さつてるんぢやないでせうね。もしさうならさうと、はつきりおつしやつて下さい。私にも考へなくてはならないことがあります。

明子は、その手紙を兄の自宅でなく、病院あてに速達で出した。珍しいことに、兄からは、折り返し返事が来た。

手紙もらつた。

お前の手紙はお前がどの位邪推深い人間かを示してゐる。早苗は相良が神戸に来たことさへくはしく知つちやゐない。こつちはお互ひ忙しく、ろくに話もできない状態だよ。

先日、相良と久しぶりに会つて駅まで送つていつたら、奴が土産物屋で買物したから、俺も柄になく妹思ひを発揮する気になつたまでの話だ。発送してもらはうとしたら、チャボがどんなふうになつたか、逢つてみたいといふから、そんなら持つてつて呉れと頼んだのだ。

迷惑だつたら、直接さう言つたらいい。気にするやうな奴ぢやない。相良は去年までしばらくイギリスで暮して来た人間だから、気軽にお前を映画に誘つたんぢやないのか。さう言へば、あの時、お前のこと聞かれて、まだ一人でふらふらしてゐて困ると言つたやうな気はするがね。

直接言ふのが遠慮なら、俺から書く。

15

次に荻窪へいったとき、明子はその手紙を蕗子に見せ、文句をいった。

「あたし、邪推ぶかい？」

蕗子は笑って、

「その気味なきにしもあらず。とくに兄嫁さんたちの噂するときなんか。そう、邪推とまではいいきれないにしても、いつもいうように、痛いところに手が届くのよ。あら、あなたのお兄さん、いい字書くじゃない？」

「あのひとたちは、父に習う時間があったから。」

「へえ、セッチン、イギリス帰りなんですか。」

「あたしも、初めて知った。へんなひとね、かくしてて。」

「どうするの？　お兄さんに書いてもらうの？　それとも、あたしが書く？　あたし、このひとには興味がある。呼びよせて、首実検してみたい。」

明子は噴きだした。

「おあいにくさま。もう出さないでいいって兄に言ってやっちゃった。だって、断るんなら、やっぱり自分でいうのがほんとうだと思ったから。それに、じつは、あたし、自分が邪推ぶかいんじゃないかって思いはじめてしまったんですよ。――つまり、しょってるんじゃないかって。はずかしい！　そのうち、何とか……断るわ。」

「べつに断る必要もないと思うけど？　お休みの日にここへ来ること邪魔するわけじゃなし。」

「でも、あたしの内職の邪魔にはなるわね。」

彼女たちは、またひそかに夏の宇原ゆきの計画を進めだしていたところであった。

次の火曜日、節夫からの誘いはなかった。明子は何か後ろめたく、思いだしてはおちつかない気持でいると、一週間おいて電話がかかった。

「ごきげんいかがでしょうか？」と、まるでくわえ煙草でもしているような調子であった。

すぐ、兄とのやりとりが思いだされ、明子はひとりうろたえた。

「あの……おかげさまで元気にしております……」

相手は、少しも調子を変えずに、

「じつはですね、村井から手紙もらいました。明子さんの仕事をあまり邪魔しちゃいけないって。」

「あら！」と小さく叫んだきり、明子は二の句がつげなかった。

「あなたの手紙もはいってました。」彼は、線の向うでぬけぬけといっていた。

「あら！」

明子は、受話器をにぎりしめ、からだじゅうに火がついたかと思った。

「あのう、それで遠慮してたんですが、もし御都合よかったら、きょう、どうでしょう。」

明子は、発作的に出てくる笑いといっしょに、たあいなくその申し出を承知していた。

その夜、節夫といる間じゅう、明子は思いだしては赤面し、クスクス笑いをもらした。しかし、一方、手の内を見られてしまえば、もうかくすこともなく、いっそ気は楽というものだった。そのせいで食事中の話も、昔のことや兄たちの噂話を堂々めぐりしている必要がなくなり、「貿易」っていっても、どういうことをしてらっしゃるんですか？と聞く余裕もでてきた。

「貿易だって、いろいろですよ。」節夫はいった。「『三井物産』から『相良商会』まで。家は、何代かまえのじいさんがね、横浜で骨董屋みたいなことしてたんですが、外国人に教えられてはじめたんですって。要するに、何でもござれ、儲かると思えば、あっちの物をこっちへ取りよせ、こっちの物をあっちへ売る。物々交換ですよ。死んだ父の親しくしていた会社がイギリスにありましてね、そこと一種、提携っていうと体裁はいいけど、多くはこっちが厄介になってるってやつね。互いに情報やりとりしたり、一部共同でやったりしてるんです。あなたの女ボスのだんなさんなんかは財閥だから、大仕掛けだし、やることが複雑なんですよ。社長自ら、売ってるものの見本見るなんてことやってやしません。こっちは、父の弟がいま社長してるんですがね。やっとこないだ、無理して神戸に支所出したところ。二十人あまりの社員がその日暮しってとこですよ。」

明子は、自分の前の皿に目をおとしたまま、

「相良さんのお話、面白すぎて、どこまでほんとかわからない。」

「いや、これが、ほんとうのところ。」

「イギリスへいらしてたのは？　支店でも？」

「いやいや、とんでもない。ぼく、そのタイアップしてる会社に丁稚奉公にやられたんです。商売の道にはいったとたんに、父親が急死したでしょう？」

それは、明子の知らないことであった。彼女はちょっと頭をさげた。

「会社がつぶれかけましてね、全然べつなことやってた叔父がかけつけて、つっかい棒してくれて、何とか保たせたんです。それで、ぼくに早く商売おぼえさせなくちゃっていうんで、見習いに出されたんです。イギリスってね、小さくても、かっちりした、歴史のある地道な会社があるんですよ。そういう点じゃ凄いですよ。商売で固めた国ね。」

「イギリスのどこでしたの？」

「本拠はマンチェスターの近く。でも、あっちの会社、人数なんか、そういないんですよ。だけど、あれだな、ぼくなんか、半分スパイの勉強してたようなもんだな。仕事しながら、いま何を買えなんて、叔父に電報打ったりしてたんだから。まるで巾着切りね。でも、世話になったひとに損かけたことないけど。」

その偽悪的な話に笑わされながら、明子はまた頭をさげた。

わ。」「申し訳ありません、巾着切りにこんなに御馳走していただいて。何だか……心配だわ。」

しかし、節夫の方は、明子のこの言葉には不平顔をして見せた。

「一週間に一度、若いお嬢さんと御飯たべて映画見にゆくくらい、そんなに贅沢ですか？　ぼくは、男どもと飲んで歩くの得意じゃないんだ。」

多分、相良節夫は過去何年かの習慣から、週に一度の気ばらしに、厄介のおこらない境遇の明子をデートに誘っているのであろう。しかし、それならそれで、明子の方でも、自分の仕事の都合について一応釘をさしておかなければならないことがあった。

「あの、こんなこと申しあげて、ほんとに失礼なんですけど、事務所へ電話くださるとき、お話短くしてくださいます？」明子はできるだけ軽い調子でいった。「あたくし、ほかの友だちにも、みんな、そう頼んでますの。それから、時によると、あたくし、夜、アパートへ仕事持って帰るから、いつも自由ってわけにいかないんですのよ。」

最初、「電話」という言葉が出たとたん、彼はさっと鼻白んだ表情になったが、彼女が話しおえる頃には、もういつもの「チャボ」に対する元中学生の調子を取りもどしていた。

「電話のこと、気になってたんだ。誰かに叱られた？」

「そんなことじゃないんですのよ。」明子は笑った。「みんな、友だち、かけてきますわ。アパート住いじゃ、ほかに急いで連絡する方法ないんですもの。でも、やっぱり、仕事ちゅうでしょう？」

「わかりました。それで、何です、その夜の仕事って……」

「まあ、外国からのリポートや手紙のコピー取りみたいなことが多いんですけど……」

明子は、兄の友人に何でこんなことを話さなければならないのかと思いつつ、自分が夜、アパートの隣人たちに気をかねながら、タイプライターを叩く「内職」の話をして聞かせた。しかし、門倉夫人というひとは、じつにきちんとしたひとで、そういう時間外の仕事は、ちゃんと別に支払ってくれるのだと説明しているうちに、蕗子と自分がそれで日曜日に御馳走をたべたり、去年は、ひと夏、海へいって暮したのだ、という自慢話めいたことにまで口がすべってしまった。

節夫は、ちょっと眉をひそめるようにして、

「そんな夜まで内職したりして、兄貴たちがそばにいたら、何ていうかな。」

「でも、あたし、睡眠時間にはとても気をつけてるんです。だって、小さいときから、あんな弱虫だったでしょう？」

明子は、彼女の虚弱児時代を知っている節夫を見て笑った。

睡眠時間の話が出たからでもあるまいが、節夫は、その夜、そのあとで見た映画が宣伝ほどのこともないとわかると、途中で切りあげようといった。

いつものようにタクシーで送ってくる途中で、彼は世間話のようにいいだした。

「そのタイプライターのコピーの件ね。ぼくのも頼めば、やってもらえますか。門倉夫人のタイプライター使っちゃ、まずいのかもしれないけど。」

「そりゃ、かまわないんです。あたし、おくさまにお断りして、ほかのひとの仕事することもあるんですから。でも、相良さん、御自分でお打ちになれるんでしょう？」

「冗談じゃない。」節夫はいった。「ぼくがそんなことしてたら、会社、動かなくなっちゃいますよ。これでも、専務兼社長秘書みたいなことしてるんだから。タイピストもいるんだけど……。じつは、これ、ぼくひとりの考えなんですけどね、時世に動かされないで、固く、ながくやれそうな仕事のヒントを外国の雑誌から拾ったときなんか、リストにしておきたいと思ってたところなんです。目先のことだけ追ってたら、うちなんかすぐつぶれちまいますからね。」

じつをいえば、明子にとって、内職で得られる収入は、いまのどから手が出そうなほどほしいものだった。余計に入る五円は、それだけ余計にビフテキがたべられ、それだけ余計に宇原ゆきの資金がふえるということだった。そこでまず最初、見本を見て、協会の仕事に無理がいかなければ、という取引きが車の中で成立した。

次の火曜日、彼が持ってきたのは、化学繊維の記事だった。ところどころに、赤でアンダーラインがひいてあった。彼はそれを明子に示しながら、まじめな顔でいった。

「このアンダーラインのところはね、日本でひどく立ちおくれているところ。もっとも、化繊事業全体がお話にならないくらいなんですけどね。」

彼の口調には、明子に内職をくれるということより、金儲けに懸命という面が見えて、明子にはむしろ納得がゆき、一度だけ試しにやらせてもらうことにした。そして、その次の週、彼女はそのコピーを節夫に渡した。彼女が使っているタイプライターは、門倉商事でちょっと使っただけのものを夫人が譲りうけ、それを彼女が借りているので文字は鮮明だった。

「こいつは読みいい。」節夫は、検分するふうにパラパラとページをめくると、喜んでいった。「これで、叔父たちにいい資料をつくってやれますよ。いままでは切抜きをやったり取ったりしてたから、すぐぼろぼろになっちゃってね。」

それから、節夫は、あっさり、明子がいつも門倉夫人から支払われる額を聞き、それに少しつけたしたものを封筒に入れて明子の皿のわきにおいた。次の仕事は、イギリス南西部から出る陶土の記事だった。彼は、記事に小さく出ている地図を指さして、

「ここらね、焼き物にいい土が出るんです。陶磁器製造じゃ、日本は優秀ですからね。こっちのいい陶器会社がのりだしてくれると、大きいんです。」

こうした短いコピー作りの仕事が二度ほどあってから、節夫は、ある週、かなりのページ数の物をもってきた。明子は、毎晩、まわりの部屋の住人たちに気をかねながら、

少しずつタイプを打ったのだが、どう考えても、それを火曜日に渡せないとはっきりしてきたのは、月曜の朝になってからであった。その日、用事でいった郵便局から二度ほど、彼の会社に電話をかけた。しかし、外出中でつかまえることができなかった。

明子は、その日初めて彼の名を電話帳でさがし、地図も見て、彼が自分のいったこともない大岡山という駅の近くに住んでいることを知った。夜、アパートの一階の喫茶店におりてゆき、なぜともわからない懸念をもってその番号にかけると、最初に出てきた中年の女中らしいひとの声が、すぐ女主人と思えるきびきびした感じの女のに代り、その声は切り口上でいった。

「節夫は、今晩留守でございますが、どなたさまでいらっしゃいますか？　村井アキコさま？　あなた、村井アキコさまでいらっしゃいますね？　はあ？」

その声は、ふしぎに用事を聞くまえに、何度も明子の名前を確かめた。

明子は、節夫から頼まれた仕事が、翌日までに仕上らないので、一日のばしてもらいたいと伝えてくれるよう頼んで、電話を切った。

しかし、明子は、その短い会話のあいだに、相手の声からしたたかなショックを受けた。その声には彼らの世界から、こちらをはじき出そうとする強さ、冷たさがあった。

もう春もすぎ、初夏だというのに、北風の中を肩をすぼめて歩くような気分で、彼女は喫茶店を出、部屋にもどった。あわれなみなし児……ここしばらく考えたことのなかった、そんな古々しい言葉が頭にうかんだ。明子は、気を静め、静めしながら、夜半まで、できるだけ音をたてないようにタイプライターを打ちつづけた。

伝言は、それでも節夫に伝わったと見え、火曜の朝、彼から、では、翌日いつもの角でという電話があった。明子も承知し、話は事務的に短く終った。

水曜の夕、重い封筒を節夫に渡してしまうと、いつものように食事を共にしたのだが、明子はその間も言葉少なだった。食後に、節夫がタイプ用紙の枚数から暗算して角封筒に入れてよこした料金を受けとりながら、明子はいった。

「わたくし、残念ですけど、このお仕事、もうつづけられそうもありませんわ。八月は、事務所、夏休みなんです。そろそろその準備もしなくちゃなりませんし、来月末には友だちと千葉にゆくので、その支度もしなくちゃなりませんから。」

節夫は、ちょっと片頬を歪めるようにして、テーブルの上に目をおとし、またすぐ上げ、ちょっと改まった声でいった。

「母が何か失礼なこと申しあげましたか？」

明子は驚いて打ち消した。

「いいえ。あたくしの名前、お確かめになっただけですわ。」

しかし、その言葉の芯のいみを正直に言いあらわすとすれば、「あんな屈辱的な冷たい声、あたくし、聞いたこともありません。」となるところかもしれなかった。

「何を申しあげたか知らないけど、気にしないでください。話してすぐわかったんです。村井のことは母だってよく知ってるんだから。村井の妹さんだってよく話しておきました。」

その話は、しかし、節夫もつづけたくはなかったらしく、明子も言わず、それなりになった。明子は節夫をふり切って帰ることもならず、彼らは少し銀座を歩いたが、その日は映画見物の話は出ないまま、節夫はまたタクシーで送ってきた。だが、明子はその夜は最後まで黙しがちで、節夫も、次の週のことには触れなかった。そして、実際に次の週、彼は電話をかけてよこさなかった。ほっとしたような、物たりないような気持で、明子は五時まで時計を気にしながらすごした。

次の日曜、蕗子は、明子の浮かない様子を見ると、

「あなた、疲れてるんじゃないの？　顔色すぐれませんよ。セッチンの内職に励みすぎたんじゃない？」

蕗子の含んだところのある調子を明子は無視した。

「うん、あたし、こないだ、もうこれでおしまいにしてくださいって断ったの。長いもの持ってこられると、夜中までかかっちゃうし。それで本職の方、おろそかになったら、たいへんだから。」

蕗子はきゃあきゃあ笑い、

「ああ、おかし。あなたって、聞きようによっちゃ、どうとも取れるようなことというから……。それで、『じゃ、さよなら』ってことになったの？」

「そうもいわなかったけど、この火曜は何ともいってこなかった。でも、本音をいえば、お金はいくらでもほしいわよね。お金握って宇原へにげだしちゃえば、それこそ、あとは野となれ山となれなんだから。」

しかし、一日おいての火曜日、明子が事務所につき、机の上にバッグをおくかおかないかに電話が鳴った。節夫からであった。彼の声は明るく、何事もなかったまえのようであった。彼は、短い物だが、もう一つ頼めるかといった。ただ今度はコピーだけでなく、ごく概略の訳をつけてもらえると助かるのだが、というのである。明子は、朝から事務所の仕事以外の話をしていることのやましさから、とにかく、原稿を見て返事をするといって、早々に電話を切った。

その夕、いつもの角で会い、いつも通り節夫の選んだレストランにはいると、彼は、イギリスの業界誌のようなものを取り出し、紙切れのはさんであるページを示した。明子は、ぱらぱらと読んでみた。ガラス製造の工程の変化を古代から解説したものらしかった。あまり長くはなかった。

「ちょっと訳すのに時間かかりそうね。それに、あたし、バケ学の専門語なんか知りませんよ。相良さんの会社に、こういうことなさる方、いらっしゃらないんですか？」

「それがいないんですよ。研究所でも持ってる会社でなくちゃ、そんな人間抱えてないんかいませんよ。」

「相良さんがなさったら？」

「ぼくの忙しいこと、知らないんですか。」

「だって、こんなにして、あたしと御飯たべてらっしゃる間に、お家でおできになるんじゃありません？」

彼は、少年の頃もよく見せた、目尻に皺をよせて、ひとに笑いかけるようでいて、にらむような表情で、

「こないだのこと、まだ気にかけてるんですね？ ほんとにそんな心配する必要ないことなんだから、一つやってみてくださいよ。」

明子は、ともかくもその資料を持って帰り、その週じゅう、夜はアパートにこもって、節夫から渡されたものをタイプし、辞書を引き引き、要訳した。できたものを持って会ったとき、節夫は食事のあとで原文と訳をざっと見くらべながら、

「なかなかうまくやってるじゃないですか。」

明子はうれしく、頬があからむのをおぼえた。

「あたしも、やりながらおもしろかったわ。それ、ただ技術の話だけでなく、ガラスの文明史になってるでしょう。ガラスってちょっと宝石みたいで……たのしかったわ。

きっとまちがいがあると思いますから、皆さんにお見せになるまえになおしてくださいません？」

「ええ、それはチェックしますよ。こういうのができてるとね、なおすのは、わけないの。そして、自分がちょちょっとやってしまったような顔して、ひとに見せるんです。」と、彼は明子を笑わせておいてから、つづけた。「こういうの、もう少しやれます？」

「もうだめだと思います。」明子はいった。

「女権運動も夏休みですか。」

彼の声に失望の調子のあることが快くひびくのを、明子は内心認めないわけにいかなかった。

「ええ、そう。」と、明子はあっさりいった。「でも、千葉へいくにしても、いつも整理しきれなかったものなんか持ってくし、門倉夫人との連絡もとれるようにしてあるんです。」

「千葉はどこ？」と、彼は何気ないふうに聞いた。

「宇原ってとこなんです。勝浦と御宿のあいだ。」

「へえ……。じつは、ぼくんちでも、一の宮へいくんです。いつか寄ってみるかもしれない。」

明子は黙して、それへの返事はしなかった。あの浜でのひと月は、蕗子が一ばん暮しいいようにしておくべきものだったから、だまっている方が無事だった。

明子は、休暇までには、もう会えないかもしれないと考えて、別れぎわに節夫にこれまでのことについて改めて礼をのべた。

そして、彼女の予想通り、七月半ばから日はとぶようにすぎて、その月の三十日、彼女たちはまた潮の香につつまれた宇原にいた。

16

七月末の宇原の浜はまだ閑散として、明るく、広かった。鰯漁は終り、部落のひとたちは不意の鰹漁などの到来を待って、ひと息ついているといった風情だった。

カジメの漁は、数年来の取りすぎがたたって以前ほど収穫がなく、組合ができて、各自の取分を制限するようになったという話を、明子たちは着いた日に新屋の主人から聞かされた。そう話す当人の意気も、去年のようにはあがらないようだった。このあたりの小規模の漁業に使う重油も値上りするばかりだという。

明子は、最初の二、三日、まえの年同様、急に自分に襲いかかった荒海の怒号と鼻をつく潮と魚のにおいに圧倒されてすごした。が、大掃除もおつねさんとの仕事の割りふりも、二度めのことではあり、崖下の家の生活はまずレールにのったようにすべりだしたといっていい。部落のひとたちは、彼女たちを甘やかす態度で迎えてくれた。街道で会う海女たちは笑顔で、「また来たね。」といい、背負い籠にはいっているのが彼女たちの魚ならば、二、三尾はつかみだしてくれた。このように順調に、しかも去年より余分な資金さえ用意してはじまった夏の休暇が、自分たちに、ことに蕗子にとって静かなものであれと、明子は強く願った。ということは、いまの世の中では贅沢すぎることであろうか、世の中はいま、この二、三カ月のことを考えても、暗い動きに満ちていた。五月には、京都大学の滝川教授が、その教えるところがマルクス主義的であるという廉《かど》で休職処分されたし、六月には、佐野学、鍋山貞親の獄中からの転向声明があったし、七月には、大日本生産党員という、明子にはよくわからないグループのクーデター計画発覚等々という事件があった。

それにもかかわらず、やはり明子は蕗子と自分のまわりに、せめてひと月の静けさをと、願わずにはいられなかった。

しかし、宇原のような小さな部落にさえ、また別のいみでの変化はおこるのだという ことを明子たちが知らされたのは、八月になって早々のことであった。彼女たちは、街道で、この部落に似あわしからぬ行列に出会った。行列の中の子どもたちは浮き袋を持ち、マントのようにタオルで肩を蔽っていた。それにつきそう二人の母親は、日焼けどめの厚化粧であった。どこかの家の客ではなく、どうしても避暑客と見えた。

おつねさんに聞くと、部落中で二、三組は来ているという。

「宇原も変った。去年は、ああいうひとたち、いなかった。」と、明子は嘆いた。

「去年、あたしたちが来たのは、ほんとの偶然。」といって、蕗子は笑った。「あのひとたちが来たのは必然なのよ。戦争で普通の人間や中小企業が追いつめられているようでありながら、一方じゃ、それでうるおったひとたちのお金、じわりじわり、いろんな方面へしみこんでくるんじゃない。ここは、ほんとは、冬くるとこかもしれないわねえ。」

少しすると、港の先の入江、宇原からは見えないが、潮が引けば、港から磯づたいにゆかれるお碗のような小さい入江、風早《かざはや》の砂浜にビーチ・パラソルが立ったというううわさがひろがった。

「飯塚旅館専用の『海水浴場』ね。いまに葭簾《よしず》ばりの小屋がたって、『おーはらはー』なんて、蓄音器鳴りだすんじゃないかな?」蕗子はいった。

「でも、残念だわ。あたしたちの仙境生活も今年でおしまいかと思うと……」

そんなやりとりがあって、いく日もしない日曜の昼すぎだった。食後の習慣で二人とも各自の部屋にひっこみ、明子がうとうとしはじめていると、耳のいい蕗子がおきあがって、広場の方をのぞく気配がした。

「星テーラーの自転車だ。門倉さんから電話じゃない？」

明子はとびおきた。服屋の小僧が、自転車で干し場の中央まで砂ぼこりをあげて乗り入れてくるところだった。小僧は家にとびこみそうになって、栴檀《せんだん》の木に腕をまきつけてとまった。

明子はもうサンダルをひっかけ、玄関の外に出ていた。

「村井明子さんにだとおう！」小僧はおかしそうにいっていた。

仲間同士では、それぞれ口のわるい宇原の住人たちの多くは、かげでは明子たちのことを名前などで呼んでいなかった。彼女たちは、「新屋の客」でなければ、「毛ばの長げえの」「短けえの」であった。

明子は、小僧の手をハンドルごとゆすって、

「ね、ね、自転車貸して。すぐ帰ってくるから。門倉さんのおくさま待っててらっしゃるから。」

「それが、門倉さんでねんだおう。」

「だれ？」

「新月からだとおう。新月で待ってると。待ってるから、かけてけろと。サワラとか何とかって名めえだと。」

明子は、小僧をつきおとすようにして乗った自転車で、でこぼこ道をとばした。星テ

ーラーの店の隅の電話室にはいったとき、彼女の胸ははげしく打っていた。

駅前の飲食店、新月にかけると、電話は、やはり節夫からとわかった。たまに町に出ると、そこで必ず小豆の氷水を飲むのが蕗子の道楽であったから、明子の声を聞くと、おかみさんは笑って、すぐ節夫を呼んでくれた。

「頭がいいでしょう。」彼は得意げにいっていた。「はいって一軒めの家であなた方のこと突きとめちゃったんだから。あなた方、有名なんですね。宇原ってとこは、電話が一つしかないから、『星テーラー』にかけたら取りついでくれるんじゃないかって、いうんですよ。」

彼は、一の宮から東京に帰るのに、ちょっと思いついて逆方向に乗ってみたのだといった。

正直のところ、明子の気持は困惑が半分以上であった。彼女はここでは他の者に煩わされずに、蕗子と二人だけの生活がしたかった。二人だけといっても、彼女たち自身のあいだでさえ、ある点では各自自由にしているのに。ともかくも、次のバスで出るからといって、彼女は電話を切った。

明子がもどると、入れかわりにもどっていった小僧が干し場から消えても、蕗子は何もいわなかった。

明子は、自分の部屋をいそいで片づけ、押入れから外出用の服を取りだした。

「町へいってくるわ。」

「そう……」そして、明子が手にしている麻の服を見ると、「おや、御新調で。」

「いけませんか？」

「そんなこといってませんよ。」

「相良さんだったのよ。」明子は、仕方なくいった。

「そんなことわかってましたよ。あの子だって、サワラとか、サラダとかいってたじゃない。」

そういうとき、何か気の利いたことで、ぴしゃりとやり返せない明子は、いつも正直にこっちの弱音を出してしまうことにしていた。

「なんでやってきたんだろ。」

「あなたも鈍い。」

「そんなレッテル貼らないでよ。何となく、あのひと、腑におちないところがあるんだから。それに、あたし、内職もらえる友だちづきあいっていう、うまいところでとまってたいと思ってるんだから。気が重い。」

「あんなこといって！」

蕗子の皮肉な声に送られて、明子は家を出た。

バスを待つ間、さまざまな思いが明子の頭の中を乱れとんだ。

しかし、やがて、バスが来、白い岩肌の下のくねった道を走りはじめると、左手には次々に群青の水をたたえる入江があらわれてくる。明子は、いつも胸のすく思いなしに晴れた日のこの入江の連なりを見たことがない。黙然と移り変る窓の外の景色を眺めているうち、いつの間にか、さっきの心の乱れの半分は、海からの風といっしょに吹きとんでいた。

町に入り、バスが駅前のだらだら坂を上るとき、右側の西日のあたる「新月」の店のガラス棒ののれん越しに、いまはもう、見ればすぐそうとわかる節夫が、窓ぎわのテーブルに肘をつき、何かを読んでいるらしいのが見てとれた。明子の胸の中の困惑は泡のように消えていた。来てしまったものは仕方がない……。

駅からゆるい傾斜の道をもどってくると、節夫は、店のひとにバスの到着を知らされたのだろう、軒下に立ち、日射しに向い、赤く焼けた顔をしかめるようにして待っていた。二人は、まだはなれているうちから笑いあい、挨拶した。

「お待ち遠さま……。少し、家遠いもんですから。」

「不意に電話して、びっくりしたでしょう。すいません。」

「御飯は？」

「ここでたべたんです。親子丼。」

二人は何ということもなくまた笑い、町へゆく方向へ歩きだしたが、すぐ明子は気づ

いて、

「そうだわ。どこへいきましょ。海岸？」

「そうだな？」と、彼は左右の家並を見くらべた。「どこか涼しいとこありませんか？　静かで涼しいとこ。きょうは、あなたが案内役ですよ。」

「でも、あたし、町のこと、よく知らないんですもの。たいてい、郵便局で用をすますと、朝市で買物して帰るだけですもの。家の近くだと、神社の涼しいとこもあるけど。でも、そうすると、お帰りに不便ね。もっとも、バスで御宿に出れば、おなじことかもしれないけど。何時の汽車？」

「今日じゅうに帰ればいいんです。」

「じゃ、いってみます？　そこなら、涼しいことだけは受けあい。友だちなんか、冷えこんじゃうって、いつも何か肩にかけるものもっていくんですよ。」

「へえ、じゃ、そこへいってみましょうか。」

「ああ、それじゃ、このバスよ！　ちょっととめてえ！」

ちょうど彼らは、坂を徐行しながら御宿にひき返すバスをよけて、海水着などがぶらさがっている雑貨屋の前に立っていた。運転手は、急停車してくれた。二人はゆれるバスの席に転がるようにして坐りこんだが、明子はしばらく子どものように笑いがとまらなかった。

町をぬけ、海沿いの道に出ると、彼女は、一つ一つの入江の名をあげて節夫に説明し、いよいよ宇原に入ると、星テーラー、蕗子と住んでいる崖下の家と、指さして見せた。部落の出口の氷川神社の鳥居の前で、彼らはバスを降りた。

山といっても、そこらのどの丘とも変らず低いのだが、神社の山の老木のおとす影は、いつも通り涼風をいっぱいにはらんでいた。中腹まで上って海の方を見おろすと、木々を透して見える水平線がひと足毎に背のびするように盛りあがってくる。明子は、砂まじりの道を踏みしめ踏みしめ上っていきながら、足もとの河原撫子《かわらなでしこ》や浜昼顔の花を節夫に指さして見せた。

「きれいでしょう？　ここの裏山、山百合がいっぱいよ。それにね、冬もいいの。去年、二月に来たんですよ。」

「二月に？　何しに？」

「鰯漁を見に。」

「ひとりで？」

「いいえ、二人で。友だちが鰯のお刺身たべたいっていうんで、急に思い立って来たんです。気流の関係か雪がぱらついたりしたのに、千葉県て温かいのね、水仙咲いてたんですよ。それも、ほかのところは終って、この山の横にだけ……。ほんとうにきれいだった。ほら、ワーズワースの『ダフォディルス』って詩があるでしょう？」

「そう……中学で習ったかな。」

「がっかりね。あの詩の風景とそっくりだったんですよ。あんまりその時のあたしたちのうけた感じそのままを詠んでくれてるみたいで、やっぱりワーズワースって大詩人だなと思っちゃったわ。」

「ふふ……。やっぱりですか。明子さんにほめられて、ワーズワース喜んでるでしょう。」

「そう、草葉のかげでね。でも、ほんとなんですよ、すっかりあのひとの信奉者になっちゃって、詩をいくつか暗誦してるくらい。」

「ひとつ、聞かせてもらうかな。」

「いやよ！」

彼女は短く答え、水仙の話はやめた。かわりにひとり心の中でしばらくぶりに、その詩を復誦した。

I wander'd lonely as a cloud
That floats on high o'er vales and hills,
When all at once I saw a crowd,
A host of golden daffodils,

Besides the lake, beneath the trees
Flutterring and dancing in the breeze.
………

ただこの中の金色を白に、湖を海に、そよ風を潮風に変えればよかった。花の群を前に、髪ふり乱し、狂気じみた喜びをあらわして立ちつくした蕗子……。

……
And then my heart with pleasure fills,
And dances with the daffodils.

の最後の行まで唱え終ったとき、明子は潮風の吹きあげる神社の境内に立っていた。

真向いにある小さい神社の横の茶店には、新家に曲る角にある店というためか、「角」と呼ばれている駄菓子屋のばあちゃんが、ひとりで針仕事をしていた。ばあちゃんの目は、上っていった二人に、ぴたり、焦点を合わせた。

「こんちは！」明子は声をかけた。

「うわぁ！」というような声をあげて節夫は、右手の木の間ごしに海を見おろす崖のふちにいって立った。片腕に上着をさげた彼のワイシャツの背が汗でぬれていた。明子はばあちゃんのところへゆき、「東京のお客さま。」と説明してから、店の横の湧き水につけてあるラムネとサイダをながめ、ふり返って節夫に声をかけた。

「ラムネとサイダと、どっちにします？」

「ラムネ！」節夫は、海へ向ったまま叫んだ。

明子は、ラムネを二本と駄菓子を買い、栓ぬきを借り、経木帽子《きょうぎぼうし》をバスケットがわりにして、節夫のそばの草の上においた。それから、茶店の裏の物おきから莚を借りてきた。そして、二人は、並んで腰をおろし、ラムネのラッパ飲みをした。

「ふうっ！　こいつはいい！　いつもここ、こんなに涼しいんですか？」

「そう。たいてい。風の通り道なのね。」そして明子は、思いきっていってみた。「相良さん、風邪おひきにならないかしら。シャツの背中、汗よ。拭いてらしたら？　あのラムネ漬けてある泉の下、水流れてるんです。あたし、タオル持ってるけど。」

明子は、いずれ、勝浦の海岸で足をぬらすこともあろうかと、手提げにタオルを二枚用意して持ってきていた。

節夫は、素直にそのタオルを二枚ともうけとると、茶店の裏で、かなり長いあいだじゃぼじゃぼやっていた。が、しばらくすると、駅前で見た、ちょっと働き疲れたというのとは、まったく別な顔でもどってきた。シャツのぬれているところには、乾いたタオルがつっこんであるのだろう、背中に大きなこぶをつくっていた。手には、また新しいラムネを二本にぎっていた。

「氷みたいな水ね。どこから出てくるんだろう。この上、あまり高くなさそうなのに。」

絞ったタオルを近くの枝に干してしまうと、節夫はもう一本のラムネを明子に渡そうとしたが、明子のそばには、まださっきの瓶のが残っていた。

「ラムネなんて、そんなチビチビなめるもんじゃない。こんなふうに飲まなくちゃ。」

節夫は、さもばかにしたようにいって、喉仏をぐびぐび上下させながら、だっと一本を流しこんだ。

「でも、あたしはだめ。あとでげっぷげっぷしちゃうから。」

明子は、強情にカリントウをかじり、ラムネの残りをすすった。

節夫も、二人の間においてある紙袋からカリントウを掘りだし、それもぼりぼりやりだした。

「そんなことしたら、またもう一本飲まなくちゃならないでしょ。カリントウだけじゃ、つまっちゃうから。」

「うわっはっは！」

大笑いしながら、正直に明子の分のもう一本を口にもっていく節夫は、子どものようにおかしく、それを見ている明子も、子どもになって笑わなければならなかった。

　彼らの足下に急傾斜して降っている山肌は南東に振れていて、二人の正面からは、いく分灰色に光っている広い入江の向うに、宇原の南の突端である港の崖が見えた。波がそこだけ細かくちぢれている港の磯を指さして、明子は大潮の日に、自分がどんなに多くの獲物を——たとえば、蛸などを——生けどりにするかを話した。

「へえ、ほんと！」

　いかにもほんとにしていない節夫の口調に、明子は危うくラムネで窒息しかけ、胸をたたきながらがっかりしていった。

「ほんとにほんとなんですのよ。あたしたち、もうまったくお金のかからない、原始的な生活してるんですから。お魚は、朝早く、あの一ばんはずれの港ってところまでいって、船で上ったばかりの雑魚を買ってくるか、自分たちの取ったもので間に合わすし、野菜は、わきの畑のもの、ただでいただいてるんですもの。」

「じゃ、ほんとうとしときましょう。だけど、あれだな、汗水たらして東京であくせく働いてる人間から見ると、あなた方の生活、何ていうか……夢の世界ね、浮世ばなれしてて。ほんとうにするのむずかしいですよ。」

「あたしたちだって、こうするために一年のほかの季節、あくせくしてきたんですのよ。改めてお礼申しあげます。夏まえはありがとうございました。」

明子はわざと改まった調子でいって頭をさげたが、彼のはだけたシャツのすき間から見えるまっ赤に焼けた胸や首からは目をさけた。

「やめましょう、そういう話、きょうは。」といって、節夫は、明子の様子に気づいたか、いそいでシャツの背中からタオルをぬきだし、前を合わせて、「あ、痛い。すっかり焼けどしちゃった。きのうは朝から、弟と沖釣りのまねごとしたもんだから。」

「あら、きのう、いらしたんじゃなかったの？」

「いいや、おととい。おとといは、東京でびっしり仕事やってきて、きのういっぱいは釣り。そのあげくの、きょうでしょう？　この山の上までひっぱりあげられたときは、くたくただった。」

「あら、御苦労さま！」

「いや、来た甲斐あった。こんないいとこ。失礼だけど……ちょっと横になっていいですか？」

そして、明子が、まだいいとも、悪いともいわないうちに、彼は莚の上に向うむきに横になり、

「ああ、極楽だ。その話……その原始的な話、つづけてくださいよ。まるで別世界につれてかれるような気持になるから……」

明子は、あくせく働くという話をしたとき、ふと思いだしたことから連想して、自分

たちが熱中しているホグロ取りの話をはじめた。

「ふのりって、知ってらっしゃる？」

「名前だけ。」

「男のひとはそうでしょうね。絹物の洗濯のときの糊なんかに使うんですよ。買えば、高いのよ。」

じっさいに、あの紫色のホグロをべっこう色のふのりに仕上げるまでの工程は、何度くり返しても、明子にはたのしく、実りあるものに思えるのだった。去年は、一ばんまっ白く仕上った宝物のようなのを小さな箱につめ、歌人である蕗子の「姉者人」に「大村商店製　御婦乃里」として送った。蕗子の姉の長女、小学生の万里さんは、それを「オンフノサト」と読んだという。

明子は、自分の語っているものが、ちょっと気はずかしい「宇原賛歌」であることを知っていたから、声高にはしゃべらなかった。そして、ことに節夫の合の手がなくなってからは心臆して、彼女の言葉はとかく途切れがちになり、「オンフノサト」のところあたりで、寝息のようなものが聞えはじめたとき、彼女は口をとじた。思いきって彼の方へ目をやると、彼は背を丸め、東京の炎熱に焼かれてきた子どもが自然の風の中で眠りこけた、という感じで横たわっていた。

17

いつも何かにかこつけはしたが、時どき隠しだてもならないほど、ひょいと浮んでしまう蕗子のうす笑いが、その度にぴんと来ながら、明子はとうとうそれからの一週間、相良のサの字も口から出さないですませた。なぜか、あの午後のことが、子ども時代の一つの出来事のように思われた。登場人物は二人とも大人なのに、彼女は子どものようにしゃべり、彼はそれを聞きながら、昼寝をしていった。そのこと自体は、滑稽といえば滑稽といえるだけのことなのに、こっちから、ちょっとそのことを話題にすれば、「あなたも、とうとうそういうことに……」と蕗子に先回りされて、レッテルを貼られてしまいそうなのが怖かった。

明子は、その週間、東京から持ってきた古い書類の整理に熱中した。そして、一週間は事もなく、節夫からの葉書もなくすぎた。

それでも、次の日曜日、昼の食事がすむと、蕗子は我慢の限界が来たというようにいった。

「ああ、窮屈だった。この一週間。口封じに会ったみたいで。きょうの約束は？」

「そんなものないのよ！」

明子はわざと乱暴にいって、どんどん卓袱台《ちゃぶだい》の上の食器を台所へさげだした。

節夫は、昼寝の間は勿論、「また」について何もいうはずはなく、そのあとは、バスが来たのでたたきおこされ、あわただしく上着を抱きかかえ、坂をかけおりていったのだった。

「明子さん、ゆっくりおりてらっしゃい。」というのが、別れの言葉であった。

こんなこと、細かくおぼえているなんてばかばかしいと思いつつ、明子が皿を洗い終え、戸棚にしまっていると、背後で「そうら、来た。」という蕗子の声がした。

表をのぞくと、広場の入口で、テーラーの小僧が自転車にのったままどなっていた。

「村井明子さあん！　こん前んとこで待ってるとおう。」

横目で見えるところで、蕗子が大きな口をあけて笑っていた。

明子は気をわるくしたときの癖で、いつもよりてきぱきとあたりを片づけ、家を出た。なぜともわからず、蕗子にも、節夫にも腹がたった。

しかし、このところ晴れつづきで、この日もバスの窓から見おろす紺碧の海は、明子の目をたのしませるのに十分だったし、お盆で外出する顔見知りのひとたちと話しあったりしているうち、まえのときと同様、彼女の胸のしこりはいつのまにかとけていた。

節夫は、まえとおなじところで、おなじかっこうで坐っていた。明子は駅までゆかずに、運転手に徐行してもらって新月の前でとびおりた。

そして、チリンチリン、ガラスの棒ののれんを鳴らして、いそぎ彼のそばまでいき、――この日、新月は混んでいた――短くいった。

「お待ち遠さま!」

新聞からあげた顔がぱっと輝くのを見て、自分の顔もそうなったにちがいないと思い、明子は自分のたあいなさにちょっと舌打ちしたい気持であった。

その日は、もうどこへゆくという相談をする必要はなかった。節夫は、「こないだのところ」と注文したのである。氷川神社でまえと変った点はといえば、茶店が閉っていることだった。ばあちゃんは盆踊りの音頭取りでもあったから、お盆の期間はおちついて茶店の番をする気分にもなれなかったのだろう。明子が勝手に茶店の物おきから莚を出してきて、まえのところにひろげると、ポツリポツリ上ってくる、東京から里帰りの連中の中には、それをまねて自分たちの席をつくる者もあった。

しかし、そのようなひとを見こんでのことだったろう、ラムネとサイダは湧き水の井戸にいっぱい入れてあり、そばに値段表と賽銭箱のような箱がおいてあった。

「きょうはひとが出てる……」

流れの下手にいって顔を洗ってきた節夫は、水につけてあるラムネとサイダを見おろしている明子のわきで、おかしそうにいった。

「また、ああいうふうに昼寝しようと思ってらしたの?」と、明子は笑った。「そう御注文通りにはいかないわね。誰か、ラムネの栓ぬき、どこかへ持ってっちゃったみたい。仕方がない、サイダでいいわね。」

節夫は、明子からサイダの瓶をうけとると、木の幹にこすりつけて器用に栓をぬき、二人は、また並んでラッパ飲みをした。

「あーあ、きょうは、カリントウもないし。」と、彼は声をあげた。「だけど、このまえの昼寝……一刻千金だったな。こういう言い方、変かな？　ぼく、この一週間、考えましたね。ぼくも、たまにはあなた方みたいな生活してみたいって。例えばね、生活に少し余裕ができたら、この山の隅借りて、週末にはほかのこと忘れて暮せるような小屋がほしいなんてね。この辺に、誰も住んでないんでしょう？」

「一人いますよ！」明子は、突然大声をあげて笑いだした。「ちょっと変ったひと。このお社の裏を下りてったところなんですけど。おじいさんが一人……。去年友だちと、東京に帰るまえ、山百合の根を掘りにいったんですのよ。そしたら、腐りかけた小屋にぶつかっちゃって、もうびっくり仰天、命からがら逃げてきたの。まっ黒いターザン……というより、おびんずる様みたいに、てかてかに光ってて。あたしたちの足音聞いて、かっと目を見開いて小屋の前に立ちはだかったときには、もうどうしようかと思っちゃった。誰も予備知識あたえといてくれなかったから。変人で、誰ともつきあってないんですって。でも、相良さんがこの辺に家をお建てになれば、そのひとと御町内だわ。」

明子は、この話をはじめるまえから用心して、サイダは口に含まず、上身をゆすって笑っていた。

「けっこうですよ。そんなりっぱな仙人と隣人付き合いできるなんて。光栄ですよ。」

明子の笑いがいよいよ激しく、始末がつかなくなったのは、あのときの彼女たちの第一のショックが、その全裸の仙人の性器まで黒く日に輝いていたことであることを思いだしたからであった。蕗子と二人、山道の木の根にすがり、文字通り「はふはふ」の体で逃げだした滑稽さは、いまになると、まるでそのまま絵に描かれて目の前に突きだされたようにはっきりわかった。彼女たちは、それ以来、その異様なひとを金仏様とよんでいた。

明子はハンケチの中へしばらく涙を流したあとで、丹田に力を入れ、ようやく笑いをおさめた。

「ごめんなさい。あたしたちが、あわてふためいたこと思いだしたら、笑いがとまらなくなっちゃった。」

「いいなあ！」と、節夫は膝の上に腕を組み、そこへ顎をのせ、海の方に目をやったままいった。「いまみたいな世の中で、そんなに笑えるなんて。いつも、お友だちとそうやって笑ってるんでしょう。」

「ええ、たいていはね。」明子はまだ静まらない息をおさえながらいった。「その友だち、いろんなこと、おもしろおかしく見てしまうひとなんですよ。もっとも、あたしが人並みはずれてぼうとしているから、とんちんかんなことがおこって、笑うことが多くなるんでしょうけど。あたし、ひとに意地わるされて、ひと月もたってから気がつくなんてことあるんですよ。でも、もうその頃には口惜しくもなくなるのね。だから、あたしのその友だち、あたしのこと、『タンタン』ってよんでるんです。」

「タンタン？」

「ええ、しつこいの反対。」

「なるほど、淡々か……」

「ええ、ほかの者が騒ぐことでも、淡々としているっていうんです。その友だちだって、そばにひとがいれば、そんな風にいわないけど、いつも、二人で編物なんかしてるでしょう？　そんなとき、『ここは、タンタン、どうするの？』なんて聞かれるものだから、この頃は平気になっちゃった。」

「仲がいいんですね。」

「ええ、まあ、いいんでしょうね。」と、明子は笑った。

節夫は、ちょっと息をつめるようにしてから、

「いつも、こんなにだしぬけに来て、わるいのかな？」

「そんな……わるいってことないけど、そりゃ、やっぱりまえもって知らしてくだされば、都合いいわね。あたしたち、わりに規則ただしく暮してるんです。ほら、友だちが病身だもんで……。でもね、そんなことより、相良さんこそいいんですか？　せっかくのお休みで、お家の方、たのしみにしてらっしゃるでしょうに。」

明子は、あの母親の剃刀のような声を頭のすみに思いだしながら、不器用に鎌をかけた。

「ふう……」彼は煙草の煙を、口から長く吐きだし、「それが、この頃、いろいろありましてね、ここは、別世界。会社もだけど、家の中もうっとうしいことが多いんです。」

「ああら……」明子は、なぜともなしに、急に気がらくになった。「それで、ここへも息ぬきにいらっしゃるの？」

「そういわれると、痛いけど。ほら、女って、おなじこと、何度でもくり返すでしょう？」彼はいってしまってから気がつき、笑いだして、「つまり、年とった女のことですよ。」

節夫と、その「年とった女」とは、どんなことでくどくどいいあうのであろうか。明子は、いま、わきにいる節夫とあの声を結びつけて、思わぬ痛みが身内を通るのを感じた。しかし、ともかく、明子は、いまここで、あの声を思いだしたくはなかった。彼女はひそかに腕を返して、時計を見た。

「何時です？」すぐ節夫から声がかかった。

明子は、そっぽをむいて答えた。

「相良さんの時計の方が正確よ。あたしのは、お寺の鐘で合わせるんですから。」

「失礼だな。せっかく遊びに来てるのに、時計ばかり見てる。」

「うそよ。はじめて見たんですよ。」明子は噴きだした。「バスの時間があるでしょう？　こないだみたいにとびだしてゆくのたいへんだから、用心してるの。きょうは、もう昼寝はできないわね。」

「あんなことといって。まだバス来ませんよ。こないだは、あなたの詩の講義や長い長い話聞いてから来たんだから。」

しかし、冗談はさておき、彼らは坐ってばかりいないで、下の景色を見ながら、御宿方面へ歩きだしてみようかということになった。話が、おなじところを堂々めぐりしているようで、明子は少し気が重くなっていた。

山を降りると、砂浜からの照り返しで、あたりはかっと明るく、暑かった。しかし御宿への道は坂を降りたところですぐ左に折れて、松林と氷川神社の山との間にはいる。そこはもう日蔭だった。

バス停の標識を通りすぎながら、明子はいった。

「こないだは、おかしかった。バスに間にあわないかと思ったら、ちゃんと乗っておしまいになったのね。」

「そりゃ、もう……学生時代、テニスで鳴らしたもの。」

右手の幅四、五間の砂丘の上の松林は、長々とつづき、道の左手には、どういうわけか、道に沿って細く長い豆畑があり、そのすぐ上の神社の裏山は、黒々とした葉の常緑樹に蔽われた崖になって屹立していた。崖はいま、蟬の声で鳴る壁といいたいくらいかまびすしかった。明子たちの踏んでゆく道は、海の底のようにほのぐらく、数日の日照りのせいで、ほくほくと柔かかった。

「にぎやかだなあ！　ああ、ひぐらしが鳴いてる。」

蟬の声に眉間《みけん》を打たれたように眉をよせて、節夫は崖を見あげた。

四、五分で松林を出はずれると、右手にまた青い海がぬっと顔をだした。しかし、海は、またすぐ先の岩山に遮られるので、防風林からぬけ出た瞬間の明子たちの目に、その海は、まるで四角くゆれ動く青い水の断層のように見えた。

「ね、ここ、ちょっとおもしろい景色でしょう？　波打ち際の波さえ見ないふりすれば、大きな川の断面図みたいじゃありません？　時化《しけ》のときは壮観よ。魔物が立ち上って荒れ狂うよう。あたしの友だちなんか、それ見るのが好きで、時化のときわざわざここまでやってきて、『すごい、すごい！』って喜ぶものだから、漁師たちに怒られるんです。あのひとたちにしてみれば、船が流されるかどうかの瀬戸際ですものね。」

そこから道は、水の涸れた川にかかった小さい石橋を渡って左へ湾曲し、海をかくしている岩山の後ろをまわり、トンネルを通って、海沿いの道を御宿までつづく。しかし、明子はこの石橋から先へ、まだいったことがなかった。いつも石橋のわきから砂浜へ辷りおり、浜伝いに家の方にもどるのであった。

節夫との約束はトンネルまで送るというのであったが、石橋を渡りきろうとしたとき、明子は、ふと出来心をおこして、まるで海の水を通せんぼしているように見える岩山を指していった。

「あの山の、海に面しているところね、絶壁よ。その下に細い細い砂浜があってね、海に向いた崖に洞穴が二つあいてるの。ちょっと冒険小説に出てくる景色みたいですよ。このあたりも磯だから、あたしたち、潮のひく日、たまに来るんですけど、あの崖の下にたつと、ちょっとすごいの。『巌窟王』って感じ。」

「へえ……」と、節夫は、その裾にまで白波がぶつかっているように見える崖を眺めていたが、「いってみましょうか。」

「その恰好で？」

明子は、白リネンの節夫の装束を見あげ、見おろした。

しかし、彼は明子の危惧など無視するように、機敏に浜昼顔などで蔽われた土手のスロープを辿りおりていた。

「降りられる?」

彼は、明子に手をさしのべた。

「だいじょうぶ。」

明子も、軽くズック靴でとんでおりた。

松林が展望の邪魔にならないところまで前進すると、景色はたちまち開けて、ずっと右手の港のはなまで見渡せた。お盆のためか、本家の前のあたりにブイのように浮んでいる子どもたちの頭数もいつもよりずっと多かった。

浜の砂は熱く焼けて、明子の靴のゴム底にも容赦なく伝わってきはじめた。

「熱い!」

明子は、ひと言叫ぶと、先に走りだし、いつもぬれている波打ち際にいって立った。

「潮ひいてますよう!」彼女はふりかえって叫んだ。

崖のかげの細長い砂浜は二丁ほどつづき、先は海に消えていた。大きな海と切り立つ崖にはさまれて、午後、この砂浜はいつも一種の哀愁に包まれていた。明子は、ここに来れば必ず仰いで見る、数丈はあると思われる禿げた崖を見あげた。朱色の浜萱草《はまかんぞう》の花が、途中の凹みから、潮風にゆれながら二人を見おろしていた。

「あれですね。」少し先に、行儀よく二つ並んでいる黒い穴を見て、節夫がいった。

「潮はだいじょうぶらしいけど、いそいだ方がいいわね。」

彼らは、よけいな荷物は一切合財、山裾の岩の間におき、いそいで崖のかげにはいった。風が腰を押すように吹きつけ、明子の裸のふくらはぎに刺すようにあたり、鬼の鼻の穴のように海に向って開いている洞穴はたちまち近づいてきた。洞の前に立つと、海の照り返しをうけて中の岩肌は意外に明るかった。山の胴中から吹きぬけてくる、いかにもみどり色の空気といいたい、苔くさい風のにおいが鼻をついた。足もとの透きとおる水に転がっている小石の間に蟹が逃げこみ、赤い色がいそがしく動いた。

「わりに大きいんですね。これ、もと、何かに使ったんじゃないかな？　船の道具入れとか何とか……。奥までいけるんですか？」

「ええ、中でつながってるの。ここの前の磯、オカっていっているんですけどね、潮によって、こっちの方が港より獲物がありそうだってときは、こっちへ来て、子どもたち、この穴にはいって遊ぶんです。」

「はいってみましょうか。」

「その恰好で？」明子はまた節夫の服装を点検する目で見た。「だめですよ。苔はついたら、おちませんから。汽車にも乗れない恰好になっちまいますわよ。いつも、ここへは水着ではいるんです。」

「だいじょうぶ！」節夫は、ちょっとの間、中をうかがってから、自分ひとりで気軽にうけあった。

「相良さん、まだらになって出てらしっても、あたし、知りませんよ。星テーラーにかけつけたって、きょうの間にはあいませんからね！」

明子が冗談半分、本気半分でとめるのを、節夫は、足もとの石ころを踏みしめて験《ため》してみたりしてからいった。

「やかましいこといわないで、ついてらっしゃい。小さいときから、こういうことにはなれてるんだから。ぼくの踏んだあとをついてくれれば、転ぶ心配ないですよ。靴ははいたままね、足を切るといけないから。まわりの岩にはさわらないの。」

そういいながら、もう彼は、足もとの石の中の、なるべく大きく、平らなのを踏みつけ、踏みつけ、はいっていってしまった。

明子は、外で待つわけにもゆかず、用心しながらあとにつづいた。物音と人声で、洞穴のまわりのぱっかりそげおちたような岩肌を、ぞっぞっと船虫が四散した。二間ほどで穴はせばまった。

「もっと小さくおなんなさいよ！　苔がつくと、たいへん！　ほら、右の肩！」

明子の発するこんな叫びが、わんわん壁に反響した。しかし、節夫は、奥にゆくほど高まる足場の岩をつたわって、無造作に穴のどんづまりまでゆきつくと、及び腰のまま、もう一つの穴と明子を等分に見返した。

「ああ、こっちの穴の岩は、かなりでかい。」

「ええ、だからよ。もどりましょうよ。」

「まあ、いってみましょう。」

節夫が器用にふんまえてゆく岩のへこみへ、明子も注意ぶかく爪先を入れるようにして、もう一つの洞にまわりこんだ。正面に銀色に輝く波をバックに、かがんだ、黒い節夫の後姿が、いつか映画で見た洞窟を出ていく原始人に似ていた。彼は、洞の入口のかなりの大きさの最後の岩の上で、及び腰のまま立ち止り、ちょっと身構えたと思うと、ひらり、とんで降りた。

それなり、海を眺めているのか、彼はしばらく動かなかった。明子も最後の岩によじのぼって立ち止った。波打ち際の波は、泡をふき、二人をとじこめようとするように寄せては返したが、洞窟の入口まではやってこなかった。沖には、白く輝く帆が二つ、三つ、軽快にすべっていた。

「なんてきれいなの！」明子は思わず叫んだ。

節夫は、ゆっくりふり返ると、岩の上にかがもうとしている明子の方へ両手をだした。

明子は笑っていった。

「だいじょうぶよ。あたし、とぶから、どいて。かえってあぶないから。」

しかし、節夫は笑いもせず、手もひっこめなかった。濃い眉の下の切れ長の目が、じっと明子を見ていた。

明子は、それ以上は拒めず、深くかがんで彼の手の中へ自分の手をおいた。そして、しめつける手の圧力が、ただ固いという感触だけなのに安心して、とんだ。明子の靴の先が節夫の靴の前に、ぴたっと並んで落ちた。

「うまい！」

煙草くさい息が顔にあたり、白い歯が、すぐ目の先にあった。

じっさいは、転ぶこともできないほどしっかり支えられていたのだが、明子も、目を伏せたまま、いわずにいられなかった。

「あたしだって、テニスの選手よ、大学部のときは。」

口から出る軽口とはまったく関係なく、明子の胸は早鐘をうっていた。ほどこうとするのに、彼は手をゆるめないのだ。

ちらと衝撃的に見あげた節夫の唇に、うす笑いのようなものがふるえるようにまつわりついていた。

次の瞬間、二人はちょっとよろめき、明子は自由になった手をスカートにすりつけながら急ぎ足に歩きだしていた。風で明子の髪が、頭の中の思いのように乱れとんだ。

彼がわきに並ぶまで、ちょっとの間があった。

「明子さん！」おし殺したような声だった。

明子の歩調はゆるまず、声も出てこなかった。

「明子さん、話があるんです。きょうは、そのこと話そうと思って出てきたんだけど。」

彼女は荒い息をつき、重い視線を、必死の思いでちらと彼の顔に走らせた。さっきのうす笑いは跡形もなく消え、そのかわりにまちがいようもなく、ある感情をこめた目が彼女を見ていた。

彼女は、また目を足もとに注ぎ、ただただ歩いた。これが、すべての若い女が夢み、明子自身も、自分にさえ隠して待っていた瞬間？　これは、そういうものではなかった。さっきの奇妙な唇のふるえ、節夫の荒い息は、田所を思いださせた。

ただ歩きつづけるうち、彼らは、突然、光の中に出た。崖が終ったのだ。浜のあちこちに人が動いていた。明子は、歩調をゆるめ、自分に目つぶしをくわせていた髪をかきあげた。

二人の足は、自然にさっき荷物をおいた草むらにゆき、節夫は丁寧に自分たちの物を草の間から掘りだしていた。明子は、ぼんやりそれを見ていてから気づき、「あ、ごめんなさい。」と小声で叫び、いそいで自分の物を彼の腕の中から取ると、経木帽子を固く頭におしつけ、ひもをしめた。

「ごめんなさい、相良さん。きょうは、もう……ここで失礼させていただくわ。」

「何いってるんです。トンネルまで来るって約束だったじゃありませんか。」

小学生のような文句のいい方だった。なぜかそれがおかしく、まだ体の芯のふるえもおさまらないのに、明子は、我にもあらずぱっと笑った。その笑いが、夕陽のように彼の顔に反射した。

「ね、ぼくも、おちついて話しますから。」

「でも、もうきょうはだめ。頭の中、めちゃくちゃ。」

逃げだそう！と思ったとたん、明子はまた笑った。そして、「さようなら！」と叫ぶなり、浜伝いに走りだした。明子は、途中で方向を変え、浜伝いでなく松林に向って、手をふり、腰をまげ、砂を蹴って走った。上り坂なのでへとへとになり、砂丘の途中で転びそうになり、青くさい息を吐きながらふりかえると、節夫はあっけにとられたという様子で、追ってはこずに、顔は彼女の方へ向けたまま、足は石橋の方へ向けて立っていた。

明子は手をふって、ありったけの声で叫んだ。

「さようならあ！」

はずんだ声が、色のついた旗のように風にのって流れていった。

彼女は松林にかけこむが早いか、息もたえだえに草の上にひっくり返り、蚊にくわれながら何十分かオカの白波を見てすごした。その間に、後ろの街道を通っていったバスは、どこかで節夫を拾ったはずである。ふしぎなことに、節夫が刻々と遠ざかるにつれて、彼女の胸の火は赤く燃えさかっていった。

18

その後の数日、明子は、自分ながら自分を熱病患者だと思った。

あの、手をふりほどこうとしてもみあいになった瞬間、節夫から受けた嫌悪感は、きれいさっぱり吹き払われ、ただ熱い思いだけがおこりのように彼女を襲うのだった。

彼女はもう、自分の感情を蕗子にかくそうとしなかった。夜、玄関の二畳をへだてて、蕗子のとははすかいに吊る蚊帳《かや》の中から、彼女は何かと——特に節夫のこととは限らなかったが——口数多く蕗子に話しかけた。早寝の蕗子も相手になった。

蕗子は、時どき、ひょいと妙な合の手を入れた。

「セッチンね、背はどのくらい？」

明子は、きゃっきゃと笑って、

「あーあ、どうしてそういうことばっかりきくんだろ。でも、そうね、小男じゃない。あたしよりかなり大きいもの。」

「あなたより頭ひとつくらい？」

「あたしより頭ひとつ大きかったら、大男ですよ。」

蕗子は、しっぺ返しのようにはげしく咳きこみ、

「あ、苦し！　ああ、あなたもとうとうそういうことになったのね。」

「でも、これ、ほんとだもの。」

「もういいわよ。中肉中背、ちょうどいいとこっていうんでしょう？　あなたの目や頭が、当分使い物にならないってことは、あの日、ふらふら、家に入ってきたときからわかったんだから。」

「でも、どうってこと話したわけじゃないのよ。」

「つまり、どうってことも話さないうちに、ふらふらになっちゃったってことなんでしょう？」

例によって、蕗子に噛んですてるようにこういわれると、明子はぐっとつまり、しばらく、蚊帳の中は静かになる。がまた、蕗子にちょっとつっつかれれば、すぐしゃべりだした。自分が、これほど恥知らずになれるとは、明子も考えていなかった。

「それは、そうと、あなた、いつもセッチンとどこで遊ぶの？」

「遊ぶなんて……遊べるようなとこ、ひとつもないじゃないの。ただ坐って世間話してくるのよ。」

「だからどこで？」

「氷川様で。」

「え？　どこの？」

「そこの。」

「なんでしょう。」蕗子は、正直に呆れたという声をだした。「『角』のばあちゃんいなかった？」

「いたわ、最初のとき。」

「ああ、いやだ。あたし、ゆうべ、浜の盆おどり見にいかないでよかった。きっとあなたたちのこと、『鈴木主水《もんど》』の唄の中に歌いこまれちゃったわよ。」

明子は、そこにいない節夫に悪いと思いつつ、そんなことで笑い寝入りした。けれど、そのようなことでもなければ、ああしたことのあったあと二、三日、明子はまともに眠ることもできなかったろう。このようにひとを想うことは、明子にとってははじめての経験で、彼女ひとりで処理できたとは思えない。蕗子からのからかいや哄笑は、まるでたんぽ槍の痛打のように胸にたまる鬱血を散らしてくれた。

海にも出ず、書類の整理も要領を得ず、うろうろしていると、蕗子の部屋から尻を叩くような声がかかる。

「何を哲学しておいでですか。もう四時半ですよ。今夜は、晩餐？　それとも夕餉《ゆうげ》？」

明子は、目の前のカード類を、思いきりよく箱に収め、台所の釘から経木帽子と袋をとって、船のつく港へいそぐ。砂の熱いところは駈けぬけ、波打ち際に出ると、海は大きな、ラムネの瓶のような色の幕をひろげたり、巻いたりしていて、近づいても逃げもしない明子の太股にまでぶつかってくる。明子は知らん顔して、ぬれて重たくなったスカートをぶらさげたままゆく。土ふまずの下にくすぐったくくずれる砂も、ふくら脛《はぎ》をなぶる冷たい水も、いつもと少しも変ってはいないはずなのに、なぜ何事にも胸がはずみ、すべてのものが、節夫へ、節夫へと流れていくのだろう。明子は、彼に会いたいなどと思っていなかった。むしろ、会いたくなかった。会えば、その先に何か厄介なことがおきそうであった。

あれから、すぐあの夜のうちに書いたらしい手紙が来た。あのようなことをして、あなたを不安がらせてしまったことをすまなく思っている。急にあなたの気持を確かめたくなってあの不始末であった。いま自分の身近には、処理してしまうべきことが山積しており、早くその方を片づけ、村井を通してでもあなたに自分の気持を伝えてもらうつもりであったのに、きちんとしないまま今日のようなことになったことを許してもらいたい。しかし、自分は誰にでもああした態度をとる人間ではないことを神かけて誓うことができる云々……。いや、彼はそう書いてきたのではなかった。それは、明子が、いつもの節夫の口調から推して自分流に翻訳した言葉で、彼は「小生は、これでも真面目な人間にて、これまで……」というように書いてきたのであった。くりくり坊主の青年が書くようなラヴ・レターは、明子を笑わせ、涙をこぼさせた。自分はあの日、どんなに醜い怖れの表情を彼に見せてしまったのだろう。

明子は、すぐ会社あてに速達で返事を書き、町まで出しにいった。紙の上では、明子は節夫より自由で大胆だった。諧子仕込みの諧謔さえ交えることができた。手紙ではいくら大胆でも、生身の節夫が迫ってくることはなかった。

「私は幸福です」と、明子はのっけから書いた。「生れてはじめての気持です。かうして、ひとり机の前に坐つてゐても、このやうなことが私におこつたのが奇蹟としか思へません。あなたは私に神かけて何もお誓ひになる必要はないのです。あなたの過去や将来は、私には何の関係もありません。ただいまの状態で私は十分なのです。どうぞ、性急に会ひにいらつしやらないで下さい。これは、私の心からのお願ひです。さもないと、あなたは私がだいじに育てようとしてゐる私の中の相良さんを踏みつぶしておしまひになりますよ。」

節夫からは折り返して、日曜日、いつもの汽車でゆくという電報が来た。だが、彼が、じっさいに来たのは土曜日であった。土曜日の昼近く、三時の汽車でゆくという電報が来たとき、明子の胸にはなぜともわからぬ雲がたれこめた。

そして、彼に会ってみてはじめて、彼が東京から直接勝浦に来てしまい、明子と話してから一の宮へ逆もどりするつもりなのを知った。駅から遠くへいく時間はなかった。

彼らは、すぐ近くの丘の上にある寺に上った。もうお盆はすぎていたのに、節夫には邪魔だったかもしれないほどの人たちが境内を往来していた。しかし、そのおかげで、明子は、わりにおちついて大木の陰のベンチに節夫と並び、宇原の展望よりは小さく、俗な海水浴場を見おろしていることができた。

節夫は、自分一人で勢いこんで練ってきた計画が、駅で出迎えた明子の表情を見たとたん、彼の思い通りにいかないと気づいたらしく、いつも明子と会うときの明るさをひっこめていた。ベンチにかけるなり一本吸いつけ、また一本。そして、その吸いがらをふみにじると、突然、何の抑揚もない声でぽつんといった。

「ぼく、きょう……あなたのこと、母に話そうと思うんです。」

「まあ、やめて!」明子は、思わず蕗子と言い争うときのような声をだした。

「どうして?」

そのときの節夫の表情が、また明子を驚かした。彼は、明子から横面をはられでもしたように彼女を見たのである。

「あ、ごめんなさい、こんなふうにいって。でも、いやなんです……まだ。」

「まだって、いつなら、いいんです。」

「そんなこと、わからないわ。」

「そんな無茶な……」

「これ、無茶？……でも、きっと無茶に聞えるわね……」明子はうなだれた。「あたし、ほんとに正直な気持で申し上げてるんですけど。このお休み、あたしたちには、だいじなんです。それに、相良さん……あのお手紙をくださってから、まだ一週間ですよ。」明子はつとめて柔かく出るつもりで、うす笑いをうかべてみせた。「あたし、あなたの御身辺のことなんか、まだ何も知らないんです。どうしてもう少しこのままにしておいてくださらないの？」

彼は、いらだたしげな目を海の方へ向けた。

「ぼく、いままでのように親にかくれて、こそこそ会ったりするのいやなんです。」

「あたし、こそこそなんかしてませんでした。」

話はとぎれ、彼は出直した。

「とにかく、きょう、話さしてください。夏休みじゅう、あなた方をさわがせないって約束します。」

しかし、明子は前後を考える気持の余裕もなく、ただいわずにいられなかった。

「お願い！　もう少しこのままにしておいて！」

ついに汽車の時間までに明子は承諾をあたえず、二人は、寺の長い長い階段をだまって降りた。暮れかかる道を駅まで見送り、改札口をはいる彼と目を見交したとき、明子は、つぶやくようにいった。

「わがままいって、ごめんなさい。じゃ、今度は東京で。」

節夫は、じろっと彼女を見ただけでいってしまった。

これで、ともかく、あと十日ほどの宇原での休日を確保できたと、明子はひとまず安心した。考えれば、不安はおこるが、強いて考えないようにし、蕗子とのあいだの時間表通りの生活を再びはじめて四日めか、朝、各自がそれぞれの仕事にとりかかったとき、蕗子が六畳の机の前でいった。

「ああ、驚いた。セッチンかと思ったら、一ちゃんだった。」

明子はあわてて自分の部屋の窓からのぞいた。土産の菓子折らしいものをさげて、白く乾いた干し場をはいってくるのは、一郎だった。

明子は玄関をとびだしてゆき、干し場で一郎を迎えた。

一郎は、明子ののばした手に風呂敷包みを渡すと、久しぶりのせいか、汗で光った顔をてれくさそうにほころばせた。

「やっぱり、潮のにおいっていいなあ。」

「急に来るから、びっくりした。お休みとれたの?」

「いや、休みとちがうんだ。きょう、帰るんだ。」

「何よ、わざわざ来て。」

「きみに用事で来たんだよ。」一郎は小声でいった。

しかし、そういっているまに、二人はもう玄関をはいりかけていたから、一郎は、笑顔で出迎えた蕗子と挨拶をはじめてしまった。

「しばらくでした。お元気そうじゃないですか。」

「ええ、おかげさまで。あたしは、ほんとうにのんびりしてるもんで。でもね、一ちゃん、村井さんはとてもこの頃いそがしいのよ。あたしは、むしろ退屈してるんで、一ちゃん、いらしてくだすって助かった。」

明子は、蕗子に「だまって！」と目で合図しておいて、筋向いの店「又べえ」へ氷水を注文しに走った。そして、又べえのかあちゃんが氷水の用意をする間に、自転車を借りて、港に出ている海女たちの収穫を見にいった。夕食用には鮑と何かの魚をと頼み、昼食のための小魚をさげてもどってくると、家では、氷水のコップは、とうの昔に片づけられ、ビールで酒盛りがはじまっていた。部落では、どこかに客があると、ふしぎなほど早く知れわたるから、一郎は、去年、魚突きを教えられた本家の伸二と、食前の一杯をやっていたのである。そんなこんなで、明子が一郎から、「用事」について聞きだしたのは、昼休み後、とうとう泊ることになった彼と二人で泳ぎに出ようとしたときのことだった。

「用ってなに？」

明子は、干し場を横切りながら聞いた。

「うん、さっきから話そうと思ってたんだけど、はたでわあわあしてるから……きのう、相良さんのお母さんてひとが、家へ来たんだとさ。」

「え?」明子は、はいていた藁草履に根がはえたようにつったち、しばらくしてからようよういった。「何しに?」

「そんなこと、おれ知らないよ。おふくろさん、ぷんぷんしてるだけで、『何もかも手紙の中に書いてあるから、渡せばいいのっ。』っていうから。でも、結局のところ、明ちゃん、お嫁にもらいに来たんじゃないか?」

一郎の顔には、自然にニヤニヤ笑いが浮んでいたが、海の方を向いてつったった明子の表情が彼には腑におちなかったのか、弁解がましくつけ加えた。

「相良さんと了解ずみじゃなかったの? 内職もらったなんて喜んでたから、そっちの方もうまくいってるのかと思ってた。」

「そっちの方ってなに?」

「そんなにとんがるなよ。おれ、怒られる筋合いないよ。」

明子は、さまざまな思いが頭の中をかけめぐるだけで、一郎へも何と返事していいかわからず、ただ聞いた。

「その小母さんの手紙、どこ?」

「風呂敷の中におれの状袋あったはずだけど。」

家へもどろうとする明子の後ろで、一郎が、母親にとも、明子にともなく、腹だたしげに叫んでいた。

「きょうは、首へ縄をつけても、つれて帰ってこいっていわれてきたんだからな。」

明子が風呂場から、蕗子の横になっている六畳へだまって踏みこむと、一郎の会社の茶封筒が、すこし皺くちゃになり床の間に転がっていた。彼女は水着のまま、床の間に腰かけて、小母の手紙をとりだし、読みはじめた。

節夫の母は、明子を「お嫁にもらいに来た」のではなかった。彼女は途方に暮れて、息子にはだまって、息子の口からもれた関の名を頼りに、その家を探しあて、村井明子という若い女について聞きただしにいったのであった。彼女は、息子とその若い女との交渉がどんなものなのか知らない。息子には、何カ月か不義理を重ねてきた縁談があった。もっとも、その話はつい最近、息子の強硬な反撥で破談にしたが。

……私は相良様の奥様のお話を伺ひ、ほんたうに申し訳なく、涙がこぼれました。奥様にもお気の毒であり、また一方には、私達が本当の娘のやうに大事に大事にしてきた明ちやんが私達には一言の相談もなく、相良様とお付きあひしてゐたなんて……

明子とおなじく、夏に弱い小母は、暑気あたりか、このところ少し工合がよくないので、「どうぞ一郎と一緒に一度もどって、私達に納得できるやう話して下さるやうお願ひ致します。」と、その手紙には、小母のうちくだかれた気持が綿々とつづられていた。

明子は読み終ると、腰かけたままの恰好で考えこんだ。

「どうしたの？」

蕗子が、昼寝の枕から鎌首をもちあげるようにして聞いた。

明子は、手紙を蕗子の手もとへ放ってやると、水着を着かえる元気もなく、自分の部屋でタオルのガウンをひっかけてひっくり返った。そして、少し気分を静めようと腹式呼吸——これは大学部のとき、ルーナティック先生に教えられて以来、悲しいにつけ、苦しいにつけ、彼女が実行してきた神経鎮静法であった——をしているうち、いつの間にか眠った。

どのくらいの時間がたったのか、笑い声でぱっと目をさましてみると、奥の六畳では、伸二や新家の主人までが加わっての酒盛りであった。明子は、なお二、三分じっと横たわっていた。思いがけず恵まれた奇妙な熟睡の間に、彼女は、少しまえまで頭の中を乱れとんでいた塵あくたが、みんな底に沈んでしまったような静かな目で天井を見あげることができた。

彼女は着がえ、だまってみんなのいる席に出ていった。

すでに例の手紙を読んだにちがいない蕗子と一郎は、何がはじまるかという顔で明子を見たが、彼女は、おとなしくみんなに給仕し、蕗子の指図で七輪の火加減を見にいったりするだけであった。そして、自分も、みんなといっしょに黙々と酒の肴をつまんだ。正直のところ、部屋に出てくるまえの数分間で、自分は気持の整理をつけた、と明子は思った。どう考えても、今度のことで小母を怒ることはできなかった。また、あれほど拒んでいたのに、節夫が母親に明子のことばかりか、関家のことまでもしゃべってしまったについては、やはりそれなりの事情があってのことであろう。相良家を騒がせたらしい節夫の縁談などというものには、明子はふしぎなほど何の動揺も感じなかった。ただ、いま心にあるのは、悲しいということだけであった。

翌日夜あけ、彼女は、あとの二人の寝ている間にひとり玄関の畳に俯すようにして小母に手紙を書いた。

小母上様

御心配かけて申し訳ございませんでした。何卒お嘆きにならないで下さい。私は小母様の心配なさるやうなことは何ひとつしてをりません。

相良さんが小兄さんの友だちで、中学のころよく家へ遊びにいらしたことは、相良さんのお母様からお聞きになりましたでせう。相良さんは、この四月神戸にいらして、小兄さんと会ひ、小兄さんから頼まれたと仰有つて、言づけをもつてアパートまで来て下さいました。それ以来、何度かお会ひし、あの方の会社の小さいお仕事もさせていただきました。相良さんは、こちらにも二、三度お見えになりましたが、もう来ていただかないことにいたします。

もし相良さんのお母様にまたお会ひになるやうなことがありましたら、御安心なさるやうお伝へ下さい。

友だちの都合もあり、予定通り八月終りまでこちらにをりますが、御心配なさるやうなことは一つもないのですから、どうぞどうぞ御安心下さい。

万事、帰りましたら早々に伺つて、お話し申上げます。

呉々もおだいじに。小父上には別に書きませんが、よろしくお伝へください。

二十三日早朝

明子

一郎を送って、朝早い駅のプラットフォームに立ち、土産の生まれ物について注意しながら、彼女は念を押した。

「小母さんにほんとうに心配いりませんていって。三十一日の夜、ちょっとお顔だけ拝見にゆきますって。もうあと一週間なんだから。」

その帰り、明子は郵便局のあくのを待って節夫に電報をうった。前夜、眠れぬままに考えたときは、ああもこうもと彼にいってやるべき手紙の文句が、ちゃんと頭の中に用意できていたのに、いまは局のすみで走り書きする気分にもなれなかった。会社で誰に見られようと、そんなことまで考えていられないという気持で、碁石でもおくように「イゴ　オイデ　ナキヤウ　ムラヰ」という文字を頼信紙の上に並べた。

そしてほとんど無感覚になって家にもどり、蕗子ともあまり話さず、急に事務的な面だけ几帳面にまわりだした頭で書類整理をしていると、ウナ電であった。

「アス二ジ　ユク」

19

次の日の午後二時ちょっとまえ、明子は人に押されながら、駅のブリッジ寄りにしつらえられた、夏用だけの降車口にとりついていた。汽車は一時五十九分着であった。そしてとうとう時間通り、よごれた機関車が煙を吹きあげながら玩具のように百メートルほどはなれたトンネルからとびだしてくるのを見ると、この二日、自分の中ですっかり萎えたと思っていた心臓が、また音をたてて動きはじめたのを、ふしぎともうとましいとも感じた。

大音声あげて、たくさんの窓が目の前を流れていき、とまった。そして、すぐ列車のかげに、脳をかみくだくような砂利をふむ音がおこり、荷物をさげた人の群が列車の後尾から出てきて、ブリッジの方へ動きだした。目を走らせるまでもなく、五、六番めに節夫があらわれた。右手に上着を抱えこみ、左手で後方からくる日を防ぐためか帽子を阿彌陀に傾けるという、暑苦しいかっこうで。

汽車を出はずれた瞬間、ちらと出迎え人たちの並ぶ柵の方へ投げてよこした彼の目が、一度で彼女を捕え、恐らく双方ともに不本意だったと思われる微笑がゆきかった。

明子は、まわりに立つ経木帽のあいだをすりぬけて、道路で待った。が、駅前のせまい広場で、すっかり笑いをひっこめた、汗と煙草のにおいを発散させる節夫に、ぬうと立たれてみて、明子はすぐ感じとった、相手にどう対したらいいかわからない度合は、恐らく自分の方がずっと大きいのだと。それまで、彼女は不覚にも、節夫と自分を多少とも一対一として考えていた。が、いまはどんなことであれ、背中にいろんな荷物を背負っている彼の方が、風来坊の自分よりは、重い物体に見えた。自分はこれから、彼に何といえばいいのだろう。

明子は、心せかれて、ごく目前のことを口からとびださせた。

「どこにします？　お寺？　……」

「ふむ……」と、彼は、あまりいい思い出のなかった寺を思いうかべるように息をもらし、苦笑まじりにつぶやいた。「氷川神社が、あのくらいのところにあると申し分ないんだけど。」

その調子に、明子も思わず心の重みが少しとれて、

「いってみます？　時間はかかるけど。」

彼は、口を曲げ、首をかしげてからうなずいた。

明子は、先に立って、バスに乗りこんだ。夏の終りで、バスはまた混みはじめていた。

一ばん奥の、たった一つあいていた席にいって明子はかけ、節夫は前に立った。町を出はずれると、バスはすきはじめた。節夫は、明子のひざから自分の荷物をとって、前の方へいってかけた。やがて、彼の隣りの席があいたが、明子は動けなかった。氷川下に来たとき、二人はだまって、はなれた場所から立ち上った。

バスの残していった砂ぼこりのなかで、明子は神社の坂道を見あげた。きょうは、ばあちゃんが茶店にいそうであった。

明子は、小声でそのことをいった。

「あのひと、宇原の放送局なのよ。」そして、彼女は、氷川神社とは細長い田圃をへだてて向いあう段々山を指さした。「ほら、あの蜜柑《みかん》山ね、あそこも涼しいけど。」

節夫は、あまり好ましくないようにそっちを見やり、

「遠そうだな。きょうは時間がないんだ。」

「畦道、斜めにゆけば、男の足で五分よ。」

「でも、ぼく、ひとりでいくんじゃないから。」と、節夫は、また苦笑をもらした。

「でもまあ、いってみましょうか。ここまで来ちゃったんだ。」

しかし、明子にとっては、ともかく節夫と言葉のやりとりがはじまったことだけでも一つの慰めで、いそいで節夫の持ち物を鳥居の前の茶店に預けると、生まぬるいサイダを二本買った。

部落のはずれの街道筋は、家並は大方、一側並べで、ことに山側はどこの路地にはいっても、するりと後ろのみどりの景色に抜けられた。その先の風になびく青田は、細長く、左へ右へとよろけながら、低い丘の間へはいりこんでいた。

蜜柑山への近道を、明子はいそぎ足に歩いた。海から吹きあげてくるのは、もうはっきりと秋風だった。だまって、すぐ後ろから押すように歩いてくる節夫の煙草の煙が、明子の頭のまわりを舞ってとびちった。あまりだまってもいられず、明子はいった。

「この田圃ね、海のひとと山のひととの境界線なんですよ。この奥の農家のひとたちを、漁師たちが『ゼエゴッピ』っていうんですよ。」

しかし、節夫からははかばかしい返事も出ず、二人は間もなく段々畑の蜜柑山を上っていた。腰をかけるによさそうな段を見つけて、明子は、新屋で草取人などを頼むときに使う莚を小屋から出してきて、席をつくった。

ゆるやかな蜜柑山からの眺望は、木々におおわれている氷川様よりはずっと開けていて、向いの低い丘の所どころに見える白茶の岩肌と青田の照り返しをうけて、日陰なのに明るかった。右手前方、このまえ、節夫と洞穴をのぞきにいったオカの磯のあたりは、きょうも小きみよく白いしぶきを吹きあげていた。蕗子と二人なら、この秋のような日、この景色、この空気の中で、何時間でもたのしくすごすことができるのであったが。二、三度、ぐびぐびと音をたててサイダを片づけてしまった節夫は、息をついては、飲み残しの分を始末しようと苦労している明子を待つように、煙草をふかした。明子は、瓶を足もとに倒して、とても飲めない分を雑草の上にまいた。

それを合図のように、彼はいった。

「早速ですけど、はじめていいですか！」

「ええ、どうぞ。」

「ぼく、きょうは第一に謝りに来たんです。」しかし、彼の声は、それほど下手に出ているふうではなかった。「何のことかはもうわかっててくれてると思うけれど、あんなにあなたがいやがったのに、あなたのこと、母の前にもちだしてすみませんでした。でも、あの電報が来るまで、あれほど怒ってると思わなかった。」

「あたし、怒ってません。」

「いや、怒ってる。怒ってなけりゃ、あんな電報は打てない。」

「そりゃ……初めて関の小母の手紙見たときは、かっとなったかもしれないけれど……。でも、もういまは怒ってません。あとで考えれば、あたしのいうことの方が無理なんでしょう？　相良さんだって、あたしのことを少しももちださないで、お母さまとお話しできなかったんでしょう？」

「そうなんだ。」と、彼は気の毒なくらい緊張のとけた面持ちになり、「あの晩、ぼく、何もかも母にしゃべっちゃったんです。何もかもっていったって、たいしたことないけど。ところが、面倒なもんで、母の頭には、こじれていた縁談をぼくがのみこまなかったのは、あなたのせいだという固定観念ができちゃってたんです。それで……母は、いま、ぼくと東京にいて……関さんなんかにまで出かけて、あなたのこと詮索したらしいんだ。関さんから何かいってきたんでしょう？」

「ええ。」

「何て？」

「何てって……」

明子はつまったが、節夫の息づかいから彼が一途に答えを待っているのがわかるので、一郎が小母の手紙をもってやってきたてんまつと、小母も節夫の母親とほぼおなじことを考えているらしいということをいった。

「ずいぶん小母とはお話が合ったみたい。お母さまからお聞きにならなかったんですか？」

「母はね、だまって出かけて、帰ってきてもだまってるから、ぼくにはわからないんです。」

「なぜお聞きにならなかったの？」

彼は、舌打ちでもするように応じた。

「近ごろ、母とぼくは、そういうこと仲よく話せる間柄じゃなくなってるんですよ。もっとも、ぼくの方にも、なぜあなたが、あなたのことを母に話すのを、そんなにいやがるのかわからないって面があるんで、それでややこしくなるってこともあるんだけど……。それで、関さんじゃ、何ておっしゃるんです。」

「何てって……」と、明子は、またくり返した。「あなたの御縁談を、あたしみたいなものが突然あらわれて……だめにして、ほんとに申し訳ないと思ってるんでしょ。」

「ばかばかしい。」節夫はいらだたしそうにつぶやいた。「明子さん、ぼくの言葉信じてください。あなたとその縁談というのは、まったく無関係なんだ。その話はね、ぼくの一ばんいやな条件が揃っているんで、最初から断ってくれといったのを、母は断らなかったんです。母にとっちゃ、ぼくにいやなことが、長所だったたんです。何だかんだとぼくを説得しようとして長びかしてたんです。ぼくも、途中から面倒くさくなって、ほったらかしたのがまちがいだったたんだけど。」

明子はそういう話を聞くのが辛く、いそいで彼をさえぎった。

「相良さん、あたし、その御縁談のことね、ちっとも気にしてませんよ。あたし、その御縁談のことには何の興味も感じられなかったんです。申し訳ないくらい。」

節夫は、蜜柑山の段に並んで腰かけてから、はじめてはっきり明子をかえりみた。

「それでは、どうしてあんな電報よこしたんですか？」

節夫にとっては、明子がその令嬢に嫉妬していたという方が納得いくことであったのだろうか。そんな思いが、ちらと明子の心におこったが、彼女は怒りもおかしさも感じなかった。

「あの電報ね……」明子は沈んだ気持でいった。「あたし、もう疲れてしまって、ああいうふうにしか書けなかったんです。もうここに来ていただきたくなかったんです。関の小母は心臓がわるくて、夏、弱いひとですし、これ以上心配かけたくなかったんです。」

「まったく関さんまで騒がせてしまって、その点は申し訳ない……」

「それからね、相良さん、これ、ほんとに好奇心からいうんじゃありません。でも、あたしが相良さんとおつきあいしているあいだ、相良さん、その御縁談のお嬢さんに対してどう思ってらしったんですか？」

「どう思うって？　ぼく、一度会って、気持がきまったっていったでしょう？　それからも、義理で二、三度会ったけど……。はっきりいえば、ぼく、いやだったんですよ。

そのひともだけど、その周囲もね。」

「でも、そのあいまいにしてたらしたあいだ、そのお嬢さんが、あなたをどんなふうにお思いになってたか、お考えになったことあります？　唯一人のひとと思ってたらしたかもしれないでしょう？」

節夫は、胸にたまったものを一度に吐きだすように、まるで棒のような煙を明子の反対側に向って吐いた。

「何とでもおっしゃい。だけど、ぼく、もうその話はほんとに御免なんだ。だけど、明子さん、いまどきのお嬢さん、そんなしおらしいひとばかりじゃないんじゃないですか。……親父やじいさんが誰々で、自分も美人と自惚れてれば、若い女でも、かなりしたたかになれるんじゃないんですか？　もし、名前知りたければ、いってもいいですよ。」

「いいです、聞かないほうが。」明子は小さく叫ぶようにいった。

「やめますよ、こんな話、いつでも……。で、何が、そんなにあなたの気にさわったのか、それを話してもらいたいんだ。」

「あたし、ほんとに怒ってなんかいないし……」明子はうなだれて、はじめた。「いつか手紙で申しあげた気持も変ってないつもりです。だから、うまく話せればいいと思いながら話すんですけど、あたし、ほんとに小さいときから神経質で、いやなひとからは逃げてきたんです……。だけど、相良さん、あなた、もしかして、いま……あたしと……結婚なんてこと考えてらっしゃるの？」

「勿論ですよ！」

何をばかなことを、という調子であった。

「でも、結婚て……二人だけのことじゃないでしょう？」

「だけど、ぼくたち、ほかの者といっしょに住むわけじゃなし。」

「住む、住まないということじゃなくて……」明子は、何か心が萎えてきそうに思いながら答えた。「あたしは、母がいなくなってから、ほんとに自分勝手に生きてきたんです。関の小母には、風来坊っていわれました。でも、そういわれだしてから、自分ではたのしかったんです。だから、いまは、相良さんも風来坊だったらよかったのにとても思ってしまうのよ……。でも、そんなことといったって、それは相良さんには無理でしょう？　あなたには、ちゃんとしたお仕事があり、御家族があり、会社がある。あたし、そういう中で、とてもうまくやってゆかれる人間じゃないって気がするの。ほんとなんです。」

彼は、しばらく無言でいた。が、またゆっくり明子をかえりみたとき、彼の顔には、いまの言葉を、どうとっていいかわからないという表情があった。

「つまり、ぼくに係累が多いってことね？」

「そういうことじゃないの！」

「いや……結局、そういうことだ。そして、それは、ほんとなんだ。それに、こんなこといまいうのも、どうかと思うけど、借金もしょってる。しかし、そんなことは、ぼくたち二人の生活には、たいした支障にはならないと思ってたんだ。それはうまく解決できるつもりなんだ。いまは、このぼくを信じてもらいたいってことだけなんです。」

明子は、またいそいでいった。

「信じる、信じないより、あたしにはわかるような気がするんです。もしも、あたしのようなものと結婚なさったら、相良さんは、いまは想像もおつきにならない重荷をしょっておしまいになるわ。あたし、ほんとに弱虫なんです。小母の手紙読んだとき、心臓に火針さされた気がした。あたしの一ばんだいじなものが押しつぶされたんです。」

「だから、実際にはどんなことが書いてあったんです？」

「表面に書いてあることは、特別なことじゃないんです。でも、世の中のこと、何もかも形式で考えているんです。小母みたいな人間には、結婚で片づけさえすれば、何事も正しく美しいことだし、結婚しない男と女のすることは、何もかもいまわしいんです。」

明子は、「小母」の中に、はっきり節夫の母も含めて考えていた。そして、節夫がそれに気づいてくれればと思った。

「つまり、それで、」と、節夫は、彼にとってはとりとめのないと思えるらしい言葉の途中で、口をはさんだ。「あなたは、ぼくたちが、これからどうしたらいいと思うんですか。」

「ほんとに勝手ですけど、」明子はつぶやくようにいった。「夢みたいなことをいわしていただければ、いままでどおりだとうれしいんです。そんなの、相良さんに失礼ですわね。」

「当分ということですか？」

「それ……はっきりわからないんです。あたし、何にでも時間かかるんです。」

節夫の目に、カッと癇癪に似たものが走ったが、出てきた声は笑いをふくんでいた。

「じつはね、困ったことに、こちらのいろいろな事情が、そんな悠長なことといっていられないとこに来てるんです。それこそ、ぼくの感じをいわせてもらえば、あなた、ひととつきあえないっていってるけど、勤めてるところでだって、ちゃんとうまくやってるし、いま、いっしょにいるひととだって、仲よくやってるじゃありませんか。」

「協会のことは事務だし、それから、友だちのことは特別気のあうひとなんです……。こんなことというと、おかしいかもしれないけど、母がいなくなってから、どうして生きていこうかなあって思ってたとき、そのひとにほんとに偶然出会ったんです。学校の上級生なんです。」

「あなた、意外に頑固なんですね。」といってから、彼は考えを変えたように、単刀直入に切りこんできた。「その特別ってのは、どういうことです？　あなたとその友だちとは、どういう仲なんです。」

明子は、思わずまじまじと彼を見た。

「仲って、どういうこと？」

「関係です。」

「友だちです。」

「それだけですか？」

「それだけって、どういうこと？」

「なんだか、あなたの話聞いてると、東京で会ってたときと、全然感じがちがうんだ……。」

明子は、彼を見返した。

「何のこといってらっしゃるの？　あたし、自分のことで、あのひとの指図なんかうけたことありませんよ！　あたしたち、お互いに支えあっているかもしれないけど、自由なんです。世の中からは風来坊に見えるかもしれないけど、お互い納得できるように暮してるんです。そういういみで、あのひとは、あたしにはだいじなひとなんです。」

明子は、心に、いまあの崖下の家で、ひとり机に向っているか、細いからだを横たえて本に読みふけっているか、何かをやっている蕗子を思いうかべた。

きょうは明子は、節夫と会ったときから、みょうな圧迫感のようなものを覚えていたのだが、いま、ふと言葉を切って、驚いた。蕗子を「だいじ」といったとき、隣りに掛けている彼のからだが不意に二倍にもふくれた気がした。

「そうか。」と、彼はいった。「じゃ、ぼくたち、もう話しあう余地ないってわけだ。こないだっからのことは、ぼくとしちゃ、非常にまじめに考えてきたことなんだけど。少しも早く身辺をきちんとし、村井にも、あなたのことについて了解を得る手紙を書こうとしてた矢先だったんだ。でも、いまのお話じゃ、それも無駄な気がする……。きょうは、ちょっと無理して出てきたんで、ぼく、これで帰ることにします。あなたは、その友だちと、あとの休暇をたのしんでください。」

「相良さん!」

しかし、節夫はもう腰をあげ、ズボンをはたいていた。

「相良さん、」明子はあわてて叫んだ。「あなたとその友だちのことは、まったくべつのことなのよ。」

「でも、こういう話のくり返し、埒あきそうもないし……」

十分ほど後、彼らは、このまえ二人で見にいった洞穴の方へは目もくれずに、石橋を御宿に向けて渡っていた。ちょうどいいバスがなかった。送ってこなくていいという節夫の言葉を無視して、明子はついてきた。

彼は、半歩ほど後ろを明子がついてくることを無視するように、距離をちぢめないで歩いていた。

これでトンネルをぬけ、向うの海を見ながら、「さよなら」をいって、それでおしまいなのか。

二人は、展望のきかない山あいにはいった。道には、だれもいなかった。息を切らして歩きながら、明子は突然いった。

「相良さん……ごめんなさい。」

ひと息つくほどの間をおいて、彼は前方を向いたままいった。

「何を謝るんです。」

これは、氷川下で、「送ってこなくていい」といって以来のまとまった言葉だった。声は平静に戻っていた。

「だって、こんな変なことにしてしまって……。怒ってらっしゃるんでしょう？」

彼は、顔だけ斜めうしろに向け、思わずのように笑顔を浮べた。

「明子さん、あの電報に何て打ってよこしたんです。」彼はあっさり、彼女と並んで歩きだした。「いそいですいません。いまだと、ひと汽車まえのに乗れるかもしれないから……。ほんとにもう来なくていいですよ。あなたとおなじでさっきは怒ったけど、もうおさまった。母のこと考えてたんです。帰って何ていおうかと思って。けさ、あんまり大きな口きいてとびだしてきてしまったから。」

「ごめんなさい。」

彼は、突然、立ち止った。

明子は、一歩退いた。

彼はせきこんでいった。

「ね、考えなおしてください。きっとぼくたちで、何とかやっていかれる。あなたをみじめになんかしない。」

明子は、ただふらふらと口から出てくる言葉を息の下でつぶやいた。

「だって、だって、待ってくださらないんですもの。」

「待ちますよ。待つくらい……。いつ帰るんです?」

「どこへ?」

節夫は明子を見おろし、たちまちいつもの兄貴らしい態度になった。

「そんなに情ない顔しないでください。もちろん、東京へですよ。」

「三十一日。」

「帰ったら、すぐ知らしてください。」

明子はうなずいた。

「母のことは心配しないで。あなたに会うまでに、ちゃんとわけをわからせておく。できるだけ早く会ってもらいたいんだ。」

「あ、」明子は、とっさに彼を遮った。「まだ、お会いしないほうが……」

節夫の目が、明子の目の前でまたカッと燃えた。

その目をかくすためのように、彼はもとの方向へ向き返り、さっさと歩きだした。明子は動けなかった。

「相良さん！」

節夫は足をゆるめなかった。

「相良さん！」

帽子を阿彌陀にのっけ、靴の先で小さく埃の煙をまきあげながら、彼の姿は山道のカーヴに沿って遠ざかり、やがて、トンネルの中にはいった。

明子は、力なく、そのくせ小走りに家の方へ戻りだした。誰も見ているものはなかった。間歇的にこみあげてくるしゃくり泣きのような息が、ふっふっとのどからもれた。蕗子も、ちょっと高所に昇って息を切らすと、それをやるのだが、彼女は、それを「息の子」と呼んでいた。

20

山あいの道へ彼女をおいていってしまったあの無情な後姿は、その後何十時間か、明子の頭をはなれなかった。しんと沈みこむ思いのうちに、節夫の来ない日曜日がすぎた。

一日、家じゅうを帰京支度のため散らかしてすごしたあとのある夕、干し場の縁台に、近所のひとたちが別れの挨拶がてら集まりはじめると、明子はひとり港のはなまで歩いていって、崖の下に寝ころんだ。その崖からは、よく火打石ほどの鋭い石がこそげ落ちて、砂にまっすぐ刺さっていることがある。明子は、空の半分を黒くしている崖を見あげて、もしいま、そのような石がおちてきて、自分の眉間に刺さったらと思った。自分は何もわからなくなってしまうだろうが、節夫はどう思うだろう。

運命とは、ふしぎなものだった。自分にはそういうことはおこるまいと考えていたことが、おこった。そしていま、そのことと別れようとしている。からだが空洞になったようなさびしさだった。

どこかで、誰かが呼んでいるような気がして、明子は起きあがった。もう遠目もきかなくなりかけた本家の下の浜のあたりで、蕗子が髪も袖も風に吹きとばされそうにしながら立っていた。そばに、伸二らしい姿があった。

明子は走りだした。

蕗子は、明子が息も絶え絶えに近づくと、こちらの様子など目にはいらないように、勢いこんでいった。

「あたし、あした、東京へいってくる。青木先生、御重態なんですって。いま、伸二さんから聞いたの。ラジオでいってましたって。」

「危篤とかいってたな。」伸二がいった。

家にはいると、蕗子は早速押入れをあけて、着ていくものを取りだしはじめた。

「あなた、星テーラーへいって、あすの朝のタクシー頼んできてくださらない？　あなたも、いっしょにいらっしゃいよ。」

「あたし？　いかないわ。またすぐ帰ってこなくちゃならないのに。あなた、いってどうするの？」

「だって、お見舞いしなくちゃ。あの先生には、ずいぶんおせわになったんだから。」

「あまり無理しない方がいいわよ。」

「どっちの意味で？」

「どっちの意味でも。」

伸二は、夜、女二人の家で、何やらわけのわからない話がはじまったので、「おら、そいじゃ、これでけえるから。」と立ち上った。

「伸二さん、ありがとう！　知らせていただかなかったら、あたし、ほんとに申しわけないことするとこだったの。」本気でそう思っている声音で蕗子はいった。

伸二が帰ると、蕗子はまた明子に、

「……あなたもいらっしゃいよ。そして、仲なおりしてらっしゃい。せっかくいい色になったのに、何、この二、三日の顔色。それに、やせたみたいよ。」

明子は首を振った。

「あなた、もうこっちへ帰れないわね。あなたのもの、みな荷づくりして、荻窪へ送っとく。ほんとに無理しないでね。あたしは、やっぱり予定通り、三十一日に帰るから。」

しかし、それから一日おいた八月二十九日、明子は東京にいた。

蕗子は帰った夜、星テーラーに電話をかけてよこした。電話を切らずに待っているというので、明子は、夜道、自転車をとばして洋服店にかけつけた。二つ三つ、身のまわりのものがほしいし、アドレス・ブックをおいてきてしまった。持ってきてほしいというのであった。

「とても御重態なのよ。ええ、いま、清水屋さんのお店から。明日は大学病院。明日じゅうにアドレス・ブック手にはいれば、ありがたいわ。」

そんなことを、蕗子はまるでその世話になった作家が重態であることに張りをもっているように話した。

明子は、翌朝早く、潮の香のする土産物をさげて汽車に乗った。海辺では、海も空も青み、秋の気が立っているというのに、土の見えなくなる東京に近づくにつれ、季節は夏に逆行してゆくようであった。両国駅にも、それから乗った電車の中にも、まだ腕をむきだしにしている女たちがいた。明子は、内心おそれていたのとは反対に、自分が都会の人間くささに何となく活気を取り戻すのを感じた。ほっとした思いでよしおばさんの家についたのは、ちょうど昼一時間ほどまえであった。

「おばさあん！」

明子は、おばさんの家の敷居をまたぐまえから、大声で呼んでいた。

「まあまあ、村井さん、あなた……」

おばさんは驚いた顔で、裏の畑から上ってきた。小萩ちゃんは、お盆からずっと郷里だという。

「どうなさったの？　あなたもお見舞い？」

「いいえ。きのう、大津さんからアドレス・ブックほしいって、電話かかってきたから。」

「そうですってね、何もあなたを呼びつけなくたっていいのに。きょうは、出かけてますよ。」

「そうだと思ったけど。これ、おばさんにたべていただこうと思って。おばさんと御飯して、それから病院へいきます。」

おばさんは、ありがたいより、いたましいという顔で明子を見た。

明子はそれからしばらく蕗子のことは忘れて、おばさんのために鮑の磯焼き、メバルの煮つけと汗を流し、ともかく二人のたのしい食事を用意した。

食事の途中で、おばさんは、急に丸い顔を笑いでくしゃくしゃにして、

「村井さん……聞きましたよ。おめでたですってね。」

「まあ、いやだ。」明子は、痛みに触れられ、顔をしかめた。「うそよ。大津さんのひとり合点よ。」

「だって……」と、おばさんは、正直にがっかりした様子で、「ほんとうなんでしょう?」

「それがちがうの。」

「まあ、わたし、とてもお喜びしてたんですよ。どうしてなんです?」

「どうって、だめなのよ。」明子は笑った。

「だめって、先方さまが? なんでいけないっておっしゃるんです?」

「話せば、長いことなのよ。」と、明子はまた笑った。「帰ってきてから、ゆっくりね。」

「だって、村井さん……向うさまに文句がおありになるんなら……わたし、出かけていって、何とかお話つけてきたいくらいですよ、ほんとに……。わたし、あなたみたいな方、いい御縁があるようにって、いつもお祈りしてたんですよ。」

しかし、明子は、おばさんの出鼻をくじくようにいった。

「それが、あたしが文句をつけたの、おばさん。」

おばさんは、憂わしげに明子を見た。

「でもね、村井さん、あなた、ふうちゃんみたいなひとの真似しちゃだめよ。いい方があったら、早くお嫁にいらした方がいいんですよ。」

しかし、明子は、おばさんの目をさけ、彼女との話しあいを早々に切りあげて、また出かける支度をした。それからおばさんから鍵を借り、蕗子の家へ手芸の本を取りにいった。

小さい家じゅうに蒸れた空気がこもり、猫のにおいとまじりあって、いまたべた物が、胸からおしあげてきそうになった。床に敷きつめた新聞紙は、泥でざらざらしていたが、ルルはどこにも見えなかった。椅子の背に、蕗子が帰京のとき締めていた帯が、だらり、ぶらさがっていた。ひとの看病――か何かわからなかったが――をしにきて、疲労のかたまりのようになってもどってきて、ベッドに転がりこむ様子が目に見えるようだった。

おばさんは、店に腰かけて待っていた。

「じゃ、さよなら、おばさん。あさっては帰ってきます。」

「ふうちゃんも勝手なひとねえ。いそがしいあなたを呼びつけたりして。」

明子は、立ち上ったおばさんの手をとって、二、三度ふった。そして、歩きだして十歩ほどいって、鍵を返すのを忘れたことを思いだし、まわれ右をした。思いがけず、おばさんは彼女を送りだした恰好のまま、じっと見送っていた。

「鍵!」

明子は笑って近づくと、見る見るきまり悪げに顔を染めたおばさんの手をもう一度とって、ポケットから出した鍵をぎゅっとおしつけた。

荻窪から帰りの電車の席は、いつも明子には物思う場所になるのだが、その日は病院につくまで、おばさんの愛情が彼女の屈した心を惻々と慰めてくれた。

大学病院の受付で青木という作家の病室はすぐわかった。

二階に上り、人の往来する、あまり清潔でない廊下をいくと、ずっと先に見舞人が廊下まであふれ出ているところ、それが、そこと知れた。廊下の窓から外をのぞき、煙草を吸っているもの、二、三人で話しているもの、多くは髪をぼさぼさにのばしている、いわゆる見舞客というのとちがった様子の人びとのたむろしているそこは、明子の目には、病院としては変った世界にみえた。明子は、ちょっとためらってから彼らに近づき、控え室らしい部屋の入口に立っている若い男に蕗子の名をいって聞いた。

「ああ、いますよ。大津さあん！」

彼は、いとも気軽に部屋の中に向って声高によんだ。

すぐ蕗子が、うれしそうにそそくさと出てきた。

「ありがと！　おばさんとこへいってらしったの？」

「ええ、ほかの物は、おばさんとこへおいてきたわ。これ、アドレス・ブック。」

明子は、手さげから手帳を出して渡した。

「ありがと。ね、こっちへおはいんなさいよ。窓の近くの方が涼しいから。」

「ええ……でも、帰るわ。あっちの家、あけっぱなしにしてきたのよ。」

「大丈夫よ。又べえへ頼んできたんでしょ？　気をつけててくれるわよ。」

その声は、電話で聞いたときのように明るく、はずんでさえ聞えた。

明子は蕗子のあとについて、その部屋にはいった。部屋は病室を一つあけたのか、かなり広く、まん中にテーブル、窓ぎわに椅子、部屋の一隅には将棋盤もあって、数人がそのまわりに集まっていた。テーブルにかけた五、六人は雑談をしていて、笑い声さえ聞えた。

蕗子は、窓ぎわにある自分の椅子のわきに明子をかけさせ、「わたしの友だちの村井さん。」と周囲の者に紹介した。

明子を見て、認めたと目の色で示すもの、全然気にしないもの、彼らの反応は至極おうようだった。しかし、誰ひとり、彼女をうさん臭げに見るものがないのは気持よかった。

蕗子の前には小さな卓がおいてあって、それにノートがのっていた。

「あたしね、お見舞品の帳つけ手伝ってるのよ。」蕗子はささやいた。「そしたらね、ドリコノが届いてるんですよ。『カルピスなら、まだましなのに。』って、隣りのひとと話してたら、前に立ってた若い人が、すっと部屋を出てゆくじゃない？　譚海社のひとだったの！」

蕗子は、声を出さないが、口を大きくあけるやり方で笑った。

「あなたから五人めにかけてる女のひとね、」と、蕗子はつづけて小声でいった。「青木先生の第二夫人。待合やってるひと。」

そのひとは三十歳くらいに見えた。けっして感じのわるいひとではなかったが、ともかくも、身近なひとが重態とは思えない厚化粧で若い男と話していた。第一夫人は、病室なのか、それとも来ていないのか、それらしい姿はなかった。何かその部屋は、病院の控え室というより、あまり上等でないサロンのようだと思いながら、明子は手さげからレースの編物のやりかけを出して編みはじめた。しかしすぐ、重病人の控え室で編物でもあるまいと、またしまいこんだ。

「あたし、やっぱり帰るわ。早い汽車の方がいいから。」明子は蕗子に小声でいった。

「ちょっとお待ちなさいよ。午後の御診察がすんだら、あたしも出るから。」

しかし、御診察はなかなかなく、蕗子は、その間に、久しぶりに会ったらしい中年の作家から夕食に誘われた。

「あたし、帰るわ。」蕗子が席につくと、明子ははっきりいった。

それほど強くいったつもりもないのに、蕗子は、さっと顔を曇らせた。

「あなたも、いっしょに来てかまわないのよ。」

「いや。」

「そう。」蕗子は思いきりよくいった。そして、玄関まで送ってきながら、「ごめんなさいね。遠いのにわざわざ。青木先生の御容態、知らせたいひとがあったのよ。まっすぐお帰りになる？」

そうすると、明子はいった。

スリッパをぬぎ、下足番の出してくれた靴に足をつっこむと、蕗子の方へむきなおることもしないで、明子は、「じゃ。」といって、まだ暑い日射しの中へ歩きだした。数分後、湯島の坂を重心だけに支配されたように弾みをつけて下りながら、明子はからだをしめつけるさみしさにとりつかれた。これからまっすぐ、あの宇原の家に帰り、明日、明後日の朝まで、ひとり動きまわる自分の姿は、正に孤影悄然といえるものではないか。あの控え室での蕗子は、明子の知らない蕗子に見えた。何か、ふわふわと浮わついていた。

広小路の人通りの見えるところに来たとき、明子は、ふと、道ばたの自動電話の前に立っている自分に気づいた。足はふらふらと機械的に動いて、その箱の中にはいっていった。そして、手は自分に反省する間をあたえず、節夫の会社の番号をまわしていた。受付の若い女の子が出ると、明子は自分の名をつげ、節夫はいるかと聞いていた。女の子の声が消えた。うつむいている目に胸を蔽っているボイルの布が、ぶるんぶるんと震えているのが見えた。

ふわっという息さえ感じられる近さで、節夫の声が低くひびいた。

「はい、もしもし……」

明子は、息をのんだ。

「ああ、もしもし……」

その声は、あまりに事務的で、明子だということがわからないのではあるまいかとさえ思われ、彼女はあわてていった。

「あたし……明子です。」

「わかってます。どこからです?」

彼の声には、感情的なひびきは一切はいっていない。そばにいるいく人かの人影が、明子の頭にひらめいた。

「いま……いま、東京なんです。湯島です。」

早口にしゃべりだすと、東京に出てきたわけとこれから宇原に帰るという事情が、機械的に出てきた。

「いまちょっと、用事ちゅうなんですがね……四時半ごろまで待てます？」

「はい。」

「都合のいいとこ、どこです？」

明子は、銀座の書店の名をあげた。そして、その店は五時にはしまるから、五時すぎたら、そのビルの表にいると、一人でしゃべって電話を切った。電話ボックスを出ると、精力を使いはたしてしまったように足がもつれた。明子はゆっくりゆっくり広小路まで歩き、新橋ゆきのバスに乗った。

書店のある街角のビルは幸いコンクリート建てで、狭い階段にはトンネルのように風が通り、二階の店も窓はみな開けはなされていた。明子は芯からほっとして、体裁だけ、外国雑誌の並んでいる棚をのぞき、その中の一冊を買った。あとは、さすが店を歩きまわる気力はなく、顔見知りの店員から椅子を借り、舗道を見おろす窓ぎわに掛けた。ひざに雑誌は拡げたが、文字は頭にはいってこなかった。道路には、けばけばしい色をまとった男女が、活け洲《いす》の中の魚以上の混雑さでゆきかっていた。彼らは、何か自分たち特有の権利でもあるように肩肘はって歩いているようだった。宇原の漁師たちの文字通り天衣無縫を見なれた目には、何となく男でさえも、脂粉を施しているという感じがした。

明子は、はっと自分の姿を意識した。黒く日焼けし、塩けでねばった髪をいそいでぬれたタオルでもみ、梳いただけで出てきていた。それに、汗じみたボイルのワンピース。きょう、節夫に会うつもりはなかった。いまでも、あの電話を自分の意志でかけたとは思えなかった。

階段に足音のする度に、ぎょっとなる自分がみじめで、明子は四時半までは、もうそちらを見まいと決心して、雑誌に目をおとした。いくつもの足音が店にはいってき、いくつかは、更に上の階へのぼっていった。

まだ約束の時間ではないのに、ある足音がはいってもこず、上にもあがらず、入口にとまって動かなかった。明子は目をあげた。節夫が、入口からまっすぐ見通せる彼女を見すえて立っていた。仕事の途中で出てきたのか、ワイシャツの袖をまくりあげたままの姿だった。

銀座の人波も、まわりの書棚も、明子の頭から消えた。立ち上ることもできず、彼が近づいてくるのを目だけで迎えたとき、自分の運命は、この男の手中にあると思った。

21

秋風に送られてきたような蕗子の葉書が女子アパートの郵便受けにはいっていたのは、九月も十日すぎてからだった。

八月末、明子が海辺から送りだした荷物については、着いたとも、着かないとも返事はなかった。蕗子の筆法でゆくと、先方が送ってもらったことを承知の場合、返事がないのは、着いたことの証拠だということにもなるのであったが。それにしても、二人が知りあって以来、互いに十日以上、「音信不通」であったというのは、異常であった。明子は、ただ書けなかったのだ。

あんまり音沙汰なしなので、どうなさつたのかと気づかつてゐます。十三日、午前十一時、清水屋までお電話下さい。べつに用ではないけれど。

と、まるで何事もなかったように……。

明子は、郵便受けの前のコンクリートの床に立ち、その簡単な数行に目を走らせながら、足もとを滔々たる水が流れていったような気がした。

藪かげの家では、この日々がどんな明け暮れだったのだろう。あれから二、三日して亡くなったと新聞に出ていた青木という作家の通夜、葬式に、蕗子はあの猫くさい家から喪服を着て出かけたのだろうか。明子にとってこの十日ほどは、生れて初めてといっていいほどの激動の時間であった。

「じゃ。」といって、病院の玄関であとも見ずに蕗子と別れてきた日、仕事を終えたあとの節夫と両国駅で合流してから、明子は、出てゆく汽車を二本ほどやりすごし、彼と二人で駅付近をあてどもなくうろつきながら、結局、将来を約したと、彼がとったであろうような態度を彼に許した。うす暗がりの人目のないところに出れば、彼らはどちらからともなく寄りそい、抱きあった。いや、明子は、自分に省みて思うのだが、彼の胸にしがみついていったのは彼女の方ではなかったか。

彼は、何度も、その夜はアパートに帰るようにと強くすすめた。が、明子は、あの洞窟のように暗い宇原の家へひとり帰っていくという考えを捨てなかった。翌日は一日、ひとりで荷づくりに明け暮れなければならなかったのだ。危ぶみながら、とうとう人もまばらな夜行列車に彼女を送りこんだ節夫の顔は、それでも、自分の言い分を通した男の気持をさらけだして、晴れわたっていた。

「じゃ、気をつけて。タクシー、顔見知りなんでしょう？　もう電報よこしたって、だめだから……。もっとも、そんなことしてる時間もないけど。」

彼は、汽車が出るまで、明子の脇の席に坐りこみ、つまらない冗談をいって笑った。

翌日、明子は、節夫に約束させられた通り、荷づくりの合間に二人の兄に、節夫とのことを走り書きして、又べえのポストに投函した。その日はまともな手紙など書くひまはなく、書かないでいることもまた気がすまなかった。何れにしても、節夫自身の、もう少しきちんとした報告が明子のより先に兄たちのもとへ届くはずであった。

そして、秋のようにうそ寒い九月一日に予定通り事務所に出て、窓を開け、空気を入れかえていると、もう節夫からの電話であった。その日の一時、昼食をかねて、叔父なるひとに引きあわせたいというのであった。明子は、もう少ししたら、まだ軽井沢にいる門倉夫人への電話を申しこみ、ついでに自分の一身上のことも、できれば相談したいと考えていたところだったが、節夫のこの言葉で夫人に話すことは先までのばした。節夫は、もう待ったなしで明子を向うの陣営のひとに会わせてしまうつもりらしかった。

その日は、土曜日。降りだしそうな空のもと、銀座は混んでいた。明子は約束の時間に、実業家のクラブであるという、指定された重々しいビルの前庭で傘を手にさげ、立っていた。すぐ、追い駈けてでもきたように後ろからやってきた節夫は、ほとんど口もきかず、彼女を体ごと押すようにして重いガラス戸の中に入れ、レーンコートを脱がせ、エレベーターに乗せ、四階に上った。

四階には制服のボーイがいて、節夫は何事か彼にささやくと、どこかへいってしまった。ボーイは明子を、応接の場もあり、一隅には小さい丸い食卓もある部屋に通した。すぐ節夫もやってきて、二人は初めてゆっくり顔を見あわせ、微笑しあった。

「あれから、あの家でずっと一人？」

「ええ。でも、本家の伸二さんも来てくれたし、運送屋さんも手伝ってくれたから。」

そこへノックがきこえ、ドアを開けたボーイの肩の後ろから、どことなく節夫に似た、彼よりいく分背は低いかわりに、かっぷくのいい初老の紳士のおだやかな目が明子をのぞきこんでいた。

明子は立ち上った。ひと目見て、ふしぎに初対面のひとに対するはにかみを感じなかった。そのひとが、まるで子どもが何かをのぞくように明子を見ていたからかもしれない。そのひとは、ゆっくりはいってきて、低い卓をへだてて明子と向きあうと、かすかに頭をさげ、「初めてお目にかかります。節夫の叔父の相良テツオと申します。」と名乗った。明子も、自分の名をいった。

「ま、どうぞ。」といって、彼は明子と節夫を、彼と向いあう席に掛けさせ、自分も掛け、ちょっと窓の外を見て天気模様などを口にしたが、またすぐ、明子に目を戻すと、驚くほど単刀直入に——そのくせ、そのひとの癖らしく言葉を区切り、区切り、息をつきながら——問題にはいっていった。

「ええ……このような日に、わざわざお出かけいただきましたのは、御推察のこととは思いますが、あなたさまと節夫とのことについてでして……じつは余り急なことで、わたしどももびっくりしている次第です。節夫の申しますところでは……あなたさまは、節夫との結婚を考えてもいいとおっしゃってくださったそうですが……これから聞いたところだけでお話を進め、間ちがいがあっても困ると考えて……御足労ねがったというわけでございます。」

相手は、ここでしばらく言葉を切ったが、明子は何とも口をはさみかね、軽く頭をさげただけで目を伏せていた。

「あなたさまの御事情については、あなたさまのお兄さまが節夫と幼な友達だそうで、節夫から大体聞きました。だが、あなたがどれほどのことを節夫からお聞きになっておられるものか……節夫の家族のこと、また、経済状態等についてですな……例えば、これの借金のことなど、どの程度聞いておられるか……」

明子は驚いて目をあげた。相手は表情を変えるでもなく、ただ目で彼女に問いかけていた。明子は、しどろもどろに、そのようなことをいつか聞いた気はするが、よくおぼえていないと答えた。

「そのようなことだと思っておりました。」

叔父は、明子と少しはなれて、畏まってかけている節夫の方へちらと目をやると、また視線を明子に戻した。

「何やかやの理由から、節夫は、まだそこまであなたさまにお話しする機会がなかったものと思います。しかし、節夫は、ちょっとした借金をしょっておりましたし、いまも少しばかりしょっております……もっとも、自分でこしらえたんじゃない、親父のを引き継いだのですが……ま、ざっと御説明しておきましょう。」

明子は、それから、正面の椅子にかけている初老のひとの膝のあたりに視線をたゆたわせながら、彼の低い、おだやかな声に耳を傾けた。破産宣告、限定相続などという、普段、明子の身辺では聞きなれない言葉が彼の口から何度か出た。

節夫が大学を出た翌々年、彼の父は突然倒れて、それなりになった。いったい、日本の商人というものは、何か新規な計画をたてるとき、銀行その他から借金をしてはじめる場合が多い。だが、その仕事が、まだ形にならぬうちに死ぬと、借金の山が残る。節夫の父の場合がそうだった。節夫は、まだ商売のいろはもわからぬうちに、かなりの借金を背負うことになった。しかし、その返済をいく分でも逃れようとすれば、方法はないわけではなかった。限定相続——その叔父は、ごく要領よく説明してくれたようであったが、明子には、この言葉のいみがよくのみこめたとは思えない――というやり方をとれば、貸しも借りも相続しないと申し立てることもできるらしかった。だが、節夫は、それをしなかった。身内の者もつっかい棒はしたが、相良節夫は彼の財産を始末して、できるだけの借財を返済し、ほとんど無一物になった。が、それでも、まだ若干は残っている。しかし、いまはそれもごく親しい者たちとの間のことで、初めの頃に比べれば物の数でもない。

一方、父親の死んだあと、ほかの方面の仕事をやっていた唯一人の叔父徹夫が社長となり、節夫は、父の古いイギリスの友人にも借金のあったことから話が出て、商売の勉強も兼ねて、そこの会社へ「奉公」することになった。そして、「イギリスくんだり」――と、その叔父はいった――まで出かけて勤めてきたが、案外かわいがられて四年もいることになり、昨年の末に帰ってきた。

ところで、ようようの思いで自由の身になり、帰ってきてみると、もう年も年のこととて、「降るような縁談」が彼を待っていた。それを母親孝行のつもりかどうか、言われるままにおとなしく見合を重ねては断ってゆく。端ではらはらしながら見ているうちに、「これは、わたしの失敗でしたが、わたしがうっかり、友人の姪御さんの写真を預かってきてしまったのですわ。」これに、母親がすっかり熱をあげてしまった。「あまりにも、先様の条件が、何もかも揃いすぎていたのですな。」ところが、節夫の態度が一向に煮え切らない。もっとも、先様の経済状態が不釣りあいによすぎて、もし話がまとまれば、節夫は何をするにもそこの援助を受けるようにもなりかねないという心配もあって、「それが、節夫の気にいらなんだのかもしれません。」とにかく、しばらく遠くへいっている間に決断のつかない人間になってしまったのか、「向うに嫁さんの候補者でもおいてきたのか」などと身内の者がいいはじめたところへ、あにはからんや、しばらくまえから母親思いの彼が、しきりに母親にたてをつくようになった。そして、最近にわかにはっきりした態度をとりはじめて、結婚しろというなら、心当りがあるという。それならそうと、なぜもっと早くそれをいってくれなかったと、多少とも間に立った老人どもは「ひっこみのつかない事態にたち至って困惑したというわけです。しかし、考えてみれば、結婚するのは節夫であってみれば、彼の気持をくまないわけにはゆかず、先ほど申しあげた話は断りました。」

節夫の叔父は、こう、びしっといって、ここまでは相良家側の事情なのだがというように、調子を変えた。

「聞けば、あなたさまには御両親がおありでないというお話であるし……そううかがえば、御両親が御存命であられるより以上に、あなたさまの御幸福についてわたしどもは慎重に考えずばなるまいと存じます……。節夫は、まずまずの若い者とは思っておりますが、決して完全な人間ではありません。どうぞ節夫及び周囲をよく御観察なさっていただきます。なお、借財のことを申しましたが、すぐすむことですし、現在も、明日の暮しについてあなたに御心配かけるようなことのないのは、わたしが保証いたします。これの母親、きょうだいの生活についても同様です。さて……わたしが節夫に代ってお話し申しあげることは、ざっとこれくらいかと思いますが……それでも、あなたが、節夫といっしょになってやってもいいとお考えくださるのであれば、節夫は喜ぶことでしょうし、わたしもありがたく思います。」

節夫の叔父のかなり長い話は、それで終ったようであった。

明子は、すぐには物が言えなかった。最後に話が明子自身のことになり、彼女の幸福が云々されたとき、明子は胸を突かれた。その語調から、それがそのひとの本心から出た言葉であることを彼女は疑わなかった。

このおだやかな声をした、半白の老人——ことによったら、このひとは、話せば、節夫以上によく自分の気持をわかってくれるのではあるまいか。いまもし、このひとの前にひざをついて、「私を助けてください。私はどうしたら、いいのでしょう。」と、いったら、気が狂ったとでも思われるだろうか。

叔父は、明子が何かを言おうとしながら、言いえないでいるのを見ると、言葉をつづけた。

「何も、いますぐはっきりした御返事をというのではないのです。なおよくお考えになり、節夫ともお話しくださって……」

明子は、急に目をあげ、あえぐようにいった。

「あの、あたくし……」

相手は、じっと明子を見ていた。

「あたくし……ほんとうにいままで相良さんに……あの節夫さんに自分勝手ばかり申しあげてきました。いまのお話うかがって、ありがたく……もっともっと謙虚にならなければいけないと思いました。でも、まだ、あたくしの仕事のことなど、節夫さんとよくお話ししたことなどございません。これから御相談して考えさせていただきたいと思います。」

「相談するといっても……これは、わたしの安心のためにもうかがうのですが……あなたのお気持は、イエスかノウでいえば、イエスに傾いていると考えてよろしいのでしょうかな？」

そのひとは、笑顔で釘をさした。

「は、はい。」明子は目を伏せて、そういわなければならなかった。

「は、は、それはよかった。さ、では、御飯にしましょうか。」

わきのテーブルは、知らぬ間に、いつでも食事のできるようにセットされていた。

明子は食事ちゅう、聞かれるままに門倉家の事務所でやっている仕事の内容などを説明した。節夫の叔父は、門倉氏とは、個人的に親しいわけではないが、会えば、挨拶する程度には知っているといった。食事はなごやかにすんだ。

もう一度いっしょに外に出ると、小さい子どもが先生から放免されたように、節夫はさっさと明子の傘の中にはいってきて、大通りの方へ歩きだしながらいった。

「九十点。」

「あら、あたし、何だか変な女学生のいうようなことしか言わなかったじゃありませんか？」

「だけど、叔父の目つきでわかった。きょう、もうまっすぐ帰る？」

「いいえ、もう一度事務所。少し荷物おいてきたし、おくさまに来た手紙、まだ整理しきれてないいんです。」

「じゃ、事務所についた頃、電話する。わるいけど、あしたは、例のお友だちのところへゆくの、断ってもらいたいんだ。今夜にも康さんに出てきてもらいたいって電報打っといたから。」

これはもう半分命令だ、と明子は思った。彼女は、まったくは同意しないまま、頷いた。どっちみち、蕗子のところへゆく勇気はなく、その意味でほっとした面もあった。

事務所につくと、すぐまた節夫からの電話であった。康兄が、「今夜」出てくるから、関家へゆくようにという指図であった。何だか明子は、自分が将棋の駒にでもなって動かされているような気がしてきた。

しかし、その夜、康兄に会っても、明子には別に何もことさら言い足すことはないのだった。関家の小父、小母及び兄の前で——関夫婦には、またまえの晩のくり返しであった——いままであったことの大体を話し、節夫と母との感情的なゆきちがいについては、自分は、きょう、節夫の叔父から聞かされるまでよくわからなかったのだといった。

「その叔父さまがそうおっしゃるんなら、あとで、その縁談のことで問題おこるようなことないんだわね。」と、小母は念をおした。

「ないと思うわ。あたし、あの叔父さんてひと、ひと目見たとき、うそつかないひとだと思ったの。それに、あたし、結婚てこと急いでるわけでないから、何かあれば、そのうちわかるでしょう。」

「また、そういうことといって!」と、小母は明子をにらむ目になり、「せっかく、いいお婿さん見つかったのに。」と、先日の手紙とは裏腹のことをいった。

兄は、相良家の内情などよくわからないながら、「とにかくよかった。もうおれとしちゃ、安心というしかないんだよ。」といって、何年にもない笑顔を見せた。

翌日の日曜の昼には、関一家と長兄、それに明子が、節夫の家族との顔合せに芝公園のフランス料理店に招待される段取りになっているという。おかげで、日曜の午前、明子は美容室にかけつけなければならないことがわかった。しかし、何でこんなにせかせか事を運ばなくてはならないのか、それが明子にはわからなかった。

ついに会った節夫の母は、何というか……明子にはりっぱすぎた。明子は、ふと、自分の母が生きていたらと思った。母はこの席には不釣合いであったろう。そのひとは、濃い眉と黒目がちのきれ長の目が、古風なひさし髪の下で、小気味よく、きりっとした二対の線を描いていて、若い頃は美しかったろうと思われた。明子は、あまり突然あらわれた多くの初対面の顔の前で、終始、伏目勝ちになり、節夫の母はずっと微笑を含んでいたようであった。

もと近くに住んでいたという誼みから、老人たちはなつかしげに昔のことなど話しあい、一郎もそつなく、節夫のきょうだいたちと話してくれた。食事ちゅうずっと、明子は、妹二人、ことに末の妹の目が自分を注視していることを感じていた。

二時間ほどの、明子にはちょっと苦しかったこの会見にくらべると、一週間後、節夫の叔父の家に招かれたときは、長兄夫婦、次兄夫婦、関夫婦も揃っての、陽気な親睦会のような集りであった。徹夫夫人は色白で、小肥りの、しゃきしゃきした頭の持ち主らしく、二人の召使いを相手に、大人ばかり十二人の席を要領よく取りしきった。いま、叔父の長男夫婦は、神戸の支所で忙しく、来られないとかで、家にいるのは明子と同い年の次男だけだったが、この敏夫という青年とは、明子はすぐ話があい、ほとんど初めから終りまで彼に笑わされていた。場所柄もわきまえずという気もしたのであるが、彼とは隣席に坐らせられ、仕方なかったのであった。

兄たちが上京してきたのを機に、関家では一種の親族会議が開かれた。小母と多美子のあいだでは、もう明子のために買い調えるべき物の話などがはじまった。

平日の事務所の仕事が終ったあとも、ほかに用事がなければ、節夫からの呼びだし、または関家へよばれるというような日が重なり、たいていの夜、明子は、はたして翌日、また起きあがって事務所にゆかれるだろうかと思うほど疲れはてて床にはいった。

しかし、そのあいだも、蕗子を忘れた日は、一日もなかった。

帝大病院の入口で別れた翌朝、明子は宇原の家で、白々明けに、ほとんど眠っていなかった目をあけた。寝ていても仕方がないので起きだし、煮干し工場と家とのあいだの土間に降り、ひとりの食事のために七輪に火をおこした。潮風が、背中を押すように吹いて通る。いつもこの風は、火をおこすのに便利な風だった。だが、その朝、明子の胸には心臓大の穴があいていて、風はその穴を吹きぬけていった。明子は、蕗子を見失った。それは、足のひょろつくほどの頼りなさだった。明子は、ひょろつく足に力をつけようとして、節夫にとりすがったのではなかったか。明子は、後ろめたさにため息をついた。

22

蕗子と約束の十三日の朝、明子は起きると、きょうは協会に出られないと思った。連日の気疲れのせいか、いつものようにこまごまとした事務を処理しながら、十一時になったらそれをぽいと脇によせて、表へかけだし、外の自動電話にかけつけるといった類の器用ごとは、とてもやってのけられないという気がした。明子は、朝食がすむと、彼女としては珍しいことだったが、門倉家へ電話して一日の休暇を願い出た。それから、十一時近くまで部屋で横になっていてから、女子アパートの一階にある喫茶店におりていった。

時間きっかりに清水屋にかけると、店で待っていたらしく、いきなり、蕗子が電話口に出た。

「ふふふ……」というような含み声が、最初の挨拶だった。「どうしてらっしゃるの？　忙しいの？」

「ええ、忙しいことも忙しいんだけど……」明子はあたりに気がねして、小声で受話器にささやいた。「あたし、きょう、事務所休んでるの、疲れてしまって……。いま、アパートの喫茶店から。あの、あたし……やっぱり結婚することにしたの。」

「まあ！」蕗子は嬌声をあげた。「ほんと？　おめでとう！　いつなの？」

「そんなこときまってないのよ。で、何だか混乱してしまって……。よく話せないから、手紙書くわ。」

明子は部屋に帰ると、まっすぐデスクに向った。そして、あれからのいきさつのあらましを書き、最後のところに、胸に何ともいえない重苦しさを感じながら、次の言葉を書きそえた。

病院でお会ひした日、あなたを見失つてしまひ、それ以来、いくらさがしても、さがしあてることができません。いまはもう手紙を書く興味さへなくなつたやうな気がします。

驚くほど早く返事が来た。

事務所の帰りに節夫と会い、アパートに戻って郵便受けから蕗子の筆蹟の封書を取りだした明子は、部屋にはいると、彼女に手紙を書いたときのように、まっすぐデスクに向った。そして、まるで自決でもするときのような、ぴんとひきしまった気持で封を切った。

あなたのお手紙のおしまひの飛躍の三行は！

私はいま、ローザのいはゆる「皮膚のない状態」になつてゐて、即ちどんなやはらかいものでもが、私を傷つけることができるので、あなたのお手紙は、私を血だらけにしました。そのやうなあなたの目を、私が感じないでゐたと思つてゐましたか？

あなたはそれを心の中だけにしまつておいてくだされぱよかつたのに。

でも、このことばも、私はかきつけるべきではなかつたかもしれない。黙すといふことはむづかしいことですね。

御用聞きがきたから、とにかく出します。


蕗子は知っていた。あのときの明子の目にこめられた抗議を感じないでいるような蕗子ではなかった。

明子は、椅子から転げおちるように畳の上にひっくり返り、何分か動かずにいた。が、やがてとび起きると、便箋を取り出して書きはじめた。書く興味がないどころではなかった。


お手紙ありがたう！　ほんたうに！

あなたが血だらけなら、私はまるで骨だけになつて、風にカラカラ鳴つてゐたやうな気がします。でも、お手紙を読んだら、その骨にたちまち肉がついてきたらしいから、これは復活以上ですね。

今度の日曜は用事があり(悪いけど！)火曜日の夜、雨でもゆきます。少し晩御飯おそくなるかもしれないけど、我慢して下さい。ローマイヤのソーセージ、ハム、サラダ。それに、私がいつも食べすぎる〇〇〇〇〇〇持つてゆきます。御飯だけ、うまーく炊いといて下さい。

火曜日の昼食に明子は節夫とおちあい、まえの日曜のピクニックの写真をうけとると、その夜、夏以後はじめての荻窪を訪れた。「こんばんは」といって玄関に上り、障子をあけ、襖をあけ、奥の椅子からじっと見上げている蕗子——そのひざの上には、ルルが丸くなっていた——と顔を見あわせ、「ふふふ」と笑い、にらみあうと、二人の挨拶は終った。あと二人は、まるで宇原のつづきのようにしゃべり、笑いあった。節夫の家族の話、それから、節夫の冗談めかした言葉によれば、低い丘に切り通しの道路ができて、畑としては形が悪くなってしまった土地を、百姓をだまして二束三文で買ったにちがいないという広い敷地の叔父の家の噂話などが加わっただけ、話題はいっそう賑やかであった。

「いつになったの、結婚式?」

「だから、そんなことときまってないっていってたでしょ。あたし、いまだって、くたびれきってて、それどころじゃない。少し落ちつかなくちゃ。あたしは、来年の五、六月っていうんだけど、みんな反対なの。」

「ことに、セッチンがでしょう。」

「セッチンもセッチンだけど、関の小母なんて、来年になれば二十六だって、もうそれ一点張りよ。セッチンのは、ほら、自分がいままでこじらしてきたもやもや、早くふっ切って、あとは金儲けに一路邁進したいんじゃない？　でも、とにかく、あたしとしては、門倉夫人に申し訳ないのよ。あの協会の活動も、この頃、とみにきゅうくつになってきてるんだけど、形を変えてでも、何とかつづけたいと思ってらっしゃるところですもの。だから、あたしはいまここで騒ぎおこしたくない。あたし、今度のこと、おくさまに御相談したら、『人道上のことだから、結婚反対してるんじゃありませんよ。』って笑って、『村井さん、あなた、役に立つのよ。それから、結婚したって女も人間だってこと忘れないでね。』っておっしゃったの。」

「でも、あなた、それほど門倉夫人に義理だてすることないんじゃない？　いまの日本、女が嫁にいくってことくらい大きな大義名分ないんだもの。女に責任なんて要求してませんよ。」

「いいえ、門倉夫人はちがうの。あたしを二年育ててくださったのよ。セッチンの仕事のこと話したらね、『ビジネスの世界のひとって、たいへんよ。』っておっしゃって笑ってた。あの門倉氏もね。あんなスマートな老紳士で、おくさまのお仕事よく理解していらっしゃるように見えるのに、時どきとても意地悪なさるんですって。『血の出るような闘い』って、おくさまよくいってらっしゃるわよ。あれだけ、御主人の仕事をやりやすいように助けていらっしゃるのにね。英語なんか、おくさまの方がうまいんですよ。」

「そりゃ、わかる。そういうおくさんに意地悪したくなる気持……」

二人は、蕗子が炊いたおいしいバタ御飯とコールド・ミートをぱくつきながら、そんな話をしたのだが、食卓にたべ物がなくなる頃、蕗子は、はっといいことを思いだしたように顔を輝かした。

「そうそう、さっきから、何かあると思ってたら、これ聞きたかったんだ。志摩子さんたち……何ていってる？　話したんでしょ？」

「話したわ。話さないうちから知ってたみたいだけど。あたしより詳しく！」

蕗子は、大笑いして、

「まったくたのしませてくれるひとたちよね。どんなことといってるの？」

「かげじゃ……あたしが、首尾よく玉の輿に乗ったとでもいってるんでしょ。あたしの渾名《あだな》ね、『隠れたる大家』っていうんだって。」

蕗子は、笑いで咳きこみ、ようやくおさまると、

「うまいこという……。でも、結婚式に友人招待するとしたら、代表はあの人でしょう？　あなたとは長いおつき合いだし。」

「あたしも、そういうこと決める段階になったら、どうしようかと思って悩んじゃう。志摩子さんのことなんか持ち出したら、セッチン、もう鼻血だして怒るんじゃないかと思って。女子アパート、だいきらいらしいから。」

蕗子は笑い疲れて、「もうやめて。」という素ぶりをした。

「でも、何てったってあそこで一ばん親しいのは、あの牢名主だから、仕方がないわね。」明子はいった。「それから、もうひとり考えてるの。みどりさん。」

「ああ……」と、二人は、同時に顔を見あわせ、笑いを納めた。

「どうしてらっしゃるの？　やはり託児所？」

「それがね……」明子は、いいよどんだ。「あなたにいわなかったけど、一時あのひと行方不明になっちゃったのよ。どうも、春ごろの手紙では、妊娠でもしたんじゃないかって気がした。」

蕗子は無言だった。

「こっちから手紙の出しようがなかったのよ。住所が書いてなかったし。そしたら、しばらくして、お医者さんの手伝いをしてるって、わりに明るい手紙もらったの。お医者って、あの狭間さんよ、産児制限で有名な……。それから、二、三度、手紙出しっこしたけど、また絶えた。」

ちょっとした沈黙ののち、明子は、またいった。

「でも、あなたは出てくださるわね？　結婚式って、どんな滑稽なものか、見ておくのもいいじゃない？」

「あたし？　あたしは出ませんよ。着ていくものないもの。それにいやだ、そんな何々ホテルなんてとこでやる、えらいひとの来る、あなたに似つかわしくない結婚式。」

明子自身も、はるかに想像して、自分もそうした式に出るのはいやだと思った。

「そんな話よりあなた、ピクニックの写真はどうしたの？　持ってくるはずじゃなかった？」

明子は、手さげに入っている、まえの日曜日のピクニックの写真をさぐった。封筒から出てきたのは三枚。あとのは、節夫が母に見せるといって持っていってしまったのである。試し焼きにまず一枚ずつしか焼かなかったのだと、彼はいった。

ピクニックの同勢は、節夫に弟と妹二人。叔父の次男、それに節夫の心づかいか、狩り出された形の一郎に明子の七人。晴れてはいたが、雲の多い一日だった。彼らは柿の名所といわれる丘陵地帯を、一つの駅から次の駅まで歩いたのであった。明子は、なじみうすいひとたちに囲まれ、道ばたの花につけ、遠望の山の姿につけ、つい話しかけてしまうのは一郎であった。すると、節夫の足が自然に、明子に近づいてくる。まわりの者たちの——とくに末の妹の珠枝のくすぐったそうな目。

たいして起伏のない草原に出て、彼らは背負ってきた昼食をとった。明子は、隣りにならんだ敏夫に、自分はどうも海の見える風景の方が好きだといった。すると、その青年は、すまして答えた。

「思い出というものはね、初めてのときにはないんだそうですよ。節夫さんてひとはね、ふしぎに小さい頃から、おなじところへぼくらをつれてゆきたがったんです。そして、この柿は、去年はどうだった、こうだったっていうの好きなの。一種の帰巣本能ですかね、夏はどうしたって海、秋はおだやかに山っていうのは。」

草原での食事がすむと、節夫が、前方のなだらかな斜面を下ったところにある小川を指さした。

「あの川のとこまでいってみようか。」

節夫の目が、誰彼に注がれてから、明子にとまった。

明子は立ち上り、みんなを見まわした。妹二人は坐ったまま、動かなかった。弟は、草の上にのびていた。

「一ちゃん。」と、明子はよんだ。

「ちょっとねむくなった。」

明子は、敏夫には聞かなかった。

明子は節夫と顔を見あわせ、思わず笑って、二人でゆるい坂を下りはじめた。すぐに後ろからやんやの喝采がおこった。節夫は、六、七歳ごろまで、自分は一人っ子と思いこんで育ったそうで、ずっと年下の弟妹たちは、まだやんちゃっけがぬけていないようであった。彼らの笑い声があまり無邪気だったので、明子も自然に笑いがこみあげてきた。ふりかえると、妹たちは手を打って笑いくずれ、弟はおき上って、いそがしくカメラをのぞいていた。

敏夫は両手でメガフォンをつくり、口にあててどなった。

「そこで、手をつなぐ!」

節夫は渋い顔で、その賑やかな群れをにらみ、「しようのないやつらだ。」といったが、やがて笑いが伝染したように噴きだし、「さ!」と、明子の方へ手をのばした。道が、灌木の藪をめぐってカーヴし、自分たちの姿をかくすところまで、二人はぎごちなく手をつないだ恰好で歩いていった。その先の川は用水らしく、底の小石まで透き通って見え、静かな音をたてて流れていた。そこまでゆくと、畑の向うに青い山が連なっていた。上着を食事した場所においてきてしまったので、明子は、スウェターの編目のすきからはいる午後の風に身ぶるいした。

「疲れた? 顔色少しわるい。」節夫がいった。

「少し……ここんとこ、連日睡眠不足でしょう?」

「風邪ひくと、いけないな。ぼくのヴェスト着る?」

「大丈夫。さっきのところに上着あるから。早く帰りましょう。」

少しゆくと、節夫はいった。

「みんないいやつなんだから、心配しなくていいんですよ。」

「心配してませんよ。」

まえにいたところに戻ってみると、明子と節夫の上着だけが、ちゃんとたたんでおいてあり、ポケットに「次の駅にて待つ」と書いた紙がはいっていた。何か忘れ物はと見わたしたが、若いハイカーたちは紙屑ひとつ残していなかった。どんなばか騒ぎがそこにあったとしても、それは毛ほどの跡も残してなくて、あたりは静まりかえっていた。そのやり方に、明子は羨しささえ感じた。

「あたしなんか、もう時代おくれなんだなって気がしちゃった。」と、明子は蕗子に嘆いた。「ついていかれるかしら。」

「とにかく、その写真見せてよ。」と、蕗子は写真をうけとり、「あら、三枚きり？」

「うん、あとのは焼き増しできたらって。やっぱり、母親に早く見せなくちゃいけないらしくて、さっさとほかのは持ってっちゃった。それとも、手をつないでるとこなんかは、見せられないと思って残したのかな？」

「それに三枚とも後ろ向き！　よくも器用にさっとこういうのえらびだしたわね。けち、いじわる！」そこにいない節夫に悪態をつくふりをして、蕗子は笑った。「ははあ……これがセッチンですか。なるほど、あなたより大きくて、眉が太いらしい。」

「ぴったり来ない？　いずれ会ったら、こんなの『顔』じゃないなんて悪口いえるんだから、きょうは、それで我慢してよ。」

「何いってんの。なかなかのボー・ギャルソンらしいじゃない？　でも、あたし、この写真気にいった。この雰囲気全体が。」

それは、手をとりあうまえにとられたもので、仕方なくみんなを残して歩きだしながら、明子は一本の低く垂れた枝に手をのばし、日に輝く柿の実にさわろうとしていた。明子の軽く波打つ髪に日があたり、スウェターの編目まではっきり浮き出ていた。節夫が明子の動き出すのを待つように斜め横からそれを見ていた。

「これ、もらっといていい？　とってもいい。あなた方のいまの気持がそっくり出ているみたいで。」

「それは、まあまあね。でも、あとの二枚はだめよ。」

「あとの二枚」はきゅうくつそうに手をとりあった男女が丘を下っていた。

「ねえ、あたし、何だか、こちこちしてるでしょう？　セッチンも心配してるんだけど、もう少し素直にあのひとたちの中へとけこんでいけないかなあと思ってるの。結婚ということそのもの……のこともよくわからないんだけど、まわりの様子を見てると、先方とのつきあいのたいへんさが、見当もつかない。あたしがあたしでなくならないと、勤まらないみたいで。どうしてあなたとのように、自分でいて、それでいてうまくいっちゃうってわけにいかないのかしら。」

「結婚なんて、誰もすなることとなんだけどね……。あなたでなくなるなんて、そんな悲しいこと考えないでよ。何の甲斐あって、我この世にあらんだわ。」

沈みこんできた気持をはねのけようとし、明子はひょいとあることを思いだし、ふっと笑った。

「何よ、ひとりで思いだし笑いなんかして。」と、蕗子はいった。

明子のハンドバッグには、一週間ほどまえ、関の小母に呼ばれて手渡された、さる病院の名を刷りこんだ封筒がはいっていた。明子は、その封筒をうけとって以来、事務所までの往復の間や、その他のときも、そのことを思いだしては、蕗子に見せたものか、見せないものかと迷い、心をくすぐられてきたのであった。

関の家に呼びつけられたある晩、夕食が終ると、小母は卓袱台《ちゃぶだい》の上を片づける動作にかくして、茶色の封筒をだまって明子の膝のわきにおいた。明子は、何気なくそれを手にとり、「相良節夫殿」という文字を見、ひっくり返して、病院の名を発見した。鈍い明子は、まだそれでも何かはっきりわからず、封は開いたままなので、中の紙をとり出して見た。中身は、節夫の健康診断書であった。

診断書

相良節夫

当年三十歳

体格強健、栄養良、体質普通　トラホームナシ　呼吸器　循環器　腹部異常ナシ

血圧　125　70　検尿清澄　蛋白質ヲ認メズ　花柳病ヲ認メズ　ソノ他伝染病疾
患ヲ認メズ
右診断候也

そして、某医学博士の名前の下には、印鑑がぺったりと押してあった。明子は、目が文字の半ばすぎまでいったとき、やっと事情がのみこめた。

明子は急いで紙を封筒に入れ、ハンドバッグにしまい、小母を手伝いに台所に立った。明子が運ぶ皿類を受けとりながら、小母は彼女の顔をちらと見たが、診断書のことにはふれなかった。明子に関しても、やはり似たりよったりのものが、相良家にいっているはずであった。相良家からの申し出で、少しも早く健康診断書を交換するということになったとき、明子が出かけた先は大病院ではなく、小堀医師であった。幼いときの貧血をちゃんと書いておいてもらいたいと、明子はとくに頼んだのだが、先生は相手にしなかった。

「明ちゃん、あれは、もういいんだよ。」と、小堀医師はすましていった。「あれは、その後、ある論文で読んだけどね、思春期の女の子によくおこる、何とか氏症状っていうんだそうだよ。大人になると、もう出てこないんだって。」

こうして、ウソとはいいきれないが、明子の既往症にはいっさい触れない、体裁のいいものが関から相良家に届けられているはずだった。

しかしいま、「思いだし笑い」などという、明子のきらいな言葉をもち出しながら、自分も何かを期待しているようなうすわらいをうかべている蕗子の前で、明子のハンドバッグの口は、とじたまま開かなかった。裸のままの節夫をいま蕗子の目にさらすことは、さすが、はばかられた。

そ知らぬ顔で、明子は話をそらした。そして、脂肪たっぷりの肉をたべたあとのテーブルさえそのままにして、久しぶりの二人の話が、しまりなく続いているうちのことだった。玄関に客の声がした。

蕗子はあわてて出ていったが、「ちょっとお待ちになって。」というと、すぐ戻ってきた。「モスクヴァ氏……」と、彼女は明子の耳にささやいた。「ちょっとあっちで待ってて。先日やった清書代持ってきたんだから。」

二人がかりで、手当り次第の物をつかんで台所へ運びこんで、あたりを清めてしまうと、明子は猫を抱いて蕗子の寝室にひっこんだ。

客は、荻窪を通りかかったので、先日からの不義理を清算しに立ちよったのだと、恐縮しつつ釈明していた。彼は主に露西亜《ロシア》の戦史を研究していて、蕗子に口述するときもあり、また自分の走り書きを清書させることもあるとのことだったが、外国の固有名詞を片カナに直すとき非常に気むずかしいのだと、蕗子は笑って明子に話した。モスクワはモスクヴァでなければならず、あるとき、口述しながら、「ローゼンスカヤ、ゼはセに濁り」というので、蕗子は、「セに濁りでないゼがあるんですか？」と聞いたのだという。

しかし、いま、モスクヴァ氏は明子の指定席に落ちつき、低い、どちらかというと男性的ないい声で話していた。彼は玄関にあった明子の靴を気にして、「すぐ帰ります」をくり返しながら、いまの日ソの関係について、ぼそぼそ意見を述べていた。意見の合間に、清書の原稿の枚数や金銭の授受があり、お茶がつがれ、また話がはじまった。

ややもすると、疲れでうつらうつらしそうになる明子の耳に、急に高い蕗子の笑い声が聞えた。

「まあ、そうかしら？　女の人にはよくそういうひともあって、現にあたくしの友だちなんか、もうそういうことにとても淡々としているんで、あたくし、ミス・タンタンっていっていっているんですけどね。」

「いや、ぼくらだって、タンタンたるもんですよ。」

「でも、あなた方のは、虎視眈々のほうとはちがうんですか？」

明子は、蕗子のベッド・スプレッドの上で、猫を抱きしめ、半睡の笑いをこらえた。

しかし、一方、頑強な男が、そうして病人であるとわかっている蕗子を、午後九時までも煩わしているということ、それに褻越しとはいいながら、その男と蕗子のあいだの金銭の受け渡しの音を聞いたことなどが、明子の気持を重くした。

ようやくモスクヴァ氏の声が居間から玄関に移り、戸がしまったとき、彼女は寝室からとびだし、腰かけている蕗子をそのまま椅子におしつけておいて、流しの前で腕まくりした。大体の食事の後片づけがすむと、まだ話したがる蕗子を追いたてるように寝支度させた。そして、やがて、今度は、昼間ゆっくり、烏瓜《からすうり》を見に来るからといって、彼女の家を出た。これ以上頑ばったら、蕗子も明子も、翌日は起きられないことになってしまうだろう。


しかし、その後、それまでの明子として、昼間ゆっくり蕗子の家を訪れる機会は、とうとう来ずにしまった。夜二、三度、人目を忍ぶようにちょこちょこと食糧を運んだりしているうち、時はあっという間にすぎ、明子はまわりの人びとの、まるでローラーのような圧力に押しつぶされて、結婚式は十一月初めの祭日の昼ときまった。

そのような性急で簡略な結婚式を可能にしたのも、一つには節夫も明子も、賑々しい式は望まなかったからで、明子の知人として、式場となった叔父の家に集まったのは、門倉夫人、重松みどり、安倍志摩子の三人であった。

そこの応接間で、明子ら二人は、双方の親族を証人にして結婚の誓いの言葉を読み、指環を取り交し、記念写真を撮り、短時間の式は終った。そのあいだ、秋の日の降り注ぐ外の芝生で、友人たちは待っていてくれた。

明子が、顔は、樫山メリのお弟子さんに薄くつくってもらい、服は張さんが徹夜で仕あげてくれた、プレーンで、裾も長くない、サテンの略式ウェディング・ドレス、それに、これも樫山メリのアイディアで白の紗を短くたらした帽子を被りという花嫁姿で、節夫と腕を組んで応接間のフレンチ・ウィンドウから出ていったとき、芝生のあちこちで待っていたひとたちの間から、ため息のような反応があったのを明子は感じた。

明子は、自分の結婚衣装などというものに感傷的な興味を持っていなかったが、もしいま、その姿を見せたい者があれば、それは母とばあちゃんと蕗子だと思った。

そのあと、家の内外で行われたパーティも、よく外国映画で見る家庭での結婚式の小型のようなもので、祝いの言葉も、都会人が多かったからか気が利いて短く、明子は想像していたほど物おじを感じずにすんだ。ただ門倉夫人が心から今後の幸福を祈ってくれ、新しい時代の結婚生活にはいってもらいたい、「まだ、あなた方は間にあうのだから」と、ひとの笑いを誘うようにユーモアたっぷりにいわれたときは、胸が迫り、涙のこぼれないよう、顔を伏せた。その代り、明子を幼時からかわいがってくれた木崎のばあちゃんの息子、玄一郎さんの「芽出度、芽出度の若松さまよ」の飛び入り余興には、大っぴらに涙をこぼして笑ってしまったが。

二泊の短い新婚旅行のゆく先は、しばらくまえから、節夫が、明子と二人だけになるごとに、気にして問いかけてきたことであった。彼は、名所旧跡はまっぴらだといい、あとあとまで、時どき訪ねてゆけるところにしようといった。（明子は、ピクニックの日、敏夫がいった帰巣本能という言葉を思いだした。）節夫が、そうしたことにこだわるのは、少年の頃、父母きょうだいと共にした、たのしい旅の思い出があるからなのだろうと、明子は、幼い、または少年時代の節夫の姿を心に描き、彼に反対することは何もいわなかった。もしも、こちらの心のままをいわせてもらえば、木崎の家や千葉の小さな入江の釣人相手の宿屋の方が、彼女の性に合ったのだが、彼女は、お腹の中でひとりクスクス笑い、口に出すのをさしひかえた。

そこで、結局、ゆくべき場所は、横浜の港を一望におさめるホテルと、もう一つ、相良家が、その昔、夏のいく日かをすごすのをならわしとしたという箱根のホテルときまった。

こうして、横浜で一泊、箱根で一泊の短い二人きりの旅がすむと、彼らは、叔父の家の裏に、叔父が長男のために建て、いまは空いている新しい家に住みはじめた。神戸の会社の支所をつくるについて、長男夫婦が急遽ひっこしたため、ほとんど家具ぐるみで提供された、家賃ただの家なのであった。

23

その後いかゞ？

この恐ろしい御無沙汰のあとでも、いつも通り、こんなふうに私たちの合言葉で手紙をはじめてしまつてもいいものかどうか。私は迷つてゐます。

お会ひしない間にもういく日？　最後に一緒にまともな御飯をたべたのが九月十八日。

(あの夜、私は、あなたとモスクヴァ氏が話してゐる間、ルルと寝ながら、それまであの家ですごしたたのしい時間を、今後もどう私の手に確保しておけるか、殆ど胸をしめつけられる思ひでゐました。）だから、ゆつくりお会ひしたのはあれを最後に、ふた月以上たつてしまつたといふことなのね。こんなにあわただしかつたふた月を知りません。それが証拠には、今日のいま(十一月二十八日午後二時)が、私にとつてあれから初めての自由と言へば言へる時間なのですよ。そしていまだつて、書くまいと思へば、やるべき仕事は山とあるんです。

あなたの「どう？」つて顔が、目の前に見えるやうだけれど、結論から先に申しあげますと、私は幸福ではありません。ああ、かう書くと、あなたはどんなに喜んで、大きな口をあけて笑ふだらう。だつて、案の定、幸福でないなんて、滑稽だもの。

二人の人間と一匹の小犬(御免なさい。このやうなすばらしい贈物をいただいて、葉書一片のお礼だなんて。私はこの環境を甘く見て、すぐ次の日にも自分でお礼をのべに出かけられるつもりだつたんです。)が住むために、世の中では何で事をこんなに面倒にするのでせう。御承知のやうに、私は別に大きな望みを抱いてこの家へ引越して来たのではありません。でも、この三年ほど聞かされてきた関の小母たちの繰り言のあとでは、北風の中を歩いてきたあとのしまひ風呂くらゐには気が休まるものと想像してゐました。ところが、現実はさう甘くはありませんでした。現実は、少なくともお風呂なんかでなくて、息つく間もない雑用と、うす笑ひを浮べて私を眺めてゐるいく人かの人びとの人垣なんです。私は何といつたつて、闖入者なんですよ。

ああ、かういふ雰囲気の中で、ルイと表の家(叔父一家)の支へがなかつたら！　ルイつて、まだ御紹介しませんでしたか。勿論、あなたからいただいたフォックス・テリアです。私は此奴を愛さずにゐられません。尖つた耳の先から爪先まで生命に満ち満ちてゐるこの小動物。いま、私の膝の上で眠りこけてゐます。

初めてこの思ひがけないものを、メッセンジャー・ボーイからうけとつた時、私はちよつとびつくり——だつて、私自身、長く飼つてもらへるかどうかわからないのに——したけれど、でも、この骨まで柔い感じの、黒白まだらの狐のやうに賢しげな顔をした小さな生き物を抱いた瞬間、すべては変つてしまつたのです。さうさう、此奴の初登場も、ちよつと劇的でしたよ。御苦労にも、二度目の上京をしてきた大兄夫婦が、叔父一家にお礼まゐりに来て、表の家と我々が昼食をとつてゐた正にその時、女中の一人がこそこそと私の手にメッセンジャー・ボーイの持つてきた紙を渡したのです。私は、その瞬間、礼儀を忘れて玄関にとびだしました。

すると、そこに金ボタンもりりしい少年が異様に大きなバスケットをさげて立つてゐたではありませんか。私は、夢中でバスケットの中身を抱きあげ、彼の目をじつと見つめてやりましたから、あなたは、その目を通して、千万の感謝の念をうけとつて下さつたことと思ひます。私が抱きとつたのは生き甲斐でした。私が、ルイを抱いて、大いそぎで「裏の家」、つまり我が家の一室に居心地いいやうに閉ぢこめて、「失礼いたしました！」と戻つてきてみると、事はすでに食事ちゆうの人々に伝はつてゐました。兄などは私が連れ子を引き入れたやうに恐縮し、Sはちらとも私に目をくれないで口を曲げてゐました。でも、私は、さうしふすべてに目をつぶり、「珍しい贈物が来たんだつてねえ。」と叔父がいつたときも、「ええ、ちよつと変つた人だもんですから。」とだけ答へておきました。それ以来、ルイのことでは誰にも迷惑かけてゐないつもりです。

もし万が一、同居してゐるSが迷惑だと思つてゐるとしたら、それは彼の考へ違ひだといふことがそのうちわかる筈です。

今朝も今朝とて、相良家の一員であるSは、「霜どけがひどくなるから、外で育てた方がいいんぢやないか」――表の家には、りつぱな犬寝《ケンネル》をもつたシェトランド・コリーがゐるんですよ――といふやうなことを言ひました。私は、勿論、「霜どけがひどくなるから、外へ出さないやうに」と聞きちがへましたから、御安心下さい。早速、『われらが友、フォックス・テリア』といふ本を買つてきてもらつて、一分二分のひまを惜しんで勉強してゐます。先日、思ひ切つて、果物籠に背をつけたみたいな犬寝を奢りましたから、ルイは非常に瀟洒な住居を持つてゐます。それから、非常に広大な便所も。約千五百坪ですつて。ああ、実に朝霧まだきから楽しまされてゐます。その点、あくまであなたの身代りです。

朝、私が二階から降りると、居間のすみのねぐらから「ウガーウギー」といふやうな叫び声をあげて、私の足にくらひつきに来ます。そこで、こちらもさるもの、抜く手も見せず、台所の戸口からさつと外へ突き出します。また戸の外に戻つて来て、ガリガリはじめるまで二分半。（朝は、一ばん近い便所にいつてくるんでしよ。）もうその頃には、前の晩から魔法瓶に用意しておいたおかゆは、彼の皿の中にあり、私はそれを彼に突んだします、宇原ことばで「さ、食《け》！」と。すると、まるで張子の虎のやうに首をふりたてて皿中のものと格闘したあげく、暫く皿まはしをしたり、おこぼれと遊んだりします。それから、少しよたよた、私の足を攻撃しに来ます。朝のうちは彼のために手をあけてゐる暇がないので、寒くとも足は破れソックスです。ちやんとしたのだと、みんな小さい爪で毛糸をひつぱりだしてしまふんですから。でも、素足にぶつかる柔い毛、ピンクのポンポンのあたたかいことといつたら。かうして、彼は、朝ぢゆう、私の足と遊びます。だから、あなたがいま家へいらしたら、「これ、ぼくの愛する足です」つて、私をあなたに紹介するかもしれませんよ。もう一人の人間は、私がルイとそんな器用なことしてることなんか知りませんから、先日、ことに寒かつた朝、私がいつもアパートで夜なべなどするときに着用したズボンをはいて、ソックスなしで甲斐々々しく朝食の支度をしてゐたら、「何、その恰好？」と、とてもびつくりしました。「いいでせう？　このまま事務所へゆくわけでなし。ズボンだと温いのよ。イギリスでだつて、上流社会のおくさん方、はいてるつて雑誌に出てたわ。ズボンでなく、スラックスつて書いてあつたけど。」と答へたところ、さういふ返答は失礼なのださうでした。あなたの影響と思つてゐるやうです。他人から見た体裁について、Sがとやかういふのは、意外でした。たとへば、私が朝、片足裸足でゐるときありますね。さうすると、「どうしたんだい、靴下片方。」と聞くから、「はいてないの。」つていふわけよ。すると、いやな顔されるんです。

さて、ルイといふ名はどう？　メッセンジャー・ボーイから受けとつたとき、一発できめてしまつたのです。べべ・ルイ・尾崎にあやかつて、ハンサムな若者になれと祈つて。頭も悪くない様子。このごろは「お預け」ができかかつたし、家の中の粗相は皆無。私は、自分が家にゐる限り、実に時間きつかりに外へ出しますから。かういふルイを、Sは何の恨みがあるのか、未だに奴さんと呼んでゐます。

さて、私が事務所へゆく曜日は、Sと闘つたあげく、月火水・金土となりました。私は、四日半で一週分の仕事をし(尤もかなり家にもつてきてやる)、門倉夫人は、できるだけ早く「助手」のやうなものを考へようといつて下さつてます。月火水・金土の出勤時、首環をつけられたルイが、駅の近くの獣医さんまで、しをしをと私のあとについてゆくところを想像して見てください。

表の家では、いくらでも預るといつてくれますが、それは私の中の何かが許しません。ああ、ルイのことを書いてゐたら、切りがない。まへに何のこと書いてゐたかと思つて見てみたら、うす笑ひを浮べた人垣だつたのでをかしくなりました。ともかくも、私が、いま衷心から願つてゐるのは、早く私の周囲を愛するやうになりたいといふこと。をかしなことに、私が初めから叔父一家に受け入れられてしまつたこと、また、住居についても叔父の居候同様であることが、Sの母と私との関係を微妙なものにしてゐる模様です。

私は、この頃、母に何かを言はれると、その言外の意味は？　と不図考へてしまつて悲しくなります。先日の日曜日、妹たちと彼女たちのスキー・ズボンのきれを選びにゆきました。「あなた、洋装がよくお似合ひだから、珠枝たちがまねしたがるのよ。」と母がいひました。そして、そのズボンは私が縫ふのです！　そのきれ選びのとき、ちよつとひと騒動あつて、私は群からはなれてひとり先に家に帰り、ルイと二人で聖書をひらきました。ばつとあけて指さしたところに、「舟の右のかたに網をおろせ。然らば獲物あらん」(ヨハネ二一・六)とありました。私は危く左のかたにおろしかけていた網をひきあげ、右のかたにおろし、できるだけ心をこめて妹たちの物を縫ひあげようと心にきめました。誰のだつて、心をこめずに縫ふことは苦しいことですから。それに、いまの私には、現在の身辺をこれ以上複雑にする余裕はないのです。もう一人の人間とさへ、時にはどうしていいかわからない私には。

こんなことを書いてたら、あなたのとこへ飛んでゆきたくなつた。でも、「一家の主婦」が勝手に出歩けないのは、やはりそれだけの理由があるからなのね。まつたく私のこの頃の、協会にゆかない日の活躍ぶりを何といつたらいいか。朝の食事の用意、片づけ、掃除、洗濯《だく》(あなたの発音に従へば)がすむと、もう昼。十一時頃には、いいかげん息が切れてゐます。そして、ふうふうしながら家の中をかけまはり、なぜ私ひとりが、かういふふうにしなければならないのか、人の為に生きるからか？　人に依つて生きるからか？　または、その両方の理由からかなどと考へるのですが、そのどちらにも、「なぜさうならねばならぬのか？」といふ疑問がわきます。答へは不合理です。この不合理を無理にも通してしまふ方法も、私にはうつすらわかる気がするのです。つまり、愛情か暴力なんです。残念ながら、私たちの場合、どちらも足りないやうです。私は、この雑用の山のかなたに隠れてゐるものを時々見失ひ、風呂場の掃除のまつ最中、柱にもたれて茫然とすることがあります。その風呂場といふのが、お風呂(ここのお風呂は五右衛門風呂。薪は、庭に山とあるから。)とトイレットが同居してるハイカラなやつなのよ。

そして、もうこの頃私は、どうしたら手順が省けるか、エネルギーとお金の節約になるか、気がつくと、そんなことばかり考へてゐます。でも、をかしいのね、私が機械にならうが、なるまいが、私はもはや、世間の前に、一介の風来坊ではなく、歴《れっ》とした一個の「主婦」なのです。でも、生きるといふ点では、何と反対な気がすることか。私はそれを食事の度毎に考へてゐます。屢々《るる》、当然の権利として、ぬつと三杯目を出すSを前にしながら。（いままで、私達の食卓には、知らぬ間に御馳走が並び、私達は互ひに互ひの料理を褒めあつたではありませんか。）

しかし、ぜひとも食べさせなくちやならなくなつたいま、料理は義務です。一事が万事。この義務の一つ一つが、いかにばからしく思へるものばかりか。男つて、どうしてかうだらしなくできてゐるんでせう。もつともこの家では、何から何まで自分がしなければ、私がするのだと気がついたとき、Sはちよつとの間居心地わるさうでした。

でも、彼の良心は至極寝つきがよかつたとみえ、私は、この頃毎日、朝から晩まで「また、ぱなしだ！」と心に叫んでゐます。これ、新造語。もう「やりつぱなし」では間にあはないのです。歯みがきのチューブのふたも取りつぱなし。お風呂のふたも取りつぱなし。インク壺のふたも取りつぱなし。彼の手にふれたものは、全部「ぱなし！」になるのです。

これからの私の人生は、彼のぱ、な、し、たものを直して歩くことなのでせうか。私は、かうしたことが二、三度重なつたあと、意を決して、「ほら、節夫さん、インク使つたら、ふたしといてよ。地震でもあつたら、どうするの？　借物のじゆうたん、台なしですよ。」と言つてみました。そしたら、何と答へたと思ひます？「あ、忘れてたか。」そして、次のときも、わざとのやうに忘れました。それを見たら、私の「ほら、節夫さん！」は、もう出て来なくなりました。

それから、また困るのは、「何々はどこにある？」といふのが口癖のことです。これからふた月たつても、彼がまだそんなことを言つてゐたら、私は本当に怒鳴りだすでせう。ちやんと何度も説明し、戸棚や抽出しには、品目、所有者名がきちんと書いてあるのですがね。但し、彼のネクタイだけは、彼の洋服簞笥のドアの裏についてる横棒に、何百ぴきもの蛇のやうにとぐろまいてゐましたから、私は手をつけませんでした。さういへば、ふしぎなことに、彼は、「ぼくのネクタイどこ？」と聞いたことがありません。ラベルなんかつけない方がよかつたのかしら。

このまへの土曜日、結婚式に招ばなかつた「部下」といふ若いひとを二人と敏夫さんを晩御飯によびました。私が腕をふるつた食事のあと、気がついたら、木崎のばあちやんの形見のお香古皿に煙草の吸いがらを山盛りにしてゐたので、「あ、それ、灰皿ぢやありません！」と奪ひとり、すぐそばにあつた灰皿を突ん出したら、みんなが帰つたあとで、「客にあんな声出すもんぢやない。」とおだやかにたしなめられました。あとで、お勝手でカンカンになつてあと片づけしてたら、何年ぶりかで小皿を一つ割りました。ほんたうにテキ面ですね。Sが台所をのぞきこんで大笑ひして、「癇癪おこして、茶碗わつたんだろ。」といふので、「ちがひます。お手塩です。」と私は答へました。

でも、こんないやなことだけでなく、ありがたく思へることもあげますとね、我々は二人とも、相当無口。（もつとも互ひにする仕事があるからなんですけど。彼は、デートしてたころ、私に内職によこしたやうな切りぬきを山ほど持つてるし、そのほか、「経済学」の本に読みふけつてゐますよ。それから、滑稽なこと発見。毎週火曜日の夜は、勉強仲間と会ふ「研究会」の日なのでした。それをずるして、私とデートしてゐたのです。）それから、夕方、玄関のドアのあく音がしても、私は玄関にとびだして三つ指をつく必要はありません。私はお勝手でいそがしいのですから。歓迎は奴さんのキヤンキヤンだけで十分なのです。

やがて、お勝手をのぞいて、「唯今。」(ね、「おい、帰つたよ。」でなくて、「唯今。」といふところ、母親の影響大と思はない？）「お帰んなさい。お風呂わいてますよ。」「うん。」そして、また居間に戻り、郵便物を眺めて、やがて、お風呂から出てくる頃には、食卓の用意ができてゐるといふ寸法です。ああ、そのまへに彼は自分用の一杯をやります。

さて、私たちの夕食は大体こんな塩梅ですが、それがすむと、各自がそれぞれの場所でそれぞれの仕事に勤しむのですから、大したもんでせう。私は、静かに静かにタイプライターをたたくときもあり、または最近のように静かに静かにミシンをまはして、あなたの物(何であるかは、まだ内緒。）や妹たちのスキー・ズボンを縫ふこともあります。でも、そんなふうに、本を読んでる彼の頭の中の考へを邪魔しちやいけないと気を使つて仕事をしながら、ふしぎに思ふこともあるのね。どうして、私だけが彼の邪魔をすることを恐れ、彼は平気で自分のしたいことをしてゐるんだらうと。王侯貴族ならいざ知らず、一介のサラリーマンのSがねえ。そして、Sよりもつといやらしい(といふのは、Sのは少なくとも、えらぶつてしてゐるわけでなく、無意識派なんだから)男までが、一人一人、どうして細君といふ重宝な道具を備へつけて、さまざまな用を足させてゐるのだらうと思ふと、世が果敢《はか》なくなります。

でも、ここへ引越して来て二十日余たついま、そんなことに取りひしがれてゐてはならないと気づき、この三年余、事務所の仕事を処理してきたやうに、家事もSの教育も何とかうまくこなしたいものと考へるやうになりました。たとへある夕、突然Sが客を五人つれて帰つてきたとしても、すでに食卓には七人分の食事が用意されてゐるやうに。木曜日の午後、私を仕立て屋と心得てゐる妹たちが学校の帰りにやつてきて五時半に帰つても、六時半には風呂がわき食事もできあがつてゐるやうに。これが、私の当座の目標です。何はともあれ、私の今の八面六臂(これはナマキズノタエタコトナシとルビを振る)の活躍ぶりをご覧になりたかつたら、月火水・金土を除いた午前十一時頃、この家の物音のするところを覗いて御覧なさい。もし、それがお風呂場なら、あなたは一人の消防婦を発見なさるでせう。ゴムのエプロンに身を固め、ホースを振りかざしてゐる……私は、もうぢき二宮尊徳か聖徳太子です。さうでもならなきや、門倉夫人に合せる顔がありません。だつて、あの方、キャリー・キャット夫人の伝記を結婚祝いにくださつたのよ。皮肉かしら?、キャット夫人て、アメリカでもまず最初の女権論者よ。そしてね、これ、暇々にお訳しなさい。まとまつたら、どこかの本屋さんに話してあげますつて。まだ読んでゐませんが、私が六十になつて、まだ生きてゐて、暇ができたら、読めるかもしれません。

かう書くと、何だか、一日ぢゆうプンプンしてゐるやうですが、ほんとは、いくら疲れても、悲しくても、ひとにはにこにこしてゐます。私は、このひと月、一度も——S相手を除いて——口喧嘩などしたことがありません。私も、うす笑ひをうかべてゐる者の一人なのです。Sと喧嘩したいときさへ、お呪ひがあります。「たとへ、どんな欠点があらうと、SはTではない。」かういふのは、どうでせうか。

もう午後四時半です。いそがなくては。多分、この手紙、あなたの御期待に背くでせうが、お許し下さい。去年の夏だつたら、Sのこと、いくらも別なふうに書けたと思ふのですが。ただ、あなたの御安心のためつけ加へますと、彼は、隣りの女中たちにもえばらないから、根はやさしいのかと、せめてもの心やりにしてゐます。けれど、ルイと私は、をかしなことを発見しました。家にゐるときのSより、ゐないときのSの方がずつと好ましいことを。をかしかつたら、お笑ひなさい。本当なんですよ。本当にいつお出で下さるのですか。スウィート・ハウスはあなたを待つて、徐々に整ひつつあります。この居間、台所、あなたの気に入るやうにと思つてゐます。まあ、恰好のついたのは、そのあたりまで。それから外の畑もお見せしたい。

ここに引越してきた当時、台所の窓の外の辛夷《こぶし》の大木の葉は大方散つてゐましたが、その後、さらさら吹く風でみな落ちました。今朝は玄関の前を掃きながら、あなたに覚えさせられた歌を思ひだしました。「殿守の国のみやつこ心あらばこの春ばかり朝ぎよめすな」あれは、誰の歌でしたつけ？ でも、誰が何と言はうと、私は、春を秋に変へて朝ぎよめ致します。少し大げさにいふと、この頃、この家のあたりは、三日朝ぎよめせねば、いつか宇原で見た鰯漁の漁師たちがはいていたやうなトクナガの長靴でなければ歩けなくなつてしまふんです。つまり、落葉の海なんです。ルイは大喜びで、その上を気が狂ったやうにぴよんぴよんとび上つてとんで歩いてゐますが。私のまだ柔い手は、二、三度の朝ぎよめで水ぶくれができました。先夜、遊びに来た表の従弟が、私が油を塗つてゐるのを見て可哀相に思つたか、古くなつたスキー手袋を持つて来てくれました。使つて見たら、まことにいい工合。

ちよつと説明しときますと、「我が家」は、叔父の家の裏に当り、おなじ敷地内にありますが、叔父の家は古い表の道から入るやうになつてゐて、我が家は表の道から分岐した切り通しの「絶壁」についた階段を昇るやうになつてゐます。そして、さつき書いた辛夷は、昔、丘の上にそびえ、花の盛りには近隣の田園からの目印にされたものださうです。丘が断ち切られたので、今は我が家の裏、崖をちよつと避けたところで風にゆられてゐます。辛夷を北の端として我が家と畑を隔てる生垣がはじまつてゐます。一連の山茶花《さざんか》と木槿《むくげ》です。いま、山茶花の花ざかり。木槿は純白ださうです。「葬式の花のやうに白い」と叔父は保証してくれました。それから、ここへ来たばかりの頃畑を探検してゐたら、隅に古井戸があつて、そのまはりに何か紫のものが敷いたやうに咲いてゐました。何かと思つたら、サフランでした！　もう萎れかけて、蛇の赤い舌のやうなシベがペロンペロンたれてゐました。それから、ぜひあなたに話したいと思つてゐたことだけど、私たちの家の後の生垣は、ピラカンサなんですよ。刺があるから、泥棒よけのやうにも見えますが、叔父の言葉でいえば、「明子ちやん、小鳥が沢山来てたのしみだね。」となるのです。

今朝、私が朝ぎよめをしてゐましたら、絶壁の下から、「おーい、おくさあん、この橘もどきの枝、売つてもらへねえかねえ。」と叫ぶものがあるので、私は仰天しました。自転車に乗つて、切り花をさがしに歩いてゐる花屋らしいのです。「この赤い実?」と聞いたら、「さう!」つていふんですよ。ピラカンサの和名が橘もどきだなんて、私知らなかつたんです。

私は気を取り直して、物は試しと、「いくらあ?」と聞きました。そしたら、「五円」ですつて! それも、二、三度、入用の時切りに来させてもらつて、決して形はくずさないといふのですよ。私はびつくりして、表の家へとんでいつて叔母に相談したら、「そりや、裏は、あなた方の領分だから、売つたつてかまはないけど、あそこがあんまり坊主になつたら、お向いの兵頭さんが丸見えになつてわるいんぢやないかしらね。」といはれてしまひました。私はまた、兵頭さんからこつちが丸見えになるのかと思つたら。何にしても、花屋さんには断りました。小鳥たちの餌をかすめてコロンバンのお菓子をなんて、さもしいこと考へて恥入りました。

随分頭のわるい(疲れて、疲れて、ほんとにこの頃、頭わるくなりました)手紙、これくらゐにします。この家に来てから、こんな長い時間、一つ所にじつとしてゐたことありません。ルイは、三時間たつぷり、私の膝で眠つたり、エプロンをかじつたりすることができて、満足さうです。

では、決心がついたら、すぐ知らせて下さい。迎へにゆきます。あなたの健康のこと、頭をはなれたことありません。

十一月二十八日

いつもあなたの

明　子

蕗子さま

書いては消し、消しては書き入れながら要領わるく終った手紙は封筒に入れると、時折、蕗子に投函するのを頼まれたことのある原稿の封書のように重かった。

何ひとつ、思うように書けなかった。ことに節夫との間にはじまった、言葉でいえないほど親しい関係については、ひと言も。しかし、それでも、久しぶりに蕗子とむだ話をしたあとのように、全身に血がなめらかにめぐりだした思いであった。しかし、そのあと、台所、風呂場と動きまわりながら、明子は、「あんたもばかな子ね。」と、自分にいわずにいられなかった。午後のほとんどを蕗子への手紙を書くのに費してしまったのが、自分の憂さはらしであることはよくわかっていた。

その朝のこと、表の家の納戸の裏にあたる木かげで犬の訓練をしていた。すると、窓のなかから叔母と話していた節夫の母の声がした。母は先に表へ寄り、親しい義妹と納戸で何かおしゃべりしていたのであろう。

「この頃のひとは、何事もこだわらず、安直でいいことね。」

「でも、あのひと、ほんとによく洋服が似あう。」と、叔母は、明子にはとんちんかんに思える返事をしていた。「それに、家の中のこともできるし……。いいお嫁さんよ。」

この辺で、明子は、話題が自分に関してであることを悟り、胸のあたりがうそ寒くなった。

「その点、安上り。家なんかじゃ大助かりだわ。」

「まあ、五百《いほ》さん、そんなことといって。家の恵美子みたいなのもらってごらんなさいよ。どこへ出かけるったって、半日がかりで大変だから。」

明子にはすぐ、わけがわかった。先日の夜、結婚式に出てくれた母方の親戚の家に節夫と二人で挨拶に出かけた。明子は事務所に出る日だったので、ちょっと改まった平服でいった。それが、少し向う様の誰かには失礼に見えたらしいと、母に注意されたのだが、会社帰りの節夫のそばで、女ばかり改まったかっこうしていてはと、明子としてはちょっと気を使った結果なのであった。

明子はそっと犬を抱えて、母や叔母の声の聞えない場所に河岸を変えた。そんな場所に居あわせたのが、きまりわるく、腹だたしかった。

母は、表で話したあと、すぐ明子の方へやってきて、妹たちの注文の毛糸のスキー帽の編方と材料とをおき、きげんよく帰っていった。母は、道具で家を満たし、文金高島田でやってくる花嫁を、どんなに彼女の長子のために望んだことだろう。それ以外の種類の嫁は、つい三、四カ月まえまで母の脳裡に浮んだことさえなかったのだ。それは世間ではごく普通の常識だし、そのことで明子は母を責めようとは思わない。しかし、自分がそのような嫁でなかったことも、自分の咎ではない。この食いちがいをどうすればいいというのだろう。

その重苦しさからぬけだすつもりで、明子は蕗子へ手紙を書き出してしまったのだ。打てばひびくような、蕗子からの返事であった。

一日

お手紙ありがつて！　ほら、ごらんなさい。あんまりうれしかつたものだから、ママと間違へてしまつた。

再三再四拝誦。文字通りなのよ。だつて私は声に出し、節をつけ、つひには全部をそらんじたんですから。あゝ、このひと月余の冴えない日々のあとの何といふ晴れ渡つた楽しい午後であつたか。そして、夜も、といふわけは、現金なもので、五時に二人の生徒を送りだしてしまふと、あたふたとショールなと引きかつぎ、をばさんとこへ夕げを摂りに出かけました。(これさへ、この四、五日、コハちやんが迎へに来てから、やつとこ腰をあげたのですが。つひに先月末から暫く、をばさんとこの下宿人——ただし宿は別で、夕げのみ——になつてゐます。)そして、そこでまた、再度拝誦するの栄を得ました。御説の通り、私は、その都度、耳まで裂けるほどにも口をあけて笑ひました。「本を買つてきてもらふ」「私たちの家の敷地」などのくだり、私がいかに適切な抑揚をつけ得たか、その効果については、後々をばさんからお聞き下さい。予期にたがはず、あなたがこの上もなく幸福で、かつ興味ある方々に囲まれて生活していらつしやることを知り、私共は満足しました。もうこれで、安心して目がつぶれると、私は申しました。そしてまた、私は、のんびりしたとき、ほんの五分ほど坐りさへしたら、これくらゐの手紙、ちよこちよこつと書いてしまへるのに、村井さん(失礼!)といふひとは、ほんたうに……何と云つたかな……さうさう、ケチなおひとだと云ひました。それからまた、私共は、愛情をこめて、次のやうにも語りあひました。

○「何だか、風呂場と便所が、ごたいそうな家みてえだね。」

△「ルイ坊だなんて、いけないわ！　Sさんがきらひなのは、犬でも、便所でもない、ルイといふ名前そのものなんだつてこと、なんでタンタン気がつかないんだらう。私にはSさんの気持がわかる。むしろ、何故彼がルイに決闘を申しこまないか、私にはわからないくらいだ。」

といふことの理由を聞かせたら、をばさんの喜んだつたらありません。あなたは、ほんたうにそんなにいつまでもいつまでも犬のことばかり書きつづけるのならば、「ルイ」の代りに、家の猫の名を貸してあげるから、今日からルルになさい。でなければ、「オットー」。さうすれば、今度あなたが家にいらしても、私は無理にあなたを引きとめはしないでせう、家に「オットー」が待つてゐるのであれば！

あなたが、私の前にSさんへの愛情をヒレキなさるのを恐れておいでのやうなので、はつきり申上げておきますが、私は、彼に不満や「誤解」や嫉妬を持つ気は毫もありません。私は、嫉妬を忘れてうまれてきた人間です。何で私に文句がありませう。あたし、いつも云つてるぢやありませんか、雅男氏のやうに藤八拳をやらず、「玉ネギハミヂンニ切リ」と体をくねらせるやうにして放送する男アナウンサーでさへなければといふ私の条件を。それにもうあなたが何をいつてもだめだわ。この頃、あなたの云ふことのすべてにロマンスの匂ひがする。まへには友情の匂ひがしたけれど。あなたは、手に水ぶくれができたとか何とか、さかんにSさんのあなたに対する非情ぶりを私たちに吹きこまうとされますが、彼が「唯今」といつて台所へはひつてきて、あなたの手をとるとき、あなた方の胸は、万葉の昔と立場はちがふとはいへ、「稲つけばかがる我が手を今宵もか殿の稚子が取りて嘆かむ」の思ひでいつぱいであることを私は見ぬいてゐますぞ。

玄関が開きました。「ゴランクダサイ」といふやうな声がしたから、陳さんでせう。これから、一時間の労働。この手紙、彼に出してもらひます。

いま、勉強すみました。陳さんがお茶を飲んでゐるあひだにひと言。

私の健康？　私の健康がどうかしましたか？　この頃では、無理のあとですら、九度二分より上りはしないのに。

では、またお便りひたすらお待ち申上げます。

そして、あなたを待つて待つて待つてゐます。何やら、内緒だといふ私への贈り物、珍談、結婚式の写真(後ろ向きでないの)等々、沢山のお土産たのしみにしてゐます。どうぞ、あなたの不在御主人(間違はないで。私の云つてゐるのは、あなたのずつと好きな方のひとですよ)によろしく。

あなたのネームセーク
痰々より

親愛なる組頭

コールド・タンタンへ

追伸　をばさんは、あなたがあのお手紙の中に、つひに姑といふ文字を使はなかつたことにいたく感じ入つてゐました。

こうしたじゃれ合いのようなやりとりのあとでは、明子と蕗子とのあいだに、また彼女の結婚前のような交信がとびかいはじめたのは、あまりにも自然のなりゆきであった。明子は夕食後、「夜なべ」仕事のミシンをまわしながら、そばのメモ用紙に思いつくことどもを書きつけていった。だが、そうしたやりくり仕事に追われたせいで、結婚式の写真は、ついに自分で持ってゆくことができず、郵送しなければならなかった。それへの返事も早かった。

九日

速達小包み、お葉書ありがつて！　どんな分厚いお手紙よりあなた御自身のお出での方が百倍もいいのだけれど、今度の場合はちよつとちがつた。小包みほどきながら、もう胸がドカドカしはじめてゐたんだけど、いよいよ中身が露呈した瞬間、私は「結婚式の写真来たよう！」と叫びながら――ばかみたいだけど、ひとりで見るの怖かつたのね――をばさんの家に向つて走りだしてゐました。（ちやうど中食時、食事にもありつきました。）あゝ、世界ぢゆうで――あなた方と例の叔父様を除き――私たちほどあの写真群をエンジョイした者があるでせうか。をばさんと私は天眼鏡をもちだし、すみからすみまで鑑賞しました。つまりSさんの眉の濃さは如何に、口の曲りの角度は如何に、短いヴェールのかげのあなたの目に浮んだ喜びの色は、と。鑑賞しながら、我々の口からこぼれ出た言葉のほんの一端を記すれば、左のやうなものです。

□　ふん、なーる！　これがセッチン。をばさん、村井さんてひとはね、あれで油断すると、やられるんだから。色が黒いの、中肉中背のってごまかして、けっこう面食ひなんだ。

▽　りっぱなお婿さんだわな。（をばさん、いささかたじたじのていでした。でも、すぐはづかしさうにつけ加へました。）村井さんの花嫁姿、可愛い！

□　をばさん、無意味なこといはないでよ。りっぱだの可愛いだのって。そんなこと大部分、洋服屋だの、美容院だの、写真屋だのでつくってしまへるんだから。でも、村井さんのは……（と云ひかけて、私は危く涙ぐむところでした。）結婚式なんかいやだったんだらうけど、私たちのためにやって見せてくれたんだと思ふわ。あたし、色が見たかった。あのひとは、色のひとなんだから。

▽　何もおめでたいこと話してんのに、そんな変な理屈こねなくてもよかんべに……わたしにや、とてもりっぱっつうか、なごやかっつうか、普通の結婚式よか、好まし

く見えるけど。普通の雛段みてえのよりよ。
□　その点、あたしもちよつとびつくりした。花嫁花婿さん囲んでみんながあつちへ向いたり、こつちへ向いたり、立つたり、坐つたりしてて。それでゐて全体として、をばさんとこの池の目高みたいに「我々はハッピー・ファミリーぢやごわせんか」つて恰好になつてるんだもの。このでつぷりした御主人と妊娠二、三ヶ月に見えるおくさんが「表」の叔父さま、叔母さまよ。まるで花嫁の両親みたいぢやない？この後ろの二夫婦が村井さんの大兄さん小兄さん夫婦だ。二人とも違ふタイプだけど、なかなか好男子だと思はない？
▽　村井さん、大兄さん似だね。お二人とも、どんなに御満足だつたずら。
てな調子で、をばさんがすぐ情緒的になつてしまふので、まともな批評ができず、おまけに今日はこの対談のあと、すぐ生徒さん二人控へてゐたのよ。それでいまは疲れはててゐます。写真の刺戟と両方で。また書きます。

セッチンと二人の写真のあなたね、唯之可憐。それにセッチンを見つめるのが何となくハヅカシク、まだ穴のあくほど見てゐません。これから時間かけて、ぴんとくるところまで研究したいと思ひます。

取りあへず、いたゞいたことのみ。

いまもあなたの

24

十二月に入ると、明子にとっては日々が、いつ荻窪へ出かけられるか、そのすきをねらう時間に化してしまった。いや、じつは十六日の日曜と、もう自分ではとっくにきめていたのだが。

蕗子の部屋着のボタンをつけ終った晩、彼女は寝るまえのお茶をのみながら切りだした。

「この次の日曜ね……あたし、大津さんとこへいってきたいの……。今度いかないと、クリスマス・プレゼント届けそこなっちゃう。」

「……クリスマス・プレゼント?」ちょっと間をおいて、節夫はくり返した。

「ええ、部屋着なの。おととし、あたしのお古をあげたの、すり切れちゃったのよ。」

「何だ、こないだっから一生懸命カチャカチャやってると思ったら、大津嬢の部屋着か。」

「幸子さんたちのズボンだってやってますよ。」

「明子う……」節夫はいつになく、忍耐しているという呼び方をした。「あのひとのことじゃ、話しあわなくちゃいけないと思ってる。焼き餅でいってるんじゃない。」

二人はちらと見合って、同時に笑った。それが二人の気持をひらいた。

「病気のこと、潔にも聞いてみた。どの程度かわからないが、よくいままでうつらなかったっていってたぞ。」

明子は考えて、いった。

「ええ……でも、病気のことはね、二人ともとても細かいとこまで気をくばってるのよ。でも、こういうの、どうしたらいいのかしら。あたし、あなたと何かはじまるまえに、あのひとと友だちだったのよ。」

「そりゃ、わかってる。それいいだしたら、話は堂々めぐりになるばかりだろ。要は、どうしたら、これからうまくやっていくかってことなんだ。明子……」節夫はまた低くくり返した。「最近、きみ、やせたの、気がついてるか？　いろいろ忙しくさせてすまないと思ってる。正月すぎたら、もう幸子たちの物なんか縫うの、やめてくれよ。家にいるとき、もう少し呑気にしてもらいたいんだ。」

明子は、ちょっと言葉が出なかった。この二、三カ月で明子がやせたとすれば、節夫は、それが一ばんわかる立場にいた。しかし、彼にいわれるまでもなく、彼女自身も、今年の冬着のスカートがゆるくなっていることは、とうに気づいていた。しかし、べつに気分もわるくなく、微熱など出ていなかった。それに、いまは結婚後ひと月余で、ようやくこの生活の調子をのみこみ、夜の眠りもとり戻しつつあった。

「ええ、もう来年からは、もっとゆっくりするわ。」明子はいそいでいった。「でも、今年は仕方がなかったのよ。みんな、あんなにスキーにゆくのたのしみにしてるんですもの……。で、十六日のことですけどね、とにかく、いってきますよ。きりがつかないから。」

まともに見返され、節夫も仕方なく答えなければならなかった。

「さぞ二人でぼくの悪口いってくるんだろうな……」

「それは、あなたの心がけ次第よ。」と、明子は笑った。

日曜日、荻窪の駅を出るまえから鳴りだした動悸をしずめながら、明子は大荷物をさげて烏瓜《からすうり》の下をくぐりぬけた。瓜の蔓はほとんど萎れ、珊瑚のような実は、まえの年のように多くはなかったが、まだしばらく足を止めるに十分なほど美しかった。

「こんにちは。」

ガラス戸をあけ、わざとゆっくり上りかまちに腰をおろし、靴をぬいでいると、障子はするすると向うから開いた。

「いらっしゃい。」

これもわざわざ蕗子自身が立って出てきたということを除けば、いつも通りの挨拶であった。

斜め後ろを見あげて、蕗子の大きな目と視線が発止とぶつかったとき、明子は、瞬間、顔に火花が散ったと思った。が、その火は、すぐ消えた。何をはずかしがることがあろう。それこそ、蕗子のいう、誰もすなることがおこっただけのことではないか。

明子はゆっくり中に通り、荷物を椅子の上におき、蕗子の顔をまともに見ぬうちに風呂敷包みをときはじめた。

「たいへんごぶさたいたしました。でも、これ縫うので手間どったってこともあるんですからね。」

色あざやかな紙包みが出てくると、予想通り蕗子は歓声をあげて立ち上り、クリスマスの印のリボンなどは引きちぎるようにして、ブドウ酒色とグレイのチェックの部屋着をひっぱりだしていた。そして、着ていた上着をかなぐりすて、部屋着を羽織ると、外国のモデルのようにぐるぐるまわった。

「どう？　丈、ちょうどいい？」明子は聞いた。「あなたはそれで歩きまわるから、心持ち、短めにしといたけど。」

「ちょうど！」そして、彼女は腕を動かしてみて、「ラグランだから、肩のところゆったりして、とても楽。あったかい！　素敵！」

そして、彼女は奥へゆき、姿見の前で、またひと舞いしたらしかった。

「よかった、気にいって！　その色くすんでるのに、あなたが着ると、とてもはえる。

成功だったわね。」

「大成功よ。あたしね、」戻ってきた蕗子は息が切れたか、途中で言葉を切って、明子をじっと見た。「やっぱりお正月に郷里に帰ってこようと思ってたところなの。だから、これ、間にあって、ほんとによかった。」

「ああ、やっぱり帰ることにした？」

「そう。」と、蕗子は突きはなしたようにいった。「ともかく、きょうだい、みんな集まるっていうし……あの婆さんが寝てるのよ……まあ、見舞いってわけだけど、家の七十一翁もどうしてるか気になるし。向うにゆけば、ねえやもいるし……一週間くらい休んでこられると思うの。こっちにいたって、お正月にあなたと何ができるわけでもなし……」

二人は、もういつものように椅子に向いあってかけ、蕗子は、からかいたい気分いっぱいの目で明子を見つめていた。

「あなた、頬がこけたみたい。書いてよこすことから見れば無理もないかもしれないけど。でも、ふしぎね、御馳走たべて、みんなにかわいがられながら……どう、新生活？」

明子は、また、ぱっと顔に火が散ったが、ここで頑ばらねばと、ちょっとすねた調子で、

「どうってことない……」

蕗子はぷっと噴きだし、

「わかってたわよ、セッチンや『表のひとたち』のなかへ、あなたがすっととけこんでいくだろうってことは。あとのひとたちは、それこそ、どうってことないじゃない？　あの写真見ても、そう思った。ああいう記念写真、西洋風なの？」

「それは知らないけど……叔父の注文だったの。自分でいろいろ指図して。写真屋さんは、ちょっと面くらったらしいけど。」

「でしょうね。でも、あれ、よかった。それに、あたしも、セッチンに正面からお目もじできて、光栄でした。」蕗子は頭をさげた。「セッチン、一種ある。」

一種あるは、どこから仕入れたのか、蕗子のよく使うことばだった。ほめ言葉にも悪口にも使えた。しかし、多くの場合、一種独特の魅力というふうに使われた。

「一種あるかどうか……」明子はできるだけ他人事のようにつぶやいた。「あたしは、臆病だから、兄の友人でもなけりゃ、つきあえなかったのよ。でも、いまになって考えてみると、あのひとにはあのひとのわけがあり、あたしにはあたしのわけがあり……破《わ》れ鍋にとじ蓋って、じつにうまい言葉だなあって、つくづく感心する。」

蕗子は声をあげて笑った。

「あんなことといって！」

「ほんとなのよ！　これから上手にやらなくちゃ……。きょう、ここへ来るのにも、ひと工夫も、ふた工夫もした。」

蕗子は、まだ部屋着の胸をなでまわしていたが、めずらしくしみじみ、

「おとしも、去年もたのしかったわねえ。お金もなくて、どうしてあたしたち、あんなに笑えたんだろ……」といったが、急に手をとめ、「あら、いやだ、あたし、部屋着のことでうれしがってて忘れてた。きょう、ひとり生徒来るのよ。金曜日、向うですっぽかして、その分、きょうしてくれって葉書来てたの。もう少ししたら来るから、あなた、昼寝でもしてて。」

「まあ、ひどい！　自分で約束破っといて、きょう来るの？」

「それが、理屈の通る相手じゃないのよ。」

そんなことを話しているまに、玄関に人声がし、明子はいそいで隣室に退いた。押入れから自分用の毛布を出し、縁側の日だまりに座布団を並べ、横になった。猫も、明子についている犬のにおいを気にしている様子で、用心しいしいやさしく彼女によりそった。聞き耳をたて、蕗子の授業ぶりを盗み聞きしようと思っているまに、温かさに包まれ、彼女は眠った。

障子があいて、蕗子が立っていた。

「すんだわよ。」

明子は蕗子の顔を見あげながら、まだ頭は朦朧としていた。

「何、その目……」

「ここへ来ると安心しちゃうのね。」

「まったく里帰りって恰好よ。その目で何考えてるか、当ててみようか。」

「ちがうにきまってる……。そんなことじゃないもの……」

明子は大きくあくびをして、からだを起こし、ぼうと庭を眺めた。

「さ、あたしの仕事は終りましたよ。李さんで損した分、取り戻さなくちゃ。さ、新婚生活の珍談、たくさん聞かせて！」

しかし、そう催促されて、急に何も出てくるものではなかった。

「何かもうのんびりしちゃって、話、出なくなった。」

「あきれた！　夏には、さんざのろけたくせに。でもまあ、いいわ。とにかく、あなたが来たんだから。いったい、きょうは何時までいいの？」

「夕飯たべて、できるだけ早く帰るっていってきた。だって、ルイがかわいそうでしょう？」

「じゃ、少し早御飯にして、あなたのお好みのようにゆっくりたべない？　きょうは、おばさんのところへいくの、いやだ。いけば、おばさんの客か、あたしの客かわからなくなっちゃうから。」

「あたし、市場にいってくる!」

明子は急に身軽に立ち上った。彼女は台所の錆びた釘にかかった買物籠をおろしながら、ふと涙ぐみそうになった。なぜ蕗子のそばにいると、人生を組みたてているすべてのことが、何の抵抗もなく、すらすらと動きだしてしまうのだろう。なぜ互いにぴんぴん反応しあい、それがたのしいことに思えてしまうのだろう。

市場で選んだのは、やはりバタ焼き用の肉であった。会う度にバタ焼きのようだが、蕗子にとっては、ふた月ぶりのなつかしいバタ焼きかもしれないのであった。帰ってみれば、打ち合せでもしたように、蕗子もテーブルの上にガス台を出していたのはおかしかった。二人は手順よく肉を皿にひろげ、大根おろしを山ほどつくった。脂たっぷりの肉でゆるめられたように、ようやく明子の口から、少しは珍談とよんでもいいかもしれないことがもれはじめた。

叔父が、時どき明子を自分の家の嫁と思いちがえているんじゃないかと思えること。いつの間にか、明子を「明子ちゃん」と呼んでいることなど……。

「それじゃ、あなた、フロム爺さんがもう一人できちゃったみたいじゃない?」蕗子は噴き出した。「あなたって、そういうところあるんだ。年よりに好かれる。その叔父さまといい、関の小父さんといい、フロム爺さんといい、三爺にそろって……。でも、若い方とも、うまくやってるんでしょう? 喧嘩なんかしないで?」

明子は考えた。

「それが、おもしろいもんね。あたし、いままでひとと喧嘩できないたちの人間だと思ってたのよ。それがセッチンとだと、できるの。じつにばかばかしいことが喧嘩の種になるの。ああ、そうだ、いつかは、ばかばかしいことでなく、大喧嘩した。これ、あなたの部屋着とも関係あるんだから、話しとかなくちゃ。あたし、いま、妹たちのスキー・ズボン縫わされてるのね。下着くらいならすぐできるけど、ズボンはと思ったけど、あなたの部屋着縫うつもりでいたから、その弱みで、つい『うん』ていっちゃったの。それでもうひと月ほど近くまえのこと、大岡山のきょうだいとあたしの親睦をはかろうというセッチンの心づもりから、日曜日の午前に、きれ選びに銀座で待ちあわせたのね。きれ買って、あとお昼御飯たべて、映画見て、晩は大岡山って、強行軍の予定。それでも、とにかくうまく『ストック』の前で出会ってね、妹たちのきれ買うとこまでは無事すんだの。ところが、ズボンのきれ見てるあいだ、あたしはどうしたって、あなたの『あたたかあい部屋着』のことばかり考えちゃうじゃない？　そして、これってきれがあったから、妹たちの買物すんでから、あたし、もう一つ用をすますから表で待っててってたのんだの。そして、その用をさっとすまして表へ出たら、誰もいないじゃない？あたし、あっちへいったり、こっちへいったりして探したんだけど、どこにもいないの。それで、また何分か『ストック』の前で突ったってたんだけど、何と考えてもわからなくて、腹がたってきた。そこへ、新橋ゆきのバスがすうと来たの。衝動的にとび乗って、家へ帰ってきちゃったのよ。それから、すぐさま、表の家からルイひきとってきて、家でひとりでお昼御飯たべて、あなたのきれ、地のして、型紙も裁っちゃったから、時間はとても節約できた。」

「で、セッチン、いつ帰ってきたの。」

「夜よ、予定通り。もっとも、夕方電話かかってきて、『どうしたんだ?』っていうから、『迷子になったから、帰ってきたんですよ。』っていったの。」

「いったい、どうしたことなの?」

「下の妹が、二つ三つ向うのビルの路地みたいなところにかくれてて、おねえさまびっくりさせようっていったんですって。ばっかみたい。いい大人が子どもにくっついていって。あたしがバスにとび乗るの見てて、みんなで呼んだんだっていうのよ。帰ってきてから、『きこえなかったか。』っていうから、『あいにく、あたし、小さいとき、中耳炎して右の耳少し遠いんで、申し訳ありませんでした。』っていったの。そしたら、『幸子が、おねえさま、気持わるくなさったろうって心配してたぞ。』っていうから、『そうお。じゃ、やっぱりああいうことは失礼なんだってことだけはわかってるのね。心配しながら、御飯たべたり、映画見たりしてお気の毒でした。』っていってやったの。そうしたら、『どうしてそういう皮肉ないい方するんだ。そんなことといってたら、世の中のこと、身も蓋もないじゃないか。』みたいなことというから、『ああ、身も蓋もないって、そういうときに使うんですか。ひとつ覚えました。でも、あなたがあたしだったら、どんな気がすると思います？　あたしは、きょうは特別早起きして、洗濯して、お昼まえに銀座にゆけるようにしたんですよ、珠枝さんたちの用をたすために。』っていってやったの。そしたら、少しして、『そのことはわるかったよ。だけど、物事もう少し穏やかにやらないと、実際以上にぎすぎすした人間に見られて損だ。』みたいなことというから、『以後、気をつけます。』っていって、おしまいにしたの。だって、いいあってたら、きりがないもの。おかげで、あたし、はずみがついちゃって、あなたの部屋着、どんどん進んだんだけど……。ありがたいと思ってよ。」

「お見それしてたけど、」蕗子は、自分をおさえられなくなりたてつづけにしゃべる明子に、呆れ顔で口をはさんだ。「あなたも、相当いうのね。」

「そう、自分でもそう思った。さぞ相手にはにくたらしいだろうなって。でも、あたし、ああいう、かくれてひとをからかうっていうような趣味、がまんできないのよ。野暮なんだわ。エプリル・フールだってきらいだし。だから、あなた、四月一日にあたしをだまさないでしょ？」

「ああ、嫁の力強くなってきたっていうけど、ほんとうなんだ。」蕗子は、おかしくてたまらなそうにいった。「あたしは、少しばかりセッチンに同情します。あのひとは、結婚まえの経験から、あなたのこと、とても快活で心やさしいひとと思ってたんじゃない？　それがいまじゃ、お母さまとの間の板ばさみ。でもね、おかしいわね、あなただって、叔父さまには別の顔して見せるんでしょ？　結婚式のときのあの写真で、何もかも証明されてる。叔父さま、あなたがかわいくて仕方がないのね。『ああ、わしらは、ハッピー・ファミリーじゃごわせんか！』」

そのゆっくりした調子が、叔父に似ていなくもないので、明子は満腹のからだを折って笑った。

「まったくあたし、ここで笑い溜めしていくんだわ。」

「『里笑い七日』っていうじゃない？」

「ああ、七日じゃ、お正月までもたない。」

「お正月まえには、もう来ないつもり？」

「さあねえ……。」

このとき明子は、こうあいまいに答えただけだったが、自分が何かいえば、たあいもなく口をあけて笑う、たのしげな蕗子を見ていると、彼女が郷里に帰るまえに、必ずもう一度来ずにおくものかと、心では考えたのであった。

25

しかし、「里笑い七日」の貯えがすりへっても、明子はとうとうその年のうちに、もう一度荻窪を訪れることはできずにしまった。十二月後半からクリスマスへと、協会での時間のたち方は正に釣瓶おとしで、結婚したから手ぬきになったということのないようにと、正月休みの間のことまで気をくばってやっと家におちついたのが、暮れの二十八日。妹二人のスキー・ズボンをようやく仕あげたのが二十九日。勇んで取りに来た妹たちは、二度仮縫いしたあとだったので、からだをのばしたり、ちぢめたりして試着したあげく、喜んでその長い宿題品を持ち帰った。そのあと、明子は芯から力がぬけ、夕食のとき、自分の歯が浮きあがっているのを知って驚いた。

幸い、家は、移ってきて二カ月なので、大掃除は省略した。正月料理は、表の家であり余るほどつくるから分けてくれるという。元旦のお雑煮は、神戸から帰ってくる叔父の長男夫婦も揃っていっしょにと招待されていた。疲れはてた明子にとっては、ありがたいことばかりのように思われた。

ただひとつ、おっくうだったのは、三十一日の夜の大岡山でのお年越しであった。そこでの親子きょうだい揃っての夕食のあと、若いスキーヤーたちが出かけるのを上野まで見送る、というのが節夫の年末しめくくりの予定であった。このスキー旅行には、勿論、敏夫も同行するが、一郎までも誘われて上野で合流するのだという。

明子は雨の降りだした大晦日の午後、犬を表に預け、節夫といっしょに家を出ながら、何かからだが空に浮き上りそうな頼りなさをおぼえた。が、からだは動かせば動いた。けれども、何かやっとの思いで着いた大岡山では、すでに玄関の外に六本のスキーがいかめしく立てかけられ、家の中ではスキーヤーたちが物々しく武装して、明子にはわからないスキー用具の名前などを口走りながら右往左往していた。明子は、なぜかその興奮した話のやりとりを上の空で聞きながら、台所を手伝い、食事の席についてみると、物の味がほとんどわからなかった。

上野駅の雑踏の中で、信夫は上手に敏夫や一郎を探しだし、大きなリュックをしょい、スキーをかついだ五人は無事勢揃いして、威勢よく改札口を通った。

節夫の腕に守られながら、プラットフォームを埋めつくしている殺気だつまで意気盛んな兵士のような群に取り囲まれたとき、明子は初めて悪寒と恐怖が足もとからはいあがってくるのを感じた。林立するスキーはまるで剣付鉄砲であり、スキー靴は軍靴そっくりの音をたてた。

汽車がはいってくると、声を嗄《から》した駅員の制止もものかは、入口に突進するための、想像を絶する猛烈な肉体と肉体とのぶつかりあい。はじかれた豆のように車内にとびこんだものは、仲間の席を確保するため車内をとびまわり、スキーやリュックは窓から放りこまれた。怒号と叫喚。そして、発車時刻までに、この物々しい連中は、じつに見事に車内にすいこまれていた。幸子や珠枝も、無事かたまって席を取り、幸福そうに明子たちに手をふった。

ほとんど節夫を盾にして立っていた明子は汽車が動きだしてしまうと、自分も若者たちの興奮をいく分ひきうけたような節夫が、勢いよく改札口の方へ歩きだすのについてゆけず、彼の腕にとりすがった。それまでにおぼえたことのない困憊《こんぱい》だった。足はがくがくで、いまにも膝をつきそうだった。

腕をひっつかまれて、初めて明子の様子に気づいた節夫は、彼女を抱えるようにして改札口を出、ようやくつかまえたタクシーに這いこんだ。外は、朝からの雨が、勢いをましていた。

家の前の階段も抱えられて上り、節夫が門をしめる間、立たされたとき、明子はびしょびしょの土の上で転んだ。そのあと、どうして家の中へはいったかわからないが、寝床に寝かされていた。からだが天井まで浮き上りそうだった。

表の叔母や女中が、そばで忙しく動いていた。熱い湯で頭や手足をふかれ、熱がはかられ、医者が来た。しかし、あとまで明子の頭にのこってるのは、自分を終夜悩ました奇妙な夢――手の指が、天井にとどきそうなほどふくれたり、かと思えば、次の瞬間、いつか博物館で見たミイラのように縮んだりするという夢であった。

翌朝、目ざめてみると、枕ぎれは、汗と泥でべっとりぬれていた。


これが、周囲の人々をさわがせた、明子の結婚後最初の年越しだった。

彼女は、「表の家へ移れ」「いや、大岡山へ」というはたの議論のどれにも首をふり、高熱のまま、毛布にくるまれて長兄夫婦も来ている関の家へ運ばれた。

小堀医師の打った何本かの注射のせいか、または親しい者の間にいるという安心からか、明子はほとんど二、三日を寝ては醒め、醒めては眠ってすごした。

そして、自分では指一本動かさず、すべてを他の者がとりし切ってくれる生活があるとは、ふしぎなことだと思った。しかし、何といっても、明子の肉体がまだ若いということが助けとなったのであろう、三、四日めには、重湯のひと匙ふた匙を口中に含み、息をつきつき、のみこむことができるまでになった。

「小母さん、カッブシおいしい。」彼女は最大限の礼のつもりで、まわらぬ口で赤ん坊のようにいった。

可愛いさかりの甥の太郎や長兄夫婦は、太郎に明子の風邪がうつるといけないので、彼女のそばに近よれず、彼女は最初の数日、納戸に隔離され、派出看護婦と小母に看とられた。小堀先生は時を選ばずやってきた。

「でも、もう少したべなくちゃ、力がつかないわよ。」小母は、小匙三口、四口のおかゆで息が切れてしまう明子を見たとき、エプロンで涙をぬぐった。

「でも、たべる度においしくなるから……」

看護婦も小母も、あまり物音をたてなかった。明子を静かに、温かくして眠らせることが一ばんと、小堀医師からいいつけられていたからである。

周りが静かになると、明子は、眠りの海におちこみ、意識の氷山がわずか海面から浮き上ったり、沈んだりするような奇妙な世界に遊んだ。ふと目をさますと、頭の中には、ぴょんぴょんはねまわる兎のような、とりとめのない考えが切れぎれにとびまわっていた。それをどうすることもできないでいるうちに、また眠った。

それでも、寝こんで一週間すぎてからだったろうか、明子は、自分が見あげている天井が、よく小さいとき、一郎とままごとなどした頃から見なれている、古いおなじ板であることに気がつき、そんなことから思いがほどけて、考えることに細いながら筋道がつくようになった。

「小母さん、この天井ずいぶん古いわねえ。百年？」明子は、か細い声でいった。

「まさか。」小母は笑った。「あら、でも、大分それに近いかもしれないわねえ。わたしたちが所帯もつとき、明ちゃんの父さんが、隣りの老夫婦が、家を売るっていってるがどうか、二人には少し大きいけど、しっかりした家だから、貸間をしたっていいじゃないかって、世話してくださったんだから。お金のことまで、いろいろ心配してくださって……。あら、だけど、太郎たち帰っちゃったのに、あなた、いつまで納戸にいることないんだわ。先生が静かに、静かにっておっしゃるから、ここならいいと思って、うっかりしてたけど。」

ほんとうに、兄たちも三日にはいなくなり、四日には一郎もスキーから帰り、なかなか下らないでいた明子の熱がやっと下り、看護婦が引きあげると、松の内は終っていた。節夫は、そばにいても役にたたず、会社がはじまると、夕方、様子を見にきて、それから百合ヶ谷に帰るというような御苦労なことをするようになっていた。

あと二、三日で家へ帰っていいという許可をだした日、小堀医師は、午後の往診のあと、明子とちょっとした話をしていった。

「明ちゃん、ひとに尽すにもね、程というものがあるんだよ。」彼は、診察道具をしまいながらはじめた。「あんたは、これっきりってとこまでやるんだね。疲れたと思ったらね、そこで止めなくちゃだめなの。」

誰か、この先生に、明子が身を粉にして婚家に尽しているとでもいったのだろうか。明子は不審に思いながら答えた。

「でも、先生、あたし、自分がへたへたになるまで、そんなにまいってるって気がつかないたちなのね。けっこうちゃんとやってのけたと思ってるうちに、がっくりきちゃったんです。」

「いや、自分で気をつけてれば、どこかに徴候が出てるの。階段上るとき、はあはあするとか、足が重いとか、歯が浮くとか……。小さいときからのあんたの癖よ。そういうのは、もうここらで止めときなさいって合図なんだから。」

明子は、妹たちのズボンができあがった晩のことを思いだし、あの物も嚙めないような歯の浮きかげんを、先生は見ていたのであるまいかと思った。

「あんたは、生れつき頑強というんじゃないんだからね。自分で気をつけるの。あんたをここまで育てたひとたちの苦労を思わなくちゃいけない。」いつもそんなことをいったことのない先生は、声は静かだったが、手は荒っぽく、ぱちんという音をたててきれいなアンプルの並んでいる薬の箱をしめた。「もう注射も今日で終り。」

「先生、ごめんなさい。思いあたることたくさんあります。これから気をつけます。」

「それがわかれば、いいの。あと二、三日、ゆっくりさせてもらって、帰んなさい。」

明子はひとり、障子越しの日の射す部屋で、天井を眺めて考えた。頭の中の兎は、もうそれほどぴょんぴょんとびはねなくなっていた。無数の木目を辿りながら、彼女はこの数カ月ほどのことを考えた。結婚前の節夫とのつきあい、それにひきつづく結婚後の二カ月、彼女の一生で、これだけの短い時間に、これだけ多くの神経的、肉体的な刺激をうけたことは、それまでになかった。心身ともに、彼女としては油が切れた状態になっていたのだ。そこへ、思いだしても溜息の出る、年末の数日間……何の味も感じなかった大岡山での年越料理……彼女を脅やかした上野駅での怒号と軍靴の響き……。はたからは滑稽にも思えたであろう、さまざまなささやかな情景を思いだして、明子は、「あたしは、意気地なしなんだ。」と判断しないわけにいかなかった。

思えば、結婚というのはみょうなものである。結婚は、明子にとって心身上の激動だったが、節夫にとっては、どうだったろう。彼の生活の一部が変っただけではなかったか。彼のそれまでの周囲に、明子が一人、加わっただけのことではなかったか。そして、彼が結婚を望んだ理由は、常識的にいって、まず欲望の満足……それから一人前の男の体面の問題……。こうして、男として、まず整えておくべき形式を一応整えた上で、仕事、それと身辺の整理、勉強……。

夜、邪魔されることなく読みたい本に読みふけり、疲れれば、

「お茶のもうか。」

お茶が出てくる。

「さあ、寝るか。」

もし、そのとき、彼が欲すれば、彼の手のとどくところに「妻」はいた。

彼にとって、これほど便利なことはないはずだったのではないだろうか。

明子としても、節夫を、いわゆる「人生の伴侶」に選んだことに――彼のような人間にぶつかったことに――不服を唱えるつもりはない。男と女が、こうして共に住み、共に寝るという生活をするのが「自然」だというなら――彼は、それを明子に納得させるために英語の性教育の本も買ってきた――彼女は、自分にとってほとんどいのちがけに思えたこうした関係の相手が、他の者ではなく、節夫であったことをひそかに感謝している。にも拘らず、彼女は、まだいまのところ、この愛情生活なるものに何も彼もまかせて安んずることができない。

それにしても、結婚という共同生活は、何という無理をお互いに強いるものだろう。節夫という一人の男、明子という一人の女、この別々の精神、別々の肉体、別々の感じかた、別々の健康状態、その他別々の何、別々のかにをもった人間が、いっしょに住み、どういう点で協調し、またどういう点で独立してゆけるのか。独立の営み――こんなものは女にはいらないのか。

明子は、この二カ月近くの経験で、まえに自分が球形であったとすれば、いまではある部分、押しつぶされて、歪つになりはじめているような気がした。蕗子との場合では、いくら親しく言いあい、勝手なことをしあっても、こうした感じをもったことはなかった。どこまでいっても、蕗子は蕗子、明子は明子。あれは、ふしぎなことであった。

もし……もしと、明子は、これも奇妙な思いつきなのだが、関の家の天井を眺めながら、考えるのだった。明子が結婚式もなく、あの暗い両国駅あたりの暗がりで、或いは、あの蜜柑《みかん》山の木の蔭で、節夫と自分たちだけの結婚をしていたら、それにつづく二人の生活は、かなりいまとはちがったものになっていたのではないだろうか。両国駅あたりの暗がりで、彼女は誰に教わらなくとも、彼の頭を愛撫することも、キスするすべも、知っていた。それが、せっつくような「顔合わせの会」「ピクニック」「結納」「結婚式」と重なるにつれ、明子の精神はやせていった。

とど、彼女は、ただ節夫の善意を信じて、彼に従った。節夫としては妻をいたわったつもりであろうふた月ののち、明子はこうして寝こみ、彼は自分を身内の前で身のおきどころのないような状況においた。

一月半ばの春のような日を選んで、節夫は明子を迎えにやってきた。表の女中に揃えてもらった、ちぐはぐの服に着かえて、明子が寝床のわきでしゃんとして立って見せると、節夫はさすがに口を曲げて微笑み、

「もうふらふらしないか?」

「ええ、この二、三日、家の中でずいぶん足ならししたのよ。」

「門倉さんへは、きょう、家へ帰るっていったよ。」

「そう、ありがとう。」

しかし、明子はそのとき用心深く、それ以上、協会の話にはいっていかなかった。

事務所には、沢田さんが、子どもをお姑さんに預けて、明子の代りに出ていてくれた。ゆっくり休むようにという門倉夫人の言づてが、見舞品といっしょに二度ほどとどいていた。

けれど、ゆっくりといっても、自分の体力が、いつ、もとのようになるのか、明子には見当もつかなかった。

26

小母の涙で送られて百合ヶ谷にもどると、表の家では赤飯が彼らを待っていた。こうして犬もひきとり、どうやら人間二人と犬一匹の生活が頼りなく再開されたのだが、まだ当分、夕食は表の家でという親切な申し出に甘えていたから、明子は午後のひととき、温かくした居間のソファで横になってすごすという贅沢を自分に許していた。そうした時間の何よりの慰めは、この十数日の間に蕗子から来ていた便りをくり返し読むことだった。明子にとって幸いだったのは、蕗子は彼女自身の理由で、まだ郷里にとどまっていたから、明子の風邪の通知が蕗子に届くまえに彼女がよこしたものも交えて、そのとんちんかんな響きをたてる数通の便りを、明子は心からたのしむことができた。

四日

ごぶさたいたしました。息もつかれぬ多忙な正月でした。そちら、お揃ひでうららかな新年をお迎への御事とお祝ひ申上げます。

ところが、あなた、きのふけふの私が何であるかは、あなたには御想像もつきますまいよ。長兄夫婦と子供、次兄夫婦と子供と、正月の潮に乗つたやうにして集つた連中も、けふ引きあげ、残るは七十二翁、その妻(肝臓で病臥中)、彼女を看病に来てゐる七十二翁の妹(つまり、私の叔母、未亡人)、ねえやと私、マーヤとルル(ルルはあの寒いところにおいても来られず、別便、バスケットで送つてもらひました)、これが現在、我が家に起居する生物の数です。

扨、私が何であるかといふことの説明ですが、私は「ヘビョー」でもなければ、前高校長の娘でもない、単なる看護婦です。いかなる天魔の魅入りしや、七十二翁は風邪ぎみだとおつしやるのでしてね。患者の熱は六度五分、看護婦のそれは、勿論、自他共に許す彼女の平熱八度四分なのです。私、どうしても熱で病状を推しはかるのは、医者の通弊だと思ひますよ。野菜スープ、鶏卵入りマシュドポテト、タピオカプディング、ステユードトマト等々、正真正銘の「病人料理」――私のかつて学びし掛川女史のメニュー――を無理強ひさせられた患者は、明日、朝霧まだきに立ち出でて、隣村で御講演ださうです。村長その他が小学の同窓生なので、クラス会兼新年宴会のやうなものになるのでせう。そのあとですよ、彼の看護婦が風邪入りの悪感を床の中に持ちこむのは。ねえやにも、今から云つてあります。私が寝こんだら、食事は一日にビフテキ一斤とね。

五日
老人は出かけてゆきました。彼は、友人であるその村の村長の家で一場の時局に関する演説をした後、お礼としてそこの温泉に案内されることになつてゐます。けれども、私は、天罰を覚悟してゐます。彼がぶり返してもどつてくるのは必定です。

私は彼の御講演と聞くと、幼心に刻みつけられた厭悪と恥がまざまざと甦つてくるのですよ。私のここに於ける十年に及ぶ学校生活は、このためだけでも十分に不幸でした。

彼が口を開いて、そも何を云はんとするのか。私は、その同窓会に集る連中が一人残らず七十二歳以上であることを——少くとも、すべてが耳が遠いことを切望するものであります。

それは扨おき、あなたのごぶさたは、どういふわけ？　こちら、毎日、長い首をなほ長くして御文お待ち申上げてゐることとお忘れなく。こちら、寒い寒い。早く帰りたい、獲るもの獲つて。

六日

けふは、二、三軒先に住む、非常に私を気にいつてくれてゐる老婆を訪ねて、二時間ほど話してきたら目が昏みました。いかによき老人といへども、ナキニマサラーヌ。このひとは、非常に物の味つけがうまくて、先日そのひとの煮たきやら蕗を食べながら、――その婆さん、一年分煮るんですつて――七十二翁曰く、「ふん、あのばばさ、中々味をやりをるわ。」そして、実にさりげなくつけ加へました。「麗和女子大でもかういふものを教へるといいのだが。」

おまけに、彼はあてつけがましく、ねえやに三度もそれを貰ひにやり、最後の時、老婆は貯へてあつた甕を逆さにして証拠を見せたんですつて。

それにしても、あなたはどうしたんでせう？　私が味つけの上手なばばさのところへ出かけて、しやべつたりしてゐるのも、もとはと言へば、あなたと話せない憂さを晴らしてゐるのであるのに。尤も、あなたは時々、発作的に私に手紙を書く興味をおなくしになる方でしたね。私は忘れてをりました。

この頃、あなたとしやべらないためアゴの運動が不足のせゐか、口がまはらなくなることがあります。「損害」という音がね、三度も云ひ直して「ソンゲエ」としか出てこないの。ござつたと思ひました。

マーヤ、やつぱり雌でした！　マーヤを貰ふとき世話してくれた加代子は雄だと保証してくれたんでしたがね。私は心が狭いのでせう。マーヤが雌であることが、まだどうしても私のとがだとは考へられません。恥入ります。ルイをひと目で雄と見ぬいて、ルイと名づけたあなたは目が高い。

では、目が昏んだあとなので、今日はこれにて。ひたすらお便り待つてゐます。電話でもよし。（家に電話あるつていいことだな。）

氷室の如き家にて

蕗　子

春を謳歌しつゝある

タンタンへ

大きい、古い、暗い、寒い家の中で老人を皮肉り、そのくせ、甘え、ねえやを叱咤《しった》しながら、自らの口に合う西洋風の料理などして家じゅうを騒がせ、同時に、笑いもふりまいている蕗子の姿が、明子には目に見えるようであった。どこにいても、笑いと混乱と困惑をまきおこさずにいないのが蕗子なのだ。寝ているという継母のことなどほとんど知らせてこないが、けっこうやさしく、おいしいお粥などつくってやっているのにちがいない。おいしいお粥をつくること自体が、蕗子にはたのしいのだから。

そうして、一家の女主人らしく立ちふるまっているところへ、ようやく明子の風邪を知らせた、一郎からの葉書はついたものと見える。

七日

え、あなたが四十度の熱を出したんですつて？　何の故に？　さつぱり解せません。つまらないことですから、おやめなさい。尤も、あなたに対しては神通力あるＳさんも、小堀先生とやらもついていらつしやるんだから、間ちがひないと思ひますが。すぐもう少し詳しいこと御通知あれ。この手紙、百合ヶ谷に出すけど、百合ヶ谷と牛込の間にしよつちゆう通信の便があるんでせうね。何がどうなつてるのか、さつぱりわからない。すぐ連絡をたのんます。

十日

一ちやんからの速達拝受。おかげで関さんの番地わかりました。ああ、いつも実にいざといふとき、役に立つて下さるお方ですね、一ちやんは。よろしく。

でも、あなた、帰つてすぐ、お家ぢき、百合ヶ谷へお帰りとわかつて安心しました。でも、あなた、帰つてすぐ、お家のことなどおできになるのですか？　そして、お仕事はどうなつてるの？　ここ、この寒国に、腕のいい看護婦がひとり、あなたのおせわをしたがつてゐるといふのに。七十二翁、肝臓病の婆さんと看とりながら、まだ余裕綽々たる看護婦が！　しかし、この距離、急行で八時間なるを如何せん。早く獲るもの獲つて、帰京せんと、いまはそれのみ。では、呉々もおだいじにね、と陳腐に。

ペンを持つ力が出るとすぐ、明子は蕗子に書いた。まだ家の中を少しいそいで歩きまわるだけでも、息が切れる状態だったから、とてもあの騒動をくわしく知らせることはできなかったが。それでも、蕗子の手紙の刺激でたちまち頭に浮んだおかしなこと、たとえば、半月近く明子と別れていたルイが、目やにだらけの哀れな乞食犬に変りはてていたというようなこと。また「お父さんのお口」にそんなにいろんなものをつめこむより、肉汁のようなもの少しさしあげたら、どうか、とても力がつくと、潔兄から聞いたことがあるが、などと、思いつくままに書きつらね、「あなたの方こそお母上おだいじに」と結んだ。こんな手紙、蕗子が喜ぶだろうかと危ぶみながら出すと、八度四分の熱で家を切りまわし、まだ余力あるらしい蕗子は、速達便で打ち返してくるのであった。

いつたい、お家へ帰つたといつたつて、あなた、起きていらつしやるんですか？　具体的なところ、お知らせください。

ちよつとここで話は変るけれど、あまり高級でない、考へものか何かの本あつたら、どなたかに頼んで送つて下さいませんか。クロスワード・パズルの類。あれ大好きなの、家の七十二翁は。実に無趣味で、夜など炬燵で、漢詩など読むふりをしてぼんやりしてるのが、ハタの見るメもいやなので。

某医学士は、過失致死罪に問はれるところでした。

今朝新聞読んでたら、「老人といふものは、軽かれ重かれ、動脈硬化症である。同病の禁ずべきもののうち、特に厳禁すべきは肉汁」ですと。あなたのお兄さんは、内科には一切責任お持ちになる必要はないのですか？

尤も、私は長兄に注文した肉汁絞り器を買ふことを断つてやりません。私が動脈硬化症になる迄には、まだかなり間があると思ひますから。そして、それ迄に私自身は決して買へない自信がありますから。チャンスといふものは、あるときに摑まねばなりません。これではまるで「チチ絞り器」ね。ほしいと思へば、つまりそれは要ることです。その逆は断じて真ではありません。

いま、あなたのお手紙読み返して、「肉汁は死んだ父にも、母がよくのませたさうです。」とあつたので、何たる皮肉、と思ひました。尤も、先日のビフテキの件ね、あれは、私も用心しながら書いたんですがね。ビフテキ、毎日一斤は、一週間続けたら、肥りすぎが原因で死ぬかもしれないとつけ加へるの、つい忘れました。でも、私自身は、今度帰京したら、矢でも鉄砲でもくぐりぬけて、スコットのにかぶりつきにゆく決心ではゐますが。

五人と二匹分の夕食の支度をする時間になりました。

あなたのSさんによろしく。私が東京にゐなくて、彼の気持がいく分でもゆつたりしてをられるとしたら、それが私の彼へのせめてものお年玉です。

その後のお体の工合、お仕事はいつ頃から出られる見込みかなど、御気分のいいとき、なるべく具体的に知らせて下さい。

あはれなルイにキスをおくります。


ソファに横になって、ゆっくりした姿勢で読んだ蕗子の手紙に出てくる「仕事」の二字が、明子の背中をどんと突いた。ほんとに仕事のことこそは、家に帰ってから、節夫も明子も、いっさい口にしないでいることなのであった。

明子はいままで、女も働くべきだなどと、ことさら、肩肘はって考えたことはなかった。ただ、幼い頃から身近に見てきた女たち、たとえば、ばあちゃんも母も、勤めに出るのとは別のいみで働く女たちだった。明子自身は、麗和女子大にはいるとき、卒業したら就職と、ごく自然に考えていた。協会にはいってからは、「婦人の地位」や「婦人参政権」などという言葉は、それこそ日常茶飯に聞くことになったが、そういう闘争的ないみとは別に、自分の生活は自分で支えるということが、ごく自然に彼女の中にあった。

その夜、寝るまえ、節夫とお茶をのみながら、明子は自分の考えついた段取り通りにはじめた。

「いつまでも晩ごはん、表の家のご厄介になっていられないわね。甘えすぎでしょ。」

「甘えすぎ?」節夫は、思いがけないことをきくという顔でいった。「誰もそんなこと考えてやしないよ。」

「考えてらっしゃらなくても、あたしの気がすまない。」

「すむもすまないも、そのからだで、家のこと、何もかもひとりでできるのか?」

家のこと、何もかも明子ひとりで……。つまり節夫の考え方からすれば、そういうことになるのだろう。

「でも……」と、明子は思いきりわるくいった。「きょうでもとどおりになりました、なんて日はないと思うわ。だんだんに自立していかなくちゃ……」

節夫は眉をよせた。

「ぶり返しがいちばんこわいって、潔もいってきたろ? 無理して、貧血にでもなったら、それこそ、あとがこわい。もう少し、このままでいいよ。」

風邪と貧血を、そうかんたんに結びつけるのはおかしく思えたが、とかく、明子は、貧血の二字には弱かった。それが彼女の強がりをはばんだ。

わずかな慰めは、節夫の口から、「仕事をやめろ」が、まだ一度も出ないことであった。その理由は、叔父がそれをいわないからだと明子には思えた。叔父は、僅々二カ月ちょっとまえ、明子たちの結婚式で、門倉夫人がすぐ叔父の隣りに立って述べた祝いの言葉を忘れているはずがなかった。夫人は、「新郎新婦が共によき家庭人であると同時に、よき社会人であるという、新しい時代の夫婦関係を築きあげてもらいたい」といったのだ。そしてまた、夫人の言葉は別としても、叔父自身、明子のことは明子がきめるべきだと考えてくれているのだという気がした。

その翌日、明子は自分を試す意味で、初めてかなりの買物をしに街に出た。そのとき彼女は、一種のショックをうけた。犬をつれ、荷物をさげてのもどり道、彼女は空気の抵抗に出会って足がよろめいた。家に入り、荷物をおくなり、ソファにひっくり返り、息をしずめた。しかし、こうしたことを、彼女は節夫には話さず、一日一日をだいじにして徐々に調子をとりながら、自分をならしていこうと心の奥深くできめた。

27

いらだたしい思いのうちに、一月が下旬にすべりこむと、沢田さんが見舞いに来てくれ、そのついでにと、一月分の給料をおいていった。明子は、足もとで小さな地雷が爆発した気がした。月が二月に変ると、彼女は立春を切りに一大決心をした。夕食も自宅で調えることにし、あたたかい日を選んでひと月ぶりで事務所に挨拶に出かけた。

それはもう午後だったのに、門倉夫人は家にいて、沢田さんといっしょに明子を迎えてくれた。明子は涙ぐみそうになりながら、ここ三年間、半ば自分の部屋のようにしていた事務室に入り、長の病欠を詫び、その間の心づかいを感謝した。その日の予定は挨拶と、それにこれからの仕事のやり方を沢田さんと打ちあわせることであったから、まず手はじめに一日おきに顔を出すことにして、早々に帰宅した。

そして、こうした怠け怠けの勤めは、せめて一週間ほどで切り上げたいと思ったのだが、やってみると、なかなか体の芯に力が入らず、ここでひとふんばりと思うとき頭にひらめくのは、小堀先生の忠告であった。そのため、こうした心に染まぬ仕事ぶりを一日のばしにつづけるうち、たちまち二月も下旬であった。

ある日、明子は思い切って、今月の給料は半分いただかせてくださいと門倉夫人に願い出た。しかし、夫人の答えは静かなもので、あなたとの雇傭契約はそうなっておりませんというのだった。

その夜、彼女はこのてんまつを節夫に話した。すると、彼は、呆れはてたという様子で、明子が初めて聞く皮肉な調子でいった。

「給料半分？　そんなこと、あのおくさんが承知するわけないじゃないか。それより、体の調子はどうなんだ。こっちは、いつまでいままでみたいなこと、やってる気かと思って、じつははらはらしながら見てたんだ。それこそ、甘えじゃないか？　明子ひとりなら、まだいいよ。いまは、ぼくがついててだよ……。そろそろ、物事、はっきりきめなくちゃいけない。」

彼女は、急には物もいえず、彼の顔を見つめた。そこには、石ころのように固い、見知らぬ男が荒い言葉を吐いていた。ぽんぽんととびだしてくる言葉は、出てくるそばから、さまざまな疑問で明子の心を刺した。いったい、彼がいちばん問題にしているのは、何？　門倉夫人への体面？　それとも明子の健康？　それとも自分の面子？　しかし、胸の動悸をしずめながら、彼女は自分の頭の中もしずめようとした。感冒で寝こんで以来、彼女は、弱みは自分の側にあると思うくせがついていた。ひとを責めるのは二の次にすべきだった。

「あの仕事は意義があると思うので、やらせてもらいたいんです。」明子は力なくいった。

「健康が許せばね。だけど、ああいう、万屋みたいに何もかも、ひとりで切りまわしてゆく仕事が、一ばんやっかいなんだ。いったい、いまの健康状態で、やっていけるのか？　それに、先方の立場も考えなくちゃいけない。」

明子は無言でうなずいた。

「三月は年度替りだしね。」節夫はきまりをつけるようにいった。

明子はぞっとした。門倉夫人が新しいひとを入れるなら、三月が一ばんいい時期なのだ。あとのひと月で、もとの体にもどれるという自信はなかった。毎日がまだ、綱渡りめいた努力であった。二、三日ためらったのち、彼女は節夫と最後の話しあいをするまえに、門倉夫人に三十分ほどの時間を自分のためにさいてもらいたいと頼んだ。彼女たちは、夫人の部屋で二人だけで話した。

向いあった時間の最初の半分ほどを、明子はほとんど自分ひとりでしゃべった。協会でほんとうに健康で三年近く働いてこられたのは、いつも心理的に満足の状態に自分をおけたからであると思うということ。それを考えると、夫人にはいくら感謝しても、したりない。それが、結婚後、それまでのように自分の自然な生理の流れにそって暮せなくなると、たちまち、破綻がきてしまった。そして、いま一ばん緊急に夫人に伝えたいのは、節夫も他の身辺の者たちも、明子が仕事をやめることを望んでいるのだが、明子自身のわがままを許してもらえれば、もう少しいまのような形で勤めさせてもらいたいと考えているということであった。それを決して潔しとは思っているわけではない。だが、あと一、二カ月……。日頃、頭にあることでおよそ他人のまえにさらけ出せる限りのことが、予期していた以上に正直に流れだしてきて、明子は一気にしゃべった。このように思うことを思い切り口から放出させたのは、生れてはじめてのことだった。それもこれも、夫人の包容力ある人柄のせいであると、そのことも感謝であった。もう六十をすぎ、半白の髪を束髪風にハイカラにまとめている夫人は、明子が話している間、時どき、微笑したり、うなずいたりするだけで、あまり口をはさまず聞いてくれた。が、彼女が口をつぐむや、さらっといってのけた。

「村井さん、あたしね、やはり、あなた、この際、おやめになった方がいいと思うの。」

何かの助けを、と期待していた明子は、胸元に手をあて、押しとどめられた気がした。彼女はただ夫人の顔を見返した。

「実際問題としてよ、あなたは、何でもいいかげんにやれないひとなのよ。このままつづけたら、病人になってしまうわ。あたしにとっては、協会もだいじだけど、あなたというひともだいじ。幸い、沢田さんが当分来てくださるっていうし、またあたし、麗和へいって、今度卒業するひとの中から、いいひと見つけてきますよ。あなたを見つけたときみたいに……。それに世の中、こういうふうにむずかしくなってきますとね、仕事は縮んでいくように見えるけど、ほんとはあたしたち、勉強しなくちゃならないことが、山ほどあるんだと思うの。そんなとき、あなたが元気になって、また応援してくだされば大歓迎だわ。でも、いま、あなたが健康そこねちゃったら、それこそ、おしまいよ……。それにね、村井さん、女のひとは、結婚すると、いろんなことにぶつかるのよ。

赤ちゃんだってできますしね。けっしてあなたを追いだすんじゃありませんよ。早く元通りになってちょうだい。そして、もっと自由なやり方で協会の手伝いしてください。あたし、勉強会のようなこともしたいと思ってるの……」と、夫人は、自分一人の考えに入りこむようにしていい、「そうそう、もしできたらね、いつか相良さん——あなたのだんなさまよ——あの方とお話ししてみたいわ、御都合よかったら。」

「はい、そう伝えます。喜んでおうかがいすると思います。」といって、明子は頭をさげた。

きまりは、あまりにもはっきり、夫人がつけてくれた。だから、話はこれでおしまいなのであった。明子は三月でやめる、それまでは沢田さんを手伝い、夫人が新しい卒業生の中から選んでくる若いひとに事務所をひきつぐ、と、事は、てきぱきと決定された。

そのすぐあとの土曜の午後、節夫は門倉夫人とのお茶に招ばれた。彼は、夫人との話しあいで互いに諒解するところがあったとみえ、きげんのいい顔で帰ってきた。明子が聞きたかった二人の話の内容——ことに明子自身のことについては——たいして触れなかったというのだが、どうやら、彼らは、時局のことで大分長く話しあったらしかった。

「なかなかなおくさんだね。」と、節夫はいった。「また元気になったら、いつでも出てきてくれ、頼みたいことはたくさんあるっていってたよ。でも、明子さんが、ゆっくりそうできるようになるまでには、三、四年かかるんじゃないでしょうか。世の中、動くでしょうし、わたしもそれまで保つかしらって笑ってた。」と、節夫はいった。

次に、明子が夫人と顔をあわせたとき、夫人は外出するところだったが、廊下でのほんの二、三分の立ち話で、夫人の習慣としては日本語の間にはめったに交えない英語を入れて、「村井さん、相良さんて、トラストできる方ね。あなた、当分、ほかのことくよくよ考えないで、あの方と仲よくやってらっしゃいよ。相良さんから学ぶこともあるでしょうけど、あなたも負けずに、相良さんを教育してね。」と、口早にいうと、さっさと出ていった。

いつも積極的な門倉夫人の打つ手は早く、麗和女子大から早川恵という初い初いしいひとが、事務所を見に来たといってやってきたのは、それからすぐあとの午後の事であった。彼女は、学校の先輩を前に、目を見開き、こちんこちんに緊張していた。三年まえの自分も、こんなに若かったかしらと、明子は胸をつかれた。こんなに何をいわれても、「はいっ、はいっ！」とはずむような返事をしただろうか。

その若いひとに、あまり広くもない事務所を案内し、仕事の概略などを説明しているうち、明子は、今更のように自分と協会との絆が、一本一本、断ち切られていく痛みを感じた。そして、家に帰っても、その痛みを誰に分ける気にもなれずひとり耐えていると、まるで追い討ちをかけるように蕗子からの電報であった。

「ハハシスカヘルノマタノビ　タカヨコニシラセ　フキ」

せめて自分の身辺がもう少しおちつくまで、蕗子の帰京がおくれるようにとは、ひそかに願っていたことではあったが、それがこのようにこちらを動揺させる形で実現するとは。

弔電を打ち、書きにくい悔み状をようようの思いで書きあげて、ほっとして鳴りをひそめていると、少ししてとどいた蕗子からの便りは、おちついたものであった。

明子君よ
ごぶさたしました。
弔電、お香奠、お手紙、何れもありがたく。
葬式がすみ、遠近の親類縁者、ひきあげてゆきました。私と長兄の妻——あなたも御存じの英ちゃん——とで、いまだに切りなくつゞく弔問客の応待に忙殺されてをります。ことによると、私の継母は、死してこのにつくき義理の娘をとり殺してくれようと企ててゐるのではないでせうか。
何はともあれ、私はつらつら考へて——このところ、ふと気がつけば、つらつらと考へてゐないことはないのですが——三十五日——まだ寒い折とて、なるべく早くすますことにして——がすんだら、しばらくの間は、東京とここを定期的に往復するよりほかあるまいといふ結論に達しました。父と家——いま、叔母が居候としてゐますが——の世話のこと。ねえやはゐますが、何しろ、この客の多い、庭の広い家に若い娘ひとりでは、とても間に合はないのです。次に蔵の中の整理ですが、便所のはき古しの草履までしまつてある始末ですからね。新聞は何十年がとこ、きちんと揃つて積んであります。蔵の中の金目のものといへば、これと古書でせうか。とにかく、家ぢゆうひつくり返し、要らぬ物は捨て、金になる物は金にしなければ、父には金なく、あるものは借金と聞かされたときの私たちきやうだいの驚き。兄たちは、いまだにちびりちびり仕送りをうけてゐたのですよ！

さうさう、忘れるところでした。ルイの先生に、マーヤの虫下し、速達で送つて下さるやう頼んで下さい。虫は偏平なり。

しかし、今日書きだした用事といふのは、これらのことを書くためではありませんでした。よしをばさんが(あのひと、あなたの風邪のこと、とても心配してゐるから、その後の御様子、一報あれ)御苦労さまにも、香港に帰つた懐さんの手紙をこちらへ転送してよこしたのです。私には、いまその返事を書くずくがありません。

あなたのお工合のよくないこと、またお忙しいことはよくわかりますが、同封の手紙、よくよくお読みとりの上、四年間にわたる私の教師生活のうち、一ばん出来のわるかつたこの生徒に私の現状をお知らせ下さるやうお願ひいたします。たとへば、私に再び彼女に書く日が来るかどうかわからぬこと、また私がこの気の毒な女を深く深く愛してゐることなど。あとは、二、三、あなたの慰めの言葉でもつけ加へておいて下さい。

では、彼女の手紙入れて送ります。

蕗子の手紙には、ワラ半紙を小さくしたような毛ばだつ紙に書いた手紙が同封されていた。

蕗子様

十八日の日私は多勢御友達見送り色イロ長いのテープの中に船は段々横浜とを離れて二十日の朝は神戸に着いた、そこで御友達のところに一日遊んでその晩も御友達の内で過ごした、翌日早く支度しで又くさいの船の上返へて来ツた。三日程上海に着いた時は午後二時でした、やばしと神戸同じ御友達は迎へ来ツでくれツた四時頃一緒に兆豊公園見物シで五時頃四人の友達と一緒に御飯を食べた時皆さんは大変美味しいらしいに言ツたでも私は不味たつた何故でせうかツまり私は赤ちゃんを抱いで一杯マダならない船の上返へツたのです翌日の朝船は香港へ出発シだ二十五日は香港着いた一晩だけで廿六日船を乗で汕頭へ帰へりました。これから暫く汕頭に居るの、すくなくとも今月以上居る、陳さんは香港に居る、もうジツき広州帰る、私と陳さん何時面会か分りませんです。これから御友達と母の返信書くからこれで失礼致します。

懐　真

穰開屯　ウルサイシ　サヤウナラ
全部直シテ下サイ
御願ひ致します
御手紙下さい

そして、同じ紙の上で、また蕗子の鉛筆書きの文字になり、

追伸　面倒だから、懐さんの紙の余白に記します。お仕事おやめになるけはいで、幸福なるSさんにお祝ひを申上げなければいけないのかな？　あなた、その方がらくなら、懐さんに英語で書いてやって下さい。その方が、彼女も理解し易いでせう。私たちはいつも片言の日本語（彼女）と片言の英語（私）で用を足してゐたのですから。

あの世よりの石にて打ちひしがれつゝある

蕗　子

明子は手紙を読み終え、しばらく茫然としていた。彼女には、自分がちりちりと縮んで、足もとの水たまりさえ渡りかねてあわてふためいている幼児になったように思われた。

何と蕗子の余裕綽々たることよ。仮にもこの世で母と呼んだひとの死を見送り、その後は世間とのつきあいをも処理しながら……。もっとも、相手の油断を見すまし、わっと驚かしたり、腹を抱えさせたりするのは蕗子の得意の芸の一つであったから、最近、みょうに静かになってしまった明子に活を入れてやろうといういたずらっ気もあったのかもしれないが。

しかし、明子は、あの感冒以来、芯から気落ちし、以前なら気の毒とは思いながら大笑いできたであろうことも笑えなくなっていた。懐さんの手紙にしても――その言葉がおかしければおかしいだけ――明子には、自分とおなじ、途方にくれている若い女を思いえがけるだけであった。

日頃、あまり生徒のうわさはしない蕗子だったが、懐さんのことは、時折、聞いたことがあった。

「無邪気でかわいいひとなんだけどね、男にだまされたの。結婚したつもりでいたら、何と支那にちゃんと細君と子どもが三人もいるんだって。こっちにいる支那人たちは、懐さんをおくさんだと思ってるらしいのよ。」
　その気の毒な懐さんにも、いま明子は、蕗子が望んでいるような心のこもった手紙を書く元気がなく、蕗子は郷里に帰っていること、そして、彼女の母が亡くなり、当分上京する見込はなく、あなたが幸福になる道を見つけるよう、心から願っているということなど、通り一ぺんの報告ができたにすぎなかった。しかし、懐さんが求めていたのは、蕗子の友人と名のる女からの生きのわるい英語の手紙よりも、五、六行でもいい、あの太いペンをぶつけたような蕗子の筆跡ではなかったろうか。懐さんが、自分の書いた手紙を読むときの失望を考えて、明子は思わずその手紙を詫びるような言葉で結んだ。そして、これが取りもなおさず、最近、自分が誰にでもとっている姿勢だと思った。それにしても、と、明子はまた思う。間ちがいをしでかそうが、しでかすまいが、はっきり生きているのは蕗子であった。

　協会の小さな応接間で、明子の希望で、協会の委員のひとなど交えずに彼女のためのごく内輪の送別会を開いてもらったのは、三月最後の土曜日の午後であった。昼食のテーブルに並んだのは、門倉夫人、沢田さん、明子、それに門倉家のコックのとみさんの四人であった。とみさんとは、雪の降る昼など、湯気のこもる門倉家の広い台所の食事に招いてもらったという間柄であった。親しいひとたちと久しぶりに打ちとけた談笑のあと、明子は協会と夫人からの退職金と記念のネックレスを贈られ、花束を抱えて事務所を出た。

これが明子の気分にふさわしい、明子自身の仕事へのつつましい締めくくりであった。しかし、次の日からはじまった家にいる日々とともに明子を襲ったのは、主婦という囚われびとのさびしさだった。雑用だけは山とあったが、人間がひとり、ひっそりと家の中をいったり来たりしているのであった。一日の会話のほとんどは、犬が相手。そんな明子の沈みこむような頼りなさが表面にもあらわれたからだろうか、節夫は、明子が家にいるようになって間もなくのある日、大岡山から帰ってきて、妹の幸子を土曜日か日曜日、百合ヶ谷へ手伝いによこそうかと、母がいっていると告げた。幸子がそれを望んでいるのだという。お嬢さま育ちで、この春、ミッション・スクール家政科を卒業した幸子には、ちょっと変ってみえる新しい姉の家をのぞいてみることが、おもしろいことに思えたのかもしれない。

初め明子は、どうなることかと首をひねったが、しかし、いざ幸子がやってきてみると、明子が少しでも危惧をもったのは、まったくの取り越し苦労であったことがわかった。幸子は、一度も意地悪などされたことなく育ってきたような、のびやかな娘で、明子はすぐ彼女が好きになれた。その理由のなかに、幸子がひそかに自分を、世間を知っているといういみで尊敬しているらしいこともあると気づくと、自分ながら微笑ましくもおかしく思った。明子は、お茶の時など、ほかの日、無口にしている分だけ口数多くなり、蕗子についての愚痴なども幸子にもらしたりした。その友人は、いま不幸があって郷里に帰っているのだが、明子の風邪などはひどかったことなど知らぬ顔で、「何々の粉白粉、石鹸は何」などと注文してよこすのだというようなことを、つい冗談まじりに話してきかせた。

「あたしは、いま、勝手に外出することも控えているんですからね。銀座へ買物なんて、とんでもない。何度も疲れては失敗して、お兄さまをびっくりさせているんですから。」

「お姉さま、そういうお使いなら、あたし、してこられるかもしれませんわ。」思いがけず幸子はいった。「その方、有名な美人なんでしょう？　どんなお化粧品使ってらっしゃるのか、あたし興味あるわ。」

「誰からそんなこと聞いたの？」

「一郎さんから……」

そういったとき、幸子の頰から、何かがふわっと匂いでたような気がして、明子ははっとした。また一郎は、何で蕗子のことなどを相良家のひとたちに話す必要があったのだろう。

「いやあね。」明子はいった。「ありもしないことまで面白おかしくしゃべったんじゃない？　でも、じゃ、ちょっと待っててね、そのひとの手紙見てみますから。でも、幸子さんにこんなことお願いして、あたし叱られちゃうんじゃないかしら。あなたに贅沢教えるって。」

「そんなことありません、お姉さま！　あたし、自分でそういうもの使わないもの。来週、友だちと銀座へ絵の展覧会見にゆくから、いってきますわよ。」

明子は持ちだしてきた蕗子の手紙の中から必要な個所をさがしあて、

「ね、こういうことを書いてくるのよ。『先日よりこちらの化粧品のさま、つぶさにお知らせしましたのに、それについては聞いたそぶりもお見せにならないのは、またどういうわけでせうか。はつきりいまの状態を申しあげますと、粉白粉(御存じウビガンのオークル)は、文字通り底をつき、口紅(御存じタンジーのナチュラル)は、つま楊枝でほじくつて用を足してゐる始末です。今度、お母さまのお伴で銀座にお出になつたら、ブレッツにでもお立ち寄り下さり、こちら宛代金引替で送らせて下さいませんか。といふことは、決して急ぐ必要なしといふのではなく、その逆であること、あなたも御存じでしよ、念のため。』ね？　皮肉屋なのよ。あたしが遊び歩いてるみたいに、わざとこんなふうにいってよこすの。」

「ブレッツってどこ？」

「四丁目から鳩居堂の方へ曲って、三、四軒めよ。大きなガラス窓のあるお店。ほんとは薬屋さんなんだけど、香水なんか、いっぱい売ってるのよ。」

「ちっとも知らなかった、そういうお店あること。あたしたち、あさってくらい、その近くへいくから、寄ってみます。」

明子はまだそのような買物を幸子に頼むことの是非を頭の中で自問自答しながら、買うべき物の名を書きだしてしまうのだった。その上、オークルやナチュラルは色の名で、その色がお店になかったら、注文することと念を押し、メモを封筒に入れて幸子に渡した。幸子は上気した顔でうけとり、

「ああ、たのしみ。こんな買物、まだしたことなかった。いつも銀座へいくのは、若林さんてお友だちといっしょよ。絵が上手で、絵描きさんになりたいんですって。あのう、こないだもね……」と、幸子はちょっとはにかみ、口ごもったあとで、「ほら、いつか、あたしたちのスキー・ズボンのきれ買いにいったでしょう？」

明子は笑ってうなずいた。

「あのとき、お店でお姉さまが見本ぎれを切ってもらってらしたの、あたし、おぼえてたのよ。それ、まねして、若林さんといつかのお店の隣りの絹屋さんにいって、若林さんが『素敵！』っていったきれ、切ってもらったの。あまりきれいだったから。ほら、これ。」

明子は、彼女が財布から取りだした小ぎれをうけとった。それは光る、沈んだ緑の地

に金茶の水玉のとんでいる、シャム・シルクであろうか、しゃきっとしたきれだった。水玉……。蕗子がこれを見たら、何というだろう。

「まあ、きれい！　カクテル・ドレスかイヴニングにしたら、どんなに栄えるでしょうね。」と、明子はいい、しかし、戒めるように、「幸子さん、こんなきれ、ほんとに買うつもりなかったら、切ってもらっちゃだめよ。きれ屋さんがいってましたよ。見本にくれ、くれって、何反も使ってしまうことあるって。でも、ごく上等のきれのときは断られちゃいますけどね。でも、ほんとにきれい。」

「きっと若林さん買うわ。お金持ちで、ひとり娘だから。」と、幸子は自分を慰めるようにいった。「このきれ、お姉さまに差しあげます。」

「ほんと？」と、明子は、その美しい小ぎれを持っている指に力をこめた。

それから、二日して、化粧品は代金引替で送られたという電話が幸子から来て、明子はほっとした。

それを蕗子に知らせるのといっしょに、明子は、例の水玉の見本ぎれを同封し、「このきれ、ただ何となく入れます。上の妹が、北村商会から見本ぎれにもらつてきました。自分では何をつくる当てもないといふのに。もつたいないから、あなたの目の保養に。」と書いてやった。

と、たちまち、折り返しの速達だった。

あなたが、ただ何となく入れてよこした小裂《こぎ》れ！　これ、この裂れですよ、これ以外の何物でもなかつたのです、永年、私が求めてゐたのは！　あなたは縫ひ直しをお着なさいとも。しよつちゆう、華やかな人びととお出かけになるあなたは。家で静かに寝て暮す私は、これを着ます。ねえ、部屋着一着分（接客用！）、おいくらになりますか？

私は、一度これを身につけるまで、断じて「あのひとも、いいとこあるね、死んだつて？」などとは、誰にも云はせぬつもり。けれど、いますぐにとは云ひません。お宅に家庭争議をおこしてまで出来上りを急ぐつもりはないんです。あなたの良心の許す期限内で結構なんです。とにかく、いまは、「あたたかあい」部屋着に一日のうちの大部分をくるまつてすごしてをりますので、はい。

ルイのお医者に、マーヤの駆虫剤の催促急ぎたのんます。虫は偏平なり。

ルイ、また野良猫と喧嘩ですつて。今度は、耳にみみずばれですつて？　なほつたと思つちや、快癒し、なほつたと思つちや、快癒してやつね。

ほら、いつか宇原の新家のおかみさんと浪花《なみはな》といふ美しい名前の町へゆき、駅で帰りの汽車待つてたとき、急行が見向きもしないでさつと通りすぎたら、あのひと、叫んだぢやない、「あれつ、この汽車、ここ通過しねんだんべか」つて。

あなたのお手紙、この頃いやに素つ気なくて、小説の筋書きみたい。どうかなさつたのですか。

明子は、北村商会に電話をかけ、きれの値段を聞き、部屋着一着分だけとつておいてもらいたいと頼んだ。それを蕗子に知らせてやると、彼女の速射砲は、いつでも発砲する準備ができていると見え、あっというまに返事が来た。

お便り拝受。あの七、八行のメモが便りといへるなら。裂れのこと、ありがたう。まもなく、あなたの箪笥の奥ふかく、セッチンに見つからぬところにおさまるであらうと思ふだけで、私は仕合はせな気持ちでいつぱいでございます。お金でき次第送ります。ウビガン、タンジー、着きました。多謝多謝。幸子嬢にも。

昨日から明日まで当市では、盛んなお祭りです。あはれひとり、犬芝居なと見にゆかなむよと、昨日、客の来さうもない隙に家をぬけ出し、木戸銭十銭也の小屋に入つてみましたが、犬の芸はこの頃弱つてゐる神経にはいたましすぎて、涙が出て出て、はふはふの態で逃げかへりました。ことに一疋(あれは、何種といふのですか、小型で額から目を少し掩ふやうに長い毛のたれた)どうみたつて、笑つてゐるのです。歯を少し出して、その笑ひが自嘲とより思へない。あれは、ほんとに不気味な犬でした。

十余年ぶりの茶色の駄飴を十五銭がとこ、叔母たちに土産に買つて帰りました。帰京日、まつたく不定。どつちを見ても、どこから整理をつけたらいいかわからぬことばかり。私も、何か獲物を手にせねば帰れませんしね。とにかく、いまは、ねえやに老人向料理伝授中。といふことは、あなたが、当分、短いお便りを、いくらたくさんこちらへ下さつても差し支へないことになりますね。「こなひだは、みんなに内証で二人で映画見にいつた」でもいいし、「朝霧まだき、叔父上とたのしい散歩をした」でもいいんです。何、ちつとも遠慮はいりません。そのやうな晴れ晴れとした話題こそ、いまの私の待ち望んでゐるものです。

あなた方の晴れ晴れしさと較べて、私の周囲はと見れば……

あなた、年とつた女を、何と手厚く神様は保護なさるのでせう。それが何であつても、「おら、それこそ知らんわの」で、世の中が通ると思つてゐるんですよ、家の叔母は。

これでは、今度私が帰郷して、

「お父さんは？」と聞いたら、

「お死になはつた。」

「いつ？」

「おら、それこそ」と来るんでせう。

私は、うつかり、「さつき、ここへおいといた○○」と云ひかけて、口をあけたまゝにやつとします。まちがひなく、「おら、それこそ」が、その口にとびこんで来ること、面白いくらゐです。

ここ一日経過……

ええと、私こと、先日来、アパートに住むことになりましたから、左様お含みおき下さい。住所は、従来通り、名は、「大津荘」。

「おら、おてんとさまの子だがねえ、この家に天皇陛下の写真あづけてある筈だ」と云ふ御仁を真面目に七十二翁に取次ぐ女中。玄関で女乞食に約三十分間にわたつてゐるとして自分の身の上を物語る七十二翁の妹。「例のもの早く送れ」といふ、健康なる息子の長距離電話に、「では、このうちから」と、先日、私共が血を吐く思ひで蔵からひつぱりだして売つた古書の代金の一部のはひつた財布を取り出す七十二翁。これみな、アパートの諸風景と観ずれば、何もその度に「ええツ」と二階からころげ落ちないですむといふもの。

「大津荘で落つないものは……」といふのは、どうですか?

加代子から——尤もこれは、もうかなりまへのこと——「あれきり便りがないので、さては、あなたも立たしやつたのかと思つてゐたら、相良夫人からの電話で、わりにお元気の由わかつて安心しました。」といふハガキが来ました。あなた、何て知らせてやつたの? 尤もこの頃は、彼らへの伝言は、皆あなたに押しつけてしまふので、文句は云へないけれど。

「お望みなら、死にぎはに笑つて見せます」と、私は書いてやるつもり。父は、その時、またもや紙を汚すでせう。

「最後笑者亦死乎不審也」

夕……（いつたい、いく日の夕なのか私は知りません）

これだから安アパートはいやです。便所にゆかうと思つて通りかゝりますとね、七十二翁は、新聞を読むやうな調子で二番目の息子から来た手紙を読みあげてゐるぢやございませんか。

「ええと……先般お願ひしてまゐりましたもの、至急お送り下されたく……蕗子は起きてゐますか……」

私は、明日にも、蔵の半分を占拠してゐる古新聞をかつぎだして売るつもりでゐるんですよ。何故つておわかりですか。お金つて重宝なものですものね、タンタン。また書きます。

呉々もおだいじに。

28

風邪以来、まともな手紙も書けなくなっている明子は、打ちよせる波のようにやってくる蕗子の便りの一つ一つにたのしみと共に小さなショックをうけ、夜、正体なく眠っている節夫のそばで自分ひとり目ざめていると、蕗子はこれからどうなるのだろうと気が沈むのであった。細ぼそとながら仕事というもので世の中とつながっているように思えたこれまでならともかく、いまの自分に何ができるのだろう。そんな思いに鬱屈したある日、明子は二人の兄に、病中、心配してもらったことへの礼とその後の健康状態の報告を書いた。ついでに潔兄には、またもと通り安心して動きまわれるようになるには、どのくらいの時間が必要だろうかと聞いてやった。

小兄からの返事は、いつも通り走り書きだったが、めずらしく封書であった。

落ちついて家に居られるやうになつたといふ便り、喜んで読んだ。明子の今なすべき事は先の事の心配ではない。当分、周りの皆さんに我が儘を許してもらひ、よく食べ、よく眠る事。悪性インフルエンザで肺炎になりかけた人間が、心身の働きがしばらく落ちるくらゐ当然の事也。時をかけて癒つてゆくのだから、辛抱の事。要らぬイライラをおこすとウツになる。よくそこまで回復したと感心してゐる。お前は小さい時から粘りづよかつた。その調子で頑張つて呉れ。

小堀先生、関の小父上、小母上、相良家の皆さんに感謝せよ。

この際、相良には遠慮なく甘えよ。無理や頑ばりは厳禁。東京に出たら、ぜひ寄つて見る。


この兄の突き放したようでいて、ちゃんとこちらの気持をくみとってくれている言葉に、明子は慰めを感じ、ただ「流感」とだけ聞かされ、そう思いこんでいた自分が、そんな危ない瀬戸際までいっていたのかと、ゾッとした。周囲の自分を甘やかす態度が、万事、腑におちた。

結局、蕗子のまねをして「つらつら考えてみる」のに、この新しい年におこったことのどの一つをとってみても、明子には周囲の人びとに感謝するしかないのであった。この上は、彼女は当分、「よい」とはいえないにしても、「おとなしい」妻、「おとなしい」嫁、「おとなしい」隣人となることを心がけねばならないのだろう。また事実、彼女の心身が当分静かな時を欲していることも確かだった。

あとひと月、蕗子が郷里にいてくれたらいいのだが……。

しかし、蕗子から聞えてくる物音は、あるときはまるで鳴子のようにけたたましく、母の忌明けも間近に迫ったいまは、彼女の帰心が矢のようであるのがよくわかった。


お葉書ありがたう。

ああ、忌明けまでもうひと息！　姉と英ちやんが手伝ひにくることになつてます。この数日を突きぬけてしまへば、東京！　と、私の心は躍つてゐます。

香奠返しも額に応じてとやら、何とやら。もうすつたもんだ。あなたには百貨店の風呂敷なんかでなく、蔵から出て来たものを持つてゆくつもり。万事すませたら、一応叔母とねえやに父を任せ、帰京します。そのあとは、往つたり来たりの生活になるでせう。

おそくとも、あと一週間のうちに、すでに青い竹は私のもの。また鉄線もハトヤのバラも――たとへまだ蔓だけだとしても――私のもの。さうして私はあの羽根蒲団の下にゐる！　けれども、そのつぎの日、私はもうそれらを所有してゐないかもしれない。

あなたは――いまは十分お暇のお出来になつたあなたは――私の出立に純白の肌着と「夢の部屋着」を間に合はせるべく、指を染めてゐて下さるのではないでせうか。

今日は、これまで。帰京の見当早くお知らせしたくて書きました。すぐ会へること、実にたのしみ。

蕗子の声が耳もとに聞えてきそうなこの手紙を、明子は多少の困惑を感じながら読んだ。まだまだ自分には、蕗子の帰京を迎える準備ができていない。せめてもう少し体力をつけて、はたから突っつかれてもよろけないところまでいってから帰ってきてもらいたい……。

こんな思案のうちに、二、三日をすごしたある午後、彼女は洗濯物を取りこみにベランダに上っていた。寒く風のある日で、若葉になった辛夷《こぶし》の梢は、海の底の藻のようにゆれていた。不意に下で犬が鳴き、明子はいそいで降りた。玄関の外に立っていたのは、大岡山の母であった。

「まあ、お母さま。早くおはいりになって。お寒かったでしょう、この風の中。」

明子の正直な反応は、不意にそこに母を発見したとき、自分を打った感情が、決して厭悪ではなく、早く母をいたわりたいという自然な気持だったことへの喜びだった。

「ほんとにきょうは冷えるわね。あの……ちょっと日本橋まで来たのでね、」母は、うすい絹のコートをふるって明子に渡し、乱れた髪をかきあげながら微笑した。「節夫に相談したいことがあって会社に電話したら、きょうはもう戻らないっていって帰ったっていうのよ。だから、ことによったら、家かと思って。それに、あなたの様子も気にかかったし……」

「ありがとうございます、あたくし、もう何でもやってます。」といって、明子は椅子の上にのっけた洗濯物の山を指さして見せた。「でも、節夫さん、どこへいったんでしょう。けさ、べつに何もいわずに出ましたけど。」

母が洗面所にいっている間に、明子はいそいで熱い紅茶をいれ、姑と嫁は、家の中では、比較的ぬくもりのこもっている居間で仲よくお茶をのんだ。明子は、幸子に手伝いに来てもらって助かっていることの礼をのべた。それは心から出た言葉だった。

「二人で仕事すると、ふしぎなほど早く片づきますのね。びっくりしますわ。」

母はうれしそうにした。

「そりゃそうよ、明子さん。あたしたちの若い頃はね、人手がいくらでもあったのよ。それで、あたしたちやってこられたのね。時世が変ったんですよ。幸子たちだって、これから苦労するんだと思うから、いろいろ教えてやってちょうだい。こんなお紅茶のいれ方なんか。」

「あら、幸子さんは、今度から本式にお料理のお稽古なさるんでしょう? あたくしの方が教えていただかなくちゃ。」

母は話しながらも、はじめのうちは、ぎこちないものがあるふうだったが、お茶も終り、明子の洗濯物のしまつをそばから手伝いだした頃にはすっかりおちついて、明子が気づくと、話はいつのまにか関家の噂に移っていた。

母はしきりに、明子の病気の折、関家に世話になって申し訳ないといい、明子は、自分にはよくわからない、村井家と関家の関係について母に説明するのに困った。

「ええ、ほんとにあの家には、あたくしたち、いままでもさんざん厄介になってきて、それを当然のように思ってきたんですけど、もともとどういう関係なのか、あたくしなんかわかってませんのよ。昔のご先祖が御一新のときかなんかに、助けっこしたらしいんですけど。」

「そりゃ、あの頃は、日本じゅう、ひっくり返るような騒ぎだったでしょうからね。」母も、いまとなっては、明子の家柄など詮索しても仕方のないはずで、世間話のようにいった。

当然のことながら、節夫はいつもの時間より、早く帰ってくるけはいもなかったので、午後もおそくなると、明子は、大岡山へ電話をして、こちらで食事をして帰ってはと母に申し出た。

「じゃ、そうさせてもらおうかしら。」と、母はめずらしいことをたのしむように応じた。

明子は、夕刊をとってきて母に渡し、台所にはいった。そうしてからも、彼女は配膳窓から母に声をかけた。

「お母さま、お勝手、ガス使うと、暖かくなりますのよ。よかったら、こちらにいらっしゃいません？」

「ええ、そうしましょう。ちょっと夕刊見てからね。」

明子は、母が、女にはめずらしく、新聞の経済面なども見られ、節夫と株の話などもできるひとであるのを知って、ひそかに尊敬していた。

しかし、外に出しておいた犬が歓迎の声をあげ、玄関の戸があいたのは、母が新聞を見終らないうちだった。

「節夫?」

母のはずんだ声がいい、いそいで立ちあがるけはいがした。

「はあい!」という節夫の返事があった。

玄関に脱いである母の草履を目ざとく見つけ、外套もぬがずに居間にはいってきた節夫と母は、居間の入口であやうくぶつかりあうところだったらしい。二人は、声をたてて笑った。明子は、一瞬、あっと思った。無意識のうちに、「ああ」とか、「うん」とかいうだろうと期待していた人間が、「はあい!」といったのだ。

「ごめんごめん。知らなかったもんで。古本屋の広告が来てたんで、ひっかかっちゃったんだ。」

「いいのよ、わたしが勝手に来たんだもの。」

喜びを満面にあらわしている節夫の後ろで、母はいそいそと外套をぬがせていた。配膳窓から、二人の様子を凝視している自分に気づいて、明子はいそいでガス台に戻った。

その夜、明子は、食事ちゅうも、とくに気づかって母に話しかけ、ストーヴのそばの食事は和やかにすんだ。その間、母は、用事らしいことを何も持ちださなかった。そして、すむと、「戴き立ちだけれど」といって、帰り支度をはじめた。節夫は母を送って出ていったが、明子が後片づけをすまし、風呂にはいってしまったあとまで帰ってこなかった。彼女は、部屋着であたたかく身を固めて、幸子のスプリング・コートの裾丈の直しにかかった。

小一時間もたって帰ってきた節夫は、明子がまともな口をきくまえに風呂に直行した。

「外、寒かった？」

明子は、ゆで蛸のようになって上ってきた節夫を見て、笑った。

「ううん。それより風。」

「そうね、あんなに辛夷の木が鳴ってるもの。お母さま、風邪おひきにならないといいけど。うすいコートでいらしたから。」

「でも、タクシーで帰ったから。」

「どこで話してたの？」

「駅前の喫茶店。」節夫は洗った髪をもみながら、わるびれずにいい、タオルから顔を出すと、明子を見て笑った。「おふくろさん、喜んでいたよ。『明子さん、家のこともちゃんとできて、あなた、仕合わせね。』って……」

彼は、母の声色をやってみせ、ごきげんだったが、明子のいじっている物に気がつくと、笑顔をひっこめた。

「なんだ、それまた、持ってきたの?」

明子はいそいで否定し、それは、先日、幸子が来たとき、裾が短かったので、おいてゆかせたのだと一口に説明した。

「どうしてそういうことをするんだよ!」と、節夫は呆れはてたという気持を正直に声に出した。「そういうことは当分させないようにって、こないだ、いいにくいとこをいってきたばかりなんだ。きみが夜、何か縫ってるのを見ると、ぞっとする。」

しかし、彼は、こうした物の言い方を明子にすることを、ことに最近は避けていた。明子がいそいでコートをたたみはじめると、すぐやめた。それに、犬が何かを感じて、起きあがり、うろうろしはじめたということもあった。明子は、犬の頭をたたきながら、いった。

「いいの、いいの、寝てなさい……」そして、節夫に向って、「いつまで待っても帰らないから、はじめただけなんですよ。」

「先に寝てればいいんだよ。」節夫は、気のぬけた風船のような声をだした。

「そうね。」明子は笑っていった。「そうすればよかったんだわ。でも、人間て、いまか、いまかと思うもんでしょう? でも、あたし、ほんとにもう寝るわ。」

しかし、節夫は、立ち上りかけた彼女をひきとめた。

「おふくろと何話してきたか、すぐ話すつもりだったんだよ。まず断っとく。おふくろさんは、きみにかくしてぼくとだけ話そうと思ってきたんじゃない……。びっくりするなよ。きのう、関の小母さんが、一ちゃんと幸子とどうだろうって話持ってきたんだとさ……」

言葉もなく、明子は節夫の顔を見つめた。

何年もまえに、小母が、出勤しようとして家を出た康兄を市電の停留場まで追いかけてゆき、多美子をもらってくれと口説いたときのことが、ぱっと頭によみがえった。

「ああ、びっくりした。」ようやく明子はいって、まだ頭をもみながら立っている節夫を見あげた。「お母さま、気をわるくなさらなかったかしら?」

「いや、べつに気をわるくするようなことじゃなし……。でも、ちょっとは驚いたろ。きみが何か聞いてやしないかと思ってやってきたら、何も知らないらしいんで、話しださなくなっちゃったらしいんだ。」

「そうね、小母さんが誰より先にあたしに話すなんてことないと思うわ……」

なぜともなしに、明子はそう感じた。小母は、何かの理由で、明子に話せば、うまくない結果になるというように感じたのではあるまいか。だが、明子のこうしたいらざる考えを封じたのは、先日、一郎の名を口にしたときの、幸子の匂うようなはじらいの表情であった。明子は、一種、自分を安堵させる気持といっしょにいった。

「節夫さん、小母さんのやり方、あたし、おしつけがましくていい感じ持てないわ。でも……一ちゃんと幸子さん、案外、お互いにいい気持、持ちあってるのかもしれない。ふっとそんな気がした。でも、幸子さんくらいの娘さん、デリケートだから、無神経なことといって傷つけちゃいけないけど。」

「傷つけるも何も、まだそんなとこまでいってないだろ。」と、節夫は笑った。「しかし、もしそうなら、関の小母さんの鼻も相当なもんだね。」

彼女が寝つくまえに節夫も上ってきて、「おきてるんだろ?」という声といっしょに明子の肩を叩いた。明子の寝床に自分の場所をつくれという合図であった。風邪以来、彼女は彼にとって一種の「こわれ物」であったから、「ちょっとだけ、話」というとき、彼はこういう合図をした。

もともと、節夫は宴席でおかしなことがあったり、会社の誰彼が滑稽な失敗をしたとかいうとき、夜おそく帰り、明子が寝入っていないと、自分ひとりでおかしがっているのが勿体ないらしく、そういう話を聞かせたがった。だが、彼の息が酒くさかったり、煙草くさかったりするのを明子がきらい、時には、じっさいに咳きこみはじめることがあるので、彼は、いつの間にかそうした話を明子の後頭部にむけて語るようになっていた。明子も安心して、彼のぼそぼそしたしゃべりやクスクス笑いを聞いているうちに、背中一面をつつむ快いもう一人の人間の体温にあたためられて、眠るのだった。

「やっぱり、きょうのうちにもう少し話しといた方が安全だと思ったんだよ。」と、節夫は彼女の衿もとで囁いた。「あの小母さん、あしたにもここへおしかけてくるかもしれないだろ？」

彼の話によれば、正月、スキーにいったあと、幸子は、ある日、友だちと銀座の画廊にいく途中、一郎に会った。二人の娘は、一郎にお茶の御馳走になった。家に帰ってその話をすると、約束して出かけたんじゃないのかと、信夫にからかわれた。何しろ、スキー場での一郎の面倒見のよさは、幸子や珠枝ばかりか、ほかの同行者をも驚かせたものだったから。しかし、信夫にそういわれると、幸子は泣いて怒った。それで、それからは、家じゅうで一郎の噂をしないようにしていたところ、困ったことに、一郎の友人に駆けだしの画家がいて、小さなコーヒー店に絵をかけても、案内状をつくる。その通知を一郎が、幸子のところに送ってよこした。

「それで、幸子がね、礼状に、このところ、卒業行事で絵も見にいかれません、残念ですと書いてやったんだそうだよ。そんな手紙のやり取りのあいだに、関の小母さん、鼻をきかしたんじゃないかな……これはことによると、と。」

「そういうところが、いやなのよ。本人同士より、自分の力で押しつけちゃおうってところ。それに、女の方は、何ていったって受け身なんだから、失礼だし、不潔よ。」

「何でまた、そういう穏当でない言葉をすぐ持ちだすんだ。ああいうひとだっていないと、なかなか相手を見つけられない連中だっているんだ。それは別として、一ちゃんと幸子ってのは、公平に見てどうだ。」

「そりゃ、何もかも、本人同士の問題でしょ。でも、御苦労さまだったわね、駅前の喫茶店でなが話なんて。」

「困ったね、コーヒー一杯と脂くさいケーキじゃ、間がもたないし。」

二人は、あちこちの関節をぶつけっこして笑った。

結局のところ、母が節夫と明子に望んでいるのは、近日中に一郎を呼んで、様子をうかがってもらいたいということらしかった。関の小母の持っていったのは、つまりは縁談であり、息子がどう考えているかなどにはふれられていなかったとのことである。何にしても、明子としては、静かにしていたい時期に、また一つのできごとが降ってわいたということであった。

29

明子は気がせかれるままに、その週のうちに一郎の会社に電話してみた。すると、いつも一度では捕まらないひとがちゃんと机のところにいて、「今度の土曜？　晩御飯？

けっこうですよ。」と、あっさりいってくれた。

一郎にも心あたりがあるのかもしれないと思い、明子はひと押し、押してみた。

「何の話か、わかってるんじゃない？」

「うん。わかる気はする。だけど、くわしくは知らないよ。」

このとぼけた返事に明子は思わず笑った。

しかし、そう話がきまると、おちつかなくなったのは節夫で、食事ちゅうに話をもちだすのはまずい、たべ終ったら、自分は表へゆくから、あと、二人でうまくやってくれというのであった。

「何いってんの！」と、明子はいった。

兄としての立場はどうなるのだ、母には、明子がこういっていたと報告するつもりかと文句をいったのだが、「いや、もちろんすぐ帰ってくる。大体、話に筋がついたころ。水入らずでやってくれよ。その方が、話が早いだろ。」と、彼は逃げの一手であった。

しかし、いよいよその夕になり、一郎がいつもと変りなく、のんびりした顔であらわれると、男は男同士で、すぐそれなりの話がはじまるのであった。

「例によって忙しいんだろ、一ちゃん。」といって、節夫は湯あがりの顔を光らせながら、二つのグラスを満たした。

「うん、めちゃくちゃね。」

「でも、いいよ。印刷会社なんて。不景気知らずなんだろ、こんな時勢でも？」

「そう……どっちへ転んでも、仕事なくなるってことはないんだろな。ただし、紙や人手は、もうつまってきてるしね。えらいひとたち、恐慌きたしてるらしいよ。」

彼らは、そばにいる明子のことは忘れたようにグラスをぶっつけあい、話しつづけた。

「どう？　若いもんひっぱられていく？」

「まあ、いろんないみでね。出征歓送会もちょいちょいだしね、いつが我が身かと思いながら……。それから、こないだは、隣りの席の、去年はいったやつ、突然いなくなったの。これは警察。とてもまじめで優秀な男で仲よくしてたから、びっくりした。ぼくに働きかけることなんか、これっぽっちもなかったんだよ。見くびられてたかな。」

一郎は、すきっ腹に一気にあおったウィスキーが利いたのか、それとも、これから出てくる話で気がせくためか、たてつづけにしゃべった。

「満洲国皇帝来日だなんてねえ、まったく……。ぶじにすむと思う、節夫さん？　お宅は商売だから、裏の事情わかるんじゃない？」

「だめだよ、うちみたいな小さいとこは。でも、どう考えたって、こうした事変なるもの全体、英米の反対むこうにまわしてねえ。いつやめるか、じゃないか？　だけど、政治家が軍人におさえられるようになると、あぶないんだ。武器持ってるもの。」

二人の口に入れるものをいそがしく運びこみながら、明子はだまって聞いていた。節夫は、おそらく彼が「研究会」とよんでいる火曜日の会でやっているのだろうと思われる話を、ほとんど問わず語りという様子で一郎相手に吐きだしていた。いまは母校の助教授になっている先輩は、いつも涙を流さんばかりに時局について憤激しているというのだった。そして、飲み、食い、食べおわると、それでも節夫は予定をわすれたわけではなく、「ちょっと叔父と話がある」といって、するりとぬけていった。

一郎は台所へはいってきて、明子の片づけの手伝いをはじめた。

「何だか、牛込の家にいるみたいね。」と、明子は微笑んだ。「よくお留守番のとき、二人でお皿洗ったじゃない？　なぜ多美ちゃんとあたしでやらなかったの？」

「おれたち、みそっかすだったんだよ。」

「そういうわけ？」

片づけが終ると、彼らは居間に戻り、明子は、さて、これが「水入らず」と節夫がいった気楽さかという気分でくつろいだ。

「一ちゃんとは、しばらくね。小堀先生にいくとき、いつもあなたいないし。」

「先生、心配してるみたいだよ。もう少し早くしゃんとならなくちゃいけないって。」

「一ちゃんにだけいえることだけど……気持の上でいじけちゃったみたい。みんな、よくしてくれるのよ。でも、やっぱり、仕事だの、大津さんとのつきあいって、あたしには精神的に大きなつっかい棒だったんだなって気がする。」

一郎は、一瞬、浮かない顔になったが、やはり男らしく、話を用向きに切りかえた。

「こないだ、おふくろさん、相良さんへいったたって件ね……」

「あ、そうそう、ごめんなさい。」と、明子もさっと明るくなり、「だいじな話……。何だか、おかしいわね、年下のあたしがねえさんぶって。」

「でも、そういうことじゃ先輩だろ？」

「先輩ったって……。でも、聞きたいことから先に聞くわ。一ちゃんね、幸子さんのこと、どう思ってる？　好き？」

一郎はちょっと鼻白み、

「さあね……好き！　って、感嘆詞までつく気持とはいえないだろけど、いいお嬢さんだと思ってるよ。」

「あら、うれしいわ。あのひと、ほんとに素直でかわいいひとよ。それに、きれいだし……」といって、明子はにやりとした。「いつから、そう思った？」

「うん、ほら、去年、明ちゃんのことで顔合せみたいにひっぱり出されたろ。あのとき、初めて会ったんだよな。あのとき、ああ、ああいう妹さんいるのかと思ったんだ。だけど、あれきり会わなかったら、べつにどうって考えなかったかもしれない。それから、ピクニックにスキーだろ？　ぼく、よく会社で女の子たちのグループの監督仰せつかって、扱いなれてるからね、ついスキーのときなんかも、幸子さんや珠枝ちゃんがぼくのあとについてくるようになっちゃったんだよ。むずかしいコースのときなんか、要所要所で号令かけてやるから。幸子さん、そういうとき、じつに素直にいわれた通りにすべってくるんだな。そこへゆくと、珠枝ちゃんなんか、自己流やってステーンとはずんで、目まわしちゃうんだけど。だから、いつか、銀座でお茶のんだときも、その程度のことさ。その話聞いた？」

明子はうなずいた。

「でも、一ちゃん、幸子さんみたいな箱入りのお嬢さん、初めて口きいて親切にされると、それ以上のこと思うかもしれない。相手の実体に関係なく……。あたしは女だから、どうしたって、幸子さん側に立って考えてしまうけど、日本みたいなとこじゃ、結婚って、男にとってよりも、女にとっての方が、たいへんなことなのよ。だから、ああいうやさしいひと、傷つけたくないの。」

「おれ、まだ何もしちゃいないよ。」そして一郎はまた浮かない表情にもどった。「戦争ってこともあるしなあ。」

「そりゃそうだけど。そういうことを頭においてもらいたいっていうこと。相手が誰にしろ。それに私としちゃ、あのくらい、いいお嬢さん、ちょっと見わたしたとこ、ほかにいないのよ。おつきあいしてみたら？　セッチンは気がすすんでるみたい。お母さまは、急にはどうって決心しかねると思うわ。最初のお嬢さんですもの。でも、セッチンとあたしとのことで、大分、結婚てことについて、気がかわってきてるよう……。だからね、幸子さんはこの頃、土曜か日曜の午後、ここに手伝いに来てますから、時どき寄ってみたら、なんて思ったの。」

「む……」と、一郎はつまったような返事をして、「とにかく、いまいそがしいんだよな。そんなこといってちゃいけないいんだろうけど。」

明子は小声になった。

「それにね、一ちゃん、まちがってるかもしれないけど、幸子さん、あなたがすきなような気がする……」

一郎はさっと明子を見、またすぐ目をそらした。二人はいっしょに笑いだした。一郎は赤らめた顔を笑いで歪め、

「何だい、うちのおふくろそこのけじゃないか。どこで習ってきたんだい。それじゃ、仲人で食っていけるよ。セッチンもその手でやったのかい。」

「ちがう、ちがう。いまのこと、取り消し。」明子は叫んだ。「まちがってるといけないから。忘れて！　でも、ぽちぽち、おつきあいしてみることくらい、反対はないんでしょう？」

「うん……初め、誰でもやることだろ。」

「じゃ、きまった！　もう、あたし、そのことしゃべらない。つまんないこと口走っ

ちゃうから。あたし、くたびれた。ちょっと寝るわ。一ちゃんもこっちへ来て。べつのこと話さない？」

一郎は、明子がさっさとソファに毛布をひろげ、横になってしまったので、とまどった様子を見せた。

「大丈夫かい。だんなさん、呼んでこようか。」

「いいの、いない方が。もう少し……」

心得ている犬も、のこのこ籠からはいだしてきて、明子のわきの下におさまった。明子は笑った。

「こういう順序になってるのよ。セッチンは、夜、自分が本読むとき、あたしがここで休むのは、自分につきあってると思ってるらしいけど、あたしは、二階はうそ寒いし、少しでもルイのさびしい時間へらそうと思ってるからなの。そうすると、身心ともにとても休まるのよ。それで、あたしの話になりますけどね。」

こう断って、明子は、あと数日ちゅうに蕗子が上京してくるらしいが、それを節夫にはっきりいいだしかねているという話をした。

「セッチン、大津さんのこと、まだ気にしてる？」

「へんなことは、もう考えてないと思う。でも、ほら、あのひとの病気が病気でしょう？」

それさえなければ、蕗子と節夫ならおもしろい話し相手になれそうなのにと、明子は嘆いた。しかし、一郎と明子の間にいい知恵がうかぶまえに、玄関に音がした。

節夫は居間にはいるなり、一郎には、「失礼してしまって。」といい、明子の寝ているのにはちょっと驚いたように、「くたびれたのか？」

明子はおき上って、三人の席をつくった。

「少しね。でも、遠慮のいらないひとだから、寝ながら話さしてもらいました。『水入らず』で上手に話しました。一ちゃんも押しつけられるのは好まないようだけど、幸子さんとおつきあいしてみましょうって。だから、あたしたちはだまって、成りゆき見守ったらいいんじゃないかしら。たまにここで御飯でもいっしょにして。」

「そりゃ、いいね！」

節夫は上機嫌だったが、一郎は苦笑をうかべ、どっちを見たらいいかわからない様子で頭をかいた。

「てれくさいことになっちゃったな。急に行儀よくしなくちゃいけないみたいで。いよ、そのうち、やってきて薪つくりでもするよ。さっき勝手の窓から見たら、枯れ枝の山じゃない。もったいないね。ぼく、今度、薪つくりに来るよ。肉でも買ってきて、畑の物と煮こんだら、ピクニックみたいなことできそうじゃないか。」

「あら、そういうの、いいわね。小父さんたちも来る？」

「来ないよ。ぶちこわしじゃないか。若い者だけ！」そして、一郎はすまして言葉をついだ。「大津さんなんかも来られると、喜ぶだろうけどね。まだ帰ってないの？」「……まだ。」と、明子は思わず一拍はずした返事をした。「もうすぐらしいけど。お茶にしましょうか。」

しかし、節夫は無邪気に、一郎にはお茶より別の物の方がいいだろうといった。

「ああ、その別の物の方がけっこうです。」

そういうわけで、まもなく、明子は男二人を残して、ひとり二階にあがった。夜半までつづいたらしい男たちの話し声、笑い声を、明子は夢うつつのうちに聞いた。

30

その翌日の日曜日、幸子は、昼近くに、いそいそとしてやってきた。節夫の大岡山ゆきは、土曜の夕がつぶれたので、日曜にずれ、彼は留守だった。明子たちは、すぐ昼用のサンドイッチをつくりはじめた。

「あたしは、ほんの少しでいいの。けさ、おそかったから。」明子はいった。

「あら、あたしも。それじゃ、お姉さまとあたしで一人前半？」幸子は、そんなつまらないことにもきゅっきゅっと笑い、「まあ、お姉さま、パン切るの、お上手ね。あたしなんか、厚くなったり、うすくなったり、穴つくったりよ。」

「サンドイッチのパン切れるようになると、一人前なんですって。あたしのことといってるんじゃないのよ。門倉さんのおくさまのこと。いつかお義理でどこかのお屋敷のお料理の講習会に出たとき、何とかホテルのコック長さんにパン切らされて、『あなたはコックになれます』っていわれたんですって。」

「すごうい!」

明子は、こうして大仰な物いいをする幸子が、あのことをどのくらい知っているのかと気にかかり、しかし、とにかく、幸子にとって、この家が羽をのばしてもいい場所になったらしいのがうれしかった。それは、幸子そのひとを好きになったからばかりではない。彼女を見ていると、その若さが自分の中へいく分でものり移ってきてくれるような気がして心強いのであった。かたくしぼった雑巾をもった幸子の手が何度か往復すると、窓じきいや縁側の板の光が全然ちがってくる。

「光った、光った。ああ、いい気持!」

明子が喜ぶと、幸子も喜んでくれた。

「幸子さん、あとでへとへとにならないように気をつけてね。」と、明子は度々注意した。

彼女は、鬼のいない間にと思って、先だっての夜、節夫とちょっとしたいい争いのもとになった幸子のスプリング・コートの裾直しをはじめた。何度もアイロンをかけて、前の折り返しの線が目だたないようにして仕あげると、もう午後も半ばすぎていた。彼女は、玄関の煉瓦を洗っている幸子をよびにいった。

「幸子さん、御苦労さま。もうそこ、あっさりでいいの。ルイも、この頃よごさないし。それに、きょうは、ちょっとお話があるのよ。」

ゴム長をはき、箒を使っていた幸子ははっとした顔をあげたが、小さく「はい」と答えて、どんどん水を外へ掃きだしはじめた。彼女がエプロンもはずし、さっぱりして居間にもどってきたとき、スプリング・コートはきちんと畳まれて、椅子の背にかかっていた。

お茶がはじまると、二人ともいつものようになめらかにむだ話が出てこないので、明子はすぐ話にはいることにした。

「あたしが、何お話ししようとしているか、幸子さん、大体おわかりでしょう?」

「ええ……きのう、お母さまから……」幸子は目を伏せ、消え入る風情でいった。

「そう。そのとき、あなた、どんな気持なさった?」

幸子は、相良の家のものである切れ長な目をぱっと見開くようにして明子を見、そして、明子の微笑に安心したように、

「ちょっと怖かった。」

「そう。どんないみで？　一ちゃんをいやだと思った？」

「そういうことでなく。まだまだ遠いことで、考えなくてもいいと思っていたことが、いきなりおしよせてきたような……。それに、お姉さまみたいに、少し働いてみたいとも思ってたもんで……」

「そんなこと！　お母さま、お許しになりませんよ。」

「でも、このままじゃ、世の中のこと、あまりわからなすぎて……」

「でも、わかりたけりゃ、幸子さんには、いくらもほかに方法あるでしょう？　あたしなんか、働くこと当然と思ってたし、その必要があったのよ。そして働いて、それなりに物を考えたから、とても感謝してますけど。でも、きょうは、そういうことより、本気で一郎さんとのこと考えて。何もいそぐことじゃないし、そういえば、将来かならず結婚しなくちゃと考えなくたっていいような気がするわ。

　あたしね、学校にいたとき、どの学年のときも、三人は外国人の先生がいたのよ。二人はキリスト教関係のひとで、イギリス人とアメリカ人。このひとたちは、ずっと長くつづいて英文学や歴史なんか教えてくださったの。あとひとりは、予備みたいな、たまたま日本に来て、資格があるから教えるというような先生で、たいてい会話とか、日常生活のことね。一年つづいたり、何カ月かでいなくなったり。そういう先生がおもしろかったの。あたし、英語話すんだから、どの先生が来ても、大体わかるだろうと思ってたのね。そしたら、ちがうのよ。ちがった先生が来ると、また新しく英語習うみたいなことになるのね。それで、おなじ言葉でも、人間て、みんなひとりひとりちがった話し方するんだなって気がついたの。そういう先生のひとりがね、『日本の大学はつまらない。男と女の学生がまじっていないから。』っていったのよ。あたし、一種のショックみたいなものうけたの。その先生が、自分の大学時代を思いだしてるような、夢見るような顔でいったから。まだ若くて、世界を放浪しているような、芸術家肌のおもしろい先生だったけど。」

「その方、女の先生？」

この頃、幸子の来る日の癖で、とかく口数多くなってしまう明子の話を、目を見開いて聞いていた幸子の口から、思わずのようにこんな問いがとびだした。

「もちろんよ！　麗和で若い男の先生なんか雇うもんですか。でもね……いまは、そのことはどうでもいいの。あたし、いまになって考えると、日本の若いひとの生活って、男と女が別れすぎてて、やっぱり不自然なんじゃないかって感じるのね。

それで、今度のお話になるんですけど、一ちゃんが、日曜日、ここへ遊びに来るでしょう？　それで、『こんにちは』っていって、みんなで雑談して、あら、このひと、こんなふうなこと考えてるんだわって思ったりして、だんだんにそのひとを知っていくっていうのは、どうかしら？　一ちゃんとあたしね、きょうだいみたいに育ったのよ。あたしが四つのとき、父が死んだでしょう？　上の兄は十一よ。それで、一ちゃんは、父親から——関の小父ですよ——あたしたちに親切にしなくちゃいけないってきびしくいいわたされたのね。五つの子がですよ。でも、関家の長男でしょう？　昔、あたしたちの父が、関の小父のせわをしたんですって。ずいぶん古風な話ね。だから、あたし、一ちゃんには小さいときから面倒みてもらって、二卵性双生児みたいなとこあったのかもしれないわ。だから、あのひとのこと、岡目八目でこういうひとですって、幸子さんに話せないかもしれない……。あたしたちの家族、ほんとにつましく暮してて、母も仕立て物の賃仕事なんかしてたこともあったんですよ。一ちゃんみたいな遊び友だちがいなかったら、あたし、いじけた子になってたかもしれないわ。もちろん、これ、あなたとは何の関係もないことですよ。でも、そうやって仲よくしてもらったから、あのひとは、出世なんかしないかもしれないけど、やさしいひとだってことはわかるの。二人で、小母には叱られそうな映画を、かくれて見にいったりしてね……」

明子はなるべく、幸子にわからないだろう貧乏話は出さないようにつとめたつもりだったが、笑った拍子に幸子を見ると、彼女の目から涙がころがりおちるところであった。

「あ、幸子さん、ごめんなさい。あたしたち、話ほどみじめじゃなかったのよ。昔、お裁縫の上手な女のひとは、頼まれてそういうことしたものなのよ。」

いそいで涙をふいてしまうと、幸子は自分で自分がおかしくなったらしく、くすくす笑い、明子が予想しないでもないことを思いきってという面もちで口に出した。

「お姉さま、どうして一郎さんと結婚なさらなかったのかと思ってました。」

「ああ、それね、あたしがお兄さまに出会うまえに、よく大津さんて友だちからもいわれたわ。あたし、関の小母にお見合しろしろってしつこくいわれてたでしょう？ そういうときね、『一ちゃんで間にあわしときなさいよ。』なんて、その友だち、ずけずけいうの。でも、そういうわけにいかなかったのよ。きょうだいでなければ、従兄みたいな間柄よ。」

そのあとは、思いなしか、幸子の顔は見ちがえるほど明るくなり、彼女たちは次の日曜日の打ちあわせをして、その日の仕事を終えた。

別物のように格好よくなったコートを着て、玄関の煉瓦の上に降りる幸子に、明子はいった。

「今度、一ちゃんに会っても遠慮しないでね。あっちへも、スキーのときのようなつもりでいるようにといってありますから。そして、あなたも、ゆっくり、よく考えて。」

「はい。」幸子は目を伏せていった。

翌日の日曜日の昼頃から相良家の畑の端で野外炊飯の催しがあるという、電撃的なニュースをもって節夫が帰ってきたのは、その週の土曜の夜だった。用意は一郎が万事調える。人手は敏夫や信夫の「野郎ども」だけで間にあわせる。明子や幸子は、呼ばれたら出ていけばいいというのである。表の家の老人たちも来てみたければ、出てくればいい、ただし、関の老人たちは来ない、というのが一郎の指令だと、節夫は明子に伝えた。

「ほんとにあたしたち、ただだまって待ってればいいんですか? もう明日ですよ。」

「いいんだよ。一ちゃんがそういうもの。」

そして、この知らせは、明子の耳より大岡山の方へ早く、はっきり通じていたと見え、日曜の朝には、信夫、幸子、珠枝、それに母までが出かけてくるのだという。

日曜日、一郎は早くも十一時まえに、ひとから借りた車で表の門から乗り入れてきた。裏の家の生垣の外の畑寄りに穴が掘られ、薪がつくられ、火が燃された。昼頃には、丈夫な枝を三本、針金でくくった二本の三つ又に渡した鉄棒から吊した大鍋に、ブタ汁が煮たっていた。古煉瓦で囲った炉には無骨な金網がかかり、そこから鳥肉の脂が煙をたてたり、燃えたりしていた。そして、一郎の得意の芸は炊飯であったから、ごろた石を積んだかまどで炊いた御飯は、大岡山の母から百合ヶ谷の女たちにまで、「どうしたら、おなじお米、こんなにぴかぴかに炊けるんでしょう。」と驚かれた。

明子たちが、いよいよ用意できたと呼ばれていった頃には、生垣の向う側には、焚火の熱気がみなぎり、人びとは、火を遠まきに急造されたベンチに赤い顔をならべ、飲んだり、たべたりしはじめていた。畑の先の方に並んでいる桜は、もうさ緑の葉桜で、人びとのまわりだけ、赤い、あつい世界であった。

明子とおなじ頃、表の家から出てきた叔父は、台の上にならんだ食物をとってたべながら、信夫や敏夫を指図している一郎を、初めてでもないのにめずらしそうに眺めて、いった。

「関さんには、とんだいい息子さんがいたんだなあ。」

今度の縁談には最初から知らん顔をきめこもうとしていたらしい叔父のこの言葉で、一郎と幸子の婚約は調ったも同然、と明子は思った。

翌日、明子が買物に下の通りに降りると、二、三の店のひとたちから、「昨日はおたのしみで……」というようなことをいわれた。それは少しの厭味もない、「おもしろそうでしたね。」という意味あいには聞えたが。

その夜、明子は節夫にいった。

「あんまり高いところでわあわあ騒ぐの、考えものね。お店のひとたちに、『おたのしみで。』なんていわれちゃった。」

節夫は呵々大笑して、

「そうだね、笑ったり、歌ったり、間ぬけに聞えたんだろうな。おまけに、いいにおいまで漂っていったりしてさ。一ちゃん得意の芸も、当分、これでけりとするか。」

しかし、馬鹿という文字を上につけてもいいようだったあの騒ぎ——敏夫など酔っぱらったふりをして、「三文オペラ」の歌というのを長々とうたいまくったのであった——のあと、それに参加した者の気持が、みなからっとしてしまったことは確かであると、明子は思った。べつにそれを試すためではなかったが、彼女は食事ちゅう、雑談にまじえて蕗子が帰京する話を持ちだしてみたが、それも何となく普通の話題として節夫はのみこんでしまったようだった。

ようだったというのは、明子がその話をしている最中に、表の家から敏夫がやってきたからであった。前日の馬鹿騒ぎを誰がたのしんだといって、敏夫ほどたのしんだ者はなく、彼は部屋へはいってくるなり、明子にいった。

「いや、一ちゃんには負けたなあ！　どこであんな芸当仕こんできたの？」

「あのひと、山へいくから。」

「山へは、ぼくだっていくけどさ。あんなに鍋釜もってかないよね。」

「労働組合の役員してるから、借りだしてきたんでしょう。何しろ、職工さんたちといっしょにやる仕事ですからね。あれで、自分の家じゃ、借りてきた猫みたいにだまってるんですよ。きのう、関から誰も来なくてよかった。来たら、あんなぐあいにいかなかったもの。」

「いや、とにかく、今度のことで、彼、なかなかの役者だってことわかったよ。」

「親父さんまでころっと感心させちゃったりしてね。」

軽口をたたきながら将棋を指しはじめる男二人のそばで、明子は胸をなでおろす気分であった。何とかかとか、ぶじ、荻窪へは出かけられそうであった。

31

「アスカヘルデ　ムカヘイラヌ」の電報が、蕗子から来たのは、まだあのお祭り騒ぎの余韻が家の中から消えないうちのことであった。ちょうどそのとき、明子たちは夕食をとっていた。節夫は、先日来、明子がともかく、幸子のことで気をつかったという形になったあとではあり、何かをいわねばならなかったろう。

「何カ月ぶりだい？」と聞いた。

「暮れに帰ったんだから……うわぁ、五カ月ぶり？　あたしの病気のまえですよ。」

「いってみるんだろ？」驚くほどあっさり、彼はいった。

明子は箸を休め、だまって彼を見返したが、頬がゆるんでくるのをどうすることもできなかった。

「あ、明子が笑った。」節夫がいった。

「あら、あたし……いつも笑ってるじゃないの。」

「いや、笑わなかった、そういう顔では……。何でもいいから、少し笑ってくれよ。

家の中暗くなる。」

明子はいそいで立ち上ると、彼の方へまわってゆき、横からキスし、頬ずりして、小声でいった。

「うれしいのよ！」

「とにかく、どんな状態か、見てくるんだな。」明子が席にもどると、節夫はいった。「いっしょに食事はしないで帰ってきてもらいたい。それに医者にきちんとかかってるかどうか、よく突きとめてくること。かかってなかったら、説得して、かからせなくちゃいけない。冗談じゃない。非衛生だし、お互いのいのちの問題なんだから。」

いよいよその翌日、蕗子に会いに出かけたとき、明子はいつも通り、駅の改札口を出る頃から鳴りだした胸を静めながら、直接蕗子の家にはゆかず、まず、めずらしく閉まっていたよしおばさんの店のガラス戸を、ちりちりと鈴を鳴らしておしあけた。

「おばさん！　コハちゃん！」

答えはなかったが、裏で人声がした。彼女は店に上り、その奥の、まだ炬燵《こたつ》のある茶の間を通りぬけて裏庭をのぞいた。おばさんと小萩ちゃんは、隅の三坪ほどの畑の手入れの最中だった。

おばさんたちは、明子の声に棒立ちになり、手足を洗うためだろう。いそいで井戸の方へゆきそうになった。

「いいの、いいの、手洗わないで！　すぐ向うへゆきますから。」明子は叫んだ。

おばさんは手を洗うのをあきらめ、軒下に来て立つと、憂い顔で明子の顔を見あげた。

「ほんとにしばらく……。御病気見舞も失礼して。まだもとどおりおふとりになりませんね。」

「ええ、でも、目方はふえてるんですよ。もう大丈夫。」

明子は上り框のところにかけもどり、おばさんたちへのお土産をもってきた。

「お二人へエプロン！　あとでお茶に来ます。」彼女は笑っていった。

料理上手のおばさんは、エプロンをよごすことでも有名で、蕗子の口にかかれば、

「醤油で煮しめてかけている」となるのであった。

「じゃ、いってやってください。きょうはあなたいらっしゃるって、朝から待ってましたから。」と、おばさんはいった。

三分後、明子は相変らず倒れそうな門柱の間をぬけ、まっすぐ蕗子の玄関に向っていこうとしていた。

ふと、左手の庭に人影が動くけはいがした。生垣代りのまばらな植込みの奥をのぞくと、見たこともなかった、ふた抱えほどの青々、瑞々とした蔓草らしいものの茂りが、竹竿に支えられて立っていた。そのわきで大きな口をあけて笑っているのは、蕗子だった。

「こんちは。なに、それ?」明子は叫んだ。

「まあ、来てごらんなさいよ。見ればわかるから。」

明子は竹垣の横の枝折戸を押し、庭にはいった。

蕗子は、気に入りの臙脂《えんじ》の横縞の着物に焦茶の羽織を着て、ちゃんと久しぶりの客を迎えるいでたちだった。見たところ、まえよりそれほどやつれたという様子もなく、ただ、明子がその緑の群立ちを見て、どんな顔をするかに気をとられているようだった。

明子は、いそいで縁側に荷物をおいてきて、彼女のそばに立った。

「なに、これ? スウィートピーじゃない!」

明子が声をあげたのは、それが確かにスウィートピーではあったが、並みのスウィートピーの三倍も太さのありそうな茎が、幅一尺五寸、長さ三尺ほどの耕土の上に押しあいへしあい、ついたてのように立ち上っていたからであった。巻き毛もたくましくからみあい、まだ開かない蕾《つぼみ》は、貝のようにふくらんでいた。

「どうしたの、これ?」と、明子はまたおなじようなことをいい、「去年蒔いてったの?」

「そう、あなたにかくして。」と、蕗子は例の地声で笑った。「春にびっくりさせようと思って。穴は深さ約五尺。もと肥は、鶏糞と馬糞が半俵ずつだったかな。まだあと二、三尺はのびるわね。」

「植木屋にしてもらったの？」

「ううん、あの大工さん。」

明子も、二、三度会ったことはあったが、蕗子の家を建てたという、いかにも朴訥そうなその大工は、蕗子の「親友」であった。よくおもしろい土瓶敷きのようなものがあり、どこで買ったのかと聞くと、大工が造ってくれたものであった。明子と知りあったころ、蕗子はよく「棺桶」も造ってもらうつもりだといっていた。

「うわ、すごい。あたしも頼みたかった。」

「お宅だと高くとりますよ。あたしだと、お茶のんでいくくらいで、あと実費ですむけど。さ、ま、何にしても花が咲いてからのこと。上りましょうか。」

明子は、おとなしく二人の声を聞いている猫をなでてやってから、家にはいった。この家へ来はじめてから何年、縁側で靴をぬぐのは初めてであった。家の中はきちんと片づいていた。蕗子がこうして、正常に「あたしの家」におさまるまで、おばさんは、いく日を犠牲にしたことだろう。

「お昼はサンドイッチよ。」椅子にかけると、明子はいった。「けさ、山ほどつくったの。余ったら、おばさんとこのお茶にもってく。」

「いやですよ。あたし、いただく。」蕗子は抗議してから、おかしそうに、「あなた……何だかひとまわり小さくなったみたいね。ひと目見たとき、そう思った。十分たべてるの？」

「たべてますよ。でも、あたしみたいな体質って、一度瘠せると、もとにもどるの時間かかるのね。それに、いままで、腰かけて事務やってる時間多かったでしょう？　家にいてみると、何もかも肉体労働よね。」と、いいさして明子は笑った。「もっとも、昼寝もずいぶんしてるけど。」

「あたし、痩せた？」

「それほどじゃない。『ガボガボ、ガボガボ、血痰出る』なんて書いてよこすから、心配してたけど、頬ぺたなんかまえとあまり変らないわよ。」

「ウソでもそういわれるとうれしいわ。さ、紅茶いれましょう。」

明子は持ってきた食料品の始末をし、ぬれ布巾につつんできたサンドイッチはミート皿二枚に盛り分けた。

「ね、お互いのお皿、これくらいはなれてれば、デパートの食堂で向いあって坐ったとおなじじゃない？　きょうの面会は、できるだけ短い時間。御飯はいっしょにたべない。あなたを病院にいくよう説得することっていわれて出てきたんですからね。お互いのいのちの問題だって。」

蕗子は噴きだしたが、すぐやめて、

「そりゃ、某医学士の差し金で、あなたが風邪でいのちびろいしたと思わせられてるセッチンにしてみれば、無理もないかもしれないけど。でも、あたしは病院にははいらない。たとえ、セッチンが費用だしてくれるといったって。あたしは当分、ここと郷里といったり来たりしなくちゃならないんだから。」

「そんなの無理よ。いまだって半分こわれかかってるのに。」

「もうこわれてるけど……。でも、叔母とねえやじゃ、家の中のこと、どうにもならない。だけど、今度という今度は、どうしても出てこなくちゃならなかった、息ぬきに。このロースト・ビーフおいしい！　じゃ……とにかく、セッチン、あなたがここへ来ることは認めたのね。」

「それは、これからの話しあいよ。きょうは、サンドイッチ、山ほどたべて、元気だったたっていっておくわ。おっとっと、いっしょに御飯たべなかったことにするんだったっけ。」

二人は、いつものように笑いこけた。

「でも、あたしの究極の目的はね、あなたとセッチンを会わせるってことなのよ。一度会ってしまえば、あとのことは、何とか工夫できるんだから。」

「怖い。セッチンに会うなんて怖い。世界で一ばん怖い男。」

満腹してくると、蕗子は待ちくたびれていたきょうの日が、とうとう来てしまったことに緊張がとけたのか、ぼうっとした目つきになってきた。

「あなた、眠いんじゃない。寝なさいよ。いま寝たら、ぐっすり眠れるから。」

「うん、寝るわ。もう二日二晩寝たんだけど。加代子たち来たときも、ベッドで会ったの。ああ、何カ月分か眠りたい。帰りにおばさんにそういっておいて。お腹へったら、たべにいくから、迎えに来なくていいって。」

明子はテーブルの上を片づけ、蕗子がベッドにはいるのを見とどけて、「じゃ、またね。」と、襖をしめた。

おばさんのところでも長居はしないつもりであったから、上り框にかけてのお茶であった。が、蕗子のこれからが、お先まっ暗だという点で、おばさんと明子はまったく意見をおなじくした。

蕗子の収入の道としては、二、三の支那の留学生たちとは、ずっと通信しているらしいが、これも、郷里へ定期的に帰ることなどを考えているなら、とても当てにできないことであった。家賃は、これまでずっときちんきちんと送ってきていた。あちらで家計を握っていた以上、ほかのことはどうあれ、家賃だけはと死守したのであろう。おばさんが見たところでは、父親は、蕗子の健康がそれほど損なわれているとは思っていないらしい。いまのところ、夕食はおばさんのところでとっているが、しかし、若い小萩ちゃんのことを思うと、おばさんは心配になるのであった。

「でも、ちょっとでも、そんなことを口に出せば、大騒ぎになるから、わたしはいいませんけどね。」

「おばさん、あたし、できるだけ食料は運ぶとか、送るとかしますからね。」明子はいった。「あのひとだって、ひとりでたべたいときもあるでしょう？　きょうも、とてもよくたべた。ちょっと見ただけじゃ、元気ね。でも、お医者にだけは、何とかかかってもらわなくちゃ。」

おばさんはため息をつき、

「医者に診せたら、起しておきませんよ。ふうちゃんも、それがこわいのね。あなたも気をつけてくださいよ。御主人が心配なさるの、当然なんですから。」

いつまでもおなじことのくり返しになるのを恐れ、明子は話を早く切りあげて、あかるいうちに家に帰りついた。が、これだけは聞いてこようと思ったこと、これからの方策などについては、何一つ聞けないままであった。

夜、明子は見てきたままを節夫に告げた。

「でも、元気そうだったの。でも、二人とも、五カ月ぶりで、いったい何話していいか、まとまったことも話せないうち、あのひと、眠そうな顔になってきたから帰ってきちゃったけど。ああ、そうそう、一ちゃんのこと話したらね、いよいよ彼も『宿命群』に身を投ずる決心したのねですって。」

節夫は、しょうことなしのようににやりとしたが、彼らはそれ以上、蕗子の話をつづけなかった。

蕗子のその夜の夢は、どんなものだったろう。まえより何となくおとなしくなったように思えたのは、まだ眠りが足りないためであったろうか。それとも、どっちを見ても八方塞がりで、話の筋道がつかなかったからだろうか。夜中、一人ぽつんとあのベッドで目をさましたときの彼女の思いを想像して、明子は、「あわれ」としかいいようがなかった。なぜ金一封を台所のすみにおいてこなかったかと悔まれた。

だが、二日おいて来た手紙は、こまやかに、おちついたものであった。

きのふはありがたう。

夕飯の時品々ひろげて、食欲の一ばんわきさうなものはとつておいて、あとは少しずつ包んでをばさんとこへ。あの鮭とてもおいしかつた。今度も、ああいふの見つかつたらたのんます。煮豆は、明日の朝。有明屋のうなぎの佃煮おいしいな。わかさぎなんかが、もし胸の肉になるとすりや、これは腰といふところね。

ゆきてわが腰を肥えしめよ。こんな日本語ある？

早くあなたといろいろ話せるやう、頭を整理したい。かういふ私のところへも、何となく訪客あり、従つて思ふやう読めず書けず。

また来て。きのふみたいに、ちよつと顔を見せにといふの、なかなかよろしい。たべさせて、寝かしつけてもらつて、あと、きもちよく眠りました。まず頭のはつきりしない原因は、このお天気ね。早く晴れてくれるといいな。さうしないと、むだにいのちを消費してしまふ。また来て。

その後の明子は、天気のいい日が来たら、いつでもさっと出かけられるよう、長もちのしそうな食料は、ちょっと脇へ分けておき、涼しいところに吊した籠に保存するという妙な癖がついてしまった。また実際に、きょうは半日邪魔がはいらないという見当がつくと、犬を家にとじこめ、かけだすように荻窪へいそいだ。往復に二時間、話――と食事――に一時間ときめてしまえば、ちょっと遠くへ買物に出るのとおなじことだとは、自分への言いわけだった。

ゆく度に、スウィートピーは伸び、蕗子は元気を取りもどしてゆくようだった。草木が目ざましく変容する時期だから、それを見るだけでも、彼女は興奮しないわけにはいかなかったろう。しかし、生徒もまだとらず、デスクの上に紙が散らかっているのを見れば、何か書こうとしている、ということはわかるのであった。しかし、互いに会ったうれしさに夢中でしゃべる一時間は、瞬く間にすぎる。「じゃ、また。『オットー』が待ってますから。」と、明子はふざけていって、蕗子の家を出る。そして、帰りに、おばさんのところで立ち話をする。

「お金のこと、どうしてるのかしら。」

「そりゃ、いくらかは持って出てきたんでしょうけどねえ。そういつまではねえ……」

二人はため息をつき、話はそれ以上のところへいかなかった。

こうして、また蕗子に会いに出かけていることを、明子は節夫のまえでも無理にかくさなかった。彼もまた、やぼなことはいえない様子で、いわゆる「大目に見る」態度に出た。明子は、そんな彼の横顔を見ながら、「何か」おこるまえに、一度節夫と蕗子を会わせるとしたら、いまをおいてチャンスはないと考え、胸がきゅっと締めつけられるように感じることがあった。

思いあぐねたある夜、明子は、ふとした思いつきから、東京市の地図をテーブルの上に拡げて、眺めた。蕗子の住む区と明子の住む区は隣りあっているのだが、驚いたことに、その境界線は大きく触れあい、おまけに、二人の住んでいるところは、鳥がとぶようにいくとすれば、いくらの距離もなさそうだった。ところが、交通機関は省線と私線が組み合さって、二つの場所を大きく楕円形に囲み、どっちの方角へ向っていっても、わざわざ遠くしているように見えた。

どこか、まん中あたりを突っ切るバスでもと、拡大鏡を持ちだして探していると、いつも明子が乗るのとは反対方向へ二つばかりいった駅のそばに、バス路線の印が見つかった。そして、そのバスは、北に上ると、以前、明子が荻窪へ通いはじめた頃、ごくたまに利用した新宿発荻窪ゆきのチンチン電車の線にぶつかっていた。

「ああら！」明子は、節夫が机の前で何かの本に熱中しているのを忘れて、大声をだした。「このバス使ったら、荻窪へゆく近道にならないかしら？」

二人はほとんど背中合せのように坐っていたから、ふりむくと、互いにちょっとびっくりした顔を見あわせた。

「何だって？」と、節夫は立ってきて地図を見おろし、明子の説明をきくと、笑っていった。「ああ、そら、だめだ。ほら、堀之内のお祖師様のへんまわっていくやつだよ。バスには乗ったことないけどね。いつか親父さんと用事で車でいった。畑ん中なんかつっきっていく道だ。それで、その先がチンチン電車だろ。省線の方がぶじだよ。野趣はあるだろうけど、一日仕事だ。」

しかし、その道は、その後、明子の心につきまとった。彼女がそのバスでゆくためでなく、もしも蕗子が自分たちを訪ねてくるとすれば、タクシーで乗ってくる道として。

明子がひそかにそんなことを画策している一方、蕗子は蕗子で、日夜、自分のゆく末を思い煩っていたのだろう。彼女は、ある日、突如、明子が無謀とおそれていたことを口にして、彼女を驚かした。荻窪の家のことは大家と話しあって、決してほかへ貸さぬと約束ができ、安心したから、一度、郷里へ帰ってくる。ちょうど彼女の長兄が、義母の死後の整理のこともあって出かけるから、先行の兄が二、三日偵察した頃、自分も後を追うことにしたというのであった。

「ほんとに老人たちのこともあるけど、あたしの当座のことについても、何とか考えてもらわなくちゃ。こっちへ帰ってきて、ゆっくり眠っただけでも肥った気がする。あっちじゃ、雑巾しぼるみたいに体力しぼりだしちゃってたんだから。今度こそ、父とじっくり話して、こっちに落ちつけるようにしてくるわ。スウィートピーは咲きだしたし……。四、五日で帰ってくる！」

そして、蕗子は、花のように笑った。

明子は、信じ難い気持のまま家に帰り、蕗子の父の好物だというひと塩の干物を、蕗子の出発に間にあうように速達便で荻窪へ送った。

しかし、それには、折り返し、やはり速達で、蕗子からの返事があった。

おいしい鯵の干物ありがたう。

郷里へは、結局、帰らないことになりました。立つばかりにしてゐたんですけど。「キテモムダ」といふ電報が兄から来たので。

実に憂鬱。金、金、金と、身も消え入りさう。投げやりの気持を映して、恐ろしいほど汚い顔をしてゐます。

ひるはひねもす、夜はよもすがら――

ただ、朝、雨戸をあけ、外の草木を見るときだけ、心が和みます。千葉の山からとつて来た山うるしも、蔭の方でちやんとついてゐましたよ。

あの干物、塩出ししてやつたら、ルル夢中でたべました。

新聞広告出してみました。

いつでも、お出でお待ちしてゐます。

御存じのやうに加代子たち、お母さんに建ててもらつた家へ引つ越して遠くなり、あまり来ません。


明子は、この手紙の「キテモムダ」という文字を見た瞬間、一斗樽を首からぶらさげられたような気持になった。
二、三日して何の前ぶれもなしに荻窪に出かけてみると、どんなに気が弱ったときでも、生きぬくためには素早く手をまわすことのできるらしい蕗子は、どう才覚したのだろう、玄関のたたきの上には男靴が一足脱いであった。そして、奥からは、日本人ではないひとの声が聞えた。
だまって立っていると、すぐ蕗子が出てきた。そして、にっこりし、ひとが来ているという印しに、指を一本たてて見せた。明子も頷き、「もしかしたら、お客さんじゃないかって気がして、手紙を書いてきたの。きょうはこれで帰るけど、あなたも家に来ること、本気で考えてね！」といい、持ってきた風呂敷包みを手渡した。包みの中の手紙には、「タクシー代」として二十円封入してあった。

その日、夕食のとき、明子は少し改まって節夫にいった。

「あたし、からだもだんだんしっかりしてきたし、唯ぼんやりしているの、勿体ないと思うようになってきたんだけど、でも、もう少しのんびりさせていただいている間にね、どうしても一度大津さんをおよびしたいの。」

ちょっと目を白黒という形になって、とっさには言葉が出なかったらしい節夫は、「この家へ？」と、とんちんかんな返事をした。

「ええ、この家へ。一度くらい、いっしょに御飯たべたって、病気うつりゃしませんよ。あたしたちが、どういうふうに暮してるかも見てもらいたいし、あなたにも、あたしの友だちが、どんなひとか、見てもらいたいわ。すばらしいひとなのよ。あなたの想像とはちがうかもしれないけど。」

節夫は、しばらく間をおいてから、「考えておく。」といった。

「ありがとう、できるだけ早くよ。」と、明子は先に礼をいった。

あとから聞いたところでは、節夫は、翌日、一郎に電話をかけ、「明子がこういってるのだが」と相談したそうである。

「会ってみたら、いいじゃないですか。なかなかおもしろいひとですよ。」と、一郎は答えたそうである。

その夕、節夫は帰ってすぐには何もいわず、風呂から出てきて、配膳窓に並んだ食器類を居間のテーブルへ移すのを手伝いながらいった。

「うん、来週。いつでも大津さんよんでおいでよ。ただし、火曜と土、日を除いて。」

明子は噴きだした。

「何をいうのかと思ったら。そんないのちがけみたいにいわないで。でも、うれしいわ。すぐ都合聞いてみる。」

早速翌日訪ねていった蕗子の家には、先日のとは、また別の靴が一足あった。明子は、蕗子を呼び出して、自分たちの家へ招待する準備ができたことを告げた。

少し疲れた様子の蕗子は、それでも、うれしげに「ちょっと待って。」といって部屋にもどり、手帳を持って出てきた。

「じゃ、水曜でいい？　お宅へいくには、前もって二、三日寝とかなくちゃ。」と、蕗子はおどけた。「どんな目にあわされるかわからないもの。」

「タクシーで来てね。道順書いてきた。じゃ、水曜の午後よ！　このチャンス逃したら、お互い、いつまた、これって日、つかまるかわからないんだから。今日あたりから、よく寝といてよ。御馳走つくっとく。」

明子は、地図の紙きれを渡し、力いっぱい元気づける笑顔を見せた。

32

ダンプリング煮こみ
サラダ
何かお菓子
果物

これが、蕗子の訪問がきまったときすぐ、明子が紙に書いて、流しの前に貼った献立であった。ダンプリング(だんご)煮こみは、まだ節夫にたべさせたことはなかったが、蕗子とは、何か思いきり二人で贅沢をしようというとき、二、三度やった。勿論、そのときは、鶏一羽など使わなかったが。

この一品は、いつか冬の寒い日、事務所で一人でサンドイッチをたべようとしていたとき、門倉家の奥によばれて御相伴にあずかったアメリカの田舎料理であった。天火はいらないし、余った場合も、蕗子が器用に手を加えれば、いく日かは食べつなぐことができると、明子が門倉家のお台所のノートから写させてもらっておいたのであった。

晴れた日が二日ほどつづいたのに、約束の水曜は曇り空でむし暑かった。明子は、温かい料理を心づもりしたあとだったので、ちょっとがっかりした。が、ともかく、朝の片づけがすむと、すぐ街に降りて、たっぷりした鶏を一羽買いこみ、犬とおなじくらいに興奮して家に帰った。それから、鶏は温湯でていねいに洗い流すと、結婚後初めて使う肉切り包丁を、ちょっとこわごわ振るって切り分けた。それから、煮こむ野菜、サラダ用の青物など、すっかり洗いあげ、家の一ばん涼しいところにおいて、蕗子の来る午後には、なるべく手をあけていられるよう準備した。

昼がすぎると、表の家から借りてきた大鍋を火にかけ、鶏から出るあくをていねいにすくいとった。ダンプリングは節夫が帰る十分ほどまえに型をぬけばいいから、粉、ベーキング・パウダー、バタ等は、こねるばかりに調理台の上へ並べた。そして、さっぱり手を洗ってしまうと、ここ数日間、明子の心を領していた蕗子歓待の準備はほぼ調った。彼女は、もう一度家の中をひとわたり見てまわり、玄関の花の工合などを手直しした。

三時頃には、もう何もすることがなくなり、かえって気がいらいらしはじめたので、ずっとまえに編みはじめて、今年はもうだめと、しまいこんでおいた節夫のヴェストを取りだしてきて、椅子にかけた。しゃれた模様のクッションを背に、夫のヴェストを編む若き妻の姿……そして、足もとには犬がいた。これでは、まるで仕合わせを絵にしたような光景ではないか。ああ、蕗子は、何といって笑うだろう！

昼すぎから、明子の頭には、いま、あの家を出る蕗子、いまタクシーを駅前でつかまえる蕗子、「ああ、これがお祖師様……」などと運転手と言葉を交す蕗子と、つぎつぎに場所を変える彼女が映し出されては、消えていた。

四時がすぎた。明子は、犬といっしょに門の外の道に立って、しばらく通りを見すかしていた。自動車は、右からも左からも来たが、どれも明子の前は素通りだった。家に戻り、ヴェストをしまい、また大鍋の上へかがみこんだ。もう誰が来なくとも、そろそろ夕食の支度ははじめなければならない時間だった。もう一度、火をつけ、あくをすくいとり、味を調えた。改めて、カレンダーの赤い○印を確かめた。確かに水曜だった。

明子は、二階の戸締りをし、風呂を焚きつけ、いつもやる仕事を少し早めにし終えた。次第に、胸の底から腹だたしさがわきあがってきた。蕗子は、自分の都合でひとの好意をふみつぶしてしまえるひとだったのだ。それを、明子は忘れていた。ふしぎと、明子自身はいままで蕗子からそのような仕打ちをうけたことがなかった。が、ひとがそうされるのを見たと思ったことはあった。そのとき、明子は胸に痛みを感じたろうか。いっしょにおもしろがったことはなかったか。蕗子に対抗する唯一の道は、こちらも期待しない、力まないということなのだ。

彼女が万事あきらめて、鍋をのぞくひまひまにサラダをつくり、ダンプリングをこねているときだった。不意に、「ビービー」とベルが鳴った。

玄関にとびだしたルイが、炸裂弾のように吠えたてた。

何の期待も持たないこと！　と、明子は自分にいい聞かせて、玄関のドアをあけた。

夕近くなった空の色を背に、いまの季節にしては少しうっとうしすぎる、絹のコートをまとった痩せた姿が浮んだ。

明子はだまって、「おはいりなさい」という仕種をした。

向うもだまってはいってくると、下の階段を上ってきたせいだろう、息を切らしながら、いつもとちがうはにかみを見せて笑い、

「こんにちは。」

「こんばんは！」明子はドアをしめながら、思わず知らず力をこめていった。

蕗子は、不審げな目をし、足もとを嗅ぎまわる犬に目をやり、

「これね？」

かがんで撫でようとすると、犬は打たれたように悲鳴をあげて、尻ごみした。

「ああ、何てこと？　はい、これ。」

蕗子は菓子折をさしだした。

「銀座なんかへいってきたの？」

明子は叫んだが、実際には、胸の忿懣は、もう半分以上、だらしなく溶けていた。

「いいえ、兄に頼んだの。だから、きのうのだけど、あなたのお好きなものだから、

だいじょうぶでしょう？　どうしたのよ。上っていいの？」

「いま、何時だと思ってるの？　午後って約束だったでしょう？」

「いま、午後じゃない？」

「もう夕方よ！」

いいあっているうち、後ろのドアの錠に鍵がさしこまれる音がし、ノブがまわった。

「あ、帰ってきちゃった。早く上って！」

蕗子があわてて草履をぬぎ、明子につかまってスリッパをつっかけようとしている間に、節夫はもうドアを後手で閉め、いたずらっぽい目で二人の様子を眺めていた。

「あら！」

はじらうときの癖で、蕗子は唇をかみしめるようにし、頬じゅうに美しい媚をうかべた。彼女は、まだ真白い足袋をスリッパにつっこもうとしてまごついていた。

「さあ、どうぞどうぞ。」

蕗子の斜め後ろで、節夫は機先を制した者のおちつきをもっていい、ゆっくり腰かけにかけ、靴の紐をときはじめた。

「お風呂できてると思うわよ。先にはいってしまってくださいね。」

明子は、蕗子の背を押すようにして居間にはいりかけ、ふりかえっていった。

二人は安全に居間ににげこみ、向いあうと、口に手をあてて笑い声をおさえた。明子は、もうすっかりきげんをなおした声でいった。

「あたし、かんかんにおこってたのよ。もう家の中も畑も見てまわってる時間なくなったじゃないの。」

「ごめんなさい。セッチンお出迎えの時間とぶつかっちゃったってわけね。」

「そんなこと、どうでもいいけど！　きょうは、こっちの陣立てを調えてから、紳士を迎え討つプランたててたのに、全部おじゃんよ。セッチンはセッチンで、三十分以上早く帰ってきたんだわ。」

また声を殺して笑いあったあとで、明子はいった。

「じゃ、いま大いそぎでダンプリング入れてきちゃいますからね。わが家の居間兼食堂でも見まわしててください。あ、それから、これ、抱いてやって。大きくなったでしょう？　今朝、すっかりブラシかけて、ぬれタオルでごしごしこすったから、きれいよ。」

明子は、蕗子のひざに膝かけをおき、その上に犬をのせた。しかし、犬は、蕗子に抱かれると、おこりでもおこしたように震えだした。

「何てこと？　育ての親じゃないかもしれないけれど、あたしは、少なくとも呉れの親なんだよ。」

明子は、哀れげにルイが鼻をならす音をあとに台所にはいり、御飯の鍋に火をつけ、ダンプリングを鶏の煮こみの上に並べた。

水につけておいたパセリを、蕗子好みに細かく細かく刻んでいると、湯上りをひっかけただけの節夫が、タオルで顔をこすりながら洗面所の方からはいってきた。

「何だい。いいにおいだな。」

「おかえんなさい。」と、明子は笑顔でいった。「きょうは、ばかに早かったんじゃない？」

「うん、せっかくのお客さま、待たせちゃ悪いだろ？」

「そんなにタオル、ふるわないで。サラダん中にふけがはいっちゃう。」

節夫はだまって、また洗面所に消えた。

明子は、大鍋の火を消し、手を洗うと、しんとしている居間に――犬はとっくに台所に逃げこんでいた――向って声をかけた。

「ねえ、大津さん、うちの台所、ちょっと見て。お料理は、大体終りました。」

蕗子は、間のスウィング・ドアをそっと押し、明子一人と見ると、はいってきた。そして、大鍋を見るなり、小声で、

「素敵！　玄関はいって、すぐわかった。においで。」そして、全体を見まわし、「これがあなたの文化台所ですか。我が家のとは、大分ちがう。」

「きのうから、ああも、こうもと考えて、もう待ちくたびれた！　来なかったら、ど

うしてくれましょうと思ってたの。」

「約束すれば、来ますよ。ああ、この流し！　これがあるのね。」と、蕗子は、洗濯もできれば、泥つきの野菜も洗える深い流しを見つけて、すぐのぞきにいった。「あたしもほしいわ、これ。」

「そう、これあると便利よ。畑から取ってくるものもあるでしょう？」

二人が思わず流しの話に熱中しかけたとき、後ろで戸がゆっくりあいた。明子たちは、半ばぎょっとしてふりかえった。今度の節夫は、髪は床屋から出てきたよう、角帯をきりっと低めに締めるという格好で、歓迎の笑みを浮べて胸をはっていた。

蕗子が、ちょっと息をのむようにした。

しかし、節夫は、もう調理台のそばに立ち、明子が紹介役をつとめるのを待っていた。明子は目顔で蕗子を誘い、粉だらけの台を中にして、三人は向いあった。その日の温気と鶏の鍋からあがるにおいと、湯上りの節夫の体臭のまじりあったものが、あたりを満たした。およそ、これは、明子がこれまで、蕗子と節夫の出会いの場として想像していたところとはちがっていた。

「ごめんなさい、こんなところで初対面の御挨拶になってしまって……」明子はこみあげてくるクスクス笑いをおさえていった。「大津さん、こちら……セッチンです。早変りしてきて、びっくりさせたらしいけど。それから、節夫さん、こちら、大津蕗子さ

て笑いたかった。

ん、お待ちかねの……」

ああ、何のかんのといっても、二人はとうとう出会ってしまった。明子は、声をたて
蕗子は半分顔をそむけて噴きだし、ついでに咳をし、上手にハンケチを口にあてた。

しかし、節夫は、あたりの雰囲気に煩わされることなく、律儀な挨拶をした。

「初めまして。相良節夫です。よろしく。いつも明子がおせわになっております。」

それに対して、蕗子は、いいたくもないことをいわせられるように、低く答えた。

「大津蕗子です。よろしく。」

「さあ、じゃ、すぐ御飯ですから、お二人、こちらにいらしって。」

明子は、さっと気がらくになり、先に立って居間にはいり、さっき蕗子のかけていた
椅子に向いあわせて、もう一つ椅子をおくと、そばに小卓を据えた。

「御馳走ならぶまで、ちょっとそこでお茶でも上って、話してらしって。」

「ぼくは、お茶はいらないよ。」

「あら、そう。」

「大津さんも何か、食事のまえにいかがでしょう?」節夫は、明子には見むきもしな
いで、ぐっとくだけて蕗子にたずねていた。「何か軽い飲みもの……」

「あたくし、いただけませんの。残念ですけど。アルコール類は、目がまわってしま

うんです。」

「そりゃ、残念だな。」と、しかし、節夫は、むしろ、それを期待していたようにいった。「じゃ、ぼくひとり、失礼して……」

そして、自分の飲物の瓶の並んでいる戸棚の方へ立っていった。

明子は、蕗子にお茶を出したり、台所と居間をいったり来たりしながら、長く問題になっていた蕗子という人物に、節夫がどう話しかけるか、聞き耳を立てずにいられなかった。

グラスを手にして席につくと、節夫は、「じゃ、ぼく、失礼して……」とくり返し、ひと口、大きくあおり、ああ、うまい！という顔をした。それから、十分おちついているという様子で、

「あの御高名はかねてから……」

「あら、あたくしの、高名なんてものじゃないんでしょ、明子さん？」

蕗子も、もうすっかりおちつきを取り戻した声になっていた。相手のちょっとぬけぬけとした態度が、彼女を刺激したのかもしれない。それから、彼女は台所へひっこもうとしている明子に向けて笑って、いった。

「あなたを明子さんて呼ぶの、とてもむずかしい！　いつも村井さんだから。でも、いまここで、村井さんていうの、失礼でしょう？」と、ちらと笑顔で節夫を見、「ね、

だから、きょうは明子さんにしますけど……ここまでが前説。これからが、さっきの質問のつづきなんですけど、あたしのは、高名なんてものより、悪名じゃなかったのかしら？」

明子はふりかえった形のまま、

「時には、醜名だったかもしれないわよ。」

湯上りにすきっ腹、そこへウィスキーが重なって、節夫はもう顔を光らせていた。

「何だ、何だ。二人でぼくを挟みうちにすることになっていたんですか？　ああ、そうですか。それなら、そのつもりでいます。まあ、それは、ともかくとしてですね、ぼく、さっき、初めましてと申しあげたでしょう？　あれ、訂正します。まえに、あなたをお見かけしたことあります。」

「え？」蕗子は、このしっぺ返しに正直にあわてた声をだした。「まあ、どこで？」

「当ててごらんなさい。」

「あらあ……」蕗子は地声になって応酬した。「宇原？」

「いいや、そんな古い話じゃない。ごく最近。」

「荻窪へのぞきにいらした？」

「いやあ、そんなきたないことしない。」

「まあ、意地悪い方ね。明子さん、あなたのだんなさま、いつもこうなんですか？」

す。駅から尾行してきたんです。」

「は、は、は！」と、節夫はすっかりうれしがってしまった。「じつは、さっきなんで

「駅？」蕗子が勝ち誇ったように叫んだ。「駅っていっても、どこ？　プラットフォーム？」

「いや。」

「改札口？」

「そう……その外。」

「う・そ！」

「ほんとうですよ。」節夫はおかしそうにいった。「きれいなひとだなあと思って、あとついてきたら、家へ来ちゃった。」

「う・そ！」蕗子はもう一度いって、「明子さん、あなたの御主人、意地悪だけでなくて、うそもつきますよ。」

「ほんとうですよ。あなた、菓子折か何かさげて、ぶらぶら、坂を上ってきたでしょう？　ぼく、何となく、あ、このひとだなと思ったから、追い越しちゃまずいし、ゆっくり歩いて、家の前でもしばらく立ってたんです。そしたら、あなた、明子に何かぽんぽんやられてたでしょう。ぼくも、よくやられるんです。」

「聞いてたようなことおっしゃって。明子さん、あたし、きょう、駅から来たんじゃ

ないのよ。あの道、タクシーで来て、好奇心から、あの三等郵便局の前でおろしてもらったんです。あなたが、あたしに郵便出すのに、どのくらい時間のかかるところまでゆくのかと思って。」

きょうの勝負は二人にとってもらうことにしていた明子が、食卓を調えるのに熱中するふりをして相手にならずに聞いていると、いっぱし、豪快な男でありたい節夫が、手っとり早い、酔っぱらい作戦をとろうとしていることや、蕗子が明子を待たせながら、疲れた体を駅近くの三等郵便局まで運んでもらい、そこから坂を上ってくるという天の邪鬼ぶりを捨てきれない人間であることなどが、明子に見えてくるのであった。

しかし、何はともあれ、いま二人は、長い間の明子の望み通り、一つ部屋に向いあっている。彼女は満足だった。

「は、は、は!」節夫は汗の浮いてきた顔をふきながら、自分の失敗を笑っていた。「やられた。あなたも、ひとが悪いな。プラットフォームなんていって人を釣っておいて。ほんとのことといいますとね、あの郵便局よりちょっとこっちに、ペンキ屋が看板書いてるとこあったでしょう? 金物屋の隣りの機械屋。あそこで看板書いてるの、見物してたんです。そしたら、見ているうちに感心しちゃってね。字配りがじつにうまいんだ。まっ白い看板のまん中に、『ボイラー　蒸気機関一式』なんて太く大きく書いてね、両方のすき間はどうするかなと思って見てたら、片方に『御一報次第直チニ社員参上』

だったかな？　仮名はきちっとした片仮名ね。もう一方に、『機関保険手続キ当方ニテ一切担当』だったかな？　とにかく、そういうじつにうまい文句をきれいに入れていくんです。なかなかな腕のもんですね。だって、看板なんて、一軒一軒書くことがちがうんでしょう？　よくああうまくやれるもんだなと思ってね……。昔、小さい頃、封筒へ宛名書くとき、親父に教えられたことなど思いだしてね、それから住所をほどよい間隔をおいて書くんだなんて、先方の名をまん中に書き、それから住所をほどよい間隔をおいて書くんだなんて、看板屋なんて、案外、自分の仕事に愛着もってやってるんじゃないかなんて思いながら見てたら、すぐ横をきれいなひとが、ひとには目もくれず、ゆっくりゆっくりいくから、ぴんと来たんだけど、大津さんにしちゃ、時間がおそいな……ぼくは、大分早すぎたんだけど……と思いながら、とにかく、ついてきたんです。」

蕗子は、いつも自分の家でやるように、大きく口をあけて笑っていた。

のっけからの節夫の長広舌——それは多分にウィスキーのおかげと見えたが——にびっくりさせられながら、明子は、鶏の煮込みをたっぷり盛った深皿を用心ぶかく食卓のまん中においた。

「さ、できました。どうぞこちらへ。何の話？　ずいぶんながかったじゃない？」

「おもしろい話。」

「驚いたわ。あなたがしゃべって、大津さんが聞いてるなんて。」

「あら、明子さん。しょってるじゃない?」蕗子は、テーブルの方へ移りながらいった。「あなた、御自分の御亭主が、あなたとっきり話せないと思ってたの?」

「だって、シャマ子さんたちが来たときなんかと全然ちがうんだもの。」

「シャマ子? 誰だい?」

「女子アパートのひとたちですよ。」明子より先に、蕗子が説明した。

「はあ……」

節夫は、そこでひと息ついてから、何かはじめそうだったが、もう明子は節夫に向いあって坐らせた蕗子のミート皿に、彼女の注文のものを取り分けるのを口実に、節夫の口を封じた。

「ダンプリングは、まず二つ? 肉は胸のとこ?」

そのひとのためにつくった料理を、そのひとのために取り分けることが、こんなに満足のいくことかと、明子は指の先までゆき渡る喜びを感じた。肉のまわりに、蕗子の好きな小粒の玉葱その他の野菜を配し、その上にスープを注いだ。

「節夫さんは、何?」

「何でもいい。まずひと通り並べてもらおうか。」

明子は、自分の皿にも適宜に取り分け、さて、三人は対座して笑顔を見あわせた。節夫はウィスキーのグラスを、女二人は水のグラスを上げて、「いただきます」をした。

「おいしい！」ダンプリングの端をかじってみた蕗子がいった。「ねり方も、時間も、ちょうどってところね。鶏一羽入れたんでしょう？　スープをすっかり吸いとっちゃってるのね。どうお、お味は、節夫さん？」

名ざしで蕗子から話しかけられて、節夫は、「ふわっ、ふわっ！」と皿の上へ息を吐きだしながら、

「どうも季節には少し温かすぎる料理のような気はするけれど……まずまずってとこじゃないですか？　中の上かな？」

「あなたは、私の弟子の腕まえを誹謗なさるおつもりですか？」

「いや、そんなつもりはありませんよ。じゃ、上の下？　いやあ、それじゃ、甘すぎる。いや、しかし、明子、なかなかおいしいよ。このお団子、何がはいってるんだい？」

「何もはいってない、っていうと、おかしいけど、メリケン粉にベーキング・パウダー、バタをそこへすりこんでね、軽くこねるの。スポンジみたいに、おいしいスープ吸ってるのよ。」

「これは、レストランのお料理じゃないんですよ、節夫さん。」蕗子が口をだした。「明子さんが、門倉さんのコックさんから仕込んできたのに、あたしたちでちょっと工夫を施したものなんです。」

「いや、なかなかけっこうです、ほんとに。」

明子は、ずっと胸の底からわいてくるクスクス笑いをおさえながら、二人のやりとりを聞いていた。彼らは、もう初対面であることを忘れているようであった。長い間、お互いをさまざまに想像したであろう人物が目の前にあらわれてみると、案外、気安く話ができるのに油断して、彼らは、いまそれを意識しないで、ありのままを相手の前にさらけだしてしまっているようだった。

節夫は、ウィスキーのお代りに立ち上った。

「気をつけてよ、節夫さん。何杯め？」

「さあ、二杯めだろ？」

「何だか、三杯めみたい？」蕗子がいった。「いつも晩酌なさるんですか？」

「ええ、ほんの一杯。たくさんはいただかせてもらえません。ぼくはすきなんですよ。でも、何しろ、家に婦人矯風会員がいるんで。」

「まあ、あなた方！」と、蕗子は、節夫と明子の顔を見比べ、「おなじようなことといってる。いつか明子さん、家に来たとき、羊羹なんか、みんな節夫さん側のお客の口にはいっちゃうから、たべたことないっていってた。」

「ああ、羊羹ね、ああいうもの、この家で見たことないな。ぼくのいないときに、どうかしちゃうんじゃないんですか。犬もいるし……」

「そういえば、犬、お嫌いなんですってね。」

「いえ、すきですよ。大きい、ゆったりしたやつは。しかし、どうも、こういう小型のキンキンしたのは……」

「節夫さん！」明子が、短くいった。「この犬、大津さんにいただいたのよ。」

あっという顔で、節夫は蕗子を見た。が、すぐまた目をテーブルの上にもどし、

「失礼しました。でも、この頃は、すっかりなれました。ぼくが帰ってくると、とても喜ぶんですよ。ね、明子？」

蕗子は、懐から用意の懐紙を取りだし、その中に咳きこみながら、笑った。

「もうそろそろやめたら、節夫さん。酔っぱらってますよ。」

明子は、またウィスキーをあおった節夫の手に目をやった。

「大丈夫。おまえさんのお手料理、いっしょにたくさんいただいてるから。」

「あんなへんなことといって。酔ってる証拠よ。今夜帰ってから、みんな大津さんのノートにつけられちゃう。『Sは、明子をおまえさんと呼ぶ』なんて。おまえさんなんて、いままでいわれたこともないのに、誰のことかとびっくりする。」

「そうか、いつもおれ、何ていってる？」

「『きみ』っていってるんじゃない？　それに『おれ』もあまりいわないみたい。」

「いけませんか？」

「いいとか、いけないとか、いってるんじゃありません。何も大津さんがいらしたからって、いつも使ってない言葉、わざわざ使うことないんじゃないかってこと。」

「ああ、おかし！」と、蕗子は、荻窪の家で明子と二人で話すとき、よくいうような調子になり、「くるしいから、もうやめて……。ああ、あなた方のお話聞いてると、笑わずにいられない。明子さん、大丈夫よ。あたし、この頃、もうエンマ帖つけてないから。つける元気もなくなった。ああ、でも、よしおばさんてひとがいた、記憶力抜群の……。きょうの話、おばさんにしないわけにもいかないし。あの、節夫さん、あたしの遠縁のおばさんが、近所に住んでて、煙草屋してますのよ。そのひとが、熱烈な明子さんファンなんですの。そして、早くから明子さんに御良縁をと願ってましてね、去年の夏、あたしが、うっかり『明子さん、さる御大家の御長男と結婚なさりそうよ。』って話したら、もう大喜び。ところが、そのすぐあとで、明子さんが『あれはだめだったのよ。』なんていったもんだから、おばさん、すっかり悄気《しょげ》ちゃって泣かんばかり。もう少しで、着物着がえて、あなたのお宅へ出かけそうにしたから、あたし、とめたんです。きっとこのお話は、いいようになるからって。そしたら、やっぱり、こうしてお二人でスウィート・ホームをおつくりになったんだから、おばさん、明日は一日、店休んであたしの話を聞こうと思って待ってるんじゃないかしら？」

蕗子は、あの夏の明子の醜態を節夫のまえにさらけだし、彼女を笑い者にしたかったのであろうが、明子は、彼らの給仕をするやら、まだ順に台所から運ぶべき物をとりにゆくやら、ばたばたと動いて、どうやらそうするすきを蕗子にあたえずにしまった。

こうして、テーブルに並んだほとんどのものが、大体、三人の腹中におさまると、また明子は立ち上り、二人のことは二人に任せて、片づけのため、居間と台所を往復した。その間、蕗子と節夫のあいだには、けっこう話題が蓍づる式につながっていったものらしい。明子自身が二人に加わった頃には、彼らは旧知のような顔で話しあっていた。恐らく、節夫の頭からは、蕗子が結核であることなどどこかへいってしまっているのだろうと、明子はうれしくもおかしかった。

彼女はさっきしまいこんだ編物をまた持ちだしてきて、二人のそばにかけた。

「さあ、ルイ、おとなしくして、お二人の高尚なお話をうかがいましょう。」

「いまね、大津さんに、どうして結婚なさらないのかって聞いてたんだよ。」

「よせばいいのに……。大津さんに、それ聞かない男のひと、一人もいないんじゃない？」

「理想が高すぎるんじゃないのかな。」節夫は自説を曲げようとしないでつづけた。

「ほら、藪の中の二羽より手の中の一羽っていうでしょう？」

「あら、それ、どこの諺？　ちょっと似てるけど、あたしのは、手の中の十羽より、藪の中の一羽っていうんですけど。」

酔いもいく分おさまったらしい節夫は、まえより少し締った顔で失笑した。

「仕様のないひとだな。」

「もっともね、あたし、この頃、時には金持ちの禿茶びんでもいたら、気を変えてもいいと思うこともあるんですよ。でも、むずかしいですわね、気まえのいい、独り者の、金持ちの禿茶びんなんて……」

蕗子が何をいいだすのかと、明子が驚いた目をあげると、蕗子はくるりと話題を変えた。

「でもね、節夫さん、そんなつまらないことより、明子さんの話をしましょうよ。あたし、節夫さんが、明子さんのこと、どう思ってらっしゃるか、それうかがいたくて、きょうは来たんですもの。あなたが、こうした稀有《けう》なる女性と結婚なさって、その幸福のほどを十分認識していらっしゃるかどうか、じつは、あたくし、日夜、心配なんです。」

「けうって、珍しいってことですか。」

「それ以外に意味あります?」

節夫は、頭を椅子の背にもたせ、肩をゆすって、「はあはあ!」と笑った。いかにも、それ以外に意味はなかったなあというように。きょうは煙草は禁止され、酒は制限され、とても彼は口では蕗子に勝てないだろうと、明子はちょっと気の毒でもあったが、ともかくきょうのところは、彼女自身はあまり口をはさむまいと心に決めていた。

「そう、女にしちゃ、口数がかなり少ないという点では、珍しいかもしれない。気が向かないと、何時間でもだまっていられるらしいから。」

「気が向かないとじゃないいんじゃない？」蕗子の言葉も、ほとんど加代子や吾郎さんと話すときと同じくらいにくだけてきていた。「そんなねちねちしたもんじゃないと思いますよ。だまってるとき、このひと哲学してるんです。だから、こっちで聞こうって態度をとると、驚くようなことしゃべりますよ。あたしなんかね、ひとりでいるとき、明子さんのいったあのこと、このこと思いだすでしょう？　すると、よくあの口であんなこといえたなって、おかしくってたまらなくなってしまうんです。聞くときは、ただ感心したり、びっくりしたりして聞いちゃうんですけれど。おしゃべりだけでなく、編物の目を数えたり、大根を千六本に切ったりする手つきなんか思いだしても……何か、それ一途って感じなのね。だから、思いだして、何度も何度も、たのしませてもらってるんです。そういうこと、おありになりません？」

「残念ながら、ない。へえ、そんなにいい手つきなんですか。」

「あんなことおっしゃって。ええ、それは手つきっていうより、姿勢なんですよ。はたから見てても、あったかい感じになるんです。死んでからひっかぶる土の上に日が当るような。」

明子は、顔をあげた。蕗子だけを相手にしゃべってるときなら、「およしなさいよ、せっかく、相手があなたの肺病を忘れてるのに。」となるところだったが、明子は、代りにいった。

「節夫さんは、そういう文学的な表現になれてません。」

しかし、蕗子はそれを聞かない顔で、

「ただ、お豆腐好きでないのが、玉に瑕ね。あたし、それが苦しさに、宇原ではいつも朝飯係をしました。このひとが当番だと、ひと月たっても、お豆腐のおみそ汁出てこないんです。村のお豆腐、ほんとにおいしかったのに。お宅で、出ます?」

「豆腐ですか?　そういえば、豆腐のみそ汁たべてないみたいだな。」

「たべてます。」

「いや、やってないんじゃない?　そのくせ、納豆汁は好きなの。でも、納豆そのままでは、たべられないんですよ。それが、納豆とお豆腐のおみそ汁で何か青い菜っぱでも散らすと、何杯でもたべるんです。どういうの、これ?」

「なんだか、あなたのおっしゃる稀有《けう》の意味が、わかってきたような気がする。ああかと思うと、こう。じゃ、これでいいんだなと思ってると、そうじゃない。ぼくも、かなり翻弄されたけど、この頃、ちょっとなれた。」

「よくその翻弄されたあたりで諦めないでくださいました。感謝いたします。このひと、端的にいうと、詩人なんですのよ。あたし、このひとの詩、偶然のことで、たった一篇ですけど、よましてもらいました。あとのは、あたしにさえ、かくして見せませんけど。あれ、どうした？」

「どこかへいっちゃった。」

「そう……」蕗子は信じないうす笑いを浮べた。「で、節夫さんにうかがいますけど、明子さんのどこを、一ばんの長所とお思いになりましたか……お友だちになりかけの頃……」

節夫は、蕗子の冗談とも、からかいともつかない言葉のあいだに、またグラスを満たしに立った。そして、それをチビリチビリやりながら、

「ええ……それじゃ、ぼくから、ちょっとひと言いわしていただきますとね。長所とか短所とかの問題とは別にですよ。明子のことは、かなり小さいときから知ってたんです。ところが、大人になって初めて会ったのが、あなたも覚えてらっしゃるかもしれないけど、例の味噌漬の牛肉の件のときね。チビの痩せっぽちだった子が、すらっとした大人になってて、ぼく、ちょっとびっくりさせられたんです。ところが、もっと強烈だったのが、あの女子アパートなるもの。すごい女たちが住んでるんですね。あなた、あすこへいらしたことおありですか？」

「いいえ。話に聞くだけ。」

「一見の価値ありですよ。」

蕗子は、思わず口をだしそうにした明子をうれしそうに見やり、

「そうらしいですのね。明子さんの手ぶり身ぶり入りの話で、もうさんざんたのしませてもらいました。でも、明子さんのためになるひとたちでもなさそうだから、あまりまじり合わないようにっていったら、このひと、鋏と友人は使いようだっていいましたよ。」

「ぼくは、最初のときのことは、極めてはっきり覚えてるんです。明子、部屋にいないから探してもらってたんですが、受付の前に立っている間じゅう、男だか、女だかわからない異様な連中が、ぼくのそばをいったり来たりするんですね。くわえ煙草なのや、タオルの寝巻で表のポストまで雨の中かけだしていくのや……もうこれは、味噌漬は預けて帰るほかないと思ってたところへ、明子が横の廊下から、ひょこっととびだしてきたんです。」

「地獄に仏ってところね。」

「まさにそう。こっちは、明子が、明子の母親に似ていたんで、ひと目でぱっとわかっちゃったんですね。とにかく、ぼくの胸にかっかと来たのは、いったい、潔――明子の兄ですけどね――なんかが、この状態を知ってるのかってことだったんです。まあ、独立自尊もいいでしょうよ。しかし、ああいうとこで……小さい自由をたのしんでるな

んて、たいへんネガティヴな……小さい子が五銭玉を蟇口から出したり入れたりしてるような、ほっとくと、だんだんに消えてってしまいそうな、みょうな姿に映っちゃったんですね、ぼくには。」

「そう！　あたし、そんなふうに明子さんを見たことありませんでした。で、いまでも、そういうふうに思ってらっしゃる？」

「いやあ、どうしてなかなか。でも、そのときはですよ、二、三度会って、何とか様子を探って、ことによったら兄貴にも知らせ、救出作業をと……」

三人は、ここで、それぞれ性質がちがう笑いを爆発させた。

しかし、明子は、節夫が、冗談にしろ、いく分自分をそういう目で見ていたということは予想外であり、興味もあることなので、だまって聞くことにした。

「少しして、デートはじめたでしょう。そうしたら、内職の話もちだせば、案外ちゃっかり応対するし、安心もし、まあ、兄貴の方へ知らせて騒ぎおこさないでよかったなと思ったんですがね。」

「くくく。」と、蕗子は笑った。「そして、その頃といまの印象は？」

「何かよくわからないんですけどね、正月の風邪さわぎ以来、ぜんぜん観察停止ですよ。何事も御無理ごもっともでやってるとこ。」

「そう、あたしの印象は、まったく別よ。初めっから一貫してて、このひとくらい、ひと筋の道いってるひとないと思ってるんです。自分が納得できることしかやれない。それができないと、くしゃっとなっちゃう。」

「しかし、明子は、ああいう連中の、ああいう生活ぶりに納得いってたんですかね。まだ聞いたことなかったけど。え、明子、どうなんだ？」

明子は笑った。

「きょうは、あたしはお二人の御意見うかがうだけのつもりだったけど……。あたし、納得いってたっていうより、あのひとたちはあのひとたちで、信じるところやってるんだと思ってたわ。何も、女がくわえ煙草しちゃいけないって法はないでしょ？　あたしは、自分ではしないけど。」

「みんな、何をして暮してるんだ？」

「それなんですよ、明子さんが味気無がるのは。」蕗子はおかしがって、明子の顔をのぞきこんだ。「婦人の権利や平和の問題でシシとして働いているひとなんかより、よほどのんびり贅沢にやってるみたいなんですよ。あたしのは、まったく明子さんからの又聞きだけど、お話ししますとね、明子さんが仲間にされようとしたグループなんか、商事会社へ勤めてるひとやら、新聞社や出版社にいってるひとやら、五、六人いて、何か事業のアイディアが浮ぶと、それがとんとん拍子で——話の上だけですけど——儲けが億単位になったりするんですって。そうだったわね、明子さん？」

明子は編物から顔をあげずにいった。

「あたしは、たまたま、志摩子さんの紹介で、そういうひとたちに会ったんだけど、そういうひとばかりがいるんじゃないのよ。大部分は、地道に働いているひとたちなのよ。でも、みんな、普通の家庭にいるひとたちより、気持が自由で独立してるってことはいえるかもしれない。あのひとたち、悪いひとだなんて思えないわ。」

「あんなことといってる。」と、蕗子は呟き、それから、節夫に向けて、「でも、いい、わるいは別にして、あたしが思うのは、あのひとたちの多くは熱にうかされて、その日その日流されてるんだし、明子さんはそうじゃないってことなんです。何はともあれ、女子アパートは、おもしろいところではあるらしい。男のひとが泊ったり……」

「あら、そんなこと、誰もがやってるわけじゃないわよ！」明子は叫んだ。「えりにえって、そんな話持ちだして！」

「でも、現にそうしたひとがいたんでしょ？　あたしは、あなたから聞いたんですよ。」

「あるひとが、ひょっと中庭の向う見たら、ある部屋に男がいて、びっくりしたって話でしょう？」

「そう。だから、そういう事実があったってことでしょう？」

明子は、ためらいつついった。

「でも、あたしたちが話したとき、どうして女だけ、そういうこと責められなくちゃならないのかってことになったんじゃなかった？　そりゃ、あたしだって、何もわざわざ、女子アパートへ男を連れこむことはないと思うけど……」

「いつでも、話はこんなふうにこんぐらがるんです。」節夫が口をだした。「ぼく、あのアパートの応接間ってとこへはいったの、確か二度くらいでしたがね、ぼくがちょっとあそこの批評でもしようものなら、明子は逆上するんですよ。そして、女だから、男だからって話になるんです。」

「でも、それは仕方がないことね。明子さんのお勤めがお勤めだったから。でも、おかしいわ。」と、蕗子は不審そうに明子を見た。「いつもあなた、あたしのところへ来て、あのひとたちの悪口いっていくの、一つのたのしみにしていたのに。節夫さん、このひとは、そのいみでも珍しいひとなんですよ。あたしのところへ来るまで、ひとの悪口いったことなかったらしいのね。それが、あたしの手ほどきで、悪口って、こんなたのしいものかって開眼しちゃったんです。明子さん、あなた、どんな言葉で『タオルの寝巻』の悪口いったか、おぼえてる？　あたしはおぼえてる。あなた、『あたしなら人前に出るより、穴にはいる格好だ。』っていったのよ。」

「それは、悪口じゃない。事実よ。」

「こういうことをいうんだから……。ああ、それから、額にぐっと八の字よせて、眼鏡ごしに見られると、その額が芋虫の胴みたいで、ぞっとするとか、蛆のわくような部屋に黴のはえそうな羽織着て、雀の巣のような頭をふりたてて、安全カミソリ握って、議論をたたかわしているのを見ると、まるで現代の熊襲にでも出会ったような気がするとか……」

節夫は、さっきから光る顔をくずして笑っていたが、明子も安全カミソリまでくると、笑いだし、残念そうにいった。

「あたし、そんなこといった？」

「いった、いった。あの頃、あたし、日曜毎にそういう話、たあくさんたのしんだ。きっとノートにも取ってある。」

節夫は、なかなかとまらない笑いをようやくおさめ、

「何です、その安全カミソリっての。髭そるんですか。」

「さあ、どうなんでしょう、明子さん？」

「とにかく、顔そるのよ。」明子はいった。「小松さんてひと。ひと言いっちゃ、すっと頬っぺたをこすり、またひと言いっちゃ、すっとやるの。しゃべってることに夢中で、安全カミソリ握ってること、忘れちゃってるみたい。でも、これだってねえ、悪口っていうより、単なる事実よ。女のひとだって、チャンスさえあれば、そういうことやっていいはずだもの。おもしろいじゃない？　あたしが、常識的な人間だから、なお珍しく

思えたんだわ。」

「ね？」と、蕗子は、節夫を見た。「お気をつけにならないといけませんよ。あなたについてだって、どんな『事実』をあたしのところにもってきて、告げ口するかわかりませんよ。『ほっとくと、消えてゆきそう』なんて、とんでもない。」

節夫は、「女子アパートの部屋に男がいた」のくだりでは、瞬間、度胆をぬかれた表情を見せたが、手許のグラスにはまだウィスキーが残っていることではあり、すぐに元気を取りもどした。

「だから、ぼく、もう白状したじゃありませんか、さんざ翻弄されてるって。あまり正直にそういう顔はして見せないけど。」

「じゃ、とにかく、『消えそう』に関しては、認識不足だったってことお認めになるのね？　明子さんみたいなひとを『柳に雪折れなし』っていうんじゃないかしら。あたしなんか、この二年、明子さんに教育されて、今日にいたったようなものですわ。何てったって、明子さんとのおつきあいは、節夫さんよりあたしの方が年季がはいってますでしょう？　何でもお聞きになってください。お役に立つかもしれないから。」

「そうかなあ。」節夫は、とぼけた顔で顎をなぜた。「ぼくは、明子が小さい頃から知ってたんだけど。」

「でも、それは、ただ、そこにいることを知ってらしったただけでしょう？」

「いやあ、もう少しふかいつきあい。」

「え？」

「そうだなあ、あれは、明子が小学に上るまえのことだったな？」

「ほんと、明子さん？」

「うそよ。」明子は二人の方を見もしないでいった。「何もおぼえてないわ。節夫さん、家へ遊びに来るようになったの、中学の頃でしょう？」

「あれ？」節夫は頓狂な声をだした。「さては、ぼくのおかげで命びろいしたこと、おぼえてないな？」

「そんなこと……」と、明子はびっくりして、節夫を見た。

「情ない奴だな。ほら、市ヶ谷のとこで外濠へ帽子おとしたの、おぼえてないか？ほら、ひらひらしたリボンの麦わら帽子。」

明子は、一瞬、茫然としてからいった。

「ええ、麦わら帽子、おとしたの、あの濠へ……」

それは、明子の幼女時代にまつわる「忘れがたい思い出」だった。彼女は、その頃の彼女のだいじな財産であった麦わら帽子の色、形、その手ざわりを、きのうのことのようにおぼえていた。帽子の山をふわっととり巻き、後ろにたれていたのは、いま思えば、リボンではない、薄青の紗のようなものであった。

ある夏の午前、一郎と市ヶ谷の外濠まで歩いていった。渡らなくてもいい橋を、向う岸まで渡り、もどる途中で不意に風が吹いてきて、そのだいじな帽子が風に舞いながら、ふわふわと流れるように空中を水の上へとんでいった。明子は、自分もあとからとんでゆきたいと思いながら、橋につかまってその帽子を見送った。いつも母に何かねだったことのない明子が、これだけは我慢ができず、母にせがんで買ってもらったものだった。が、幸い、帽子が水につくか、つかぬかに、二、三人、水ぎわにかたまって釣糸をたれていた男の子たちの一人が、さっと竿にそれをひっかけてくれた。一郎が土手をかけおりていって、逆に上ってきたその男の子から帽子をうけとった。薄青の布は、水でベチャベチャになってしまってはいたが。

明子は、べそで顔が歪み、一郎にも、その男の子にも、何もいうことができなかった。帰りの道で、「乾けば、ちゃんとなる」といってくれた一郎に、明子は、感謝のつもりか、「あの帽子のあとを追いかけていこうかと思った。」と打ち明けたそうである。

この話は、村井と関の家では一つの語り種《ぐさ》になったが、その日、母は一郎からその話を聞くと、明子が泣きだしたほど怖い顔をして、明子をゆすぶった。

「帽子くらい、いくつでも買ってあげるよ、明ちゃん！　おとしたら、またいくつでも買ってあげるからね。」

しかし、明子は、その後相変らず、母にはあまり物をねだらなかった。何かほしいかといってくれるのは、母の方であった。

「でも、その帽子のこと、どうして知ってらしたの？」明子は節夫に聞いた。

「だって、あれ、拾ってやったの、ぼくだもの。」

明子は、一瞬ぽかんとし、それから、だまっている蕗子と顔を見あわせた。

節夫が、夏休みのある日、釣りにでかけると、女の子の帽子が、ふわふわ、風にゆられて竿の先におちてきたというのである。すぐひきよせて、土手の途中で男の子に渡した。たぶん、帽子をおとした子だろう、道に立っていた女の子の顔が涙にまみれ、世にも哀れだったので、おぼえていたら、翌年、その子が一年にはいってきて、それが同級生の妹だった。その同級生とは、中学にはいってからも同じクラスだったせいもあって、急に親しくなり、しょっちゅう互いの家にも遊びにゆくようになった。女の子は、冬は丸く着ぶくれ、兄たちから「チャボ、チャボ」と呼ばれていた。いつか、例の帽子の一件を思いだして同級生に話すと「へえ、それじゃ、チャボの命の恩人は、おまえだったんだな。」といわれた。

「ああ、これは、完全にうっちゃりでした。」蕗子は、さんざん笑った末にいった。

「相すみません。」節夫がいった。

「あたし、小兄さんからその話聞いたことなかった。わかってれば、いくらでもお礼いうとこでしたのに。」

「その代り、おばさんにはえらく感謝されて、こっちがよわった。」

「その『おばさん』てのが、明子さんのお母さんなわけね?」

「そうなの。いまでも、時どき、節夫さんが、ひょいと『おばさん』がどうの、こうのっていうときがあるのよ。すると、みょうな気がしてくるの。母がいま、お勝手で何かカタカタやっていそうな……一ちゃんなんかにいわれるのと、全然ちがうのね。節夫さんの『おばさん』には、まだ若いときの母の亡霊がついてるみたい。」

「まあ、ロマンティックじゃない? そうして、節夫さんは、一度ならず、二度までも、あなたの救出作業に成功なさった。そしてそれが、明子さん、あなたにわかったのも、ひとえにあたしが、今夜ここへ呼んでいただいたからだっていうの、何か因縁話みたいじゃない。さあ、これ、種にして、何か書けないかな。」

「傑作が書けそうだな。何か英雄物語的なの……。ぼくが、くわえ煙草の女、ぽんぽん放り投げとばしちゃうとか。」

ここで、また爆笑だった。

明子は、自分の意志に反し、かなり口をだすはめになりながら、この居間に、蕗子の部屋の雰囲気が、いつのまにか自然に流れこんできているような気がした。そして、節夫と蕗子の話の中に浮んでくる、自分の知らなかった自分の姿に驚き、軽い放蕩の気分にひたっているような快さを感じた。

ふと時計を見あげて、十時近くであることに気づき、明子は驚いた。彼女は、節夫をせきたてて、駅までタクシーをさがしにいかせた。

「大丈夫かな、一人で帰って。」明子は、二人になると、いった。

「そりゃ、大丈夫。まだまだ話せるもの、こんな調子でいいんなら。」

「だめよ。あなたは、いまは調子づいてるからいいけど。あとが怖い。」

明子は、かけ歩いて、蕗子が持って帰るための瓶づめ、蕗子のコートなどをかき集め、彼女に帰り支度をさせた。

「帰ったら、すぐ寝てね。この調子なら、また呼べるから。何だか、みょうな工合でむだ話ばかりで終ってしまったけど。」

明子が蕗子の腕をとり、家の前の暗い階段をやっと下まで降りたとき、ちょうど節夫の乗ったタクシーがやってきた。

およその運賃とチップもすでに手渡されていたらしく、中老の運転手は愛想よく、ひともよさそうだった。

やはり、疲れていると見え、蕗子は沈みこむようにしてバックシートに身を投げた。

互いに手をふり、笑顔を見交しているまに、車は動きだし、切り通しのかげに消えていった。

家に戻ると、節夫の「さあ、疲れたろ。いいかげんにして寝ないと、あしたの朝は起きられないぞ。」という物わかりのいいことばに促されて、明子は台所に高く重ねられた皿を、平にならしておくだけにして、風呂にはいった。彼女が二階に上ったとき、彼は、夕刊を手のとどく限りのところにちらかして、大いびきをかいて眠っていた。

明子はぬけがらのようになった体を、節夫のわきの寝床に横たえた。

本書は一九九四年二月、岩波書店より刊行された。

石井桃子コレクションI
幻の朱い実（上）

2015年1月16日 第1刷発行
2021年11月5日 第3刷発行

著 者 石井桃子《いしいももこ》

発行者 坂本政謙

発行所 株式会社 岩波書店
〒101-8002 東京都千代田区一ツ橋2-5-5

案内 03-5210-4000 営業部 03-5210-4111
https://www.iwanami.co.jp/

印刷・精興社 製本・中永製本

ISBN 978-4-00-602252-5 Printed in Japan

岩波現代文庫創刊二〇年に際して

二一世紀が始まってからすでに二〇年が経とうとしています。この間のグローバル化の急激な進行は世界のあり方を大きく変えました。世界規模で経済や情報の結びつきが強まるとともに、国境を越えた人の移動は日常の光景となり、今やどこに住んでいても、私たちの暮らしは世界中の様々な出来事と無関係ではいられません。しかし、グローバル化の中で否応なくもたらされる「他者」との出会いや交流は、新たな文化や価値観だけではなく、摩擦や衝突、そしてしばしば憎悪までをも生み出しています。グローバル化にともなう副作用は、その恩恵を遥かにこえていると言わざるを得ません。

今私たちに求められているのは、国内、国外にかかわらず、異なる歴史や経験、文化を持つ「他者」と向き合い、よりよい関係を結び直してゆくための想像力、構想力ではないでしょうか。

新世紀の到来を目前にした二〇〇〇年一月に創刊された岩波現代文庫は、この二〇年を通して、哲学や歴史、経済、自然科学から、小説やエッセイ、ルポルタージュにいたるまで幅広いジャンルの書目を刊行してきました。一〇〇〇点を超える書目には、人類が直面してきた様々な課題と、試行錯誤の営みが刻まれています。読書を通した過去の「他者」との出会いから得られる知識や経験は、私たちがよりよい社会を作り上げてゆくために大きな示唆を与えてくれるはずです。

一冊の本が世界を変える大きな力を持つことを信じ、岩波現代文庫はこれからもさらなるラインナップの充実をめざしてゆきます。

（二〇二〇年一月）

B313
惜櫟荘の四季
佐伯泰英

惜櫟荘の番人となって十余年。修復なった後も手入れに追われ、時代小説を書き続ける毎日が続く。著者の旅先の写真も多数収録。

B314
黒雲の下で卵をあたためる
小池昌代

誰もが見ていて、見えている日常から、覆いがはがされ、詩が詩人に訪れる瞬間。詩人は詩をどのように読み、文字を観て、何を感じるのか。〈解説〉片岡義男

B315
夢十夜
近藤ようこ漫画
夏目漱石原作

こんな夢を見た――。怪しく美しい漱石の夢の世界を、名手近藤ようこが漫画化。描き下ろしの「第十一夜」を新たに収録。

B316
村に火をつけ、白痴になれ
伊藤野枝伝
栗原康

結婚制度や社会道徳と対決し、貧乏に徹しわがままに生きた一〇〇年前のアナキスト、伊藤野枝。その生涯を体当たりで描き話題を呼んだ爆裂評伝。〈解説〉ブレイディみかこ

B317
僕が批評家になったわけ
加藤典洋

批評のことばはどこに生きているのか。その営みが私たちの生にもつ意味と可能性を、世界と切り結ぶ思考の原風景から明らかにする。〈解説〉高橋源一郎

2021.10

岩波現代文庫[文芸]

B318
振仮名の歴史
今野真二

「振仮名の歴史」って? 平安時代から現代まで続く「振仮名の歴史」を辿りながら、日本語表現の面白さを追体験してみましょう。

B319
上方落語ノート 第一集
桂 米朝

上方落語をはじめ芸能・文化に関する論考・考証集の第一集。「花柳芳兵衛聞き書」「ネタ裏おもて」「考証断片」など。〈解説〉山田庄一

B320
上方落語ノート 第二集
桂 米朝

名著として知られる『続・上方落語ノート』を文庫化。「落語と能狂言」「芸の虚と実」「落語の面白さとは」など収録。〈解説〉石毛直道

B321
上方落語ノート 第三集
桂 米朝

名著の三集を文庫化。「先輩諸師のこと」「不易と流行」「天満・宮崎亭」「考証断片・その三」など収録。〈解説〉廓 正子

B322
上方落語ノート 第四集
桂 米朝

名著の第四集。「考証断片・その四」「風流昔噺」などのほか、青蛙房版刊行後の雑誌連載分も併せて収める。全四集。〈解説〉矢野誠一

2021.10

B323
可能性としての戦後以後
加藤典洋

戦後の思想空間の歪みと分裂を批判的に解体し大反響を呼んできた著者の、戦後的思考の更新と新たな構築への意欲を刻んだ評論集。〈解説〉大澤真幸

B324
メメント・モリ
原田宗典

死の淵より舞い戻り、火宅の人たる自身の半生を小説的真実として描き切った渾身の作。懊悩の果てに光り輝く魂の遍歴。

B325
遠い声
―管野須賀子―
瀬戸内寂聴

大逆事件により死刑に処せられた管野須賀子。享年二九歳。死を目前に胸中に去来する、恋と革命に生きた波乱の生涯。渾身の長編伝記小説。〈解説〉栗原 康

B326
一〇一年目の孤独
―希望の場所を求めて―
高橋源一郎

「弱さ」から世界を見る。生きるという営みの中に何が起きているのか。著者初のルポルタージュ。文庫版のための長いあとがき付き。

B327
石の肺
―僕のアスベスト履歴書―
佐伯一麦

電気工時代の体験と職人仲間の肉声を交えアスベスト禍の実態と被害者の苦しみを記録した傑作ノンフィクション。〈解説〉武田砂鉄

岩波現代文庫[文芸]

B328
冬の蕾
―ベアテ・シロタと女性の権利―
樹村みのり

無権利状態にあった日本の女性に、男女平等条項という「蕾」をもたらしたベアテ・シロタの生涯をたどる名作漫画を文庫化。〈解説〉田嶋陽子

B329
青い花
辺見庸

男はただ鉄路を歩く。マスクをつけた人びとが彷徨う世界で「青い花」の幻影を抱え……。災厄の夜に妖しく咲くディストピアの〝愛〟と〝美〟。現代の黙示録。〈解説〉小池昌代

B330
書聖王羲之
―その謎を解く―
魚住和晃

日中の文献を読み解くと同時に、書作品をつぶさに検証。歴史と書法の両面から、知られざる王羲之の実像を解き明かす。

B331
霧の犬
―a dog in the fog―
辺見庸

恐怖党の跋扈する異様な霧の世界を描く表題作ほか、殺人や戦争、歴史と記憶をめぐる終わりの感覚に満ちた中短編四作を収める。終末の風景、滅びの日々。〈解説〉沼野充義

B332
増補 オーウェルのマザー・グース
―歌の力、語りの力―
川端康雄

政治的な含意が強調されるオーウェルの作品群に、伝承童謡や伝統文化、ユーモアの要素を読み解く著者の代表作。関連エッセイ三本を追加した決定版論集。

2021. 10

B333
六代目圓生コレクション
寄席育ち
三遊亭圓生
圓生みずから、生い立ち、修業時代、芸談、噺家列伝などをつぶさに語る。綿密な考証も施され、資料としても貴重。〈解説〉延広真治

B334
六代目圓生コレクション
明治の寄席芸人
三遊亭圓生
圓朝、圓遊、圓喬など名人上手から、知られざる芸人まで。一六〇余名の芸と人物像を、六代目圓生がつぶさに語る。〈解説〉田中優子

B335
六代目圓生コレクション
寄席楽屋帳
三遊亭圓生
『寄席育ち』以後、昭和の名人として活躍した日々を語る。思い出の寄席歳時記や風物詩も収録。聞き手・山本進。〈解説〉京須偕充

B337
コブのない駱駝
―きたやまおさむ「心」の軌跡―
きたやまおさむ
ミュージシャン、作詞家、精神科医として活躍してきた著者の自伝。波乱に満ちた人生を自ら分析し、生きるヒントを説く。鴻上尚史氏との対談を収録。

B338-339
ハルコロ(1)(2)
石坂啓漫画
本多勝一原作
萱野茂監修
一人のアイヌ女性の生涯を軸に、日々の暮らしや祭り、誕生と死にまつわる文化など、アイヌの世界を生き生きと描く物語。〈解説〉本多勝一・萱野茂・中川裕

岩波現代文庫[文芸]

B340
ドストエフスキーとの旅
—遍歴する魂の記録—
亀山郁夫

ドストエフスキーの「新訳」で名高い著者が、生涯にわたるドストエフスキーにまつわる体験を綴った自伝的エッセイ。〈解説〉野崎 歓

B341
彼らの犯罪
樹村みのり

凄惨な強姦殺人、カルトの洗脳、家庭内暴力と息子殺し……。事件が照射する人間と社会の深淵を描いた短編漫画集。〈解説〉鈴木朋絵

2021.10